KB041980

벽 앞의 어둠

박인홍 소설집

벽 앞의 어둠

책세상

● 이 책은 《벽 앞의 어둠》(민음사, 1989)을 저본으로 삼아 작가가 수정 · 보완했다.

지금 이 글을 읽고 있는 당신에게

이 책을 바친다.

청오(靑午)를 빗기투고 녹수(綠水)를 흘리건너

천태산(天台山) 깁푼골에 불노초(不老草)를 키라가니

만학(萬壑)에 백운(白雲)이 즈잣시니 갈길몰나 ᄒ노라

一안연(安挻)

이곳에는 신치(神魁)가 많이 사는데 그 형상은 사람의

얼굴에 짐승의 몸으로 외팔과 외다리이며 소리는

마치 신음하는 듯하다.

―《산해경(山海經)》

이제 나에게서 벗어난 말, 그러나 나의 말,

내가 죽은 뒤에 남은 뼈다귀처럼

이름도 없는, 가냘픈 내 몸의 흔적;

내 어두운 눈물의

소금맛, 얼어붙은 금강석.

―옥타비오 파스, 《말 Palabra》

작가의 말 | 새로 펴내며

한 물건을 두 번, 세 번……씩 팔아먹는, 염치없는 자들은 딴따라들밖에 없을 것이다. 이 책에 실린 글들 또한 그렇다. 원고료를 받고 잡지에 팔았던 글들을 모아서 책으로 묶으며 인세를 받았으니, 한 물건을 두 번 팔아먹은 것이다. 그런데 이번에 그 책을 다시 내며 또 인세를 받으니, 세 번째 팔아먹는 것이다(전집에 실리는 바람에 네 번째가 된 글도 있다). 나도 당신처럼 돈이야 물론 좋아하지만, 마음 한구석이 밥알 하나 정도만큼 불편하다.

글을 파는 딴따라인 나로서는, 그러나 이렇게 다시 파는 것이 좋은 기회이기도 하다. 만들 때는 모르고 지나쳤던 흠집들이나 상품 가공 과정에서 발생한 실수의 결과들을 바로 잡을 수 있으니까. 그러니까 나는 불량 제품을 팔아먹은 악덕 업자다.

퍼질러 놓은 똥 무더기를 자꾸 돌아보고, 뒤적이기까지 한다는 것은 물론 유쾌한 일일 수 없다. 그러나 되다 만 악덕업자인 나는, 사후 봉사를 할 수 있게 되어 그나마 다행이라고 생각한다. 한 물건을 두 번, 세 번 팔아먹는 것에 대해 이빨 사이에 낀 고춧가루 정도의 변명도 되고. 그러나, 처음 책으로 묶을 때도 그랬지만,

사후 봉사라고 해서 헌 글을 새 글로 다시 만든 것은 아니다.

　무심코 썼던 한자어나 왜식(倭式) 한자어를 우리글로 바꾸거나(인간→사람, 동물→짐승, 즉→곧, 관한→대한, 역시→또한 등) 바르지 못한 문장을 바로잡은 정도다. 단언할 수는 없지만 이 세상에서 바른 글 만들기가 가장 어려운 글이 한글이 아닌가 한다. 한글을 바로 쓴다는 것은 정말, 정말로 어려운 일이다. 부끄럽기 그지없지만, 이 책에도 남아 있는 흠집이 없다는 장담 또한 할 수가 없다. 그러니까 나는 제 나라 글도 제대로 쓰지 못하는 무자격 업자다.

　이렇게 꿈지럭거리며……

2009년 10월

박인홍

박인홍 소설집 **벽 앞의 어둠**

차례

크나큰 不安의 部分的인 音響

헛된 抱擁——사랑하는 者들이여. 어느 곳으로? 情緖의 完全한 孤獨 속에서 나는 나의 骨節마다 疼痛을 앓는다.

그러나 나에겐 들린다——이 크나큰 不安의 全體的인 音響이——

—李箱, 〈어리석은 夕飯〉에서

……그럼에도 그는 이렇게 물었다. 내일 아침에는 집에 있을까요? 그의 말이 채 끝나기도 전에 모르겠어요. 라는 신경질이 가득한 목소리가 들려왔고 그래서 그는 잠깐 또는 한참 동안 망설이는 듯이 멍하니 서 있다가 이내 수화기를 놓고 약국에서 나와버렸다. 아마 어쩌면 거의 확실히 그가 수화기를 놓기 전에 저쪽에서 먼저 수화기를 놓아버렸는지도 모른다. 모르겠어요. 라는 말과 함께. 그랬다면 그는 이미 끊긴 전화 앞에서 수화기를 들고 멍하니 서 있었거나 무슨 말을 더 할 것인가 무슨 말을 더 해도 되는 것일까를 아니면 무슨 말을 더 할 수 있을 것인가를 생각했었

던 것이리라. 어떤 사람이 전화를 걸기 위해 그의 뒤에 서서 기다리고 있었던 것 같다. 어떤 사람이 그가 전화기를 사용하는 동안 약국에 들어와 그의 뒤에 서 있었는가는 확실하지 않다. 그가 약국에 들어갔을 때는 약국 안에 손님이 한 사람도 없었다. 약을 사러 온 사람도 전화를 걸려고 온 사람도. 그래서 그는 어느 정도 마음 놓고 전화를 걸 수 있었다. 전화를 걸 때 특히 여자에게 전화를 걸 때 모르는 사람이 곁에 또는 그의 목소리를 들을 수 있는 범위 내에 있을 때면 그는 말을 제대로 할 수 없었다. 만일 어떤 사람이 동전을 들고 그가 통화를 끝내기를 기다리고 있었다면 그 사람은 남자였을 것이다. 여자는 분명히 아니었어. 너 같은 남자가 네 뒤에 서 있었을 거야. 나 같은 남자? 그래. 남자라는 것만 너와 같은 짐승. 그러니까 가축. 수컷. 남자가 네 뒤에 서서 자기가 그 주홍색 공중전화기를 사용할 수 있게 될 때를 기다리고 있었을 거란 말이다. 그의 뒤에 서 있던 가축이 없었는지도 모르고 서 있던 가축이 수컷이 아닌 암컷이었는지도 모른다. 그리고 그 가축은 전화를 걸려고 약국에 온 것이 아니라 약을 사러 왔었는지도 모른다. 약을 사러 약국에? 그는 약국에서 나와 채 두 발자국도 걷기 전에 또는 수화기를 놓고 돌아서자마자 너무 쉽게 수화기를 놓아버린 것을 후회했다. 동통(疼痛). 가령 지금 전화를 받으시는 분은 누구시죠? 하고 물어볼 수도 있었을 텐데. 아무도 그가 그렇게 묻는 것을 말리지 않았을 텐데. 바보 같으니라고. 왜냐하면 그는 전화를 받은 사람이 바로 그 애 그가 통화하고자 했던 그 애라는 사실을 여보세요라는 여자의 목소리로 대뜸 알아버렸으니까. 두 번인가 세 번인가 신호가 가고 이어 찰그랑하며 동전이 떨어지고 여보세요라는 여자의 목소리가 들려오고 그는 그것이 그 애의 목소리임을 알았다. 너무 일찍. 너무 쉽게. 그러면서도 여보세요라는 목소리가 그 애의 목소리임을 알면서도 그는 그 애를 찾았다. 당연히 전데 누구세요? 라는 소리가 들려오리라고 생각했었던 것일까……? 그러나 그의 귀에 들려온 그 애의 목소리는 지금 없는데요. 였다. 지금. 그가 전화를 건 바로 지금. 그 애가 전화를 받은 바로 지금. 그 애가 없다. 그러므로 그는 한참 만에 지겹도록 오랜 침묵 끝에 언제쯤 들어올까요? 하고 물었으며 글쎄요 모르겠어요. 라는 대답을 듣고는 내일 아침에는 집에 있을까요? 라고 물었던 것이다. 그는 나중에야 전화를 끊고 나서도 오랜 세월이 흐른 후에야 그 애에게 왜 거짓말을 하느냐고 묻고 싶어졌다. 동통. 전화가 아니었더라면 그 애는 그 애 자신의 입으로 스스로를 부정하지 못했을 것이다. 만일 전화가 아니었더라면 어쨌든. 그는 허청 허청 골목으로 들어섰다. 전화를 다시 걸 수는 없었다. 왜냐하면 그는 이미 전화를 걸었고 통화를 했고 그리고 끊었으니까. 춥다. 또는 춥다고 느낀다. 잠에서 깨어 시계를 봤을 때 이미 여덟 시 반이 넘어 있었다. 벌떡 일어난 그는 동전 네 개를 벽에 걸린 윗도리 주머니에서 꺼내들고 약국으로 갔다. 약국에는 다행스럽게도 약을 사러 온 사람들이 없었다. 주홍색 공중 전화기를 사용하는 사람도 없었다. 약사는 진열장과 조제실 사이에서 텔레비전을 보고 있다가 공중전화기 앞으로 가는 그를 곁눈으로 보고는 다시 텔레비전으로 시선을 돌렸는데 그는 약사의 곁눈을 그의 왼쪽 눈과 왼쪽 귀 사이의 눈으로 보았다. 그는 공중전화기의 수화기를 들고 동전 두 개를 넣은 다음 다이얼을 돌리고 나서 약사가 보고 있는 텔레비전 화면을 오른쪽 귀와 오른쪽 눈 사이의 눈으로 보았는데 그러한 행위로 인해 브라운관의 주사선으로 화면에 그려지고 있는 것이 텔레비전 뉴스라는 명칭에 해당되는 것임을 알게 되었다. 그는 텔레비전의 밤 뉴스는 아홉 시에 시작되는 것으로 알고 있었으므로 수화기를 귀에 댄 채 약국의 네 벽을 둘러보았다. 시계는……없었다. 이상하다. 전에는 시계가 있었는데. 문자판에 제약회사 마크가 찍힌 둥근 벽시계가 있었는데. 세 번인가 네 번 신호가 가고 이어 동전이 떨어지며 찰그랑하는 소리를 만들고 여자의 목소리가 들려왔고 그는 그것이 그 애의 목소리임을 알았다. 동통. 그는 오른손에 동전 두 개를 움켜쥐고 있었다. 그것은 전화를 걸고 남은 것이었고 다시 한 번 공중전화기를 사용할 수 있는 것이었다. 그는 동전 네 개를 가지고 전화를 걸러 갔었다. 여덟 시 반은 넘었지만 아홉 시는 되지 않았을 때였다. 텔레비전은 뉴스를 방영중이었고 약국에는 시계가 없었지만 그는 이미 아홉 시가 넘었으리라고는 그러니까 예의에 어긋나게 밤 늦게 전화를 하는 것일지도 모른다고는 생각하지 않았다. 그가 잠에서 깨어 시계를 봤을 때 여덟 시 반이 넘어 있었다고 해서 아홉 시는 되지 않았다고 해서 그렇다고 해서 벌떡 일어나 윗도리 주머니에서 동전 네 개를 꺼내들고 약국으로 갔던 것은 왜였을까? 그는 그 애가 자신의 목소리를 알아들었음에 틀림없다는 사실을 너무 늦게 깨닫는다. 골목 모퉁이를 돌아 언제나 잠겨 있지는 않는 대개는 열려 있는 엉성한 삐걱거리는 나무대문을 밀고 들어서서 대여섯 발자국을 걸어 그는 방으로 들어왔다. 몇 시나 됐느냐고 옆방에 물어볼 생각도 하지 못하고. 춥기는 하지만 견디지 못할 정도로 춥지는 않다. 견디지 못할 정도의 추위가 없지는 않지만 특수한 경우가 아니라면 하고자 한다면 어떠한 수단과 방법을 강구해서라도 모든 추위에 대처할 수 있다. 그는 견딜 만한 추위에 견디기 위해 이불을 뒤집어쓰고 담배를 물고 불을 붙인다. 방의 시계가 아홉 시를 가리키려면 아직도 오 분쯤 더 있어야 한다. 뉴스가 아니었는지도 모른다. 잠에서 깬 그는 시계를 보았고 아직 아홉 시가 되지 않았으므로 약국으로 가서 전화를 했었던 것이다. 그런데 정말 약국에까지 가서 전화를 하고 들어온 것일까? 남은 동전 두 개를 움켜쥐고? 재떨이 옆에 있는 동전 두 개를 주워들고 전화를 하러 이제야 비로소 약국으로 가야 하는 것은 아닐까? 그러나 분명히 약국에서 텔레비전 뉴스의 한 장면을 보았다. 아마도 거의 분명히 확실히. 그는 어쩌면 아직 여전히 잠에서 깨지 않은 것인지도 모른다. 그런데도 그는 잠에서 깨어나지 못했을지도 모르는데도 꽁초를 재떨이에 비벼 끄고 나서 그 애에게 편지를 쓴다.

방금 그러니까 불과 몇 분 전에 너에게 전화를 했었다. 그런데 네가 전화를 받았지만 너는 없었다. 네가 없다고 했다. 네가 아직 내 목소리를 잊지 않고 있다고 해서 그런 이유만으로 너 스스로가 네가 없다는 소리를 했어야만 했을까?

그는 쓴 것을 구겨버린다. 그리고 다른 종이에 다시 쓴다.

내가 전화를 했을 때 너는 없었다. 그것은 사실이었다. 스스로를 없다고 한 너는 이미 네가 아니다. 그리고 물론 너를 부정하는 너는 내가 찾던 네가 아니다. 너는 어디 있는가? 어디로 전화를 해야 나는 너와 통화를 할 수 있겠는가? 나는 너와 통화하고 싶다.

그는 다시 쓴 것을 또다시 구겨버리고 아무것도 씌어지지 않은 다른 종이를 내려다본다. 동통. 이제야 겨우 아홉 시가 넘었다. 텔레비전 뉴스는 조금 전에 시작되었을 것이다. 그럴 리가 없는데도 만일 방의 시계가 느닷없이 삼십 분쯤 늦게 가기로 결심하고 나서 그 결심을 실천했다면? 그가 본 것이 텔레비전의 뉴스가 아니었다면? 방송국 사정에 따라 뉴스 시간이 삼십 분쯤 앞당겨진 것이라면? 전화를 받은 사람이 실제로 그 애가 아니었다면? 그는 꿈틀거리다가 베개 위에 얼굴을 묻고 눈을 감는다. 잠시 후 기나긴 시간이 흐른 뒤에 눈을 감고 나서 잠이 들 때까지의 시간이 흐른 다음에야 그는 어렵게 잠이 든다. 방에는 여전히 불이 켜져 있다. 잠은 어쩌면 따뜻한 것인지도 모른다. 이제 너는 잠에서 깰 것인가? 너는 깨어나기를 희망하며 잠드는가? 가끔 꿈을 꾸거나 꿈도 없는 잠에서 깨어나지 못할 가능성을 너는 생각해 보았는가? 깨어나지 않게 되기를 기대하며 잠드는 것은 아닌가? 하여 너는 이제 자고 있다. 그러므로 너에게 이르노니 지금 나의 잠은 너무 깊은 것이다. 그러니 그를 깨워라. 흔들고 발로 차고 꼬집고 쥐어뜯고 두들겨 패서 깨워라. 그가 자도록 내버려둬서는 안 된다. 그는 항상 언제나 자고 있기 때문이다. 그는 잘 때도 깨어 있다. 꿈을 꾸며 꿈도 없이 잠자는 나를 부디 깨워다오재워다오깨워다오재워다오깨워다오재워다오……

그 애는 정오에 예쁜 머리핀을 잃어버렸는데 나는 아직 더 예쁜 머리핀을 그 애의 머리에 꽂아주지 못했어. 햇빛이 불에 달궈진 쇠처럼 희었던 정오였어. 나는 그 애가 하얀 옷을 입고 정오를 향해 달려오는 것을 보았어. 숲의 나뭇가지들이 잎사귀들이 햇살처럼 빙글거리고 있었어. 그 애는 나를 안았어. 나는 그 애를 안았어. 지저귀는 새는 한 마리도 없었어. 지저귀는 새가 한 마리도 없지는 않았어. 그 애는 너무 희었어. 나는 너무 더웠어. 나는 벌떡 일어섰어. 그 애는 암담했어. 내 이마에서 솟아오른 땀이 그 애의 가슴으로 흘렀어. 목구멍에 걸린 그 애의 외침으로 내 가슴을 터뜨리려는 불덩어리로 그 애와 나는 달리기 시작했어. 푸르고 희고 붉은 지옥의 한복판으로. 그 애는 잘 달렸어. 그 애의 다리는 잘 빠졌어. 나는 총을 총알도 커다랗고 소리도 커다랗게 나는 총을 쏘고 싶었어. 하얀 하늘을 산산이 부숴버리고 싶었어. 그리고

그는 그 애와 함께 어둑해질 무렵부터 술을 마시기 시작했다. 그 애의 그의 잔이 돌고 그 애의 그의 혀가 돌고 그 애의 그의 손이 돌고 그 애의 그의 가슴이 돌고 그 애의 그의 머리가 돌고 그 애의 그의 지구가 돌고 그 애의 그의 태양이 돌고 그 애의 그의 지옥이 돌고 그 애의 그와 그의 그 애가 돌았다.

우리가 그 더럽고 좁은 방으로 굴러들어갔을 때 자정이 넘었던 것 같아요. 나는 아무것도 몰랐어요. 아무것도 몰랐던 것은 그 애였어요. 땀에 젖어 미끈거리고 뜨거운 그 애의 몸뚱아리가 역겨웠다는 사실을 나는 알고 있어요. 그 애는 내 몸뚱아리가 구역질이 날 정도로 땀에 젖어 번들거렸다는 사실을 알고 있어요. 둘이 번갈아 함께 화장실에 들락거린 것은 토해내기 위해서였죠. 나중에는 무엇을 토해내려고 변기 위에서 등을 구부리는지조차도 모를 정도였습니다. 어쩌면 몸속에 들어 있는 모든 것을 토해버리고 싶었는지도 모르겠습니다. 누구의 몸속에나 있는 그런 것들을. 목구멍에 손가락을 처넣고 아무리 등을 두들겨도 나오지 않는 그런 것들을. 배때기속에가슴속에대가리속에 들어 있는 그런 것들을. 그리고 그 애는 뻗었습니다. 나처럼. 다리도뻗고팔도뻗고대가리도뻗고가슴도뻗고배때기도뻗었어요. 그러다가 그 애와 나는 서로의 목을 내 목을 움켜쥐기도 했어

요. 눈물을 흘리기도 하고 웃기도 하고 한숨을 쉬기도 하고 소리를 지르기도 하고 눈에 켠 불을 차버리기도 했죠. 그때 우리가 눈에 켠 불이 어떤 빛이었는지는 그 애도 나도 모릅니다. 별빛 같기도 했고 달빛 같기도 했고 반딧불빛 같기도 했고 무지갯빛 같기도 했어요. 그 애와 나는 서로를 끌어안으며 밀어내며 온밤토록 싸웠어요. 그러다가 하늘까지 퍼렇게 멍이 들게 되니까 그 애는……사지를 벌린 채……죽어버렸고……시체처럼 벌떡……일어선 나는……그 애 위로……무너졌어요……. 그 애는 피를 흘렸어요. 아시겠습니까? 그 애가 피를 흘렸단 말입니다. 아아아아아. 나는 결코 절대로 맹세해도 좋지만 정말로 그 애의 피를 보고 싶지는 않았어요. 토끼와 호랑이의 힘을 같게 하기 위해서라면 정말 호랑이와 토끼의 힘이 같아질 수만 있으면 우주의 질서를 바꿀 수만 있다면 그것이 가능하다는 것을 확실하게 분명하게 증명할 수만 있다면 폭력을 사용하는 데 동의할 수도 있다고는 했지만 그랬더라도 어떠한 형태의 폭력이든 폭력은 나를 떨게 해요. 무의미한 상처만 남기는 상처만 영원한 폭력은 그저 무섭기만 해요. 내가 그 애와 싸운 것은 그것도 폭력이었지만 그렇기는 했지만 나는 그 애에게 상처를 입히고 싶지는 않았어요. 그런데 그만 나는 그 애에게 너무 지독한 상처를 찍어버리고 말았어요. 그것이 혹시 어쩌면 그 애의 낡은 상처 누구나 지니고 있는 그런 낡은 상처 몇 개를 지워버리기 위해서였는지는 몰라도. 그렇다 하더라도 변명은 어쨌든 불가능해요. 아 이거 봐요. 그 애는 열이 대단해요. 어제 정오의 기온이 몇 도였죠? 삼십사 도? 그렇다면 지금 그 애의 체온이 삼십사 도일 거예요. 그 애의 몸이 어제 정오의 햇살만큼이나 뜨거우니까 말예요. 왜 웃죠? 내 말을 못 알아듣는군요. 아니면 내 표정이 그다지 절박해 보이지 않는 건가요? 그럴지도 모르죠. 하지만 표정 따위가 무슨 상관이란 말입니까? 어쨌든 아 그런데 그 애의 몸이 어제 정오의 햇살보다는 더 뜨거운 것 같아요. 그래요. 분명히 더 뜨거워요. 사십 도나 오십 도쯤 될 거예요. 아니 아니 땀이 끓고 있으니까 백 도일 거예요. 맞아요. 지금 그 애의 체온은 백 도예요. 무서워요. 무서워 죽겠어요. 내가 그 애에게 상처를 찍었단 말예요. 나도 폭력을 행사할 수 있었단 말예요. 나는 그걸 몰랐어요. 내가 어떻게 폭력을. 아니 그건 아녜요. 내가 나쁜 놈이죠. 나는 알고 있었어요. 나도 폭력을 행사할 수 있다는 것을. 알면서도 모르는 척했었던 거예요. 아니 정말 몰랐어요. 너무 깊숙하게 숨어 있었으니까요. 그런데 마침내 드디어 결국 피를 보고야 말았어요. 피는 더러워요. 피는 피를 불러요. 똑같은 피만 불러요. 무서워요. 살려줘요. 죽고 싶어요. 그 애는 상처를 간직할 수 없어요. 나도 간직하지 못요. 그런 힘은 아무에게도 없어요. 어느 누구도 하다못해 잊혀질 핏자국 하나 지우지 못하죠. 내가 그 애의 깊은 곳을 찢는 대신 우리는 차라리 서로의 모가지를 움켜쥔 손아귀에 온몸의 힘을 쏟는 것이 나았을지도 몰라요. 그랬더라면 훨씬 깨끗했을 거예요. 그것 또한 폭력이 아니냐고요? 아니죠. 그것은······

　강간당한 너의 상처는 너무 크다. 네 상처가 크지 않을 수 있었다면 그저 연고제나 바르고 나을 수 있었다면 너는 강간당하지 않았을 것이다. 그랬더라면 너는 강간했을 것이다. 그럴수만 있었다면 너는 강간한 것을 부끄러워하지 않았을 것이다. 그러나 너는 강간당했고 강간당했으므로 입원했어야만 했다. 어떤 사람은 걸어 나가고 어떤 사람은 앉아 나가고 어떤 사람은 누워 나가고 어떤 사람은 죽어 나간 어떤 병원에. 하여 어떤 사람이 누웠던 어떤 침대에 너도 누워 어떤 의사와 어떤 간호원에게 네 몸을 몸으로 상징되는 삶까지를 맡겨 놓고 꿈이나 꾸어야 했으리라. 그래서 너를 강간한 여자가 문병 오면 임신한 너를 함께 걱정하고 너를 강간한 여자가 돌아가면 여자인 간호원의 털 난 곳에 눈 맞추어야 했을 것이다. 그러다가 어느 날 의사 마음대로 너는 퇴원하게 되리라. 상처가 아물기도 전에. 퇴원하는 날 너는 퇴원하는 다른 많은 사람들이 그러하듯 하늘을 두어 번쯤 바라보겠지. 낙태시킨 네 살 삶의 한 부분을 돌아보지는 않고. 그는 그러나 멍청하게도 입원하지 않았다.

버스정류장에 서 있는 그가 보인다. 그를 지켜보지는 않았고 또 이렇다 할 근거도 없기는 하지만 그가 바로 그 버스정류장에 오랫동안 서 있었음을 알 수 있다. 그는 담배를 피우고 있다가 심심해서 느닷없이 껌을 산다. 두세 개쯤 한꺼번에 씹는다. 껌을 씹으며 피우는 담배맛 또는 담배를 피우며 씹는 껌맛이 꽤나 거슬린다. 그는 분노하지 않는다. 대신 침이 섞인 껌을 뱉어버리고 두어 번 더 침을 뱉은 뒤에 담배만 피운다. 그는 열심히 버스를 기다리고 있다. 그러다가 그는 기다리고 있던 버스가 도착했음을 확인하게 된다. 그가 기다리고 있던 버스가 손님들을 태우고 떠난 뒤에도 그는 움직이지 않는다. 그 애도 가만히 서서 그를 바라보고만 있다. 그가 그 애에게로 그 애가 그에게로 다가갈 것인가는 아직 미정이다.

그는 커피잔에 손도 대지 않았거나 한두어 모금쯤 마셨다. 그 애처럼. 나는 말하지. 나는 없다고. 그는 담배를 입에 문다. 없는 내가 말을 하지. 너를 먹고 싶다고. 그는 담배에 불을 붙인다. 나는 당신의 먹이가 아니에요. 라고 그 애는 말하지 못한다. 배가 배가 고파서. 라고 그는 말하지 못한다. 그는 담배연기가 눈앞에서 녹아 없어지는 것을 본다. 그는 담배를 끈다. 그가 그 애가 자리에서 일어설 것인가는 아직 미정이다.

그 애는 그가 옷 벗기는 것을 도와준다. 그러니까 그 애 혼자 벗는다. 그 애는 눈을 감는다. 눈을 감았는데도 아무것도 보이지 않는다. 전혀 아무것도. 그의 몸도 그 애의 몸도. 아픔뜨거움어지러움허전함도. 그것들의 되풀이도. 손발가슴배팔다리골통도. 그 애에게는 아무것도 보이지 않는다. 천장이 낮은 방도. 일그러진 얼굴도. 거친 숨소리도. 허덕임도. 가라앉음도. 그 애에게는 보이지 않는다. 그리고 그는 말한다. 어떤 사람들은 살아가고 있고 어떤 사람들은 죽어가고 있어. 어떤 사람들은 살고 싶어 하고 어떤 사람들은 죽고 싶어 해. 어떤 사람들은 살리고 싶어 하고 어떤 사람들은 죽이고 싶어 해. 그러니까 하나에서 둘을 빼면 하나가 남고 둘에서 셋을 빼면 하나가 남고 셋에서 넷을 빼면 하나가 남고 넷에서 다섯을 빼면 하나가 남고 다섯에서 여섯을 빼면 하나가 남고 여섯에서 일곱을 빼면 하나가 남고 일곱에서 여덟을 빼면 하나가 남고 여덟에서 아홉을 빼면 하나가 남고 아홉에서 열을 빼면 하나가 남고 열에서 하나를 빼면 하나도 남지 않아. 잃을 것이 아무것도 없어.

그 애는 그를 그는 그 애를 바라본다. 그의 두 손이 그 애의 양쪽 어깨에 얹힌다. 그가 그 애에게로 그 애가 그에게로 가까워진다. 그의 두 팔이 그 애의 목과 머리를 감싸 안는다. 그 애의 두 팔이 그의 허리를 감싸 안는다. 그와 그 애의 눈이 감긴다. 그 애의 입이 그의 입을 그의 입이 그 애의 입을 연다. 이빨이 부딪치고 혀가 섞이고 새어나온 침이 턱으로 흐른다.

(당신이 이 글을 읽고 있는 지금까지도 그의 입술에는 그 애의 입술 냄새가 남아 있다고 할 수도 있다.)

그 애는

그저 앉아 있기만 했습니다

나는

그 애를 일으켜주고 싶었습니다

나비가

아스팔트 위에서

바람에 실려다니고 있었습니다

피어나지 못한 꽃에

먼지가 두어 방울 묻었습니다

나는

그 애가 무섭고무섭고무서워서

그 애의 품으로만 품 밖으로만

파고들었습니다

여보세요여보세요여보세여보여보여보ㅕㅓ

그는

비틀거리고 있었습니다

나는

그를 이끌어주고 싶었습니다

헐떡이는 나비를

자동차 바퀴가

곱게 눌러주었습니다

꽃은 피어나기도 전에

시들어 갔습니다

나는

그가 무섭고무섭고무서워서

도망치기만 했습니다

제자리 뛰기만 했습니다.

여보세요여보세요여보세여보여보여보ㅕㅓ

깨끗한 마음 깨끗한 생활

능금한알이墜落하였다.

맑고 깨끗한 생활 속에서는

地球는부서질程度만큼傷했다.

우리의 마음도 백합처럼

最後.

향기롭고 순수합니다.

이미如何한精神도발아하지아니한다.*

　이제 방금 나는 말을 하기 시작했어. 그러니까 지금 나는 말을 하고 있는 거야. 그렇지만 내가 무슨 말을 하고 있는지 하려는지를 모르겠어. 내가 무슨 말을 하려는지를 너에게 묻고 싶을 지경이야. 네게 말을 한 지가 너무 오래 되어서일까? 그래. 그날도 육교 위에는 착한 가축들이 줄을 서 있었지. 거지 한 분이 그 가축들에게 새콤한 동전을 하나씩 나눠주고 있었

---

* 세 번째 연에서 띄어쓰기가 된 행들은 유한킴벌리 사의 광고 문안의 일부고, 띄어쓰기가 되지 않은 행들은 이상의 시 〈最後〉임.

던 거야. 나는 네가 말을 해야만 한다고 가끔씩 생각하곤 했었어. 버스 뒷
자리에 앉아서 담배를 입에 물었지. 라이터였을까 성냥이었을까? 내 담배
에 불을 붙여주지 않은 것은. 때때로 나는 나 자신이 많은 말을 할 수 있노
라고 믿어보기도 해. 그리고 사실 많이 지껄여대기도 하지. 그러나 나는
정말 말을 하는 걸까? 오해는 하지 마. 무슨 그럴 듯한 말만 말이라고 하
는 그런 말을 말하는 게 아냐. 내가 과연 정말 소리를 만들어내는가가 궁
금한 거야. 가끔씩은 녹음테이프에 내 목소리라는 것을 담아보기도 해. 지
금처럼. 그렇지만 테이프에 담갔다가 꺼낸 내 목소리라는 것을 믿을 수가
없었어. 물론 테이프에 담갔다가 꺼냈다는 그런 이유 때문만은 아냐. 하
지만 어쨌든 지금 그래 바로 지금 너의 귀에 들리고 있는 너의 고막을 두
드리는 이 공기의 떨림을 네가 나의 목소리라고 믿는 것에 대해서 내가 무
어라 할 수는 없겠지. 그것은 결국 너의 귀에 들리는 소리를 네가 판단하
는 것이니까. 나는 나의 청각신경을 건드리는 음파를 말하는 것이지 너의
청각신경이 받아들이는 신호를 말하는 것이 아니니까. 그 차이는 어쩌면
지금이 바로 지금 이 순간이 나에게는 과거고 너에게는 미래라는 또는 그
역일 수도 있다는 것과 흡사한 것일지도 모르지만 그것과는 다른 어떤 차
이일지도 몰라. 어쨌거나 현재는 없어. 그리고 소리뿐만이 아니야. 거울에
그려지는 내 얼굴도 나는 믿지 못해. 사진 또한. 네가 내 눈으로 한 번만이
라도 내 얼굴을 보았다면 네 얼굴을 보듯이 내 얼굴을 볼 수 있었다면 나
의 현재를 확인할 수 있었다면 나는 아마 모든 것을 그래 모든 것을 다 믿
을지도 몰라. 그래도 나는 아직 거울을 깨뜨리지는 못했어. 언젠가 너를
죽이고 싶었을 때 그때 나는. 아 그때 죽이고 싶었던 미물이 너였는지 나
였는지 다른 누구였는지는 확실치 않았지만. 아마 살아 있다고 하는 모든

것들에 대해서 증오와 환멸을 느꼈을 때였을 거야. 나라는 미물 그 자체에 대해서 지독한 역겨움을 느끼고 있을 때였으니까. 나라고 하는 미물로 인한 나로부터 비롯된 이 우주라고 하는 것을 모조리 까부수고 싶었지. 내가 나라는 사실을 거의 전혀 믿을 수 없었는데도. 조금 전에 그러니까 녹음기 앞에서 이렇게 중얼거리기 전에 네가 보내주었던 편지들 가운데 한 통을 발견했어. 다른 모든 경우와 마찬가지로 우연히. 일의 발단은 내가 무엇인가를 찾으려고 서랍을 연 데에서부터야. 서랍을 연 나는 잡동사니들과 함께 송장들처럼 커다란 구덩이 속에 던져진 송장들처럼 말이야 섞여 있는 편지들을 보았어. 나는 내가 왜 그 편지엽서전보메모 따위들을 받아 읽었어야만 했었는지를 알 수 없었어. 그것은 아마도 그것들을 나로 하여금 또는 나에게만 읽히도록 하려는 사람들 손으로 씌어진 것들이기 때문이었겠지만 그런데 왜 하필 나였을까? 나는 서랍 속에 들어 있는 것들을 모두 방바닥에 쏟아놓고 편지 따위들을 골라내어 하나씩 읽기 시작했어. 개미 같고 깨알 같고 지렁이 기어간 자국 같은 그것들. 그것들은 모두가 내 살과 뼈를 저미고 도려내는 깨어진 유리조각 같은 해독이 불가능한 낯선 기호들이었어. 그런데 그 속에 뜻밖에도 그리고 어이없게도 네가 보내온 것이 있었어. 나는 이렇게 습격을 당하고 싶지는 않았고 여전히 네가 나를 습격할 수 있다는 사실조차 믿어지지 않았어. 너와 나의 관계는 습격과 피격의 관계였고 그것은 또 너무나도 일방적이었던 것임을 네가 알고 있는지 모르겠구나. 나로 하여금 너를 기억하게끔 한 것이 너의 전화였고 그 전화를 받았을 때 나는 네가 누군지도 몰랐었지. 하루에도 수십 번씩 다른 사람을 찾는 전화를 받던 나는 생소한 여자의 목소리가 내 이름을 말하는 데에 놀랄 수밖에 없었어. 그리고 그런 이름을 가진 사람을 바꿔달라는 것도 아니고 대뜸 아무개 씨죠? 라는 것이었지. 언젠가 길에서 나를 보고 등 뒤에서 불러세운 것도 너였어. 밤늦도록 마시고 들어온 술을 말 그대로 확 깨게 한 것도 너였지. 터무니없는 꽃다발로 말이야. 꽃 자체를 싫어하는 것이 아니라 먹기 위해서가 아닌 다만 쓰잘데없는 장식만을 위해 자른 꽃 꽃의 송장을 내가 싫어하는 것을 알면서도 네가 네 마음대로 대낮에도 불 을 켜야 하는 썩은 내가 나는 골방에다가 나도 모르게 한 아름의 꽃다발을 항아리에 꽂아 두었던 것은 나를 충분히 술 깨게 하고도 남았었어. 더구나 나는 그만큼의 꽃을 사기 위해 지불한 돈이면 라면을 몇 개나 살 수 있을 까를 생각하지 않을 수 없었기 때문에 더욱. 이런 예는 얼마든지 있고 아 니라고 할 수도 있겠지만 지금 분명히 나는 너를 비난하고 있는 거야. 너 는 가해자고 오로지 못된 가해자일 뿐이고 나는 피해자 언제나 착하고 약 하고 가난하고 불쌍한 피해자라고 편리하게 멋대로 갈라놓고 말이야. 어 쨌든 이미 오래 전에 네게서 받은 편지들을 모두 돌려주었는데도 그러니 까 모두는 모두가 아니었던 거야. 나는 봉투 속에서 편지를 꺼냈어. 당연 히 낯선 기호들뿐이었어. 당신이 여기에 없는 것이 너무 아쉽습니다. 따위 를 해독하자면 성능이 좋은 암호해독기라도 있어야 할 것 같았어. 이 편지 를 처음 읽었을 때는 나도 여기에 씌어진 기호의 규칙들을 분명히 알고 있 었고 알고 있었겠지만 그 규칙은 이미 어떤 기호에도 적용이 불가능한 것 으로 오래 전에 폐기처분을 당하고 말았다는 새삼스러운 소리는 할 필요 도 없겠지. 그렇지만 아무래도 좋아. 그리고 나는 사람들이 꼭 무슨 이유 가 있어서 자살한다고는 생각하지 않아. 스스로 죽음을 택하는 데 무슨 이 유 따위가 필요하겠어? 나는 언제 어디서 어떠한 형태의 죽음이라도 받아 들일 수 있을 것 같아. 하기야 내가 받아들이고 말고 할 수 있는 것이 아니기는 하지만. 요는 내가 과연 자살이란 것을 할 수 있겠느냐 하는 거야. 나 스스로 나라는 기호를 허구를 지워버릴 수 있을까? 그렇다 한들 그것으로 해결이 될까? 설사 해결이 된다 한들 죽음으로 해결할 수 있는 것이 무엇일까? 죽음은 목적이지 수단이 아니다. 라고 할 수 있을까? 어쨌든 나는 유서 따위는 쓰지 않겠어. 그것은 무의미한 기호들의 나열일 뿐이며 설사 그렇지 않다 하더라도 죽는 것까지 변명을 하고 싶지는 않고 또 자살을 시도해서 성공한다 하더라도 죽기 전에 돌이킬 수도 없게 되어버린 어느 순간에 이미 시도해버린 자살을 후회하고는 꼼짝도 못하면서 발버둥을 치게 될지도 모르니까. 나는 너를 죽이고 싶어 했어. 그런데 내가 너를 죽이고 싶었을 때 그때 너는 내 곁에 없었어. 만일 그때 내가 네 곁에 있었더라면 나는 너를 죽였을까? 네가 내 손에 죽었을까? 무엇 때문에 너를 죽이고 싶어 했느냐고는 묻지 마. 스스로를 죽이는 데에 이유가 필요 없듯이 다른 사람을 죽이는 데에도 이유는 필요 없어. 그리고 네가 내 손에 죽어야 할 어떤 이유가 있었다면 나는 이미 너를 죽여버렸을 거야. 지금쯤 어딘가에는 비를 맞고 있는 개가 몇 마리쯤 있겠지. 날아가는 두더지의 노랫소리도 들릴 테고. 너와 나는 실은 아무것도 아니었어. 그저 너는 너고 나는 나일 뿐이었어. 지금처럼. 지금 내 앞에 녹음기가 있듯이 지금 네 앞에는 녹음기가 있어. 이것이 너와 나 사이의 전부야. ……피곤해. 피곤할 따름이야.

　그 애의 귀는 닫히지 않는다. 피아노 건반 위를 굴러가는 손가락 같은 바람이 분다. 하늘에는 정직하게 아무것도 없다. 처음부터 하늘에는 아무것도 없었다. 닫히지 않은 그 애의 귀에 소리가 스며든다. 부분적인 음향

크나큰 不安의 部分的인 音響　29

이——

　버스 안에는 사람들이 별로 많지 않았어. 버스 뒤쪽에 서 있던 나는 우연히 고개를 돌려 한없이 멀어지는 낯설고 낯익은 풍경들을 바라보게 되었어. 아니 멀어지지도 가까워지지도 않는 붉다고만은 할 수 없는 그러나 붉다고밖에 할 수 없는 하늘을 보게 되었어. 마침 버스가 교차로의 고가도로를 타고 오르기 시작했는데 나는 아마 버스가 그대로 계속해서 올라가주기를 하늘까지 올라가주기를 기대했던 것 같고 버스가 정말 그대로 계속해서 하늘까지 올라간다면 붉은 하늘과는 정반대쪽의 하늘로 가게 될 거라는 생각도 했던 것 같아. 나는 그래서 붉은 하늘로 날아가려 했던 것일 게야. 무슨 소리 같은 것이 내 몸을 가득 채우는 것 같았는데 그것이 소리였다면 아마 하늘이 까맣게 타오르는 소리였을 거야. 나는 붉은 하늘 속으로 너무나도 빠르게 너무나도 느릿하게 빨려 들었어. 고가도로 아래로 떨어져 고가도로 아래를 달리던 차에 치인 내 몸은 죽은 듯이 죽어버렸지. 그 몸은 나중에 불에 타버렸어. 그때 내 송장을 태울 때 내가 뭘 하고 있었는지를 확실히는 모르겠어. 그렇지만 아마 불장난을 하고 있었을 거야. 햇빛을 가려버리려고 많고많고많은 초에 불을 붙여대고 있었을 거야.

　그 애가 성에서 나온다. 그 애의 등 뒤에서 철문이 소리 없이 소리를 지르며 닫혀도 좋을 것이다. 눈이 내린다. 비처럼 눈송이들이 쌓인다. 흰 옷을 입은 백발노인이 하얀 꽃들로 가득한 흰 지게를 지고 걸어온다. 바람이 꽃들을 눈송이들처럼 흩날려버린다. 길의 저쪽에는 밤이 있다. 그 애와 밤의 중간쯤에 서 있던 그가 눈 밟는 소리에 귀를 돌린다. 눈 밟는 소리가 들려오지 않는 쪽으로. 그러고는 손으로 발자국들을 그린다. 흰옷을 입은 백발노인이 흰 지게에서 죽어버린 하얀 꽃 한 송이를 꺼내 그에게 내민다. 밤으로 달려가던 빛들이 그 애의 얼굴 위에 잠시 머문다. 찢어진 붉고 푸르고 흰 하늘 한 조각이 훨훨 날아다닌다. 무지개가 하얗게 무너져버린다. 풀빛 새 한 마리가 발자국을 그리는 그의 손등에 내려앉는다. 그 애의 발이 그가 그리는 발자국이 가는 방향의 반대쪽으로 멀어진다. 마침내 쌓인 눈과 쌓이는 눈만 남는다. 총소리가 들려온다. 어디에선가로부터.

바람이 불어와도 깨어날 수 없는 죽어버린 시계의 괘종소리가 총소리처럼 들려온다. 이윽고 괘종소리의 여운마저 사라져버리면 방향도 없는 곳으로부터 그 애의 목소리가 희미하게 들려온다.

……눈물같이 시드는 하얀 꽃 한 송이는 눈물같이 시들어 녹슨 쇳가루같이 갈색으로 변해버린 핏자국만 남겼어요. 그런데도 당신이 그린 한 송이 하얀 꽃은 피곤하게도 시들지조차 않아요. 그것이 시드는 시간은 너무 길어서 우리는 결코 느낄 수 없을 만큼 길어서 그것은 영원히 시들지 않을 꽃이죠. 무엇 때문에 당신은 당신의 그림을 태워버리지 않나요. 그 그림에 불과할 뿐인 꽃을. 당신은 어이없게도 그림에서 향기를 맡으려 하지만 언제나 맡는 것은 먼지 냄새뿐임을 잘 알고 있잖아요. 도대체 무엇을 기다리는 것인가요? 아 어쩌면 나도 어쩌면 기다렸는지도 몰라요. 아니 기다렸어요. 분명히. 나는 기다렸어요. 당신의 기다림이 그치기를. 내가 당신의 기다림을 마무리 지어 줄 수는 없었지만 그러니까 그러므로 나

는 차라리 당신이 기다림마저 잊기를 기다렸어요. 아시겠어요? 나는 당신을 잊고 있지 않았단 말예요. 하지만 이미 끝장이 나버리지 않았던가요? 남은 것이 있다면 그것은 사각형 폐쇄된 작은 사각형 안에 갇힌 당신의 환상일 뿐예요. 시작도 끝도 없이 끝나고 시작하는 조잡한 상상력으로 억지로 꿰맞춘 영화 필름의 토막난 조각 같은 조리와 공간과 논리와 시간과 부조리와 가능성과 허구와 불가능과 사실과 비논리와 진실과 궤변이 마구 뒤섞인 그런 환상. 곡두. 어처구니없게도 환상만 빨고 있는 당신은 당신의 내부에 있으면서도 외부에 있는 것으로 착각하고자 하고 있어요. 그 환상 당신의 어리석은 거짓들이 내리는 벌을 죄처럼 거부하고 받아들이며 환상은 부드러운 포말처럼 슬며시 갑자기 다가와서는 여름 바다의 햇살같이 깨어지고 깨어진 조각들은 하나하나가 날카로운 칼날로 당신을 무참하게 찔러대죠…… 아아 아녜요! 끝나지 않았어요! 만남은 아직도 여전히 지속되고 있는 거예요. 보이지도 않으면서 만남은 천천히 천천히 지옥의 불길보다 느릿하게 그렇게 만남은 소멸을 향해 점차로 차분하게 고요히……

그 애의 목소리는 주문처럼 웅얼거리다가 사라져버린다. 보이는 것이 아무것도 없다. 우연히 멈추어버린 것들마저도 보이지 않는다.

그 애는 어디까지나 당신들 편이었다. 허구를 실체로 지니고 다니는 당신들과 함께 있었다. 입으로 말을 할 수 있는 그는 언젠가 손으로 하는 말을 입으로 말을 할 수 있는 그 애에게 가르쳐주었었다. 어리석은 짓이었다. 그 대신 차라리 모든 것을 감는 법을 가르쳐주고 배우는 편이 훨씬 나았을 것이다. 그는 그 애는 눈감고귀감고입감고손감고 삶 그 자체까지 모두 감아버렸어야만 했다. 그러니까 몇 개의 글 조각들을 던진 것은 나의 행위가 아니었다. 글 조각들은 볼펜껍질 속의 용수철처럼 제멋대로 튀어나갔다. 나는 다만 볼펜을 들고 만지작거리기만 했을 뿐이었다. 볼이 종이 위에서 미끄러지는 느낌이 좋지 않아서 나는 볼펜을 쓰지 않는다. 나는 그를 모른다. 그는 어디에도 없다. 나는 그 애를 모른다. 그 애는 어디에도 없다. 그래도 당신은 묻는다. 한참 동안 생각한 끝에 나는 이런 대답을 만든다, 옛날옛날옛적에 우리는 헤어졌습니다. 만나기도 전에 헤어졌습니다. 헤어졌는데도 우리라니? 아 언어를 믿지 마십시오. 언어는 모든 기호는 거짓의 표상입니다. 허구에 의존하지 마십시오. 당신은 사실입니다. 당신은 실체입니다. 당신은 자유입니다. 그래도 당신은 묻는다. 나는 당신에게 간곡히 부탁한다. 제발. 하 파 타 카 차 자 아 사 바 마 라. 다 나가!

전화벨이 한 번인가 두 번 울리자 그 애는 수화기를 귀로 가져간다. 여보세요. 그 애의 큰 눈이 잠깐 먼다. 지금 없는데요. 글쎄요 모르겠어요. 모르겠어요. 그 애의 손과 팔이 그 애도 모르게 수화기를 내려놓는다. 잠시 후에 마감뉴스가 끝나자 그 애는 자동인형처럼 자연스럽게 텔레비전을 끄고 느릿하게 일어서서 이 층에 있는 자기 방으로 가기 위해 천천히 계단에 발을 얹는다. 자정을 알리는 시계의 괘종소리가 우연히 들려온다. 하나 둘 셋 넷 다섯 여섯 일곱 여덟 아홉 열 열하나 열둘 열셋 열넷. 그 애는 그만 주저앉고 만다. 떨어지는 머리를 난간이 받쳐준다. 누구와 무슨 말을 주고받았는가를 기억해내려고 애쓴다. ……정부 대변인은……국회에서……복면을 한 강도가 식칼을 휘둘러……달러 시세의 변화로 인한……진도 8.8의 강진이……대량학살로……석유난로가 넘어져……사망자는……80대 79로 늘렸으며……최고 기온은 영하……. 텔레비전 수상기 옆의 전화벨이 다시 요란하게 개처럼 울부짖기 시작한다. 그 애의 두 손이 귀를 막고 얼굴을 무릎 사이에 파묻어버린다.

그날 나는 하늘을 보았다

　죽기 전에 내가, 그러니까 살아 있던 내가 마지막 숨을 쉰 곳은 어느 자그마한 찻집이었다. 그곳에서 나는 커피 한 잔을 마셨으며, 세 대의 담배를 피웠다. 그리고 네 대째의 담배를 입으로 가져가다가 그만 담배를 손가락 사이에 끼운 채 옆으로 쓰러져버리고 말았다. 그러나 내가 앉은 자리가 구석자리였고 의자 등받이가 높았으므로 등은 의자 등받이에 기대어진 채로 오른쪽 어깨와 머리를 벽에 기댄 자세가 되었다. 눈은 멍하니 뜨고 있었고, 입은 조금 벌어진데다가 팔은 축 늘어뜨리고(손가락 사이에 끼워졌던 담배는 테이블 밑으로 떨어졌다) 있었으니 다른 사람들에게는 내가 꽤나 피곤해 보였을 것이다. 그러나 물론 나를 눈여겨본 사람은 없었으며, 사실 그때 나는 무척이나 피곤하기도 했었다. 하지만 내가, 왜 이럴까? 하며 몸을 일으키려 했을 때 나는 이미 죽어 있었던 것이다. 너무나도 어처구니없는 일이었다. 게다가 내 몸의 각 기관은 죽은 뒤에도 얼마 동안, 아마도 관성 때문이었겠지만, 약 삼사 분간은 살아 있는 것처럼 움직였다.

점차로 미약해져서 삼사 분이 지나자 정말 송장이 되어버리기는 했지만. 그러므로 만일 의사라든가 하는 사람이 나를 관찰했다면 그 사람은 나의 죽음의 시각을 내가 실제로 죽은 시각보다 삼사 분 후로 측정했을지도 모른다. 그리고 그러한 작업은 그 사람에게는 거의 견딜 수 없을 만큼 따분한 일이었을 것이다.

나의 죽음은 이렇듯 아무 이유도 없이, 느닷없이 닥쳐온 것이었으므로 나는 꽤나 어리둥절했으며, 그래서 내가 죽고 나서 죽었다는 사실을 깨닫는 데 시간이 얼마나 걸렸는가, 그리고 내가 죽었다는 사실을 깨닫고 나서 내 몸이 송장이 될 때까지 걸린 시간이 정확히 얼마나 되는가를 알지 못하며, 그러므로 안타까운 것은 내가 내 죽음의 순간이 언제인가를 정확히 알지 못한다는 것이다. 과연 나는 언제, 어느 순간에 죽은 것일까? 내 몸이 옆으로 쓰러질 때? 아니다. 나는 내가 옆으로 쓰러지는 것을 알고 있었다. 내 오른쪽 어깨가 벽에 닿은 순간? 물론 아니다. 나는 그것도 느꼈다. 그런데 여기서 나의 기억은 잠깐(한 순간――길어야 일 분 정도? 나의 추측일 뿐이지만 그다지 큰 오차가 있지는 않을 것이다) 눈을 감는다. 그리고 기억이 다시 눈을 뜨면 이미 죽어버린 나를 보게 되는데, 그렇다면 기억이 눈을 감는 순간이 나의 죽음의 순간이었던 것일까? 아마도 그러리라고 생각되지만, 기억이 잠깐 눈을 감은 것은 죽는 순간의 충격 때문이 아니었을까? 곧, 죽음 직후에 기억이 눈을 감은 것이 아니었을까? 아니, 어쩌면 기억이 눈을 감은 직후, 또는 눈을 뜨기 직전일지도 모르는 것이다, 나의 엉성한 죽음의 순간은. 그러니 아마 유월에는 장미가 필 것이다. 더러운 핏빛으로.

내가 그 찻집――내가 죽은 그 찻집에 간 것은 그 애와의 약속이 있었기 때문이었다. 작은 얼굴에 커다란 눈, 눈동자는 짙은 갈색이었다. 얼핏 보아서는 모르지만 자세히 보면 콧날이 아주 조금 왼쪽으로 비뚤어졌으며……. 그 애와의 약속은 그날, 내가 죽던 날 오전에 내가 그 애가 살고 있던 집으로 전화를 해서 얻어낸 것이었다. 담배도 파는 동네 과일가게 문 옆에 매달려 있는 공중전화(내가 그 가게 앞을 지날 때마다 그것은 얼마나 나를 유혹했던가? '그 애가 너를 기다리고 있어, 아니 부르고 있어! 커다란 소리로. 자, 들어봐. 어서…….' 나는 고개를 푹 숙이고 빠른 걸음으로 가게 앞을 지나치곤 했었다)의 수화기를 들고 동전을 넣고 다이얼을 돌리고 신호가 가고……그리고 동전이 떨어지고 전화를 받은 사람은, 오오!, 그 애였다. 그 애의 아득한 목소리가 너무 가까운 곳에서 들려 왔던 것이다. 그것은 거의 두 달 만에 한 전화였다. 그 두 달 가까운 시간의 거리와 수화기를 통해 들은 내 목소리, 그리고 '내던지다시피'(그 애와 함께 몇 번인가 만났던 그 애의 친구가 내가 죽던 그날로부터 며칠 전에 나와 만나서 그 애가 그러더라고 한, 그러니까 그 애의 표현이다) 해버린 약혼 따위로 인해 그 애는, 망설이기는 했으나, 나를 만나 주겠다는 것을, 만날 시각과 장소를 얘기했던 것이다.

전화를 끊고 나서 나는 어처구니없이 속아버린 것 같은 야릇한 공허감에 싸였는데, 그것은 내가 언제나(잠이 드는 아스라한 순간에 까지도!) 그 애를 만나고 싶어 했으며, 아울러 항상 그 애를 보고파하는 마음을 억눌러야만 했고, 급기야는 그 애를 만나고 싶어 하는지 아닌지조차도 정확히 판단할 수 없게 되어버린 때에 단 한 번의 전화로 나를 만나 주겠다는 그 애의 약속을 얻어낸 것이 어쩐지 이해할 수 없는 일처럼 여겨졌던 때문이었다(그 애가 다른 남자와 약혼을 해버렸다는 사실이 나에게 어떤 의미가 있었을까?).

그때 나는 동화를 쓸 수는 없을 것 같다는 생각도 했다. 나는 동화를 좋아했으며, 그 애를 알게 된 뒤로는 내가 직접 동화책을 읽기보다는 그 애의 허벅지를 베고 누워 그 애가 읽어주는 동화 듣기를 더 좋아했지만, 한 번도 동화를 쓰고 싶다거나, 써 보겠다는 생각은 해본 일이 없었다. 그런 나에게 엉뚱하게도 동화를 쓸 수는 없을 것 같다는 생각이 든 것은 무엇 때문이었을까? 과일가게의 손금고 옆에는, 을씨년스럽게도, 시들어빠진 진달래 몇 송이가 꽂힌 청동 꽃병이 무겁게 앉아 있었다. 그 청동 꽃병에서 뛰쳐나오는 푸른 표범을 보고 싶다는 바람은 아무래도 무리한 것이었던 모양이다.

나는 걸었다. 걷는다는 것은, 오른발과 왼발을 번갈아 앞으로 내디디는 것은 기실 아무 의미도 없는 단순한 행위였다. 하지만 그 애가 정한 약속 시각까지는 너무 엄청난, 감당할 수 없는, 그렇지만 감당할 수밖에 없는 시간이 놓여 있었으므로 걷는다는 것은 그 시간의 벌판을 건너는 하나의 방법이기도 했다. 나는 그러나 그 시간의 벌판을 건너가기 위해 걸었던 것은 아니었다. 까마득한 시간 때문만이었더라면, 가령 영화를 본다든가 할 수도 있었으리라. 하여 화면에 그려지는 사실에 끌려 들어감으로써 시간과 함께 나라는 허구를 잠시나마 잊는 것도 가능했을 것이다. 그리고 구태여 걷지 않았더라도 시간은, 나의 느낌과는 상관없이, 일정한 속도로, 정확한 흐름으로 나를 태우고 갔을 것이다. 그렇다고 해서 그날 오전에 내가 그러한 사실들을 분명하게 의식하고 있었던 것은 아니었다. 다만 하루의 몇 분의 일에 불과한 그 애와의 약속 시각까지의 시간의 양이 나에게는 너무나도 엄청난 것으로 여겨졌을 뿐이었다. 걷는 일과는 아무 상관없이.

나는 걸었다. 어물전좌판밑에버려진조기대가리가여전히뜨고있는눈처

럼푸르딩딩하고비릿한오월의햇살이말려버린물이끼에남은마지막풀빛으
로불어터진나뭇가지아래를. 개구쟁이들이벽에낙서를하다가부러뜨린색
연필조각들처럼굴러다니고채이고짓밟히는색채들에섞인때묻은색연필조
각으로. 막힌하수구에고여있는물에서썩은거품들이부글거리다가터질때
처럼튕겨져나왔다가무리들틈으로녹아드는사물들사이에서나또한터진거
품에서튕겨져나온하나의방울로. ……그다지도 나는 막연했었다. 그때 누
군가가 나를 불렀다. 아니 부르는 것 같았다. 아니다. 누군가가 불러 주기
를 그저 기다리고 있었을 뿐이었다. ……뿐이었을 것이다…….

나는 버스 정류장에서 마치 버스를 기다리는 사물처럼 서 있기도 했었
는데, 그것은 버스를 타기 위해서도 아니었고 다리가 아팠기 때문이었거
나 피곤한 몸을 쉬게 하고 싶어서도 아니었다. 나는 그저 아무런 이유도
의미도 없이 다만 서 있기만 했을 뿐이었다. 흡사 걷는 것처럼. 그러므로
서 있는 것 또한 하나의 행위임에는 틀림없었다.

그렇게 서 있던 내 귀에 망치 소리가 들려왔다. 나무판자에 못이나 박
는 그런 소리가 아니라 커다란 해머로 철판을 두드리는 소리였다. 확인은
못했지만(군이 확인을 할 필요가 있었을까?) 비명을 지르는 철판의 두께
는 두어 자쯤 되는 것 같았다. 망치 소리는 버스 정류장 바로 앞의 지하철
공사장에서 들려왔으며, 내가 본 것은 노란 헬멧을 쓰고 빨간 런닝셔츠를
입은, 얼굴에 주름살이 많은 인부의 두 손에 긴 자루의 끝이 꽉 쥐어진 채
일정한 간격을 두고 오르내리는 커다란 해머였다. 인부의 하반신과 두께
가 두어 자쯤 될 두들겨 맞는 철판은 파헤쳐진 노면 아래에 있어서 보이지
않았는데, 어쩌면 일정한 간격을 두고 오르내리는 커다란 해머를 본 다음
에야 쇳덩어리와 철판이 부딪치는 무겁고도 날카로운 소리를 듣게 되었

는지도 모르겠다. 땀도 흘리지 않으면서 일정한 간격을 두고 해머를 들어 올리는 인부의 주름살 많은 짙은 갈색 얼굴은, 조금은 피곤해 보였는데, 그에게 다른 어떤 표정이 있으리라고는, 그리고 다른 어떤 행위가 그에게 가능하리라고는 지금도 상상할 수 없다. 그는 모자라지도 넘치지도 않는 그의 몫만큼의 피로를 지닌 채 무게를 이기지 못하고 떨어진 해머를 자꾸만 들어 올리는 것이었다. 그는 태어날 때부터 그 자리에서, 허리를 구부린 그런 자세로, 내가 본 그 얼굴로 조금도 쉬지 않고 해머를 들어 올리기만 했을 것이다. 누군가가 내 눈의 수정체가 있던 곳에 카메라의 렌즈를 두고 그를 필름에 담았다면——다만 해머를 들어 올리기만 할 뿐인 그의 행위가 그쳤으리라는 가정 아래——그것은 우리가 일생 동안 보아야 할, 그리고 꼭 보아 두어야만 할 단 한 편의 영화였을 것이다. 또한 그 영화의 시작과 동시에 태어나 줄곧 화면만을 바라보다가 그 영화가 끝나는 것과 동시에 눈을 감은 누군가가 있다면 그 누군가를 가리켜, 조금의 과장도 없이, 가장 행복한 삶을 누린 사람이라고 할 수 있을 것이다. 신앙의 대상이 되기에 조금도 부족함이 없는. 아니, 모든 사람들의 유일한 신앙의 대상일 것이다.

망치소리는 이십칠 광년 떨어진 곳에 있는 직녀성, 그 너머에까지 울려 퍼지고 있었다. 대략 천만 년 전의 라마피테쿠스도 그 망치 소리를 들었을 것이며, 웅녀가 되기 전의 곰도 그 망치 소리를 들었을 것이다.

몇 댄가의 버스가 지나간 다음에 나는 다시 걷기 시작했다. 다시 걷던 나는 버스 정류장에 서 있던 것처럼, 걷던 것처럼 전람회장에 들러 그림 앞에 서 있기도 했다. 전람회장의 벽에만 걸려 있던 그림들은 다른 모든 곳에서 볼 수 있는 다른 모든 그림들과 마찬가지로 겹쳐졌거나 맞대어 있

거나 떨어져 있는 몇 가지의 부정형 또는 정형의 색면과 선들이 하나의 유
기적인 질서에 따라 제한된 화면에 갇혀 있는 것들이었다. 어떤 그림 앞에
서 나는 동화는 슬픈 이야기라는 우연한 생각을 했고, 무심하게 '우리들
은 왜 어두워하는가……' 라고 중얼거리기도 했다. 짧게 자른 그 애의 검
은 머리, 그 애의 작은 입술이 어떤 비밀을 감춰두고 있는지를 나는 아직,
여전히, 모른다. 그 애는 젖가슴이 커서 젖꼭지가 유난히 작은 것 같았다.
그 애의 그 커다란 젖무덤 사이에 얼굴을 묻고 새끼손톱만 한 젖꼭지를 굴
리며, 긴 다리로 내 허리를 감고 갈퀴 같은 손가락으로 내 등을 찍어 누르
고 머리카락을 쥐어뜯으며……우리들은 어두워했던가? 나는 그 자리에
서 그 애에게 그것을 묻고 싶었다. 그러나 내가 그림 앞에 멍청하게 서 있
을 때 그 애가 어디서 무엇을 하고 있는지를 나는 알지 못했고, 그것이 너
무나도 당연해서 슬퍼할 수조차도 없었다.

　전람회장에서 나오며 내가 심하게 허청거린 것은 그러나 그 애 때문이
아니라, 아마도, 시간의 무게 때문이었으리라. 그 애와의 약속 시각까지의
시간은 시계 위에서 끊임없이 줄어들고 있었지만, 그것은 줄어들수록 더
욱 무거워지는 것이었다. 시간——시간이 흐르지도 않고 멈추지도 않는
그런 세계에 있기를 나는 그 얼마나 갈망했던가! 나는 그러나 그런 세계
를 상상조차 할 수 없었다. 그날, 내가 죽던 그날, 하늘 한복판의 태양을
바라보며 나는 또 그 얼마나 시간을 저주했던가! 시간으로 타오르며, 하
늘 높이 떠오름으로써 어둠을 확인케 하는 태양을 나는 갈기갈기 찢어버
리고 싶었다. 하지만 찢어져 펄럭이며 날아다니는 것은 나의 영혼이었다.
그랬으면서도 나는 내가 그날 그렇게 어이없이 죽어버릴 줄은 정말 몰랐
었다. 그것을 내가 어떻게 알 수 있었겠는가? 설사 나의 내부에서 풍선처

럼 부풀어오르는 죽음을 느끼고 있었다 하더라도 그것이 그렇게 갑자기 터져버리리라는 것을······.

자신의 죽음을 미리 아는 사람들이 있다는 얘기를 나는 가끔 듣곤 했었다. 특수한 예지능력을 지닌 사람이 아니더라도 나이가 많은 사람들이나 중병에 걸린 사람들 가운데에는 죽음 직전에 죽음을 보는 눈이 뜨이는 경우가 있다고 한다. 그리고 갑작스레 죽는 사람에게도 예감이라고 하는 것이 넌지시 죽음의 그림자를 보여주는 경우가 있다고 한다. 때로는 전조가 나타나는 경우도 있는데, 그것을 읽는 사람도 있지만 대개는 어떤 사람이 죽은 다음에야 주변에 있는 죽지 않은 사람들이 입을 모아 '그 사람이 아침에 버스에서 누군가에게 발을 밟혔다고 했는데 그것이 죽음의 전조였던 것'이라고 말들을 하는 것이다. 그렇지만 나는 그런 얘기들을 전혀 믿을 수 없었다. 그런 얘기들 가운데 하나라도 확인시켜준 사람이 없었으므로(확인되지 않은 사실은 사실이 아니다——라고 말할 수는 없지만). 죽었다가 다시 살아났다는 사람들도 있다고는 한다. 심지어는 그런 사람들의 실화(!)를 모아놓은 책들도 있다. 하지만 그런 이야기들이 모두 사실이라 하더라도 그런 이야기들의 주인공들이 겪은 것은 삶의 한 과정으로서의 체험이 아닐까? 길을 가다가 아스팔트 위에 떠 있던 돌멩이에 걸어채이는 것과 그다지 다를 바가 없는. 그리고 정말 누군가가 아침에 버스에서 발을 밟힌 그날 죽었다 하더라도, 그러나 버스에서 발을 밟히지 않고 죽어간 사람들이 훨씬 더 많지 않은가!

그날, 나는 나의 죽음에 대한 어떠한 예감도 느끼지 못했다. 전조라고 할 만한 것도 없었다. 거의 두 달 만에 그 애에게 전화를 했고, 약속을 얻어낸 것——그것이 전조였다고 할 수는 없다. 그러나 구태여 전조를 찾아

야만 한다면, 그날 아침에 해가 떴다는 것——그것이 나의 죽음의 전조가
아니었을까?

우연한 죽음——

그렇다! 생각해 보면 모든 죽음은 우연한 것이다. 왜냐하면 모든 존재
가, 그 태어남부터가 우연에 의한 것이므로. 운명이라고 하는 것은 모든
사물들이 자신의 의지로서는(사실 개인의 의지라는 것도 이미 결정되어
있는 것이기는 하지만) 결코 어떻게도 할 수 없는 그 우연——곧, '우주의
질서'를 가리키는 말인 것이다.

죽은 다음에야 알게 되었지만, 나 또한 다른 모든 사물들처럼 태어나고
싶어 하지 않았었다. 그럼에도 나는 우연히 태어나고야 말았던 것이고, 마
찬가지로 죽기 싫었지만 우연히 죽어버리고야 만 것이다. 태어난다는 것
은 곧 존재의 비롯됨을 뜻하는 것이고 죽음은 존재의 소멸을 뜻하는 것이
므로, 논리를 따르자면, 태어나기가 싫었다면 죽음은 기꺼워했어야만 했
을 것이다(여기서의 존재란 이미 태어났으며 아직 죽지는 않은 사물들의
상태를 가리켜 '존재한다'고 하는 의미에서의 존재다). 그러나 모든 사물
들은 존재로서의 지속을 원하는 철저히 보수적인 속성을 가지고 있다. 곧,
태어나기가 싫었던 것은 태어나기 전의 상태로 존재를 유지하고 싶었던
때문이고, 죽기 싫었던 것 또한——이미 태어나버렸으므로——죽기 전의
상태로 존재를 지속시키고 싶었던 때문이다(여기서의 존재란 어떠한 상
태로든 있는 것을 뜻한다). 결국 보수적인 모든 사물들이 두려워하는 것
은 그러므로 존재의 완전한, 절대적인 변화——지금까지 있던 세계에 지
금까지의 상태로 더 이상 있을 수 없다는——인 것이다. 이것을 이율배반
이라고 할 수는 없을 것이다.

앞에서 나는 아무 이유도 없이 죽었노라고 했다. 하지만 철저히 비논리적인 우주의 질서(사람의 한계 내에서는 그렇다)에 어떤 타당한 이유가 있을 수 있겠는가? 굳이 이유를 찾자면, 결국 되풀이되는 소리지만, 이미 태어났다는 것, 그러므로 죽을 수밖에 없었다는 것 외에는 아무런 이유도 없는 것이다. 그러므로 나는 앞의 말을 직접적인 사인(이라고들 하는 것)이 없었노라고 정정하겠다. 가령, 요강에 빠져 죽었다든가, 성냥개비에 손바닥을 찔려 죽었다든가, 새끼 발가락이 부러져 죽었다든가 하는 따위의 사인이 나에게는 없었다는 말이다. 새삼스레 말할 필요도 없겠지만, 그러므로 나의 죽음은 타살도 아니었고, 자살도 사고사도 아니었다. 굳이 분류를 하자면 자연사일 것이다. 우연히 태어나서 우연하게 살다가 우연히 죽어버린.

그렇게 나의 삶은 완성되어버린 것이었다.

내가 그 찻집에 들어선 것은 그 애와의 약속시각까지 약 이십여 분의 시간을 남겨 두고서였다. 내가 이십여 분이나 시간을 어긴 것은 걷는 것이 귀찮아졌기 때문이었다.

우연히 비어 있던 구석자리에 앉자마자, 마치 내가 피로해서 이십여 분이나 일찍 약속한 찻집에 들어오기나 했다는 듯이, 갑자기 피로가 몰려들었다.

담배를 피워 물고 커피를 시켰다.

누군가가, 그 얘기를 하기 위해 나를 기다리고나 있었던 것처럼, 공간과 시간의 관계에 대해서 얘기를 했는데, 누가 얘기를 했는지, 어떤 내용이었는지는 기억에 없다. 하지만 그 얘기를 들으며 녹은 눈으로 질퍽거리던 논두렁을 걷다가 본, 비에 젖고 있던 나비를 생각했던 것은 기억에 남아 있다.

유난히 날개가 크던 그 푸른 나비는 내 눈앞에서 빙빙 돌고 있었다. 그 때 나는 나비가 땀을 무척 많이 흘리고 있다는 생각을 했었다. 그렇지만 그 푸른 나비가 왜 그다지도 많은 땀을 흘리는지는 알 수 없었다. 그러다 가 문득 나는 내가 비를 맞고 있다는 사실을 깨닫게 되었고, 그러고 나서 야 나비도 땀을 흘리는 것이 아니라 비에 젖고 있다는 것을 알게 되었으 며, 그 나비는 이미 죽어버린 나비였으므로 땀을 흘릴 수가 없다는 것까지 도 알게 되었던 것이다. 나비는 꽃에 앉는 것처럼 내 코앞에서 멈춘 빗방 울 위에 잠깐 앉았다가는 어디론가 날아가버렸다. 그러자 나비처럼 빗방 울도 하늘로 올라가버렸다.

공간과 시간의 관계에 대한 누군가의 얘기를 듣는 동안 지난 겨울의 푸 른 나비를 생각하며, 또는 그 황량한 벌판의 황홀함을 되새기며 나는 커피 를 두어 모금 마셨다. 공간과 시간의 관계와 푸른 나비와 황량한 벌판의 황홀함과 커피가 무슨 연관이라도 있다는 듯이. 그것들은 더구나 그 애를 만나기로 한 나와도 아무런 관계가 없는 것들이 아니었던가?

그 찻집에서 그 애가 올 때까지 기다린다는 것이 부질없는 짓이라는 생 각이 든 것은 커피를 반 잔쯤 마셨을 때였다. 그렇기는 해도 그 애가 오기 전에 나 혼자 그 찻집에서 나가지는 못하리라는 것을 나는 잘 알고 있었 다. 만일 약속한 시각에 그 애가 나타나지 않는다면 나는 그 애가 올 때까 지 기다릴 것이었다. 그러나 찻집이 문을 닫을 때까지도 그 애가 오지 않 는다면……? 아니, 찻집이 문을 닫을 때까지 기다리지는 않을 것이다. 그 렇지만……. 그 애를 기다리는 사람이 마치 내가 아니기라도 한 듯이 나 는 그 애를 기다리고 있는 나를 아무 감정도 없이 바라보고 있었다. 그리고 그 애를 기다리고 있는 나를 내버려둔 채 나는 푸른색 빗소리를 들으며 초에 불을 켰다. ……초는 녹았으며……녹으며 타오르고 타오르며 녹아가고……하얗고 가늘고 긴 초가 사라져 가고……맑은 액체 위에 밝은 불꽃이……맑은 액체를 굳히고……굳은 것이 다시 녹으며……불꽃은 꺼지지 않았다……우습게도 영원히 꺼지지 않을 것만 같았다……. 그러나 빗소리는 더욱 짙어져 마침내는 검은색으로 불꽃을 덮었다.

그러면서 나는 손톱 밑에 낀 검은 때를 부러뜨린 성냥개비의 뾰족한 끝으로 파내는 작업을 했다. 그 애를 만날 것이라는 사실을 인정했을 때 가장 마음에 걸린 것이 손톱 밑의 때였다. 손톱 밑의 때를 완전히까지는 못 되었지만, 그래도 어느 정도까지 제거하는 데에는 제법 상당한 시간이 소모되었다. 화장실에 가서 손을 씻으며 나는 생각해 보았다. 그렇지만 손톱 밑에 때가 끼어 있으면 왜 스스로도 거북하고 부끄러운지를 알 수 없었고, 그것이 어느 정도 제거된 뒤에는 어떻게 스스럼없이 손을 사용할 수 있는 마음의 자세가 되는지도 알 수 없었다.

손을 씻고 와서 미지근해진 커피를 한 모금 마시면서야 나는 그 애를 만나서 무슨 말을 어떻게 하고, 무엇을 할 것인가를 구체적으로 생각하게 되었다. 약속 시각까지는, 찻집의 벽시계로는 약 오 분여의 시간이 남았을 때였다. 나는 그 찻집에서의 두 번째 담배를 피우고 있었다…………………… …………………………………………………………………………………… …………………………………………………………………………………… ………그 애가 들어온다. 내 앞에 앉는다. 우리는 서로를 바라보며 미소 짓듯이 입술을 조금 움직일지도 모른다. 그 애가 커피를 시킨다. 우리는 아무 말도 하지 않는다. 우리는 서로를 바라보거나 재떨이나 찻잔 따위를

46

바라볼 것이다. 그 애가 눈물을 흘리고 있다는 것을 나는 너무 늦게 알아차리게 된다. 나는 담배를 입에 물고 불을 붙인다. 담배가 반쯤 탔을 때 그 애가 들어온다. 그 애는 나를 보고 미소 짓지만 나는 거울처럼 그 애의 미소를 흉내 내지는 못한다. 그 애가 커피를 시킨 다음에야 나는 보고 싶었다고 말한다. 나에게서 보고 싶었다는 말을 듣기 위해 그 애는 나를 만나러 온다. 나를 만나러 온 그 애를 보고 나는 미소짓지만 그 애는 나를 보고 미소조차 그리지 않는다. 그 애가 마실 커피를 내가 시킨다. 나는 그 애에게 보고 싶었다는 말 따위는 하지 않는다. 그 애 앞에 커피 잔이 놓이고, 설탕을 넣기 위해 스푼을 드는 그 애의 손을 내 손이 덮는다. 그 애의 손, 또는 내 손이 떨린다. 배경 음악은 바흐가 좋을까, 슈베르트가 좋을까? 스트라빈스키는? 핑크 플로이드나 앨리스 쿠퍼는? 이미자나 조용필은? 아니, 가야금이나 아쟁 산조가 어울릴지도 모르겠다. 프란시스 레이 따위는 너무 들척지근하지만, 하얀 옷을 입은 소녀나 누더기를 걸친 머스마가 기타를 쳐주거나 퉁소를 불어주는 것도 나쁘지는 않을 거야. 아, 그런데 알 그린의 간지러운 목소리로 〈For the Goodtimes〉가 흘러 나온다. 우리가 누워 있는 곳은 어디라도 좋다. 아니다. 그 애의 허영을 위해 종이 장미가 만발한 호텔 방이 좋겠지. 그러나 푹신한 침대에서라고 해서 그 애와 내가 하나가 될 수 있을까? 그 애와 나는 한 번도, 단 한 번도 하나로 타오르지 못했었어. 그 애는 언제나 내가 원하니까 마지 못해 다리를 벌려주었을 뿐이었어. 그것이 자위와 어떻게 달랐을까? 내가 원했던 것은 그런 것이 아니었어. 불꽃처럼, 불꽃의 속성 그대로, 죽음과도 흡사하게 다른 어떤 것도 용납하지 않는 것, 과거의 전부를, 그리고 기억할 수 있는 미래까지도 몽땅 태워버리는 것, 활활 타오르는 그 순간만이 영원한 것——그런 것을 나는 원했던 거야. 물론 고통을 연료로 한 불꽃이 사라지면, 남는 것이 절망밖에 없다는 것은 알고 있었어. 내가 원했던 것은 차라리 그 절망이었던 거야. 그 애의 영혼 깊은 곳에 나의 정액을 마지막 한 방울까지 떨어뜨린 뒤에 남는, 껍질을 태워버린 고통의 뼈, 절망의 본질 그 자체를, 어떠한 수식도 거부하는 절망, 바로 그것을 매번 새롭게 맛보기 위해 나는 그때마다 그 애의 품에서 다시 태어나고 싶었어. 시간의 외부에 존재하는 단 한 순간의 삶을 위해 가장 깊은 곳에서 가장 큰 전율을 느끼며 모든 것을 던져버리고 그 순간에 빠져들 수 있기를, 그렇게 그 애와 진정한 하나가 될 수 있기를 나는 정말, 정말 원했던 거야. 두 개의 몸, 두 개의 영혼이 하나가 되어 하나뿐인 나를 초월하는 진정한 자유, 진정한 삶을! ……그것이 오늘은 가능할까? *Don't look so sad. I know It's over.* 네가 약혼을 했다고 해서 하는 소리는 아니야. 약혼이니 결혼이니 하는 것은 우리와는 아무 상관도 없는 거야. 그런 것들은 다만 체재의 유지를 위한 형식일 뿐이니까. 그런 것들은 아무래도 좋아. 하늘은 여전히 푸르고 땅은 변함없이 붉지. 한 포기의 노란 풀이 바람에 흔들리는 것은 지극히 당연한 일이야. 하늘은 매일 아침을 눈물로 맞지. 어떤 피아니스트는 건반이 꽃잎으로 만들어진 피아노만 쳐. 그 아름다운 선율을 따라가다 보면 그 피아니스트에게 손이 없다는 사실을 잊을 지경이야. 다시는 꽃이 피지 않을지도 몰라. 한 줌의 시간——이것이 우리에게 남은 전부야. 결국 이렇게 한 줌의 시간 앞에 이르기 위해 우리가 지금까지 흘린 아픔을 생각해 봐. 우리는 이 한 줌의 시간 속에 익사할 수밖에 없는 거야. 우리가 잃어버린 것들을 간직하기 위해서는. *one more time for the goodtimes.* 그 애가 눈을 감는다. 그 애는 슬퍼하지 않는다. 나도 슬퍼하지 않는다. 슬퍼해야 할, 또는 슬퍼하지 않는 이유를 찾고 있는지도 모른다. 나는 멍청하게 그 애를 바라본다. 그 애의 투명한 눈이 나를 본다. 너무 빤히. 그 애의 눈이 너무 투명해서 나는 아무것도 보지 못한다. 그 애가 웃는다. 그냥. 그러니까 나도 웃는다. 갑자기 내 웃음이 부서진다. 나는 너의 무엇이지? 나는 너의 뭐였지? 나는 너의 무엇일 수 있는 거지? 그 애의 눈이 감긴다. 그 애는 항상 왼쪽 어깨를 올리고 걷는데, 그 애의 왼쪽 어깨에는 팥알만 한 사마귀가 있다. 검은 털들이 보송한 그 애의 겨드랑이가 때로는 살보다 훨씬 부드럽게 느껴지기도 했었다. 그 애는 그러나 그것을 모른다. 나는 머리를 숙이고 중얼거린다. 가지 마, 있어줘, 제발. 우리 함께 풀집 짓고 바람 마시며 아들 딸 낳고 오순도순 천년만년 동화를 살아 봐. 동화는 슬픈 이야기가 아닐 수도 있을 거야. 그 애의 눈이 천천히 나를 본다. 그래요. 나도 동화를 좋아해요. 금 나와라, 뚝딱! 하면 황금의 비가 쏟아지고, 다나에는 청동의 탑 속에서 헐떡이며 그 황금의 비를 마시고 페르세우스를 낳죠. 하지만 당신은 제우스가 아니니까 황금의 비가 되어 창살 사이로 쏟아져 들어올 수도 없잖아요. 당신이 갇혀 있는 나에게 황금의 비로 스며들 수 있나요? 도깨비 방망이도 없이 나를 사갈 금송아지를 만들 수 있나요? 아크리시오스가 자기 딸을 청동의 탑 속에 가둬 둔 이유가 황금을 얻기 위해서였다는 것을 당신은 모르나요? 현명했던 이크리시오스는, 신탁이란 당신이 말하는 우주의 질서처럼 결정된 대로 행해진다는 것을 잘 알고 있었던 거예요. 그 사람은 어차피 없어질 자기 목의 대가로 황금의 소나기를 요구할 만큼 지혜 있는 노인이었다고요. 그런데 멍청한 당신은, 내가 읽어주는 동화를 들으며 눈물로 내 허벅지나 적시던 당신은 당신의 목의 대가로 무엇을 요구했나요? 말해 봐요, 무엇을 요구했는가를. 당신은 아무것도 요구하지 않았어요. 나를 잡지도 않았어요. 당신은 그저 꿈만 꾸고 있는 거예요. 아무것도 못하면서, 그래도 나와 함께할 수 있을 거라고 당신은……. 그 애의 목소리가 차츰 목구멍 속으로 숨어들다가 흐느낌처럼 한꺼번에 터져 나온다. 미쳤어요! 당신은 미쳤어요! 나는 놀라지 않는다. 나는, 어쨌든, 내가 미쳤다는 사실을 인정한다. 미지근한 불꽃 하나가 희미하게 반짝이고, 나는 그것을 손바닥에 올려놓는다. 잊고 있었구나, 그 애에게 내가 피곤하다는 말을 해야 한다는 것을. 피곤하기보다는 차라리 슬퍼하고 싶어. 그 애에게서는 대꾸가 없다. 나는 침울해지고 싶어 할 때의 버릇으로, 그럴 듯한 슬픔의 자세를 보여주기 위해 장송곡이나 들었으면 좋겠다는 생각을 한다. '배뱅이굿'을 걸지게 뽑아보고 싶다는 생각도 한다. 그 애와 나는 그저 가만히, 마주보거나 마주보지 않고 앉아 있다. 커피가 식어버렸다. 나는 담뱃갑이 비었음을 뒤늦게 깨닫고 그것을 구겨버린다. 불꽃이 손바닥을 콕콕 찌른다. 너를 이렇게 구겨버리고 싶어. 라고 그 애에게 말할지도 모른다. 아니지, 구겨지기야 충분히 구겨졌으니까 대신 모가지를 비틀어버릴까? 재떨이에 꽁초 하나가 더해지고, 나는 그 애를 내 증오의 촉매로 삼아 비겁함 그 자체로 살아갈 결심을 한다. 그 결심이 방광을 가득 채우면 나는 화장실로 가서 비로소 끓어오르기 시작한 슬픔을 배설해버리고 변기의 파이프를 통해 찻집 밖으로 빠져나갈 것이다. 시궁창에서 허우적거리기 위해, 마침내 발광하기 위해……약속 시각에서 십 분이 더 지났는데도 그 애는 오지 않았다. 그 애가 약속 시각을 정확히 지킨 일이 몇 번이나 있었던가? 심지어는 거의 한 시간씩이나 늦은 일도 있었다. 이렇다 할 이유도 없이. 나는 그 찻집에서 세 번째 담배를 입에 물고 불을 붙였다. 그것이 내가 피울 최후의 담배가 되리라는 것을 알았더라면……. 알았더라도 피웠을 것이다. 피워야 최후의 담배가 되는 것이니까. 그랬더라면 맛이 더욱 각별했을까? 한 모금을 더 마시자 식은 커피는 잔에 삼분의 일 가량이 남았다.

죽기 전에 나는 가끔 내가 영원히 죽지 않을지도 모른다는 생각을 하곤 했었다. 얼마나 오래 살 수 있을지, 언제 죽게 될지를 몰랐으니까. 태어나서 죽지 않은 모든 존재에게와 마찬가지로 나에게도 죽음은 추상적인 것일 수밖에 없었던 것이다. 체험(?)할 수 있는 죽음은 결국 모두 타인의 것이었으므로, 죽음은 오르가슴과는 달리 결코 경험할 수 없는 '끝'이었으므로, 바로 그 '경험할 수 없음'으로 인해, 한 번도 죽지 않았었으므로, 나는 죽음을 만나지 않을지도 모른다는 생각을 했었던 것이다. 모든 사물들이 다 죽어야 할 운명이라 하더라도, 나 또한 죽을 것이라고 누가 감히 말할 수 있겠는가 하는 생각은 나름대로는 성실한 생각이었다. 그렇다. 들이쉰 숨을 내쉬기도 전에 죽을 수 있는 것처럼 죽지 않은 모든 사물들에게는 언제까지고 살아 있을 가능성 또한 있는 것이다.

그러나, 그렇다 하더라도 죽음의 세계(모든 것이 죽어가는, 모든 것이 죽을 수밖에 없는 저주받은 세계)에서는 영원한 삶 또한 끔찍한 것이 아닐까? 결국 가능한 것은 죽음을 향한 권태 속에서 절망을 인식하는 것, 어디를 보아도 권태로부터 빠져나갈 구멍이 보이지 않는데도 헛되이 발버둥치는 것……들뿐이었다. 그 허무의 몸짓이 사랑이라고 불리우는 것임을 알았을 때, 그때 나는 사랑을 포기했었어야만 했다. 나는 그러나 사랑을 포기하는 대신 하늘을 보았다. 하늘은, 새삼스레, 비어 있었다. 그리고, 어이없게도, 비어 있는 하늘에 그 애의 얼굴이 그려졌다. 나는 고개를 떨구었고, 내 발이 피에 젖은 땅을 딛고 있는 것을 보았다. 모든 죽은 자들의 피가 다리로배로가슴으로머리카락끝으로 올라오는 것을 나는 느꼈다. 죽은 자들이 흘린 죽지 않은 사랑이, 절망이……. ……포기는, 불행히도, 살아 있는 자의 몫이 아니었다. 그러자 혁명에의 예감이 나를 엄습해왔다.

기억이란 정말 알 수 없는 것이다. 죽지 않았을 때와 마찬가지로 선명한 부분과 흐린 부분, 공백 따위가 뒤죽박죽으로 얽혀 있는 이 콘베이어 벨트는 어떻게 죽음의 벽 너머에까지 이어진 것일까? 아, 그리고 이 기억은 죽어버린 지금에까지도 헛될지도 모르는 희망을 품게 해주고 있지 않은가? 다시 태어나고 싶다는 희망을. 내가 단 한 번도 점령하지 못했던 그 애의 자궁을 차지하고 그 애의 아들로 태어나고 싶다는 그런 희망을……. 하여 그 애와 철저한 사랑을 주고받게 되기를. 그 애의 남편을 지워버리고 내가 나온 곳으로 들어갈 수 있게 되기를……. 지금 그 애가 그 애의 남편 손에 끌려 잠자리에 드는 것을 지켜보고 있는 나는 그러나 나의 기억이, 나의 희망이 언제까지 지속될지를 모르고 있다. 그리고 그 애의 아들로 다시 태어나기 위해 지금의 내가 머물고 있는, 어떤 곳인지도 아직은 모르는 이 세계에서 떠날 수 있겠는가, 또는 나 스스로가 지금 이곳에서의 내 존재의 완전하고도 절대적인 변화를 적극적으로 원하고 그러한 바람에 걸맞는 행동을 할 수 있겠는가 하는 것 또한 알 수 없는 일이기는 하다. 하지만 모든 것이 불분명한 지금, 내가 기대하는 것은 그 애의 아들로 지금까지의 기억을 고스란히 간직한 채 다시 태어났으면 하는 것이다. 운명이,

우주의 질서가 그것을 허락한다면, 그럴 수만 있다면 나는 다시 사람으로 살게 되더라도 지루해 하지는 않을 것 같다……

그 애가 그 찻집에 들어선 것은 약속 시각에서 이십여 분이 지난 뒤였다. 그리고 그 애가 내 앞에 마주 앉았을 때는 내가 완전히 송장이 되어버리고도 이 분쯤 지난 뒤였다. 그렇지만 그 애는 내가 죽어버린 것을 알지 못했으므로 애써 만든 생글거리는 얼굴로 말했다.

"오래간만예요."

웨이트리스가 그 애 앞에 엽차잔을 내려놓자 그 애는 콜라를 시켰다. Enjoy Coca-Cola. 그리고 죽어버린 나에게 물었다.

"왜 그러고 있어요?"

그때, 이미 고전이 되어버린 존 레논의 시 〈Love〉가 만가처럼 울려퍼지며 찻집을 가득 채우고 있었다.

....

사랑은 자유

자유는 사랑

사랑은 삶

삶은 사랑

사랑은 사랑받기를

필요로 하는 것

그 애는 이유를 알 수 없는 한숨을 쉬었다. 그리고

파란 불꽃

건조한 햇살 위에 희미한 소리의 파장 한 부분이 가볍게 얹힌 것 같다. 오래전에, 아마 오래전부터……. 손가락 끝에 와 닿은 소리의 파장 한 부분은 그러나 너무 희미해서 거의, 또는 전혀, 느껴지지 않는다. 어쩌면 너무 오래되어서 손가락 끝이 감각을 잃어버렸는지도 모를 일이다. ……백합 한 송이가……있다는 것을 새삼스레 의식한다. 창 밑의 책상 위에는 이미 시든, 시든 채로 붓들이 촘촘하게 꽂혀 있는, 지름이 한 뼘쯤 되고 높이도 거의 그만한 둥근 질그릇 앞에 언제부터인가 백합 한 송이가 누워 있었다. 언제 누가 거기에다 그렇게 두었는지를……알 수 없지만. ……그러나 꽃이었을 때에는 향기도 있었을 것이다. 꽃……이었을……때에는? 꽃의 형태와 색, 그리고 향기와 신선함을 온전히 갖추고 있었을 때라고 생각해본다. 진부한 생각이다. 시들어버린 백합 위에서 멎은 그녀의 눈이 더욱 좁아진다. 빛이 너무 건조해……. 누렇게 바랜 백합이 흐려진다. 좁아진 눈의 초점이 백합을 놓쳐버린 것일까? 느끼지 못하지만 어떤 흐름이 있는 것 같다. 그 흐름에 실려 있는 것 같다. 건조한 햇살에 얹혀 손가락 끝에 와 닿았던 소리의 파장 한 부분과는 다른, 그러나 어쩌면 바로 그 흐름일지도 모르는, 느릿하게 흘러내리는 마그마와 흡사한, 아메바의 느릿한 꿈틀거림 같은 흐름에……

갑자기 노크 소리가 그녀의 고막을 세게, 두드린다. 또ㄱ또—ㄱ. 아, 그래…… 오래전에 노크 소리가 들려왔던 것을 기억해낸다. 오래, 오래전이었다. 망설이는 것 같았다. 아니, 누군가가 망설이며, 두근거리며 노크한다는 것을 분명하게 알 수 있었다. 소리에 손의 떨림이 스며들어 있었다는 사실을 그녀는 기억해낸다. 그래, 그렇다면…… 두 번째 노크다. 두 번째? 확실하지는 않지만, 누군가가 문 저쪽에서 떨고 서 있음이 틀림없다고 생각한다. 그렇지만 정말 떨고 있을까? 그 작은 손이, 그 고운 손이…… 아아, 그 손……, '느티나무 등걸에 앉은 나비 같아' 라고 부끄러운 줄도 모르고 유치하게 말해주었을 때 오히려 부끄러워하던 그 손이……?

문으로 눈을 돌렸던가? 그녀는 백합을 다시 본다. 어쩌면 어딘가에 떨어져 있을지도 모르는 백합 향기의 입자 하나쯤 찾을 수 있을지도 모른다. 문은, 잠겨 있지 않다. 그러나……혹시 잠겨 있을지도 모르는 일이다. 아니다. 잠겨 있지 않다, 틀림없이! 너는 알고 있다. 그녀가 안에서 문을 잠그지 않는다는 것을. 밖에서도 잠그지 않는다는 것을. '그냥……잠그기가 싫어서…….' '그러니까 노크 같은 거 하지 말고 그냥 들어오면 돼.' '그럴게요.' 하며 너는 귀여운 미소를 보여주었었다. 아, 그 입술……그 작은 입술……. 벌어지고 오므라들며, 하얀 이와 빨간 혀끝이 보이는……! 손바닥이 축축해져 있음을 그녀는 깨닫는다. 축축해진 손바닥이 의자의 팔걸이 끝을 움켜쥐고 있다. 초점이 제대로 잡히지 않던 눈은 감겨 있다. 왜 들어오지 않고 저렇게 서 있는 것일까? 혹시……잠들었다고 생각하고 있는 것인지도 몰라. 그렇게 생각하더라도, 왜 들어오지 않는단 말인가…….

……너는 그녀가 의자에 앉은 채로 잠들어 있음을 알았다. 그녀의 뺨에 살포시 입 맞춘 너는 그녀의 발 옆에 앉아 그녀의 허벅지에 머리를 얹었다. 이윽고 그녀의 손이 천천히, 느릿하게 너의 머리를 쓰다듬기 시작했다. 그러자 너의 손은 그녀의 치마 밑으로 들어가…….

아, 차라리……. 차라리 무엇을? 네가 다시 노크를 할까? 노크를 다시 할까? 노크 소리를 듣고 있다는 것을 알고 있을까? 가버리지는 않을까? 가……? 그녀는 모든 신경을 문으로 집중시킨다. 어쩌면 벌써 가버렸을지도 몰라! 그녀가, 벌떡, 일어서는데 다시 노크 소리가 들린다. 마룻바닥이 엘리베이터 바닥처럼 내려앉는다. 벽과 천장이, 빙글, 돈다. 선명하고 화려한 원색의 네온 불빛 같은 빛의 무리가 방을 따라 돈다. 현기증이라는 것을 안다. 쓰러지면 안 된다고 생각한다. 무엇인가를 잡으려고, 기대려고 손을 내밀거나 몸을 움직여서는 안 된다. 그러다가는 오히려 몸의 중심을 잃고 쓰러지기가 쉽다. 가만히, 눈을 감고 가만히……. 마침내 그녀는 눈을 뜬다. 천천히 심호흡을 하고 땀을 닦는다. 문 앞으로 가서 차가운 손잡이를 잡는다. 돌리고, 연다. 네가 있다, 당연히.

그녀는 네 시선의 떨림을 놓치지 않는다. 너는 그러나 이내 표정을 바꾼다. 너의 시선이 떨렸고, 이내 표정이 바뀌었다는 것은 상상일지도 모른다. 아니라면 너를 보는 그녀의 시선이 떨렸고, 이내 표정이 바뀌었는지도 모를 일이다.

"없는 줄 알았어요."

거짓말.

거짓말인 줄 뻔히 알면서, 그래도 그녀는 대꾸한다. "으응……." 대꾸는 그러나 얼버무림의 콧소리다. 그러다가, "새삼스럽게 무슨 노크야?"라고 해버린다. 이런──. 잘못 말했음을, 무작정 말이 튀어나와버렸음을 즉각 깨닫는다. 언제나 노크 없이 문을 열고 들어왔었음은 네가 더 잘 알고 있다. 차라리 얼버무린 채로 넘어가버리는 편이 훨씬 나았을 것이다.

"미안해. 깜빡 잠이 들었던가봐." 필요 없는 변명임은 너도 잘 안다. "들어와." 그제서야 너는 안으로 들어온다. 네가 안으로 들어온 다음, 그녀는 등으로 너를 훔쳐보며 문을 닫고, 잠근다. 조금도 망설이지 않고, 마치 언제나 안에서 문을 잠그는 사람처럼, 둥근 손잡이 가운데에 볼록 튀어나와 있는 잠금쇠를 누른다. 문이 잠기는 소리가 유난히 크게 들려 그녀는 깜짝 놀란다. 네가 그녀를 본다면 금방 알아차릴 수 있을 만큼 당황한 얼굴로 그녀는 네 눈치를 살핀다. 다행이다. 너는 그녀를 보고 있지 않다. 문이 잠기는 소리도 듣지 못했음에 틀림없다. 그래, 몰라야지. 네가 설사 모든 것(!)을 다 알 수 있고, 알고 있다 하더라도, 문이 잠겼다는 단순한 사실만큼은 몰라야 한다. 그런데……왜 문을 잠갔을까? 가슴이 두근거리는 것은 분명히 느끼지만, 왜 문을 잠갔는지는 그녀도 모른다. 진정하라. 아직까지 단 한 번도 잠기지 않았던 문이니까 그저 한 번 잠긴 것일 뿐이다. 어두운 비밀의 냄새를 맡으려 해서는 안 된다. 아무것도 아니다. 손잡이를 다시 돌리기만 하면 열리는 것이다…….

네가 고개를 돌려 그녀를 본다.

"잘 있었어요?"

소파 끄트머리에 겨우 엉덩이를 걸치고 있는 너의 모습이 불안해 보인다. 왜 저렇게 불안한 자세로 앉아 있는 것일까? ……문이 잠기는 소리를 들었을까……? 그렇다면……. 그렇지만 너는 그저 탁자만을 내려다보고 있다. 탁자 위에는 재떨이와 담뱃갑, 일회용 라이터, 노트 크기의 스케치북, 미술잡지, 마시고 나서 치우지 않은 커피 잔, 그리고 그녀가 네 번째 읽고 있는 코넬 울리치의 추리 소설——그녀 자신은 추리 소설이라기보다는 '미친 사랑의 시'라는 모호한 언어로 생각하고 있는——《상복의 랑데부》 등등이 널려 있다. 네가 내려다보고 있는 것이 〈에게 해에 바친다〉를 쓴 이케다 마스오의 판화로 표지를 꾸민 《상복의 랑데부》일까? 차례 뒷면에

    ……종말이 밀어닥칠 때
    죽음은 우리를 향해 서둘러 오고
    우리는 죽음을 향해 달려간다.

라는 존 던의 시 한 구절이 실려 있다. 추리 소설을 싫어한다며("살인——말만 들어도 끔찍해요.") 그 책을 읽지 않았지만, 우연한 사고로 애인을 잃은 남자의 뜨겁고 차가운 복수를 그린, 범죄를 논리적으로 풀어나가는 추리 소설들과는 전혀 다른 재미를 주는 소설이라는 말을 그녀에게서 들은 너는, 어쩌면 그녀가 왜 그 책을 다시 읽는가를 의아하게 생각하고 있는지도 모른다. 그리고 그녀가 너를 '빼앗긴 사랑'으로 생각하고 있다는, 그래서 너를 빼앗아간 그에 대한 복수심을 추리 소설을 읽는 것으로 달래고 있다는 엉뚱한, 저능아 같은 생각을 하고 있는지도 모를 일이다. 아니다. 그럴 수는 없다. 없을 뿐만 아니라 그것은 사실이 아니다. 아니, 어쩌

면 너는 혹시 그녀가 네 노크 소리를 처음부터 듣고서도 세 번씩이나 노크를 하도록 내버려 두었다는 생각을 하고 있는지도 모른다. 그러나, 아니다. 너의 노크 소리를 들으면서, 듣고서도 망설이느라고, 또는 떠느라고 늦게야 문을 열어주었다는 생각을, 너는 하면 안 된다. 그것 또한 사실이 아니기 때문이며, 게다가 너에게는 그런 생각들을 할 권리가 없기 때문이다. 그래. 너는 깜빡 잠이 들었었다는 그녀의 말을 믿었을 것이다. 그리고 노크를 세 번씩이나 했었다는 사실은 이미 까맣게 잊고 있을 것이다. 의외로 단순한 데가 있는 너니까. 지금 너는 그저 멍하니 앉아서 탁자를 내려다보고 있을 뿐인 것이다. ……아니다. 너는 그저 멍하니 앉아 있는 것이 아니다. 네가 노크를 세 번씩이나 했었다는 사실을 잊고 있다면 그것은 단순함 때문이 아니라 다른 생각을 하고 있기 때문이리라. 만일 그렇다면 지금 네가 거기 앉아서 생각하고 있는 것은, 세 번씩이나 노크를 하는 동안 생각했던 것은, 그것은……아아……. 그녀는 너의 생각에 대한 자신의 생각에 도리질을 친다. 네가 무슨 생각을 하며, 또는 아무 생각 없이, 그렇게 앉아 있는지를 확인하지도 않고서.

조그마한 동작이지만, 갑작스레 네가 담배를 꺼내 물고 불을 붙인다. 그리고 고개를 들어 그녀를 돌아본다. 왜 그렇게 문에 기대어 서 있느냐고 묻지는 않는다.

"아직 잠이 덜 깼나봐. ……커피 마실래?"

깜빡 잠이 들었던가 보다고 한 그녀가 마치 깊은 잠에서 금방 깨어나기라도 했다는 듯이, 그녀 자신도 속지 않을, 속이 빤히 들여다보이는 소리를 하고는, 너의 대답도 듣지 않고 탁자 위의 빈 커피 잔을 잡아들더니 조리대를 향해 발을 옮긴다. 황급히. 마치 도망치듯이. 아니, 사실로서의 도망으로. 그녀 자신의 실수로부터, 확인하지 않은, 또는 못한, 너의 생각으로부터의 도망. 불과 삼 미터도 채 안 되는 공간 이동, 고작 몇 분간의 몸숨김.

……너는 이미 마음을 굳혔고, 그러므로 지금 너는 말을 찾고 있을 것이다. 굳어버린 마음을 드러낼 그 말을. 말이 되어 너의 입에서 뱉어진다면, 그 뱉어졌음으로 인해 굳어버린 너의 마음을 보다 확실하게 할 그 한마디를! ……무엇을 두려워하는가? 이미 마음이 굳어버렸는데. 그녀와는 상관없이 결정되어버렸는데.

조리대 앞에서 그녀는 흑갈색 알루미늄 주전자에 물을 받아 가스레인지에 얹는다. 그리고 그녀는 희고 차고 매끄러운 두 개의 커다란 사기잔에 각각 인스턴트 커피 네 스푼과 설탕 한 스푼씩을 넣는다. 그러고는 뒤를 돌아본다. 지금 네가 앉아 있는 곳에서는 조리대 쪽이 보이지 않는다는 것을 알면서도. 마찬가지로 그녀 또한 너를 볼 수 없다는 것을 알면서도. 무엇을 두려워하는가? 마음을 굳혔다면. ……굳혔다면!

……결국 조리대의 서랍을 연다. 작은 갈색 병이 보인다. 그저 흔한 작은 갈색 유리병일 따름이다. 그녀는 서랍에서 그 병을 꺼낸다. 기껏해야 두어 스푼쯤 될 하얀 가루가 담겨 있다. 병을 눈앞에서 한번 흔들어보고 나서 그녀는 다시 뒤를 돌아본다. 두 음절로 된 낱말 하나가, 그 의미가, 의미만이 선명해진다. 무엇을 두려워하는가? 위에 얹힌 주전자 때문에 휘어진 작고 파란 불꽃들이 얼핏 눈을 끈다. 그 파란 불꽃들과 지금의 상황을 결합시킬 만한 어떤 무엇이 있을 것 같기도 하다. 그러나……지금의 상황이라니? 지금의 상황이 어떻단 말인가? 그저 있을 수 있는, 수없이 있어 온 구태의연하기만 한 그런 상황일 뿐 아닌가. 그녀는 작은 갈색 병

의 뚜껑을 연다. 대담하게! 한 스푼을 퍼내서 그녀가 오른손으로 들고 갈 잔에 넣는다. 그리고 갈색 병의 뚜껑을 닫아 서랍에 넣고 서랍을 닫는다. 멀리, 멀리서 주전자의 물 끓는 소리가 들려온다. 그녀는 그 소리를 움켜쥔다…….

너는 조금 전처럼, 그러나 조금 전과는 달리 소파 등받이에 등을 기댄 편안한 자세로, 아니 편안해지고파 하는 듯한 자세로 앉아 있다. 그런 자세로 너는, 우연히도 시든 백합을 바라보고 있다. 너도 저 시들어버린 백합을 하나의 상징으로 보고 있는 것인가? 추한 그 무엇의 상징으로……? 정말이지 낡은 잡지의 표지보다 더, 훨씬 더 통속적이다. 그러다가 너는 고개를 돌렸는데, 네가 본 것은 한 손에 하나씩 들린 낯익은 흰 잔이 아니라 그녀의 희미한 미소였으리라.

이제 그녀가 오른손으로 들고 온 잔은 네 앞에, 왼손으로 들고 온 또 하나의 잔은 그녀 앞에 놓여 있다. 그러므로 너는 네 앞에 놓인 잔을 든다. 너의 그 작고 고운 손으로. 눈보다 훨씬 정확한 그 손으로. 그리고 입으로 가져간다. 그다지도 황홀하게 입 맞춰 주고 애무해주던 그 입으로. 그리고 한 모금, 마신다. 그토록 뜨거운 숨을 내뿜던 입으로. 두 음절로 된 낱말이, 그 의미가, 그 선명한 의미가 너무나도 강렬하게 그녀의 등줄기를 꿰뚫는다. 네가 잔을 내려놓는다.

"그동안 어떻게 지냈어?" 괜한 소리라는 것은 너도 잘 안다.

"그럭저럭요." 괜한 소리에 걸맞은 대답임을 그녀도 잘 안다.

"그 사람은 잘 있어?" 이게 무슨 소린가? 이런 소리가 느닷없이 튀어나오리라고는 전혀 예상치 못했다. 네가 이런 투의, 이런 졸렬한 질문 따위에는 견디지 못한다는 것도 잘 알고 있다. 그런데도, 아니면 그렇기 때문에 나온 소린가? 아마도, 아닐 것이다. 그렇지만 함께 들러 차를 마셨던 찻집의 성냥갑이 어느 구석에선가 눌려 있던 용수철처럼 튀어나오는 것을 어떻게 막을 수 있단 말인가? 너는 잠시 말이 없다.

"그게 정말 궁금해요?"

너는 언제나 당돌했었다. 그 당돌함은 너의 순진함에서 비롯되는 것이라고 생각했었다. 그런데 지금은……?

"잘 있어요. 아무것도 모르니까요."

그래. 네가 말하지 않았다면 그는 아무것도 모를 것이다. 너는 내려놓았던 잔을 다시 입으로 가져간다. 그녀는, 커피 잔에는 손도 대지 못한 채, 담배를 집어든다. 그러자, 놀랍게도, 네가 잔을 내려놓고 라이터를 켜준다. 네가 켜준 라이터 불에 담배 끝을 대고 한 모금, 깊숙이 빨아들인다. 그러면서 네 잔을 본다. 그녀가 고개를 들자 너는 라이터를 내려놓고 다시 커피를 마신다. 그녀는 커피를 마시는 너를 바라본다. 커피를 마시는 너를 보는 그녀의 눈에 문득 자신의 입에서 뱉어져 나온 담배 연기가 공기 속으로 녹아드는 것이 보인다. 그녀는 갑자기 입과 코로 연기를 뱉어내는 자신의 얼굴을 상상하고는 그것이 무척이나 우스꽝스럽다고 생각한다. 그래서 그녀는 자신도 모르게 말해버린다. "우스워." 그녀는 너를 보고 있지 않지만, 그렇다고 해서 다른 무엇을 보고 있는 것도 아니지만, 그러니까 눈을 뜬 채 시야 안에 있는 사물들이 눈에 들어오도록 내버려두고 있지만, 너의 시선을 느끼고는 있다. "뭔가 잘못된 것 같아."라고 그녀는 덧붙인다.

"그런 말은 왜 하죠?"

"······왜······?" 어리둥절한 눈으로 그녀가 되묻는다.

"그래요. 잘못됐어요. 처음부터 잘못됐던 거니까요. 그렇지만 이제와서 새삼스럽게 그런 말을 할 필요는 없잖아요. 우습다는 말도 그래요."

"무슨 소리야······?"라고 묻지만 그녀는 이미 네가 무슨 말을 하는지를 알아차렸다. 담배를 든 그녀의 손이 네가 모르게 떨린다. 네가 말한 것은 그녀와 너와의 관계고, 그녀와 너와 그와의 관계이리라(처음부터 잘못되었다고······? 여자와 여자의, 여자끼리의 관계——여자끼리 사랑을 나눈다는 것이, 어쨌든, '비정상'으로 분류되고 있음을 그녀가 모른다고 할 수는 없는 것이다. 그러나, 그렇지만······). 하지만 그녀의 말은 그것을 두고 한 말이 아니었다. 잘못된 것 같다고 말한 것은 정말 잘못 말한 것이었다. 그것은 네가 마시고 있는 커피와, 그럼에도 담배 연기를 뱉어내는, 태연해 보일 수도 있는 자신의 얼굴을 상상했을 때 그 얼굴이 우스꽝스럽게 여겨졌다는 것을 납득할 수 없다는 말이었을 것이다. 아니면 어떻게 담배 연기를 뱉어내는 자신의 얼굴을 상상할 수 있는가 하는 것에 대한 놀람이었던가.

네가 담배를 물고 불을 붙인다. 담배 연기를 뱉어낸 네가 정색을 하고 말한다.

"그 사람은 아직 아무것도 몰라요."

그런데 담배 연기를 뱉어내는 네 얼굴은 조금도 우스꽝스럽지가 않다. 그녀는 네가 그 사람이 아무것도 모른다는 말을 되풀이하면서 왜 '아직'이라는 한정사를 사용했었는지에 대해 애써 모르는 체하려 한다. 그러나 너는······.

"그렇지만 이제 어쩔 수가 없어요."

어쩔 수가 없다고?

"그래서."

그래서?

"정리하고 싶어요."

……정……리……?

그래, 너는 결국 말을 찾아내고야 말았구나! 그녀는 떨리는 손으로 담배를 끈다. 시들어버린 백합이 다시금 눈에 띈다. 수치, 분노, 치욕, 모멸, ……등등으로 표현할 수 있는 감정이 그녀를 몰아친다. ……얼마나 걸렸을까? 그녀를 몰아친 감정이 방향을 알 수 없는 연민으로 바뀌는데…….

……이윽고, 거의 한 세기나 지속된 정직 끝에, 피어오르는 새로운 고독처럼 그녀의 손이 움직인다. 피리소리에 맞춰 춤추는 코브라의 머리 같은 그녀의 손이 너의 뺨으로 간다. 너는 얼굴을 피하지는 않지만, 뺨이 떠는 것을 그녀의 손이 느낀다. ……가엾어라……. 그녀의 남은 손이 마저 가서 너의 얼굴을 감싼다. 너는 그녀를, 그녀의 손을 피하는 대신 눈을 감는다. 그녀의 얼굴이 네 얼굴 가까이로 느릿하게 다가오다가 너의 숨결이 닿는 허공에서 멈춘다. 그러자 네가 슬며시, 그리고 크게 눈을 떠 그녀의 눈을 똑바로 본다. 무엇인가? 그녀를 보는 너의 눈은. 그녀는 마침내 너의 입술에 자신의 입술을 포갠다. 너의 왜소한 고집은 입술을 열지 않는다. 하여 그녀의 혀가 외롭게 너의 입술을 핥는다. 또다시 한 세기쯤. 그리고 그녀의 얼굴이 너의 얼굴에서 떨어져 나오고 두 손도 너의 얼굴을 풀어준다. 너의 손가락 사이에서 홀로 다 타버린 담배가, 재가 되어버린 담배가, 쓰러지는 고목처럼, 그러나 소리도 없이 떨어진다. 너는, 아무 일도 없다는 듯이, 커피를 마신다. 다 마시고, 빈 잔을 내려놓는다. 그런 너를 바라

보고 있다가 그녀는……결국……참지 못하고……입을 연다.

"커피에……뭘 탈까 했었어."

"……?……"

너의 눈이 커지고, 미간이 찡그러지고, 눈이 가늘어진다. 눈을 감고 고개를 떨군다. 천년쯤 지난 다음에야 눈을 뜨고 고개를 들어 그녀를 본다.

"그런데 타지 못했어, 결국." 그녀는 작위적으로, 연극적으로, 벌떡 일어선다, "탔었지, 처음엔 탔었어. 그래. 언젠가는 이런 날이 오리라는 걸 알고 있었어. 그렇지만, 아니 그랬으면서도 이런 날이 오지 않기를, 영원히 오지 않기를 나는 간절히, 정말 간절히 원했었어. 그런데 이런 날은 왔고, 나는 너를 죽여버리고 싶었어. 정말 너를 죽여버리고 싶었어. ……그렇지만 나는 너를 죽일 수가 없었어. 그래, 그랬지. 그래서 다른 잔에 다시 탄 거야. 나는 너를……" 그녀가 나지막하게 울부짖는 동안 부들부들 떨며 일어선 네가 씹어뱉는다. 파란 불꽃 같은 눈으로.

"미쳤군요!"

벌린 입을 미처 다물지 못한 그녀가 어금니를 악물더니 너의 따귀를 친다, 힘껏——

너는 여전히 소파 구석에 구겨진 봉투처럼 앉아 있고, 그녀는 창가의 책상에 몸을 기대고 창 밖을 그저 바라보고만 있다. 그녀의 손에는 우연하게 집힌 파스텔 조각 하나가 들려 있다. 몽롱한 하늘, 저물녘의 몽롱한 하늘색에 가까운 푸른색이 섞인 엷은 보라색 파스텔이다. 책상 위에 쏟아져 먼지를 뒤집어쓰고 있던, 차라리 조금씩 먼지로 증발하고 있는 것 같던 파스텔 조각들 가운데에서 그 색이 그녀의 손에 집힌 것은 우연이었고, 그러니까 필연적인 것이었다. 그 필연인 우연으로 인해, 그리고 그녀와 너는, 낡고 좁은, 그림을 그리는 사람이 살고 있음을 한눈에 알아볼 수 있는, 이젤 따위의 소도구들이 제멋대로 널려 있는 아파트는 저물녘의 하늘색에 가까운 몽롱한 푸른색이 묻은 엷은 보라색으로 칠해진다. 마치 '금년 겨울 유행의 주조색은 갈색입니다'라고 누군가가 무책임하게, 아니 책임이라는 말이 어떻게 생겼는지조차도 모르면서 예언처럼 지껄이면 어느새 옷과 구두, 화장품 등등 차림새의 유행에 따르는 모든 것이 갈색에 어울려 있고 녹아 있는 것이 발견되어, 설사 머리끝에서 발끝까지 바다보다 짙은 푸른색으로 휘감은 누군가가 있더라도 그 진한 푸른색에서조차 갈색이 스며나와 뚝뚝 떨어지듯이. 그렇게 너와 그녀는, 그녀와 네 주변의 모든 것──햇살까지도──이 이미 푸르스름한, 저물녘의 몽롱한 하늘색에 가까운 엷은 보라색으로 물들어 있지만, 왜 하필이면 그렇게 아련한 색인가? 빨강이나 파랑, 노랑이나 검정, 갈색이나 초록, 보라색이라도 한밤중처럼 짙은 보라색이나 피에 물든 붉은 보라색, 그러니까 그 색이 아닌 다른 모든 색들 가운데 하나면 안 된단 말인가? 어떤 특정한 색으로 감정이나 분위기 따위를 나타낸다는 것이 상투적인 기만임을 그녀는 너무 잘 알고 있다. 그럼에도 너와 그녀는, 둘을 둘러싸고 있는 모든 것들과 둘의 내면까지도, 그녀의 손에 쥐어져 있는 작은 파스텔 조각으로 칠해져 버린 것이다. 몽롱한 저물녘의 하늘에 깔린 푸른색이 물든 엷은 보라색으로. 그렇다면 그녀는 그 작은 파스텔 조각을 의도적으로 택한 것이었을까? 하여 저물녘의 하늘색 같은 푸른색에 덮인 엷고 몽롱한 보라색 파스텔 조각으로 그녀는 절망을, 어긋나고 뒤틀린 모든 감정을, 너의 죽음으로 보다 완벽해질 절망을, 허무를 그리고 있는 것일까? 아쟁 산조와도 흡사한, 지극

히 화려하고, 건조하고, 단순한 쓸쓸함으로? 그리고

이제 그녀는 들국화의 보라색 꽃잎에다 주전자가 뿜어낸 수증기에 녹아든 가스레인지의 파란 불꽃 하나를 올려놓은 것 같은 색의 파스텔 조각을, 다시금 조작된 우연인 것처럼, 필연적인 행위처럼 책상 위에 내려놓는다.

그녀는 창을 등지고 서 있고, 너는 소파에 쭈그리고 앉아 있지. 그렇게 버려진 마네킹들처럼 그녀는 저기 있고 너는 여기 있는 거야. 여기와 저기, 그 사이에는 언제나 그렇듯이 무한의 공간이 가로놓여 있어. ……그녀는 그것을 알고 있어. ……하나의 객관적 사실로. 객관적 사실에는 주관이 개입할 여지가 전혀 없지. ……그녀는 그것을 알고 있어. 하나의 객관적 사실로……. 남은 문제는 이 객관적 사실을 사실로 인정하느냐 않느냐 하는 것뿐이야. 하지만 인정하든 하지 않든 객관적 사실이 사실임에는 조금도 변함이 없지. 사실이란 사물과 같은 것이어서 그것을 보지 않는다고 해서, 또는 잊는다고 해서 없어지거나 바뀌는 것은 아니니까. ……그런데 이 하나의 객관적 사실──무한의 공간──이 너와 그녀 사이에 처음부터, 그러니까 우주가 비롯되면서부터 놓여 있었던 거야. 다만 그것을 보지 못했거나 보지 않았던 것뿐이지. 아니면 보면서도 못 본 척했던 것인지도 몰라. 그래, 아마 그랬을 거야. ……그녀는 그것을 알고 있어. ……그는 핑계에 지나지 않는다는 것을. 그는 네가 그들의 세계로 돌아가기 위한 구실에 지나지 않는 거야. 그리고 너는 이미 그들의 세계, 네가 태어나고 자라온 세계, 네가 단 한 번도 떠나지 않았던 세계로 돌아가버렸고, 그녀는 그저 흔들거리고만 있지. 앞뒤로, 좌우로, 일정한, 그러나 언제나 똑같지는 않은 각도와 속도로. 그렇게 그녀는 흔들거리고 있는 거야. 그들의 세계로 돌아가버린, 주저앉아버린 네가 그녀를 그리워할 때도 있을까를, 우습게도, 가끔씩 생각하며. ……그녀는 그것을 알고 있어. 그들의 세계에서는 그녀가 숨 쉴 수 없다는 사실을. 뿐만 아니라 그들의 세계가 굳건하기는 하지만 그녀를, 그녀와 같은 사람들을 받아들이면 유지가 불가능할 만큼만 굳건하다는 것을……. '그들이 피를 흘리는 것은 언제나 그들 자신을 위해서지. 그렇지만 우리는 그들에게 겁탈 당하고 피를 흘려. 알겠어? 우리는 당하기만 했고, 지금도 당하고 있는 거야! 더러운 놈들…….' ……그녀는 그것을 알고 있어. ……그런데, 그런데도 너는 자유를 부르짖으며 자유를 짓밟고, 사랑을 구걸하며 사랑을 질식시키고, 쾌락을 위해 쾌락에 똥칠을 하는 그들의 세계로, 끊임없는 탐욕으로 쌓아올린 거대한 피라미드, 아마도 물구나무 선 피라미드일 그들의 세계로 이미 돌아가버렸어. ……그녀는 그것을 알고 있어. ……그것은 하나의 객관적 사실이지. ……그녀는 그것을 알고 있어. 그녀 또한 너처럼 그들의 세계에서 태어났고, 살아왔으며, 살고 있다는 것을. 그들과 함께, 그들과 같은 방법으로 자유를 짓밟고 사랑을 질식시키며 쾌락에 똥칠을 하고 있다는 사실을. 그녀만이 더럽지 않다고는 결코 말할 수 없음을. 하나의 먹이를 놓고 그들과 싸우고 있다는 객관적 사실을. ……그녀는 그것을 모르고 있어. ……너와 함께 그와 함께 그녀와 함께……자유롭게 사랑과 쾌락을 나누며 살 수도 있다는 것을……아무도 모르고 있어. 그 어느 누구도…….

건조한 햇살이 고여 있다는 것을 그녀는 느낀다. 그녀는 커튼으로 덮인 창틀에 기대어 선 채로 벽에 걸려 있는 유일한 그림인 마리 로랑생의 수채화를, 새삼스레, 바라본다. 소녀를 사랑한 여자가 그린 예쁜 소녀 그림의 복제화. 먼지 같은 부드러움이 손가락 끝에 지문으로 묻어나올 것 같은 그림……. 그녀는 등을 대고 포개어진 채 벽에 기대어 서 있는 자신의 화폭들——거기에 묻어 있는 강렬한 색채의 물감들과 그 물감들로 구성된 형태들은 생각하지 않는다. 벌거벗은 네가 화폭 위에서 꿈틀거리고, 춤추고, 타오르고 있다는 사실을 그녀는 애써 외면하려 한다.

……그런데 너는 어디 있는가? 네가 보이지 않는다. 가버린 것일까? '나만 홀로 외로이……' 하고 시작하는 노래가 있었던가? 그런 노래가 많다는, 너무 많다는 것을 그녀는 이미 잘 알고 있다. 그렇게 누군가가 떠나버리면……. ……그렇지만 정말 가버린 것일까? 잠겨 있는 문을 열고? 그게 언제였지? 언제 갔지? 말 한마디 없이?

갑자기 그녀는, 연극적으로 벌떡 일어서듯이, 작위적으로 벽에 기대고 포개어 선 화폭들을 팽개치기 시작한다. 꿈틀거리는 네가 비명을 지르고, 타오르는 네가 침을 뱉고, 춤을 추는 네가 애원을 하고, 다리를 벌린 네가 할퀴고, 황홀해하는 네가 신음을 하고, 그늘진 네가 움켜쥐고, 부끄러워하는 네가 발로 차고, 몸을 비튼 네가 물어뜯고, 활짝 웃고 있는 네가 찢어진다……. 그녀는 풀어헤친 머리를 늘어뜨린 처녀귀신처럼, 아니 여기저기가 찢어진 누더기 사이로 멍든 속살이 보이는 미친년처럼 너——팽개쳐지고, 던져지고, 찢어지고, 부서진 너를 내려다보며 헐떡거리고 있다. 너는 폐허의 가장자리에서 그런 그녀를 보며 차마 한숨도 못쉬고 있다. ……이윽고

네가 휘청거리듯이 그녀 앞에 마주선다. 겁먹은 얼굴로 그녀를 바라본다.

"진정해요."

진, 정, 하, 라, 고? 그런데, 누구지? 오 그래, 너, 바로 너구나, 너. 어디 갔었지? 어디 숨어 있었지? 못된 년! 그러면서도 그녀는 너의 눈 속에 숨어서 할딱거리는 공포를 본다.

"……괜찮아……걱정하지 마." 하며 그녀는 억지로 웃어 보인다.

"이거, 한 잔 마시면 나아질 거예요."

너는 그녀의 손에 유리잔을 쥐어준다. 반쯤 담긴 맑은 갈색 액체 위에 얼음 조각 몇 개가 떠 있는. 그리고 잔을 쥐어준 손으로 그녀 얼굴의 땀을 닦아준다. 보드라운 꽃잎 같은 손으로.

"방에 들어가서 좀 누우세요."

"괜찮아."

그녀는 그녀의 뺨에 닿아 있는 너의 손을 잡고 손바닥에 입 맞춘다. 너는 그녀를 가만히 들여다본다. 눈물이 흘러내릴 것 같은 눈으로. 보고 있는 바로 네 눈앞에서 그녀는 입 맞춰준 너의 손을 내려놓고 잔을 입으로 가져가 한 모금 마신다. 그러자 너도 안심했다는 듯이 들고 있는 잔을 들어 한 모금 마신다. 오래 전에 그녀가 커피는 건조한 액체고 술은 타오르는 액체라고 했던 말이, 문득 떠오른다. 그녀가 한 모금을 더 마시고 너를 본다.

"……용서하세요."

네가 잔을 떨어뜨리며 그녀를 왈칵 껴안는다. 너에게 안긴 그녀는 책상 위에 잔을 내려놓는다. 잔을 내려놓은 그녀의 눈에 몰아친 폭풍 속에서도 자리를 지킨, 시들어빠진, 엷은 푸른 색이 섞인 몽롱한 저물녘의 하늘색 같은 보라색의 백합……이라기보다는 백합의 잔해가 보인다. 그리고 반짝. 알 수 없는 곳에서 솟아오른 하얀 장도 하나가 쓰러져 깨진 질그릇, 쏟아진 붓들, 칙칙한 색들이 엉겨붙은 마리 로랑생의 소녀 그림을 짓밟고 누워 있다……. 그녀는 눈을 감았다가, 뜬다. 하얀 장도는 유혹이고, 그녀가 감당하기에는 너무 큰 유혹이고, 그래서 그녀는 도리질 치지만 결국…… 눈이 멀고 만다.

하여 그녀의 손이 너의 등 뒤에서 아무도 모르게, 그녀도 모르게 장도를 움켜쥔다. 동시에 그녀의 입이, 뜨겁고 붉은 혀가 너의 귓불을 핥고, 목덜미를 핥는다. 네가 떨고, 그녀의 깊은 곳이 젖는 것은, 아마도, 건조한 햇살 때문이리라.

그리고 어느 아득한 날, 너의 등에 장도가 꽂히면, 거의 투명하게 반짝이는 장도의 날이 너의 갈비뼈 사이로 파고들어 심장을 뚫어버리면, 그러고 나서 백만 년쯤 지난 후에야 비로소 그녀는 네가 쥐어주었던 잔에 술과 얼음과 또 무엇인가가 더 들어 있었다는 것을 알게 될 것이다. 네가 마실 커피에 그녀가 타려고 했던 것, 그러나 결국 쏟아버리고 다시 타지는 못했던 것을 네가 그녀에게 줄 잔에 탔다는 것을, 그래서 그 하얀 가루가 섞인 술을 마셨다는 것을 그녀는 깊은 잠속으로 빠져들며 아스라이 느낄 것이다.

> 대부분의 살인이 희생자의 동의에 의해서——물론 무의식적이지만——이루어진다는 것은 내가 즐겨하는 생각 중의 하나이다.
> ——나탈리 사로트, 《어느 미지인의 초상화》에서

책상에서 떨어진 잔이 날카로운 소리로 깨지며 파란 불꽃이 녹아든 새벽녘의 아스라한 하늘색에 가까운 엷은 보라색으로 칠해진 팽팽한 비단 스크린을 찢어버린다. 그러자 흠뻑 젖은 빛들이, 온갖 색채들이 물컹거리며 쏟아져 나오고, 닫힌 창을 덮고 있는 커튼이 흐느끼듯 넘실거리며 흔들리기 시작한다…….

雪景

흰 눈 위에 밝은 달이 비치면
마음이 문득 맑아진다.
—홍자성, 《채근담(菜根譚)》에서

백묵과 석회 위에
이제 영원히 펼쳐진
멀리서 온 날개 같은 밤.
심연을 향해 구르는, 자갈.
눈. 그리고 흰색보다 더한 것.

갈색으로 보이던 것.
볼 수 없고,
관념의 색으로 거칠게

말〔言〕로 뒤덮였다.

석회와 백묵은 있다.

그리고 자갈도.

눈. 그리고 흰색보다 더한 것도.

너, 너 자신은

이것을 내다보는

낯선 눈〔目〕 속에 자리 잡고 있다.

　　　―파울 첼란, 〈날개 같은 밤〉

　오른손 둘째 손가락과 셋째 손가락 사이에 끼인 담배의 필터 끝을 입에
물고 불을 붙인 그는, 가스통이 엷은 보라색 합성수지로 만들어진, 어느
외국 항공사의 이름이 짙은 청색으로 프린트된, 통에 든 액화 가스를 다
쓰고 나면 버릴 수밖에 없는 일회용 가스라이터를 많이 더러워진, 가득하
다고 할 만큼 꽁초와 재 따위가 찬, 하얀 사기 재떨이 옆에 내려놓았다. 그
러나, 물론, 담배의 담홍색 불빛이, 그리고 라이터의 불빛도, 방 안을 보다
밝게 하지는 못했다. 천장 한복판에서 늘어진, 길이가 오십 센티미터쯤 되
는, 누르께해진 흰 전기줄 끝에 매달린 육십 와트짜리 백열전구의 빛에 비
하면 담배의 담홍색 불빛은 너무 미미한 것이었다고 할 수 있으리라. 그가
담배 연기를 빨아들일 때와 손가락 사이에 끼우고만 있을 때를 비교해 보
더라도 담배의 담홍색 불빛만이 밝기가 변했을 뿐, 방 안의 밝기는 전혀
변함이 없었다.

　그는 침대에 엉덩이를 걸치고, 두 다리를, 침대에 거의 붙어서 있는, 사

무용 책상만큼이나 높은 탁자의 스테인리스 스틸파이프 다리 사이로 뻗어 양말을 신지 않은 두 발, 발꿈치를 낡은 청회색 양탄자 위에 내려놓고, 양 팔꿈치는 탁자 위에 얹어놓고 있었기 때문에 자연히 윗몸이 앞으로 수그러져 있었다. 그는 마치 마네킹이라도 되어버린 듯이 그런 자세를 지겹도록 유지하고 있는 것이었다.

이제 다시금 탁자 위에 담배 연기를 뱉어낸 그를 94라 하고, 침대에서 대각선으로 마주보이는, 창틀 아래의 장의자 위에 누워 잠들어 있는 남자를 61이라 하면, 61은 장의자 팔걸이에 기대어 있는 둥글고 때 묻은 감청색 쿠션에 머리를 얹고, 원래 상아색이었으나 때가 묻어 거의 회색이 된 담요를 턱 아래에서 발 아래까지 덮고 있다.

94와 61은 61이 잠들기 전에 몇 마디의 말들을 주고받았는데, 그들이 주고받은 말들은 실상 아무 의미도 없는 언어의 부스러기들이었다. 그 언어의 부스러기들은 오히려 견고한 침묵을 보다 분명하게 확인시켜 주었을 뿐이었다. 언어란, 부스러기들이 아니더라도, 침묵을 가득 채우지는 못하는 것이니까. 그것들은 빈 종이 상자에 담긴 몇 개의 유리구슬들처럼 침묵 속에서 이리저리 굴러다니며 닿는 곳마다에 고통을 점화시키는 것이다. 94는 그러므로 자신이 차라리 모든 것을 잊고 싶어 한다고 생각하고 있는지도 모른다. 완전한, 완벽한 망각의 상태에 이르기를. 하여 모든 언어를 상실하고 나면 그때에야 비로소 삶이란 것이 가능할지도 모를 일이다. 그러나 그는, 결코!, 완벽한 망각의 상태에는 이르지 못할 것이다……

마침내 그는——그동안 그는 피운 담배의 꽁초를 사기 재떨이에 눌러 껐는데——탁자 위에 있는 카세트 라디오의 스위치에 손을 댔다. 그러자 속삭이는 듯한 여자 아나운서의 목소리가 흘러 나왔다.

——스트레스가 창조적인지 파괴적인지를 알아야 하는데, 잠을 자지 못하는가, 근심이 많은가, 갇혀 있다는 생각을 할 때가 있는가, 불평이 많은가, 신체적인 괴로움을 느끼지는 않는가, 사랑하는 사람에게 신경질을 부리지는 않는가 하는 질문들 가운데 하나라도 예스라고 대답하는 사람은 파괴적인 스트레스를——

그의 손이 다시 카세트 라디오의 기능 전환 스위치를 RADIO에서 TAPE로 옮기고, PLAY 버튼을 누르자 밥 딜런의 노래가 흘러 나왔다.

——*hand take my whole life too/For I can't help falling in love with you*——

그는 밥 딜런의 〈사랑하지 않을 수 없어〉를 들려지기 시작한 부분부터 끝까지 듣고, 짐 모리슨의 울부짖음——아비를 죽이고 어미와 홀레붙고 싶다는 내용의 긴 노래 〈The End〉의 전주가 시작되자 다시 기능 전환 스위치를 RADIO로 옮기고, 다이얼을 돌리다가 첼로의 현을 활로 긁는 소리가 나오는 곳에 다이얼을 고정시켰다. 바흐의 〈무반주 첼로 조곡〉이었다. 그가 카잘스의 연주에 귀를 기울이고 있는 동안 회전을 계속하던 카세트테이프는 회전을 멈추었으며 둔한 소리와 함께 PLAY 버튼이 튀어 올랐다. 연주가 끝나고 아나운서의 말이 시작되자 그는 기능 전환 스위치를 TAPE로 다시 옮겼다. 그래서 그는 카세트 라디오에 손을 대기 전과 마찬가지로, 아니 더욱 깊은, 정적 속에 남게 되었다.

그는 다시금 담배를 입에 물고, 라이터와 불빛은 의식치 않고, 불을 붙인 다음 61을 바라보았다. 61은 그러나 94가 있는 방향으로 머리를 두고 누워 있었기 때문에 94에게는 61의 얼굴이 일부분밖에는 보이지 않았다. 그래도 자세히 보고 있노라니 61의 배가 규칙적으로 오르내리는 것을 알 수 있었다. 61은 그러니까 살아 있는 것이었다──또는 그렇게 말할 수 있었다. 마치 죽은 듯이. 그래서 94는 자신이 61을, 실제로, 죽이는 것이──어쩌면 61도 모르게──불가능하지는 않을 것이라는 생각을 했다.

　61에게서 시선을 돌린 94는 탁자 위에 있는 얇은 그림책(이라는 것은 그의 표현인데)을 펼쳤다. 그의 손가락이 우연히 펼친 페이지에는 스타킹은 신고 있는 금발의 백인 여자가 다리를 활짝 벌리고 의자에 앉아서 오른손으로는 자신의 보지를 카메라를 향해 열어 보이고, 왼손으로는 의자 곁에 선 흑인 남자의 굵은 자지를 움켜쥐고 그것을 빨고 있는 사진이 한 면을 가득 채우고 있었다. 옆 페이지에는 침대 위에 백인 남자와 흑인 여자, 그리고 검은 머리의 황인종 여자가 어우러져 있는 사진이 인쇄되어 있었다(세계는 하나다──라고 말할 수도 있을 것이다). 그는 피우던 담배를 다 피우는 동안 줄곧 그 두 사진을 내려다 보았다. 그러나 그는 흥분하지 않았고, 그러므로 발기하지도 않았으며, 그렇다고 해서 구역질을 한 것도 아니었다. 그는 담배를 껐고, 다른 페이지는 들춰보지도 않고 그림책을 덮었다. 만일 여자가 방에 있다면 그는 단연코 여자의 옷을 벗길 것이었다. 여자를 침대에 눕히고 가랑이를 찢으리라. 그리고 그는 여자와 함께 침대 시트처럼 구겨질 것이었다.

　그는 침대 위에 벌렁 드러누웠다. 다리는 여전히 침대 밖에 둔 채로. 그는 어쩌면 전에 읽고 본 어떤 소설이나 어떤 영화의 장면들을 기억 속에서 더듬고 있었는지도 모른다. 그렇다 하더라도 그 자신이 여자의 옷을 벗겼을 때를 되새기지는 않았을 것이다. 잠시 후에 그의 두 다리도 침대 위로 올라왔으므로 그는 온몸을 침대 위에 눕히고 이불을 덮었다. 그리고 눈을 감았는데, 지극히 막연하게, 내일 내린다는 눈을 생각하는 것이었다. 그것은, 아마도, 그가 우연히 라디오를 통해 일기예보를 들었기 때문이었으리라. 동시에 그는 일기예보를 믿을 수는 없다는 생각도 했다. 그럼에도 그는 내일 눈이 내리리라는 것을 당연한 사실로 믿고 있었으며, 눈보다는 비가 내려야 할 것이라고, 또는 비가 내리면 좋겠다거나, 비나 와라, 좍좍 쏟아져라 하고 혼미한 상태에서 소리 없이 중얼거리다가 잠들어버렸다. 방, 바닥 한복판에 있는 원통형 석유난로의 불은 이미 한 시간쯤 전이나 그 전에 꺼져 있었는데, 94나 61이 끈 것인지, 저절로 꺼진 것인지는 확실하지 않다.

이제 우윳빛 유리의 육십 와트짜리 백열전구가 켜져 있는 방의 낡은 침대 위에는 94가 이불을 덮고 잠들어 있으며, 장의자 위에는 61이 담요를 덮고 잠들어 있다. 자세히 관찰한다면, 94가 61을 보았을 때처럼, 방 안의 미적지근한 공기를 호흡하고 있는 두 사람의 배가 희미하게 움직이고 있는 것을 볼 수 있겠지만, 그 희미한 움직임을 무시한다면, 그리고 우리의 눈으로는 볼 수 없는 공기의 움직임이라든가 하는 것들마저도 무시해버리면, 방 안에서 움직이고 있는 것이라고는 아무것도 없다. 그것은 마치 방——네 개의 벽과 천장과 바닥, 그리고 벽의 일부의 기능적 변형체인 문과 창문으로 이루어진 구조물과 그 내부에 위치한, 94와 61을 포함한, 잡다한 사물들까지를 통틀어서 방이라고 한다면——자체가 잠들어 있는 것 같은 형상이며, 거의 모든 잠이 그러하듯, 94가 61을 보았을 때처럼, 굳이 의식하지 않아도 죽음을 연상할 수 있다(잠의 느낌이 가벼운 반면 죽음의 느낌은 무거운데도 잠에서 죽음을 연상하는 것이 우스꽝스러운가, 아니면 잠과 죽음은 흡사한 것인데도 잠은 가볍게 느끼고 죽음은 무겁게 느끼는 것이 우스꽝스러운가? 아니, 혹시 잠은 가볍고 죽음은 무겁다는 느낌이 잘못된 것은 아닐까?). 따라서 한 남자는 장의자 위에, 한 남자는 침대 위에 잠들어 있는 낡고 너저분한 방 안의——방 자체가 잠든 것 같은 풍경은 완결된 것으로까지 여겨지고, 매우 비현실적으로까지 여겨지는 것이다. 그래서

만일 선명한 색채의 활짝 핀 꽃, 또는 꽃봉오리를 담고 있는 화분 하나가 잠든, 죽어버린 것 같은 방, 한가운데나 구석에, 그러니까 어디에든 놓여 있다면 그것만으로도 당혹감을 느끼기에 충분할 것이다. 그리고 꽃송이나 봉오리 또는 잎사귀 위에 이슬 몇 방울이 맺혀 있다면 당혹감은 공포감으로까지 발전할 것이며. 또한, 상대적으로, 살아 있는, 이슬을 머금은 한 송이의 꽃으로 인해 주변의 사물들, 곧 방 전체의 죽음은 더욱 확고해질 것이다. 붉은 꽃은, 푸른 잎사귀가 없더라도, 피에 물든 것일 테고, 꽃잎 위의 이슬은 핏방울에 다름 아닐 것이며, 강렬한 향기는 그 어느 것보다 강한 독일 것이다…….

그가 여자와 함께 있을 때 밖에서는 눈이 내리기 시작했다. 그러므로 그는, 그리고 여자도, 밖에 나와서야 눈이 내리고 있다는 것을, 눈이 펑펑 쏟아지고 있다는 것을 알게 되었다. "아, 눈……" 여자는, 회상하듯이, 증오하듯이, 신음했다.

돌아오는 길에 눈을 흠뻑 뒤집어쓴 그는 방문 앞에서 눈을 대강 털어내고 방 안으로 들어섰다. 방에는 아무도 없었다. 라기보다는 그가 나갈 때 침대 위에서 자고 있던 94가 보이지 않았다. 그리고 그것은 61과는 아무 상관도 없는 일이었다. 그는 코트를 벗어 장의자 앞의 탁자 위에 던져 놓고 석유난로에 불을 붙인 다음, 한참 동안 난로 앞에 서서 몸을 녹이다가

는, 문득 생각 난 듯이, 난로를 마주 보고 껴안듯이 웅크리고 앉았다.

　잠시 동안 그렇게 앉아 있던 그는 벌떡 일어서더니 장의자 앞의 탁자로 가서 코트를 왼손으로 들고 오른손으로 코트 안주머니에 들어 있던 편지를 꺼낸 다음, 코트를 장의자 구석에 구겨놓고 장의자에 앉아서 편지를 뜯어보았는데, 그 편지는 그가 며칠 전, 나가는 길에 받아서 안주머니에 넣어둔 채 읽지 않았던 것으로, 몇 시간 전에 그 편지를 보낸 여자를 만났던 것이다. 몇 시간 전에 만났을 때, 그는 편지를 보낸 여자에게 편지를 받지 못했노라고 거짓말을 했었는데, 실제로는 여자가 편지에 대한 얘기를 꺼냈을 때까지 자기가 편지를 받아가지고 있다는 사실조차 까맣게 잊고 있었다. "내가 보낸 편지……" "편지?" 그런데 여자는 오히려 그 편지를 받았더라도 신경 쓰지 말라고 할 참이었다며, 차라리 그가 편지를 받지 못한 것이 잘되었다는 소리를 하는 것이었다. 그는 편지의 내용이 궁금해져서 무엇이라고 썼느냐고 물어보았지만 여자는 그의 물음에 직접적인 대답은 하지 않았다. "떠날 수가 없었……여기서 떠난다는 것이……다른 세계, 그것은……불가능한……" 또는 "어디엔가……다른 세계가……다른 나라가 다른 세계일……" 그는 그 자리에서 편지를 꺼내 읽고 싶었다. 그러나 그 자리에서 편지를 꺼내 읽는다면, 우선 편지를 받지 않았다고 거짓말을 한 것이 드러날 터이고, 거짓말이 드러나게 되면, 왜 거짓말을 했는가, 왜 편지를 받아서 읽지 않고 주머니 속에 넣어두었는가 하는 등에 대한 변명을 해야 할 것이어서 그 자리에서는 편지를 꺼내 읽을 수가 없었다. 그로서는 변명을 한다는 것이 귀찮기도 했지만, 그것보다도 무어라고 핑계를 대야 할지를 몰랐던 것이다. 만일 그럴싸한 핑계거리가 있었다면 그는 귀찮더라도 변명을 하고 나서 그 자리에서 편지를 꺼내 읽었을지도 모를 일이었다. 그에게는 그러나 편지를 읽지 않은——읽지 못했다고 둘러댈 만한 이유가 없었다. 그가 거짓말을 하지 않고 편지를 받았지만 읽지는 않았다고 사실대로 얘기한다면, 여자는 사실을 아는 것으로 만족하지 않고 그 이유까지를 알고자 할 것이 틀림없을 것이며, 그럴 경우 그로서는 사실을 사실대로 얘기했기 때문에 사실에 합당한 거짓을 조작해야 한다는 난처한 입장에 처할 수밖에 없을 것이고, 그가 아무 말도 하지 않는다면 여자가 마음대로 편지를 읽지 않은 이유를 생각할 터인데, 그랬을 때 여자가 생각하는 이유가 무엇이 되었건 그는 그런 끔찍한 오해를 견딜 수 없을 것이었다. 그렇지만 그는 왜 자기가 사실을 사실대로 얘기하면 얘기한 사실이 사실이므로 여자가 사실로 받아들이지 않을 것이라고 생각하는가에 대해서는 생각하지 않았다. 여자 앞에서 편지를 읽을 수 없게 된 그는 화장실에 간다든가 하는 구실로 여자의 시선을 피할 수 있는 곳으로 가서 편지를 읽을 생각을 하기도 했지만, 그런 짓을 하기가 너무 번거롭고 귀찮았을 뿐만 아니라, 자기 자신이 스스로를 더욱 초라하게 여기게 될 것 같아서 편지는 여전히 그의 코트 안주머니에 들어 있었던 것이었다.

············

어떻게 지내고 있는지 궁금하군요. 지난 겨울 이후, 그러니까 거의 일 년 가까이 우리는 단 한 번도 만나지 못했어요. 우연히 마주친 일조차도 없었으니까요. 정말이지 한 도시에 살면서 너무 이상하다는 생각이 들어요. 그렇잖아요? 크다고는 하지만 어쨌든 하나의 도시에 지나지 않잖아요. 지도에는 하나의 점으로밖에 표시되지 않는. 그런데 그 점 속에서 수백만 명이 우글거리고 있는 거예요. 물론 당신과 나를 포함해서. 너무하다고 생각지 않나요? 하기야, 어쩌면 당연한 일일지도 모르죠. 왜 당연한 일이어야 하는지는 모르지만.

　그런데 이 제한된 공간의 내부에서 그동안 당신과 내가 단 한 번의 우연한 마주침도 없이 지냈다는 것이 나에게는 무슨 기적처럼 여겨지고 있어요. 사실 나는 당신을 아무데서나 우연히 만나고 싶어 했거든요. 길에서든, 버스에서든, 찻집에서든, 극장에서든, 백화점에서든, ……어디에서든 말예요. 심지어는 친구 집이나 친척 집에 가서도 당신이 불쑥 나타나 주기를 기다렸어요. 세상은 넓고도 좁다잖아요. 내가 들른 친구나 친척네와 당신이 어떤 관계가 없으란 법도 없을 거라는 생각, 어리석은 생각이었죠. 그러나 그렇게 우연히 만나게 된다면 나는 속 시원히, 아주 편안하게, 아무 부담 없이 얘기할 수 있을 것 같았어요. 그래서 우연히 마주치게 된다면 무슨 말을 어떻게 해야 할까 하는 것까지도 생각했어요. 마치 연사가 연설할 원고를 미리 준비하듯이. 물론 실제로 원고를 작성했던 것은 아니었지만, 이 말을 이렇게 하면 어떨까, 저 말은 저렇게 하는 것이 좋지 않을까 하는 식으로 끊임없이 생각했던 거예요. 강의실에서도 온통 그 생각뿐이어서 강의를 거의 전혀 듣지 못할 정도였어요. 정말 끔찍했어요. 한번은 이런 일도 있었어요. 친구들 얘기를 듣고 있다가 내가 갑자기 '난 괜찮아, 정말이야. 정말 아무렇지도 않아!' 하고 큰 소리로 말해버린 거였어요. 그 일이 있고나서는 친구들과 잘 어울리지도 않았었는데, 어쩌다가 그런 엉뚱한 소리를 내뱉었으니 친구들이 나를 어떻게 생각했겠어요? 아니, 오히려 나 자신이 미쳐버린 것 같은 기분이었어요. 어쨌든 그러다 보니 하루에도 몇 번씩 할 얘기가 바뀌기도 하고, 또 할 얘기가 미처 정리되지도 않았는데 당신을 만나게 된다면 어떻게 하나 하는 걱정까지도 했어요. 언젠가는 꿈을 꾸기도 했었는데——당신과 우연히 만난 꿈이었어요——나는 무엇인가를 말하려고 했지만 아무 말도 할 수 없었고, 당신이 하는 말 또한 한마디도 알아들을 수 없었어요. 하기야 더 이상 뜯어고치지 않아도 되게끔, 무슨 교리 문답처럼 할 얘기를 작성해서 머릿속에 넣어두고 다니다가 마주쳤다 해도 막상 얘기를 하게 되면 전혀 엉뚱한 소리만 할지도 모른다는 것을 생각하지 않았던 것은 아니었어요. 아니, 오히려 그러기가 쉬웠을 거예요. 우연히 만날 수 있었더라도 나는 분명히 엉뚱한 소리, 쓸데없는 얘기나 늘어놨겠죠. 지금도 이렇게 부질없는 소리나 늘어놓고 있는 걸 보면. 그러니 나는 어쩌면 당신을 우연히라도 만나게 되면 어떡하나 하는 걱정을 하고 있었던 것인지도 모르겠어요. 그래서 하루가 지나면 오늘도 무사히 당신과 마주치지 않았구나 하고 안도의 한숨을 쉬고 말예요.

그렇지만 과연 나는 당신에게 무슨 얘기를 하고자 했던 것일까요? 지금은 또 무슨 얘기를 하기 위해 편지를 쓰고 있는 것일까요?

당신은 이미 내가 당신을 탓하고 있지 않다는 것쯤은 알아차렸을 거예요. 아니, 탓이라뇨? 탓하지 않다뇨? 그렇게 말할 수는 없는 거예요. 탓하지 않는다는 말은 용서한다는 것과 같은 말일 테니까요. 그런데 내가 감히 어떻게 당신을 용서할 수 있겠어요? 당신은 혹시 당신이 나에게 그렇게 해준 것에 대해 내가 고마워하고 있다고는 생각해보지 않았나요? 지금——그래요, 지금 내가 분명히 말할 수 있는 것은 그 일에 대해 당신에게 고마워하고 있다는 거예요. 아니, 아녜요. 내가 당신에게 고마워한다는 것은 용서한다는 것과 마찬가지로 말도 안 되는 소리예요. 그렇다면 무엇일까요?

궁금한 것은 그러나 내가 당신에게 할 말이 무엇인가보다는 당신과 나 사이에서 있었던 일이 과연 무엇이었던가 하는 거예요. 물론 그것이 단순한 하나의 행위였다는 사실은 알고 있어요⋯⋯. 어쩌면 나는 지난 일 년 가까이 그 '무엇'의 해답을 찾고 있었는지도 모르겠어요. 나를 더욱 괴롭힌 것은, 그리고, 그 사람이 그렇게 된 것과 당신과 나 사이의 그 일과를 관계지어야 하는가였어요. 만일 그 둘 사이에 관계가 있다면 그 관계는 어떤, 어떻게 설명될 수 있는 관계일까요?

⋯⋯그 사람 얘기는 꺼내지 않으려 했었는데 결국 튀어나오고야 말았군요. 이 편지가 당신을 괴롭히는 것이라면 미안하다는 말로 변명할 수밖에 없군요. 미안해요. 정말이지 어떤 형태로든 당신을 괴롭히고 싶지는 않아요. 나는 내가 떠나기로 했다는 말을 하기 위해 이 편지를 쓰고 있는 거예요. 그래요. 비행기를 타기로 했어요. 우습게도 나는 비행기를 타면——비행기는 활주로를 힘껏 달리다가 땅을 박차고 뛰어올라 하늘로 빨려드는 거라도 생각하고 있어요. 공항이, 활주로가 이륙보다는 착륙을 위한 장소일 거라는 생각을 하면서도.

그래서 이 편지를 쓰는 거예요. 그렇다고 해서 당신에게 내가 떠난 뒤에도 나를 기억해 달라는 소리는 아녜요. 하지만 내가 떠나기로 했다는 것을, 당신은 이미 나를 잊고 있을지도 모르지만, 내가 여기를, 여기에서의 모든 것을 버리기로 했다는 것을 알리지 않을 수는 없다고 생각했어요. 그러나 그것이, 여기에서의 모든 것을 버린다는 것이 어쩌면 불가능할지도 모르겠다는 생각도 들어요. 버리기로 한 것은 분명 나인데도 왜 내가 버림을 받은 것 같은 기분일까요? 하지만 바로 이 부질없는 물음까지 포함한 모든 것을 지워버리겠어요. 열심히, 열심히, 지우고 또 지우겠어요.

그 밤, 밤이 지나고, 새벽에, 그 방에서, 나올 때, 나는, 당신을, 보았죠.

그리고, 당신도, 나를, 보았어요. 당신과 나는, 그렇게, 아무 말도 없이, 서로를, 바라보았어요. 그 사람은, 거기에, 없었어요.

눈은, 그쳐 있었죠…….

그는 다 읽고 나서도 편지에서 눈을 떼지 않고 있다가, 그렇다고 어느 구절을 다시 읽는 것도 아니면서, 그러니까 하얀 종이 위에 검은 잉크로 쓰어진 글씨들을 멍하니 내려다보고 있다가 고개를 들었다. 여자의 입술 위에 얹히는 눈송이 하나가 보였다. 눈송이는 선명한 붉은색으로 녹아 흐르더니 토르소가 되어 늘어졌다. 그는 편지를 탁자 위에 내려놓고 나서 코트 주머니에서 담배와 어느 외국 항공사의 로고가 프린트된 라이터를 꺼내 담배를 물고 불을 붙였다. 여자가 담배 연기를 깊숙이 들여마신다. 여자의 머리카락들이 담배 연기처럼 흩뜨러지고, 그럴 듯한 백뮤직을 따라 여자가 흔들거린다. 여자가 고개를 숙이고, 여자가 소리를 지른다. 여자의 새끼손톱에만 칠해진 투명한 무색 매니큐어가 반짝인다. 그를 보고 있는 여자의 어두운 눈동자에 그가 보이지 않는다. 원통형 석유난로의 망이 빨갛게 달아 있다. 여자가 춥다고 말한다……. 그의 망막 앞에 어른거리는 영상들은 마치 수천 년 전에 본 영화 장면들 같았다.

그는 담배를 입에 문 채로 침대로 가서 그 위에 드러누웠다.

그는 잠시 후에 윗몸을 일으켜 침대에 거의 붙어 서 있는 높은 탁자 위의 재떨이에 담뱃재를 털고 다시 누우려다가는 침대에서 내려와 장의자 앞으로 가서 커튼을 걷고 창문을 열었다. 그러자 찬 공기가 눈송이 몇 개를 싣고 방 안으로 밀려들어왔다. 하늘을 잔뜩 뒤엎은 짙은 회색 구름은 여전히 굵은 눈송이들을 싸갈기고 있었다. 두꺼운 구름 덕분이었지만, 시간에 비해 훨씬 어두워진 풍경으로 인해 여기저기에 켜진 조명 기구들에서 발산된, 대개는 창을 뚫고 나온 불빛들——그것들은 마치 별빛 같았는데——도 그는 볼 수 있었다. 그는 피우던 담배를 손톱 끝으로 튕겨버리고——튕겨진 담배는 눈보다 훨씬 빨리 떨어지는 것 같았다——창틀에 쌓인 눈을 두 손으로 뭉쳐 그것 또한 욕설과 함께 힘껏 던져버렸다. 그는 그러나 던져진 눈덩이가 어디로 떨어졌는가를 볼 수 없었으므로 창문을 닫은 다음 커튼을 내렸다. 그리고 그는 어둑한 방 안을 향해 돌아섰는데, 돌아선 그에게, 누군가가, 복수를 하라고 속삭였다. 그러나 무엇 때문에, 무엇에 해야 하는지는 말하지 않았다. 어쩌면 존재하는 모든 것들(그를 포함해서)에 대해서 그것들이 존재한다는 이유만으로, 또는 존재하지 않는 모든 것들(그를 포함해서)에 대해서 그것들이 존재하지 않는다는 이유만으로 복수를 해야 하는 것인지도 모를 일이었다. 어쨌든 그는, 분노의 감정도 없이, 누군가의 말에 따라 복수를 하기로 했다. 그래서 그는, 가슴으로는 터무니없는 복수심을 부풀리며, 소켓의 스위치를 틀어 우윳빛 유리의 육십 와트짜리 백열전구의 필라멘트에 전류가 흐르도록 했다. 그러자 방 안의 잡다한 사물들에 전구에서 막 쏟아져 나온 빛들이 닿았다. 그 빛들이 반사되기 시작한 그 순간에, 정확히는 전구에서 쏟아져 나온 빛들 가운데서 사물들에 닿았다가 반사된 최초의 빛의 입자가 그의 망막에 이르러 시신경을 자극한 바로 그 순간에, 그는 사물들의 내부에서 시간이 멈추는 것을 느꼈다. 그 느낌은 매우 강렬하게 인상지어져서 사물들의 내부에서 다시금 시간의 흐름이 재개된 뒤에도 그는 정지했던 시간과 흐르고 있는 시간 사이에서 기묘한 혼란을 겪어야만 했다. 그 혼란은 잠결에 곁에서 들려오는 소곤거림 때문에 잠에서 깨게 되었을 때, 바로 그때까지 꾸고 있던 이해할 수 없는 꿈에서 덜 깬 채, 들려오는 말소리들이 꿈속에서 들려오는 것인지 꿈에서 깨어 실제로 듣는 것인지를 미처 판단할 수 없을 때 느끼는, 어디론가 빠져들어가고 있는 듯한, 또는 온몸이 천천히 떠오르고 있는 듯한 느낌과도 흡사한 것이었다. 그는 그러한 혼란 속에서 무심코 탁자 위의 카세트 라디오에 손을 대었는데, 그의 손이 닿자마자 방 안의 공기를 휘젓고 나온 요란한 음향이 폭풍처럼 그의 혼란을 휩쓸어가 버렸다. 그러나 실제로 라디오에서 흘러나온 음향이 폭풍처럼 요란한 것은 결코 아니었다. 그것은 오히려 유난히 청아한 선율이었다. 그도 방송되고 있는 음악이 가야금 연주곡임을 알아차리고 귀를 기울였다. 마침내 연주가 끝나고 박수 소리가 들려 왔는데, 그는 박수 소리를 듣고서야 연주가 끝난 것을 알았다. 그래서 그가 이제 끝나는구나 하고 생각한 부분에서 연주가 끝나지 않고 계속되었을 때의 당혹감, 배신감이 곡이 끝났을 때에도 똑같이 그를 괴롭혔다. 이어 박수 소리가 급격히 줄어들고, 해설자가 탁한 목소리로 방금 들은 곡이 황병기가 작곡한 〈비단길〉이라고 했는데, 그로서는 처음 듣는 곡명이었으며, 연주를 듣는 동안 파미르 고원을 넘고 고비 사막을 건너는 동·서 무역로의, 또는 그 길 위를 지나는 비단의 화려함의, 대상들의 고통스러운 여정의, 그리고 비단길로부터 연상될 수 있는 그 밖의 어떠한 이미지도 전혀 떠오르지 않았었기 때문에 더욱 생소하게 들렸다. 그가 다이얼을 돌리자 다른 방송국에서 내보내고 있는 광고 방송의 전파가 잡혔다. ~한 그~. 계속 다이얼을 돌리다가 그는 재니스 조플린이 노래하는 자장가 〈Summer Time〉이 방송되고 있는 곳에서 다이얼을 멈추고 라디오에서 손을 뗀 다음, 라디오 옆에 있는 그림책을 들췄다. 보고, 보고, 또 보고, 또 또 보아서 거의 머릿속에 사진으로 찍어놓은 듯한 사진들이었다. 재니스 조플린의 노래가 끝나자 여자 디스크자키는 고의로 비음을 많이 섞은 목소리로 겨울에 여름 노래를 들은 기분이 어떠냐며, 이번에는 비 노래를, 눈이 펑펑 쏟아지고 있지만 비 노래를 들어보자고 했다. 다음 노래는 멜라니 사프카가 부르는 〈Birthday of the Rain〉*이었다. 그것은 과장된 감정의 노출인, 우스꽝스러운, 실연의 노래였다. 그 노래에서 비는 눈물이었다. 방울져 떨어져내린다는, 또는 흘러내린다는 공통점만으로 비가 눈물이고, 눈물이 비인, 아주 낡은, 흔해빠진, 그러면서도 매번 새로울 수 있는 은유의 하나였다. 그는 장의자 앞의 탁자에서 담배와 라이터를 가져와 담배를 피워 물고는 침대에 걸터앉았는데, 지난 밤에 94가 앉아 있던 곳과 거의 같은 곳에 비슷한 자세로 앉았다. 그리고 그림책에 눈을 준 채로 담배 연기를 뻐끔거리다가, 멜라니의 노래가 끝나기도 전에, 탁자 위에 있는 필기구들 가운데서 붉은 색연필을 들고 그림책 표지를 가득 채운 벌거벗은 여자 엉덩이에 커다랗게 復讐라는 두 글자를 쓰기 시작했다. 그는 마치 내일의 복수 행위를 위해 그동안 가슴속에 품고 있던 칼을 남몰래 가는 복수자처럼 復讐라는 두 글자를, 마치 눈이 쌓이는 것처럼, 몇 번이고, 몇 번이고 덧쓰는 것이었다.

기나긴 시간이 흘렀다…….

그는 팔짱을 끼고 앉아서 그림책 표지에 진하고 굵은, 붉은 글씨로 씌어진 복수라는 두 글자를 바라보고 있었다. 심이 부러진, 그가 가운데를 부러뜨려 두 토막을 내어버린 붉은 색연필은 난로 옆에 팽개쳐진 대로 누

---

* 이 노래 제목은 〈Birthday of the sun〉이고, 'Happy birthday to the Rain'으로 끝난다.

위 있었고, 부러진 심은 카세트 라디오 앞으로 튀어가 있었다. 그가 팔을 풀어 막 광고를 방송하기 시작한 라디오를 끈 자 방 안은 그의 숨소리가 들릴 만큼 고요해졌다. 그래서 그의 귀에 들리는 소리라고는 그 자신의 힘겹고 거친 숨소리밖에 없었다. 하여 그는 자신이 모든 것의 끄트머리에 겨우 엉덩이를 걸치고 있는 듯한 느낌 속으로 빠져드는 것이었다. 그러한 느낌이란 곧, 감당할 수 없는, 감당하려고조차도 할 수 없는 불안, 또는 절망할 수조차 없는 절망과도 같은 것이었으리라. 그리고 그것은 사방으로 흩어진 빛이 마치 바랜 것처럼 뿌옇게 깔린 벌판 한가운데에서, 돌아가고 싶어도 돌아갈 수 없는, 자신이 어떻게 뿌연 빛의 벌판 한가운데에 서 있게 되었는지도 모르는, 슬퍼하지조차 못하는 가축의 슬픔일 것이었다.

태양은, 이미 서너 시간쯤 전에, 하얀 조각들로 산산이 부서져내리고 있는 두꺼운 구름장 뒤에서, 서쪽 너머로 가버렸다. 산산이 부서져내리는 구름의 고통과는 무관하게 지상의 다른 곳에서는 여전히 태양의 뜨거운 빛이 필요했기 때문이리라. 그래서 지상의 다른 곳에서는 무수한, 그러나 결국은 제한된 수의 사람들이 눈을 뜨고 일어나거나, 일어나려 하거나, 일어나 움직이고 있을 때 여기서는 아직 다는 부서지지 않은 구름장 위로 달이, 아무도 모르게, 슬며시 떠오르는 것이었다.

그는 차라리 잠들어버릴 수도 있었을 것이다. 그러나 그는 엉덩이를 걸치고 있던 침대의 가장자리에서 미끄러져 양탄자 위에 무릎을 꿇었다. 미끄러진 것이 그의 행위가 아니었음에도 그는 바지의 허리띠를 끄르고 지퍼를 내렸다. 그러고는 바지를 속옷과 함께 무릎께로 내린 다음 발기하지 않은 자지를 쥐고 눈을 감았다. 그는 감은 눈꺼풀 위에 벌거벗은 여자들의 환영을, 온갖 형태의 교미 광경들을 오버랩시키기 시작했다.

한 세기가 지난 다음, 그는 침대의 시트 자락을 끌어내려 자지와 손을
닦았다.

그는 무모하게 배출된 그의 정액이 양탄자 위에 그린 얼룩을 마치 복수
행위가 남긴 핏자국이나 되는 양 심각하게 내려다보는 것이었다. ……내
려다보기만 할 뿐이었다.

여자가 눈을 흠뻑 뒤집어쓴 채 방으로 뛰어들어온 것은 밤이 꽤 깊어서
였다. 눈은 그치지 않았는데, 쏟아지는 기세로 보아 밤새도록이라도 퍼부
어댈 것만 같았다. 눈도 털지 않고 방으로 뛰어들어온 여자는, 헐떡이며,
94가 죽었다고 했다. 61이 멍하니 바라보자 여자는 94가 죽었다고 헐떡
였다. 그가, 진정하라는 듯이, 여자의 어깨를 잡자 여자는 그에게로 쓰러
졌고, 그는 여자를 침대에 걸터앉혔다. 여자를 침대에 걸터앉히고 나서 그
는 담배에 불을 붙였는데, 담배를 피우는 것은 그가 할 수 있는 일들 가운
데 하나였지만, 어떻게 보면 그가 할 수 있는 유일한 일인 것도 같았다. 여
자는 녹은 눈으로, 떨며, 젖어들고 있었다.

　여 : ……트럭에 치었어요……머리가 바퀴에, 얼굴 위로 트럭 바퀴
　　　가……
　61 : ……
　　　(꽤 흔한, 유치한 표현이지만, 눈 위에 잘 익은 석류가 터진 것 같
　　　았을 것이다. /작별의 말도 없이/)
　여 : ……경찰이…… 앰뷸런스에…… 병원에…… 늦었다고……
　61 : ……

(때때로, 그리고 자주, 너무 늦거나 이르다. 거의가 그렇다. /그리고 그녀는 천국으로 가는 계단을 샀다/)

여 : …… 나, 나는…… 눈길이 미끄러워서…… 그 사람이 먼저……
갑자기……

61 : (그가 뭘 어쨌단 말인가? /나는 눈사태 속으로 들어섰다/)

여 : …… 아아, …… 정말이지…… 나, 나는……

61 : ……

(: 동백 아가씨는 그리움에 지쳤으며, 그리고 자신의 울음에도 지
쳤다고 한다. : 어이 죠, 총을 들고 어디로 가나?)
"믿을 수 없어요."──"물론 믿을 수 없습니다. 믿을 수 없는 일이
없으니까요."

94 : 나는 눈을 떴고, 잠시 후에는 방 안에 나 혼자 있음을 알게 되었
다. 그렇게 꿈지럭거리다가 결국 침대에서 내려오고야만 나는 몇
번인가 허리를 굽혔다 폈고, 몇 번인가 제자리 뛰기도 했다. 그러
므로 커튼을 걷은 것은 전혀 우연한 행위였다. 그러나 커튼을 걷
어 봄으로써 나는 눈이 내리고 있다는 것을 알게 되었다. 내가 왜
비를 기다렸는지를 잘 모르겠다. 날씨가 겨울치고는 상당히 미지
근해서 비가 내렸더라도 조금도 이상하지 않았겠지만, 우연히 눈
이 내려 일기예보를 맞춰주고 있었다. 하지만 최고 기온이 영하
삼십 도쯤 되었더라도 나는 비를 기다렸을 것이다. 그러니 내가
비를 기다린 것이 계절이나 날씨와는 아무 상관도 없었던 것만큼
은 거의 틀림없을 것이다. 혹시 나는 비가 눈보다 정직한 것이라

고 생각하고 있었는지도 모르지만, 그런 어리석은 생각 때문에 비를 기다렸던 것 같지는 않다. 비나 눈이나, 그리고 우박 등도 마찬가지지만, 모두가 자연 현상의 하나일 뿐인데 그것을 두고 정직이니 어쩌니 한다는 것은 정말 어리석은 낭비가 아닌가 말이다. 게다가 나는 꼭 비가 내려야만 한다고 생각했던 것도 아니었다. 논에 물이 없어 벼들이 말라죽어가고 있는 것도 아니었으니까. 나는 그러니까 비가 내리지 않고 눈이 내린 것만큼이나 우연히 비를 기다렸던 것이라고 할 수 있겠다. 그렇지만 굳이 이유를 찾고자 한다면 하늘에 구름이 가득했었다는 것이 가장 타당한 이유가 아닐까? 칼을 뽑았으면 썩은 호박이라도 찔러야 한다는 말처럼, 그리고 썩은 호박을 찌르는 것보다는 친구의 목을, 하다못해 이웃의 목이라도 치는 것이 훨씬 바람직하므로 기왕 구름이 끼었으니 비가 내려야 할 것이라고 생각한 것은 두말할 나위도 없이 당연한 일이었을 것이다. 그런데, 나의 기다림은 버려지고 짓밟힌 채, 눈이 펑펑 쏟아지고 있었던 것이다. 그래서 나는, 눈이 내리고 있는 것을 보고, 당연히, 눈이 내리고 있다는 것을 알게 되었다. 눈이 내리고 있는 것을 보면서 눈이 내리고 있다는 사실을 모를 수는 없는 일이 아닌가. 그리고 눈이 내리는데도 눈이 내리지 않는다고 할 수는 없는 것이며, 만일 그랬을 경우 그 말은, 사실에 위배되므로 명백한 거짓인 것이다. 물론 나는 비를 기다리기는 했지만 눈을 보고 비라고는 하지 않았다. 사실 눈이 내리고 있음을 알았을 때 나는 내가 비를 기다렸었다는 것을 잊고는 있었지만, 그렇다고는 해도, 설사 비를 기다렸다는 것을 잊지 않았더라도, 눈을 보고 비라고는 하지 않았을 것이다. 그리고 겨울이 아니었더라면 눈이 아닌 비가 내리고 있었을 것이라든가 하는 따위의 생각도 하지 않았다. 나는 그저 아무 생각 없이 눈이 내리는 것을 바라보고 있었을 뿐이다. 아무런 감정의 동요도 없이. 좌절당한 기다림으로 인한 부끄러움조차도 없이. 눈과는 전혀 무관하게.

그러다가 나는 여자를 만나러 갔는데, 그것은 물론 눈과는 상관없는, 미리 정해진 약속 때문이었지만, 그러나 사실 나는 여자를 왜 만나야 하는지를 알지 못했다. 여자는 자기가 정한 약속 장소에 나보다 먼저 와 있었는데, 마치 눈에 특수한 화학적 요소가 있어서 여자의 감정에 어떤 작용을 하기라도 했다는 듯이 감상에 젖어 있었다. 여자는 마치 삼류 멜로드라마의 한 장면을 연기하고 있는 것 같았다(여자가 약속 장소로 택한 그럴 듯한 찻집에서는 그럴 듯한 백 뮤직까지 흘려주고 있었다!). 그러나 나는 물론 그런 여자를 탓할 수가 없었다. 여자가 그렇게도 끔찍한 꼬라지를 하고 있는 것은 눈이 내리는 것과 마찬가지로 하나의 단순한 현상일 뿐이었으니까. 그리고 여자가 어떤 꼬라지를 하고 있건 나와는 아무 상관도 없는 일이었고, 또 여자가 그런 꼬라지를 하고 있는 것은 어쨌거나 여자의 자유(라고 해두자)에 속하는 사항이었으니까. 얼른 커피 한 잔을 마시고 여자를 데리고 나와서 내가 여자와 함께 종종 들르곤 하던 술집으로 간 것은, 그러므로, 여자의 그런 꼬라지를 마주보고 있는 나 스스로에게 견디기 위해서였다고도 할 수 있을 것이다. 눈은 마냥 쏟아지고 있었다. 여자와 내가 왜 변두리의 삭막한 거리에 있는 술집에 종종 들렀던가를, 그 정확한 이유를 명백하게 설명할 수는 없다. 그 술집은 거기가 아니더라도 어디든지 있는 흔해빠진 대포집이었으니 말이다. 물론 그 술집은 특별히 잘하는 안주가 있는 집도 아니었고, 별다른 장식으로 꾸며진 데도 아니었다. 그렇지만 주인 여자가 나와 여자에게 안주를 좀 더 준다거나 하는 식으로 신경을 써주어서 그 술집에 자주 들렀는지도 모를 일이기는 하다. 아니면 자주 들르니까 서비스가 좋아졌던 것일까? 그 술집이 여느 대포집과 다른 점은 꼭 한 가지가 있는데, 그것은 그 술집에서 술을 마시는 사람들이 모두 조용한 사람들이라는 것이다. 대체로 대포집이라면, 그리고 다른 형태의 술집들도 거의 그렇지만, 손님들이 떠들썩하게 마시고, 취해서 떠들고 하는 것이 보통인데, 그 술집에서는, 내가 아는 한, 그런 소란이 단 한 번도 없었다. 어떤 사람들이 와서 술을 마시건——단골이건 뜨내기 손님이건, 두뇌 노동자건 육체 노동자건, 남자건 여자건, 젊건 늙건간에 모두들 조용히 술을 마시고 자기들끼리만 알아들을 수 있게 소곤거리다가 술값을 치르고는 소리 없이 사라지는 것이었다. 마치 음모자들처럼. 그 술집의 무엇이 손님들을 그렇게 만드는지를 나는 알 수 없었다. 어쩌면 우연히 내가 갈 때만 조용한 성품의 사람들이 모였는지도 모르지만. 여자와 나는 두 홉짜리 소주를 네 병 마셨다. 여자가 마신 것이 한 병 정도나 될까? 그러니 나 혼자 세 병 이상을 마신 것이다. 내 주량으로서는 충분히 취하고도 남을 만큼. 술을 마시면서도 여자는 끔찍한 연기를 계속했는데, 그러면서 여자가 어떤 대사를 읊었는지는 기억에 없다. 여자가 뱉어낸 소리들

94

은 그저 내 귓전을 스치고 떨어졌을 뿐이니까. 그리고 여자가 던진 소리의 조각들이 내 귓전을 스칠 때마다 내 성대가 움직인 것은 전혀 반사 작용에 따른 것이었다. 마시다 보니 여자와 나는 그 술집에 남은 마지막 손님이 되어 있었다. 내가 가진 돈이 얼마 없어서 여자가 술값을 치르고 나왔을 때는 자정이 거의 다 되었었다. 눈은 기세를 조금도 누그러뜨리지 않고 펑펑 쏟아지고 있었다. 술집 주인 여자의 말대로 온 겨울 내내 쏟아질지도 모르겠다는 생각을 했던 것도 같다. 상당히 취해 있었고, 눈이 쌓여서 걷기가 힘들기는 했지만 넘어지지는 않았다.

61 : 그럼 이제 어떡하지?

94 : 어떡하긴? 차라리 죽는 게 낫지.

61 : 하긴……. 그렇지만,

94 : 그렇지만은 무슨 그렇지만이야?

61 : 그럼 너는?

94 : 나? 왜? 난 아무렇지도 않아.

61 : 정말?

94 : 정말!

──우리 모두는 살인자들
　　우리 모두는 살해당한 자들
　　영광 있으라
　　모든 절망과 사랑과 혐오와 저주와 환희와 분노와 비참과 희망과

불안과 환멸과 수치와 공포와 증오와 연민과 권태와 함께

영광 있으라

영광을 베풀라

살인자들이여

살해당한 자들이여

조상들과 함께 자손들과 함께 영광을 누리라

죄 없는 자와 함께 영원토록

94 : 나는 죽었다. 이것은 하나의 사실이다. 모든 생물들이. 그리고 모
든 사물들이, 모든 관계가 우연히 생성되었다가 우연히 소멸하듯
이 나 또한 우연히 죽어버린 것이다. 내가 비틀거리면서도 여자의
손을 뿌리친 것이 우연이었던 것처럼.

여관은 술집 건너편 길가에 있었는데, 아래층은 대중탕이고 이 층
과 삼 층에는 방들이 있는, 흔히 볼 수 있는 그런 여관들 가운데
하나였다. 나는 물론 여자와 함께 밤을 보내기 위해 여관으로 가
려던 것이었다. 여자와 내가 함께 할 수 있는 일이라고는 그
것──같이 잔다고들 말하는 그것밖에 없었다. 실제로 여자와 함
께 할 수 있는 일이 그것 말고 무엇이 또 있을 수 있었겠는가? 그
여관도 술집과 마찬가지로 내가 여자와 함께 종종 들렀던 곳이었
다. 그 술집에서 술을 마신 밤이면 대개는 그 여관에서 자곤 했었
으니까.

내가 막 차도로 내려서려는데 택시 한 대가 뒷바퀴에 감은 체인으
로 요란한 소리를 내며 지나갔다. 택시가 지나가고 나서야 나는

비로소 길을 건너기 시작했는데, 여자는 그때까지 인도에 남아 있었던 것 같다. 행인들을 찾아볼 수 없었고 몇 안되는 가게의 문들도 닫혀 있었다. 나는 건너편 여관의 아크릴 간판만을 바라보며 걸었다. 간판은 하얀 직사각형 바탕 위에 온천 기호와 굵고 붉은 글씨로 수복탕·여관이라고 씌어진 것이었다. 수복(壽福)——오래 살며 복을 누린다는 것은 부질없는 것인데 왜 하필 그런 이름을 내걸었는지가 나는 항상 궁금했다. 종종 들렀지만 한 번도 얼굴을 보지 못한 주인이 어리석게도 복을 누리며 오래 살기를 원해서인지도 모른다는 생각을 해보기는 했지만. 무심히 보아넘기곤 했던, 어디서나 공통된 온천 기호가 그때는 마치 방금 생산된 똥덩어리 위에서 김이 모락거리는 것같이 보였다. 그런데 만화에서 똥덩어리 위에 그려진 나선은 냄새까지를 나타내는 것이다. 이틀째 똥을 누지 않았다는 사실을 나는 기억해내었다.

트럭이 오고 있었던 것을 몰랐던 것이 정말 이상하다. 그 트럭은 뒷바퀴에 체인을 감고 있지 않았고, 그래서 그전에 지나간 택시처럼 요란한 소리를 내지는 않았지만. 트럭은 일을 끝내고 차고로 들어가는 길이었고, 차고까지만 가면 운전사는 소주나 한잔 하고 잠자리에 들 것이었다. 나는 교통 법규에 대해서는 신호등과의 약속 정도 외에는 아는 것이 거의 없지만 그 트럭 운전사에게는, 분명히!, 잘못이 없다. 그는 밤 늦게까지 운전을 하느라 꽤 지쳐 있었고, 거의 시야를 가릴 정도로 눈까지 쏟아지고 있었으니 말이다. 흔히들 하는 말을 하자면 재수에 옴이 붙었던 것이다. 그래도 그는, 그의 말에 따르자면, 불쑥 뛰어든 나를 보고는 브레이크를 밟았으며 핸들을 꺾었다고 한다. 소용없는 짓이기는 했지만.

나는 아무것도 느끼지 못했다. 나중에야 알았지만, 트럭에 정면으로 부딪힌 나는 내가 떨어진 순간에 뒤통수가 깨졌고, 브레이크를 밟았지만 미끄러져온 트럭 앞바퀴가——핸들을 꺾었으므로——그렇지 않았더라면 아마 배 위로 지나갔거나 했을 터인데——내 얼굴을 반쯤 뭉갠 채 그렇게 걸린 내 몸을 거의 십 년 동안이나 질질 끌고 간 다음에야 멎었던 것이다.

나는 여자가 질렀다는 소리도 듣지 못했다. 나는 정말 여자의 손과 함께 비명을 뿌리치고 트럭 앞으로 뛰어들었던 것일까? 너무 취해 있었기 때문에 정확한 것을 알 수는 없지만, 내가 달려오는 트럭을 향해 뛰어든 것은 결코 아니었다. 나에게는 트럭 운전사의 재수에 붙을 옴이 되고 싶은 생각은 조금도, 정말 손톱 끝만큼도 없었으니까 말이다.

어쨌든, 내가 지금까지 말한 모든 것을, 미처 말하지 못한 것까지도 너는 이미 잘 알고 있다. 그리고 어느 날, 우연히, 떠도는 원혼들처럼 눈발이 휘날려 비를 기다리는 너의 시야를 하얗게 지워버리리라는 것도 너는 잘 알고 있을 것이다. 그러면 너는……

그는 고개를 들어 여자를 보았다. 침대 가장자리에 앉혀진 여자는 탁자에 엎드려 두 팔로 얼굴을 감싸고 있었다. 울음소리는 그쳤지만 여자의 어깨는 여전히 들먹이고 있었다. 그는 장의자에서 일어섰고, 여자에게로 다가가 여자를 내려다보았다. 여자의 검고 긴 머리카락들이 담배 연기처럼 풀어져 굵고 진한 붉은 復讐를 반쯤 가리고 있었다. 그가 여자의 머리에

손을 얹자 여자는 천천히 고개를 들어 그를 쳐다보았다. 여자의 눈은 충혈
되어 있었고, 얼굴도 눈처럼 젖어 있었다. 그는 여자의 젖은 얼굴에 혀를
대면 찝찔할 것이라는 생각을 했다. 그리고 보고 있자니 여자의 얼굴이 너
무 멍청해 보여 하마터면 웃음을 터뜨릴 뻔했다. 그의 손이 여자의 머리카
락을 따라 내려가 여자의 어깨에 닿았다. 그래도 그를 향한 여자의 시선은
움직이지 않았다. 그가 여자의 어깨에 얹혀진 손에 잠시 힘을 주었다가 떼
어내자 여자는 시선을 그의 눈에 고정시킨 채 온몸을 일으켜 바로 세웠다.
그는 여자에게 한 마디쯤 하고도 싶었지만 무슨 말을, 그리고 어떻게 해야
할지를 몰랐다. 여자의 눈에 시선을 붙들린 그는 탁자 위를 더듬어 담뱃갑
을 집어들었지만 담뱃갑에는 한 대의 담배도 남아 있지 않았다. 그는 거의
과감할 정도로 여자의 시선을 잘라버리고 담뱃갑을 구겨 방구석으로 던
져버렸다. 씨팔──. 그러한 그의 행동은 매우 과장되고 어색한 것이었다.
그러나 여자는 침대 위에 던져져 있던 백에서 담뱃갑을 꺼내 탁자 위에 놓
았으며, 손수건을 꺼내 얼굴을 닦고 코도 풀었다. 그는 여자가 꺼내 놓은
담뱃갑에서 두 대의 담배를 꺼내 같이 물고, 가스통이 엷은 보라색 플라스
틱으로 만들어진, 어느 외국항공사의 이름이 짙은 청색으로 프린트된, 통
에 든 액화 가스를 다 쓰고 나면 버려질 것이 분명한 일회용 가스라이터로
불을 붙여 하나를 여자에게 주고, 여자 곁에 나란히 앉아 담배를 피우며
손에 들려 있는 라이터를 내려다보았다. '하늘로, 하늘로……' 라이터를
탁자 위로 던진 그의 눈에 우연히 여러 시간 전에 그려진 양탄자 위의 얼
룩이 보였다. 여자는 그가 불을 붙여 준 담배를 받아 한 모금을 빨고는 담
배를 잊은 듯이 손가락 사이에 끼우고만 있었다. 그는 건너편 장의자 옆의
탁자 위에 있는, 낮에 만난 여자가 보낸, 여자를 만나고 들어와서야 읽어

본, 알 수 없는 기호들로 가득한 편지를 물끄러미 바라보았다. 원통형 석유난로의 망이, 호소하듯이, 빨갛게 달아 있었다. 여자의 손가락 사이에 끼인 담배에서 재 한 토막이 양탄자 위로 떨어졌다. 여자의 새끼손톱에만 칠해진 투명한 무색 매니큐어가 반짝였다. 담배를 입에 물고 일어선 그는 여자의 시선이 복수에 닿아 있는 것을 보았다. 그는 입에 물고 있던 담배를 재떨이에 비벼 끄고 프러포즈하듯이 재떨이를 여자 앞으로 밀어놓았다. 여자도 피우지 않은 담배를 재떨이에 비벼 껐는데, 여자가 재떨이에 꽁초를 비벼 끄려고 손을 들자 다시 재 한 토막이 떨어졌다. 여자가 재떨이에 꽁초를 비벼 끄자마자, 꽁초를 재떨이에 비벼 끈 손이 허공에 뜬 바로 그 순간에, 그는 상대방의 빈틈만을 노리던 복수자처럼 덤벼들어 여자를 침대에 쓰러뜨렸다. 여자는 쓰러지는 순간 겨우 짧은 외마디 소리만을 질렀는데, 그의 입으로 자신의 입이 막히고 나서야 상황을 파악하고 발버둥을 쳤다. 여자의 발버둥은 그를 떼어내기 위한 것이었지만, 그를 떼어내지는 못하고 탁자만 걸어찼다. 탁자가 옆으로 쓰러지며 탁자 위에 얹혀 있던 몇 가지 사물들이 떨어지는 바람에, 양탄자가 깔려 있기는 했으나, 요란한 음향이 방 안의 공기를 흔들었다. 거의 동시에 그는 여자 위에서 몸을 벌떡 일으키고 여자의 뺨을 호되게 갈겨대었다. 눈물에 젖어 부어 있던 여자의 얼굴은 손자국으로 다시 부풀고, 입가에서는 실낱 같은 피가 흘러내렸다. 여자는, 의식을 잃지는 않았지만, 갑자기 아무런 생각이나 행동을 할 수 없게 되어 마치 송장처럼 꼼짝도 하지 않았다. 그는 쥐어뜯듯이 여자의 허리에 걸쳐진 것들을 한꺼번에 아래로 끌어내리고, 허리 위를 가리고 있던 것들은 턱 밑까지 밀어올린 다음, 정말 빠른 동작으로 자신의 아랫도리에 감겨진 것들로부터 빠져나와 여자 위에 포개어졌다. 그는 마치 피복수자의 심장에 칼을 꽂듯이 순식간에 뜨겁고 딱딱해진 살덩이를 여자의 몸속에 깊숙이 박아 넣었다. 여자는 이 모든 것을 아주 막연히, 마치 포커스 아웃된 필름을 보듯이 느끼고 있었다. 그리고 그의 행위는 마침내 여자의 몸속 깊은 곳에서 뜨거운 분노를 폭발시키고야 말았다. 그는 무사히 복수를 끝낸 복수자처럼, 안도의 한숨과도 같은 깊은 숨을 내쉬고 여자에게서 떨어져 나왔으며, 여자는 여전히 시체처럼 눕혀진 채로 초점 없는 눈을 멍하니 뜬 채 가쁜 숨을 몰아쉬고 있었다. 원통형 석유난로의 불은, 우연히, 꺼져 있었다.

이 모든 일은, 설사 94의 죽음에서 비롯되었다 하더라도, 94의 죽음과는 아무 상관도 없는 일이었다.

하여 모든 것이 하얀 재가 되어 흩뿌려진 위에 차디찬 달빛이 내려앉는 것이었다. 그래서 그가 본 것은 구름 한 점 없는 밤하늘에 떠 있는 달, 그리고 온통 희고 검은, 그러나 어디선가로부터 스며든 희미한 푸른빛으로 뒤덮인 흑과 백의 세계──복수 행위에서 흘러나온 한 방울의 피가 한 송이의 붉은 꽃도 피우지 못하는, 차디차고, 더럽고, 낡은, 그리고 지겹기만 한 죽음의 세계였다.

向

우리들은 멀리 갈 수 없다. 그러니까 우리들이 가까이 가는 것은 불가능하다. 우리들은 그저 갈 수 있을 뿐이다. 가까이, 또는 멀리⋯⋯.

우리들은 가고 있다. 우리들에게는 어쩌면 방향이 있을지도 모른다. 아마 그럴 것이다. 우리들에게는 애당초 방향이 주어지지 않았으니까. 우리들에게는 그저 앞이 있을 뿐이다. 그러므로 우리들에게 뒤란 불가능한 것이다. 앞으로, 그리고 또 앞으로⋯⋯.

우리들은 가고 있다. 멀리, 또는 가까이로. 멀리도 가까이도 가지 못하면서.

어디서부터 기록을 시작해야 할까? 어쩌면 나는 내가 태어난 때로부터 기록을 시작할 수도 있을 것이다. 그리고 또 어쩌면 나의 탄생을 있게 한 나의 부모, 나의 부모의 부모, 부모의 부모의 부모의 부모⋯⋯ 이렇게 거슬러 올라가면서 수많은 사람들의 이야기를 할 수도 있을 것이다. 그러나 그것은 실제로는 불가능한 일이다. 왜냐하면 나는 나의 부모나 조부모, 증조부모, 고조부모,…… 등 조상들이나 친척들, 또는 그들이 지상에 존재하는 동안 어떠한 형태로든 관계를 맺었던 사람들에 대해 전혀라고 할 만큼 아는 것이 없으니 말이다. 이것은 나 자신에 대해서도 마찬가지인데, 내가 태어나서 지금까지에 이르도록 맺어온 수많은 관계들——나를 스쳐간 시간들의 많은 부분을 망각하고 있다. 그것을 잃어버린 시간이라고 할 수 있을까? 그리고 잃어버린 시간을 찾는 무모한 작업을 시도해야 할 것인가? 아니다. 나는 그런 무모한 작업을 해야 할 필요를 느끼지 않는다. 설사 내가 그러한 작업을 시작한다 하더라도 나는 곧 시간의 더미에 짓눌린 채 안개의 늪 속을 헤매게 될 것이다. 그리고, 설사 내가 우주의 시작으로부터 지금의 나에 이르기까지의 모든 것을 알고 있다 하더라도 그것을 기록하려 할 것 같지는 않다.

어디서부터——

이 말은 어떠한 형태로든 나를 스쳐간 시간들 가운데의 어느 특정한 시점을 가리키는 말이다. 미래의 어느 순간부터를 기록할 수는 없는 것이므로, 미래란 불가능할 수도 있는 가능성에 지나지 않기 때문이다. 따라서 나는 기록을 시작할 '어디'를 찾기 위해 과거를 돌아보아야 한다. 멀리 갈 것도 없이, 오늘 아침에 도망치듯 아파트에서 빠져나와 문을 닫는 그 순간부터를 기록할 수도 있으리라. 아니면 그의 편지를 편지함에서 꺼낸 어제 오후부터라든가, 여기로 오는 열차 화장실에서 어떤 여자와 마주친 순간부터라도 좋을 것이다.

아니다. 나는, 지금, 곧 현재로부터 시작해서 앞으로의 현재를 기록해 보고자 하는 욕망을 더 이상 감출 수가 없다. 내가 설사 의식치 못했다 하더라도 이 욕망이 나로 하여금 이 노트를 펼치게 한 것이리라. 이 기록의 시작은 그러므로 내가 이 노트에 지금 내 손에 쥐어져 있는 이 만년필을 댄 바로 그 순간부터다(실제로 그렇지 않은가? 내가 기록을 시작했으므로 이 글은 씌어지기 시작한 것이다. /그러나 그 순간도 지금은 이미 과거가 되어버렸다. 결국 나는, 우스운 말이기는 하지만, 미래를 과거로 토막낼 수밖에 없다. 나 자신의 존재는 항상 현재이지만, 내가 나의 현재를 '동시에' 기록할 수는 없으니까. ——모든 기록은 회고다!). 이 기록은 그러므로 현재의 시점에서 보자면 미래의 기록일 것이다. 기록할 시점에서 보자면 과거일. 그리고 이 기록은 편의상 (날짜 없는) 일기의 형식으로 씌어질 것이다. 끊이지 않고 계속되는, 직진하는 시간을 어쩔 수 없이 토막내어 가면서. 그리고 토막낸 시간들의 많은 부분들을 망각해 가며(앞으로 잊혀질 무수한 시간들에 미리 조의를 표한다). 아울러 이 글을 쓰면서부터 축적되어 갈 과거에 이 글을 쓰기 전의 과거가 삽입되기도 할 것이다(가능한 한 이 글을 쓰기 전의 과거는 포함시키지 않으려 하지만, 나는 이미 이 글을 쓰기 전의 일들을 기록했다. 사라지지 않는 내 기억의 흔적들——과거의 순간들, 체험의 편린들……. 그 하나하나 사이에 무슨 관계가 있단 말인가? 굳어버린 과거와 굳어 가는 과거, 형성된 과거와 형성되어 가는 과거, 그리고 형성될 과거 사이에……).

그러나 내가 기록을 계속하겠다는 것이 희망사항만으로 그쳐버릴 수도 있음을 잊지 말자. 내가 이 노트를 형편없는 글씨와 문장들로 채우기 전에, 아니 바로 다음 순간에, 어쩌면 지금 이 순간에라도 나라는 존재의 지속이 불가능하게 될 수 있는 것이다. 흔히들 말하듯이, 도대체 어느 누가 들이쉰 숨을 내뱉을 수 있다고 장담할 수 있단 말인가? 그렇더라도 나는 나의 존재가 계속되는 한, 상황이 용납하는 한, 그리고 무엇보다도 기록을 계속하고자 하는 나의 욕망이, 의지가 변덕을 부리지 않는 한 이 기록을 계속할 것이다. 아니, 그러리라고 마음 먹는다…….

재떨이와 담배와 라이터와 지금 내가 기록을 하고 있는 이 노트와 만년필을 쥔 손이 달린 팔과 아무것도 쥐지 않은 손이 달린 팔이 얹혀져 있는 나무 책상. 현재의 이 책상면을 그대로 화폭에 옮긴 그림이 있다면 그것은 매우 어설프고 불안정한 구도를 가진 그림이겠지만, 책상 위에 놓인 사물들의 선 하나하나, 차지하고 있는 공간의 형태, 그리고 색채들과 그림자들을 어떻게 언어로 그릴 수 있을까?

다리와 등받이에 당초문양이 양각되어 있는, 책상과, 그리고 이 방과도 전혀 어울리지 않는, 가죽을 입힌, 얼핏 로코코 스타일을 흉내내어 만든 것 같기도 한 의자에 앉아 이 글을 쓰고 있는 나의 배와 책상 앞 모서리와의 간격은 오 센티가량이나 될까? 좌우로 하나씩 서랍이 달린 그리 크지 않은 책상은, 아마도 괴목으로 만든 것 같은데, 나뭇결을 제외한 어떠한 무늬도 장식도 없는 단순한 물건이다. 내 앞, 책상의 한 모서리가 전부 닿아 있는 벽에는 현재의 내 위치에서 볼 때 오른쪽 가장자리에 두께가 오 센티쯤 되는 통나무판으로 만들어진 문이 있다. 문이 있는 벽과 마주보는, 현재의 내 등 뒤의 벽 아래쪽 구석에는 침대가 문을 대각선으로 마주보고 있으며(침대와 책상 사이는 삼 미터쯤 되어 보인다), 침대 위에는 갓 스물 정도로 보이는, 많이 되었어도 스물다섯은 넘지 않았을 여자가 벌거벗은 몸에 엷은 이불을 덮고 잠들어 있다. 젊고 싱싱한 탄력을 지닌 커다란 눈이 감겨 있듯이 잠들어 있는 여자의 늘씬한 몸——자궁 안에서는 아직도 내 몸에서 배출된 정충들이 움직이고 있을 것이다(갑자기 떠오른 의문 : 그 정충들 가운데 한 마리가 난자와 결합하는 일이, 과연 있을까?).

방금 담배 한 대를 피웠다. 한 대의 담배를 피우는 몇 분 동안 내 뒤의 침대에서 자고 있는 이름도 모르는 여자를 생각했다(여자의 무엇을? 한 시간쯤 전의 교미를?).

이 방의 출입문과 마주 보고 있는, 침대의 발치 쪽에 있는 문은 욕실의 문이고, 그 문 안에는 욕조와 변기와 세면대, 거울, 비누, 치약, 칫솔, 면도기, 수건 등등이 있다(비누, 치약, 칫솔 등은 모두 새것들인데, 내가 아파트에서 쓰는 것들과 같은 상표를 달고 있는 것들이다). 지금 내가 앉아 있는 위치에서 왼쪽에 있는 벽에도 책상과 침대 사이의 중간쯤에 앞으로 당겨 여는 두 짝의 나무 문이 있는데, 한 짝은 안에 거울이 달려 있다. 그 두 짝의 문 안에 있는 옷가지들은, 여자의 말로는, 나를 위해 준비된 것들이라고 한다(제법 다양한 옷가지들의 종류와 수량은 헤아려보지 않았으나, 재킷을 하나 걸쳐보았더니 마치 맞춘 것처럼 내 몸에 꼭 맞았다). 침대와 벽장 사이에는 침대에 붙어 선, 서랍이 하나 달린 사이드 테이블이 있는데, 그 위에는 라이터가 부착되어 있는 담배 케이스, 재떨이, 사기 주전자와 잔을 담고 있는 쟁반, 티슈 페이퍼, 그리고 여자의 거의 투명한 나이트 웨어가 한 자락을 바닥에 늘어뜨린 채 얹혀 있다. 내가 글을 쓰고 있는 이 책상 위를 밝혀주고 있는, 갓이 씌워진 조명기구의 스위치는 왼쪽 벽에, 내 왼쪽 어깨의 연장선상에 있다. 벽장과 마주 보고 있는 벽에는 아무것도 없고, 천장 한복판에는 원형의 갓이 씌워진 조명기구(이것이 방 전체를 밝혀주는 것인데, 지금은 꺼져 있다)가 있으며, 이것의 스위치는 출입문 왼쪽 벽에 문손잡이보다 약간 높게 붙어 있다. 벽과 천장은(바닥도, 그리고 이 별장의 내장이 전부 그러리라고 생각되는데) 모두 폭이 한 자가량 되어 보이는 나무판자로 되어 있다(무슨 나무인지는 모르겠으나 결의 곡선이 매우 아름답다). 바닥에는 갈색 양탄자가 깔려 있으며, 침대 위에서 침대를 비춰주는 타원형의 갓이 씌워진 조명기구는 침대와 여자를 푸른 빛으로 물들이고 있다.

이상이 현재 내가 안에서 기록을 하고 있는 방의 대체적인 모습이다. 내가 이 기록을 시작하기 전과 별로 다른 점이 없는. 있다면 사물들이 놓인 위치의 변화——담배, 재떨이, 그리고 내 몸 등등——정도일 것이다.

어제와의 고별——

느닷없이 떠오른 것은 그러나 '어제와의 고별'이라는 문장이 아니라 몇 해 전에 본 독일 영화 〈어제와의 고별〉이었다. 왜 밑도 끝도 없는 곳에서 〈어제와의 고별〉이라는 영화가 불쑥 솟아오른 것일까? 희미한 기억 속에 몇몇 장면으로 남아 있는, 이차 대전 직후의 독일에서의 한 불우한 젊은 여자의 반생을 그린 영화가 지금 여기 있는 나에게 무슨 의미가 있는 것일까?

내가 그 영화를 본 것은 영화를 공부하는 젊은이들이 주최한 작은 모임에서였다. 영화는 흑백이었으며, 자막이 영어로 된 필름이어서 외국어 실력이 형편없는 나로서는 그 영화를 감상한 것이 아니라 글자 그대로 보기만 했을 뿐이었다. 그리고 나는(지금까지도) 그 영화의 스태프와 캐스트를 모르고 있다(이렇게 된 것은 내가 영화가 시작되기 직전에——또는 영화가 시작된 직후에——가련한 기억이여——영화가 상영되는 작은 강당에 들어갔으므로 영화 상영 전에 분명히 있었을 그 영화에 대한 설명을 듣지 못했기 때문이다. 그리고 메인 타이틀이 없었거나, 아니면 내가 보지 못한 것이리라). 그저 알렉산더 또는 알렉산드라 클루게라는 이름만 엔딩 타이틀에서 읽었는데, 이 사람이 남자인지 여자인지, 스태프인지 캐스트인지도 모른다.

대사를 거의 알아듣지도 읽지도 못하고 그림만 본, 그랬으면서도 감동을 받았던 영화 〈어제와의 고별〉. 지금 나는 내 기억 속에 있는 그 영화의 장면들을 여기에, 영화 자체의 순서와는 상관없이, 열거해보고자 한다(이러한 욕구는 물론 〈어제와의 고별〉이 불쑥 튀어나온 것만큼이나 무모한 것이라고 생각된다).

● 북적대는 카페의 구석 자리에 여주인공(극중 이름도 잊었다)과 한 청년이 나란히 앉아 있다. 그녀는 테이블 위에 호두를 세워놓고 호두 위에 왼손 둘째 손가락을 얹은 다음, 오른손으로 주먹을 쥐고 왼손 둘째 손가락을 내리쳐 호두를 깨뜨린다(호두를 깨는 방법의 다양성에 대해서 연구하는 사람이 꼭 보아야 할 장면이다). 호두를 깨는 행위의 반복. 청년의 표정과 그녀의 표정.
● 트렁크를 들고 밤거리를 걷고 있는 그녀. 갑자기 자동차 한 대가 나타나 마치 서치라이트로 탈옥하려는 죄수를 추적하듯 헤드라이트로 그녀를 비추며 따라간다. 그녀의 걸음이 점점 빨라진다(그녀의 거의 뛰는 듯한 걸음을 느린 속도로 촬영해서 퀵 모션으로 보여주었는지는 확실치 않다). 그녀가 걸음을 멈추면(쓰러지면?) 차는 사라진다. [해답이 없는 나의 의문 : 왜 우리는 타인의 탈출을 방해하는가? 시

기심 때문인가, 아니면 체제의 유지를 위해서인가?]

● 중년 남자와 마주 앉은 그녀. 중년 남자가 노래를 시작하면 그녀가 따라 부른다.

● 스카이 라운지라고 여겨지는 곳. 냅킨, 포크, 나이프, 스푼, 빈 접시 등만이 준비되어 있는(꽃이 있었는지는 확실치 않다) 테이블. 카메라의 높이는 테이블 면보다 약간 높다. 테이블은 화면 가운데에 고정되어 있고, 밖으로 내려다보이는 도시의 풍경을 담은 액자 같은 창문들이 천천히 옆으로 돌아간다. 이것은, 창문들은 고정되어 있고 카메라의 패닝(시선의 움직임)에 따라 테이블의 각도가 바뀌는 것의 역이다. 이 장면은 다음 세 가지 방법 가운데의 하나로 촬영했으리라 생각된다. 첫째, 테이블은 고정되어 있고, 테이블을 담고 있는 건물의 벽만 회전한다(그러나 이렇게 촬영되지는 않았을 것이다. 특수한 용도로 설계·건축되지 않은 경우, 건물에서 벽만 움직이게 한다는 것이 불가능한 일이므로). 둘째, 카메라와 테이블을 같은 대 위에 얹어놓고 대를 회전시키며 촬영 한 것, 셋째, 먼저 테이블 없이 카메라를 패닝시키며 촬영한 것을 프로세스 스크린에 영사하며 그 앞에 테이블을 놓고 이중으로 촬영한 것. 이러한 방법들 가운데 어떠한 방법으로 촬영했는지를 나는 모르고, 또 내가 생각하지 못한 다른 방법으로 촬영되었는지도 모르겠다.

● 숲(이라기보다는 나무 몇 그루의 밀집)을 뒤로 하고 그녀는 잡초가 무성한 공한지의 한복판에 있는 나무 그루터기, 또는 트렁크(아니면 벤치?)에 걸터앉아 있다. 카메라는 그녀를 중심으로 해서 원을 그리며 돈다. 따라서 카메라가 나무들 뒤로 가면 그녀는 보이지 않는다.

몇 바퀴를 계속해서 도는데, 처음에는 천천히 원을 그리며 한 바퀴를 완전히 돌지만 점차 도는 속도를 빨리하며 도는 각도(화면을 통해 감지 할 수 있는 원의 일부)도 좁혀진다.

● 중년 남자의 부인인 듯한 여자와 하녀인 듯한 여자. 〔유부남과 미혼녀의 관계를 소유권이라는 측면에서 볼 때, 누가 누구에게 소유된 것이며, 누가 누구에게 소유권을 행사할 수 있을까? /사람의 역사는 사람에 의한 사람 소유의 역사인가?〕

● 베를린을 나눠 가진 나라들의 군복을 입은 남자들에게 쫓기는 그녀. 〔개인과 역사의 관계, 또는 왜 개인이 역사에 쫓겨야만 하는가? —— 나는 이 물음에 대한 답을 모른다. 또는 회피한다. 역사란 과연 무엇인가?〕

● 개 훈련소에서의 중년 남자와 그녀. 묶인 여자와 셰퍼드들. 〔내가 전에 TV에서 얻은 정보에 기대자면, 개들은 묶인 여자를 구출하는 훈련을 받는 것이리라. 그러나 이 영화에서는 나약한 인간을 괴롭히는 어떤 힘을 상징한 듯하다.〕

● 법정에서 심문을 받는 그녀. 빠르고 높은 목소리로 짖어대는 검은 옷을 입은 비곗덩어리. 〔법을 제정하는 것은 강자들이다. 집행도 강자들이 한다. 따라서 법과 그 집행자들은 항상 약자에게 강하기 마련이다.〕

● 청년과 함께 담요를 뒤집어쓰고 있는 그녀. 두 사람 모두 머리만 나와 있다. 가쁜 숨소리, 담요의 움직임 등으로 볼 때 사랑의 묘사임을 알 수 있다.

● 대학 강의실에서의 그녀. 커다란 계단식 강의실에서 강의하는, 상대

적으로 왜소한 교수. 강의 내용이 무엇이었는지를 나는 모른다. 그러면서도 나는 그것이 그녀의 삶과는 무관한 내용(이라기보다는 구체적인 도움이 되지 않는 내용)이었을 것이라고 생각한다.

● 그녀는 일자리를 구하는 것일까? 문이 닫혀 있는(영업을 하지 않는 것이 아니고) 카페 앞에 트렁크를 내려놓고 들어갔다가 (쫓겨)나온다. 몇 군데의 카페. 퀵 모션으로 반복.

● 일을 끝내고 피아노를 치며 즐겁게 노래 부르는 소녀들과 그녀. 〔나는 이 장면을 보며 거짓 평화(또는 행복)라는 생각을 했었다. 그런데 왜 그런 생각으로 역겨워했었을까? 즐겁게 노래 부른다고 해서 그들의 비참함이 지워지지는 않는다고, 아니 비참함이 더욱 강조될 뿐이라는 생각이었을까? 그렇지만 그들이 비참하면서도 노래를 부른다고 생각할 수는 없었을까? 어차피 참된 평화(또는 행복)는 존재하지 않는 것이니 말이다.〕

● 일하던 집에서 내쫓기는(아마도 도둑으로 누명을 쓰고) 그녀. 계단 아래로 날아 떨어지는 그녀의 트렁크와 옷가지들.

● 갖가지 모피 외투를(마네킹 걸로서?) 걸쳐보는 그녀.

● 긴 다리를 화면 오른쪽에서 왼쪽으로 걸어 건너는 그녀. 카메라는 다리 오른쪽 아래에서 그녀가 다리를 다 건널 때까지 지켜보고 있다. 다리 중간쯤에서 그녀는 트렁크를 든 손을 바꾼다. 그녀의 삶처럼 막막하고 지루하고 서글픈 장면이다.

● 낙태 수술을 강요받는 것일까? 그녀의 발악을 간호원이 제지한다.

● 중년의 그 간호원이 세면대에서 솔로 손을 씻는다.

● 감옥(그녀가 감옥에 갇히는 것으로 영화는 끝난다)에서 옷을 갈아입

는 그녀. 그녀의 벌거벗은 뒷모습은 아름다워서 슬프다.

● 건축 공사장(또는 전쟁으로 인한 폐허 복구 작업장?)에서의 그녀와 중년 남자.

● 좁은 방 안에서 밝게 재잘대는 그녀와 청년. 함께 행진곡풍의 노래도 부른다.

● 강가에서 강물에 구두를 닦아 신는 그녀.

● 무성영화에서처럼 중간중간에 삽입된 인터 타이틀과 내레이션.〔감독이 브레히트의 영향을 받았으리라 여겨진다.〕

나의 희미한 기억은 더 이상의 열거를 거부한다. 또 여기에 묘사한 장면들이 정확하다는 장담도 할 수 없다. 만일 내가 대사를 알아듣거나 읽을 수 있었더라면 좀 더 많은 장면들을 좀 더 정확하게 기억하고 있으리란 것은 새삼스러운 소리다.

대부분의 영화에서처럼 상당한 미녀인 〈어제와의 고별〉의 여주인공. 마지막 장면에서 클로즈업된 그녀의 멍한 얼굴 위에 짙게 드리워진 그림자……. 트렁크 하나로 표현된 그녀의 삶. 내가 그녀의 삶이 비참한 것이라고 생각하는 것은 그녀가 다른 아무것도 없이 트렁크 하나만을 힘겹게 들고 떠돌아다녔다는 사실 때문만이 아니다(트렁크를 가지고 여행하는 짐승은 없다. 그러나 사람이라는 기이한 짐승은 생존하기 위해서 먹이 이외의 다른 사물들까지도 끔찍하게 훼손해야 하는 어리석은 짐승임을 생각할 때, 삶이라는 여정에 필요한 소유물은 트렁크 하나 정도가 알맞은 것이다). 내가 그녀의 삶을 비참하게 생각하는 것은 상대적으로 훨씬 더 많은 물질을 소유한, 안락한 집에서 편히 잠드는 존재들이 있기 때문이고,

나 또한 '사람다운 삶'이라는 허구적 명제에 길들여져 있기 때문이다.

내가 〈어제와의 고별〉을 한 번밖에 못 본 것은 물론이지만, 그 영화를 만든, 누구인지도 모르는 감독의 다른 작품이나 누구인지도 모르는 그 주연 여배우가 나오는 다른 영화도 보지 못했다.

이제 나는, 어쨌든, 잠을 자야 할 것이다. 아마도 나는 내가 지금까지 흘려보낸 시간의 거의 반, 또는 그 이상을 잠으로 소비했으리라 여겨진다. 내가 기억하지 못하는 젖먹이 시절에 하루 종일 (또는 거의 하루 종일) 잠을 잤던 사실(이 사실을 나는 어쩌다 보게 된 젖먹이들을 통해서 알게 되었다. 나는 내가 그런 아이들과 달랐을 것이라고 말할 아무런 근거도 갖고 있지 않다. 물론 그런 아이들과 같았다고 할 아무런 확증도 없기는 하지만. / 나도 한때는 젖먹이였으리라는, 아니 젖먹이였다는 확인하지 못한 사실이 나를 놀라게 한다. 어떤 여자의 가슴을 빨아 희멀건 액체를 마신 기억이, 나에게는 없다)은 차치하고라도 나는 잠이 많은 편이고, 아무 데서나 잘 잔다. 잠으로 인해 겪었던 낭패스러웠던 일들도 적지 않았다. 그런데, 조금은 이상한 일이라 여겨지는데, 나는 아직 내가 왜 잠이 많고, 아무 데서나 쉽게 잠들 수 있는지에 대해서는 한 번도 생각해본 일이 없다. 그렇다고 해서 지금 이 자리에서 나에게 잠이란 무엇인가를 심각하게 생각해보고 싶지는 않다. 지금 내가 할 수 있는 일이란 오늘의 기록을 마감하고 나서 노트를 덮은 다음, 책상 위의 불을 끄고 침대로 가서 아름다운 여자의 몸 옆에 내 몸을 눕히는 일이다. 몸을 눕히기 전에 담배를 한 대쯤 더 피우고 물도 한 잔 마시겠지. 그리고, 어쩌면, 여자로 하여금 한 번 더 다리를 벌리게 할지도 모르겠다.

어제와의 고별……?

아무것도 생각하지 않는다는 것이……가능할지도 모르겠다. 지금 이 글을 쓰고 있는 나의 알몸처럼 머릿속을 비워두는 일이…….

오늘의 시작은, 어제를 여자의 육체와 함께 마감했듯이, 여자의 육체와 함께였다. 마치 투명한 안개를 깔아놓은 것 같은, 뿌옇게 밝아오기 전의 동녘 하늘색과 비슷한, 여자의 육체의 곡선을 더욱 뚜렷하게 살려주는 푸른 불빛 아래서. 여자의 반쯤 벌어진 입은 마치 불을 토하는 괴물처럼 뜨거운 숨을 내뿜었으며, 벌름거리던 약간 들린 듯한 콧구멍, 초점을 잃은 동공, 땀에 젖은 온몸, 딱딱해진 젖꼭지, 힘이──넘쳐 흐를 곳을 찾지 못한 소용돌이와도 흡사한 힘이 여자의 온몸을 마구 들쑤셔대고, 팽창한 핏줄 속을──아니, 더욱 빨리 달리기 위해 핏줄을 팽창시킨 여자의 달아오른 피, 솟아올라 철철 넘치던 여자의 샘──그곳은 항상 새로운 물이 고이는 영원히 신선한 샘이었다. 나에게 매달리고, 몸을 좀 더 밀착시키고, 애무하기 위해서만 여자의 몸에 달려 있는 듯한 팔과 다리, 나를 깨물고 핥는 여자의 이빨과 혀……. 그리고 내가 흠씬 두들겨 맞은 개처럼 여자 위에 늘어졌을 때도 여자는 엷은 바람처럼 부드럽게 내 몸을 흔들어주었다.

내가 서재, 라기보다는 서고 같은 이 방에서 기록을 해나가기로 마음먹지 않았더라면 오전의 사건은 없었을 것이다. 아니, 이 책상의 서랍들을 열어보지만 않았더라도…….

내가 어젯밤을 보낸 방(앞으로는 침실이라고 하겠다) 바로 옆에 있는 이 방에 들어 온 것은 여자와 함께 가벼운 아침 식사를 하고서였다. 이 방에는 문을 열고 들어오면서 오른쪽으로, 문 바로 옆에 걸려 있는 가로 세로가 각각 일 미터가량씩 되어 보이는 그림과, 문과 그림의 위쪽 벽면, 그리고 그림을 대각선으로 마주보고 있는 음악실(오디오 기기, 다양한 디스크와 테이프 등등이 있는)의 문을 제외한 네 벽이 모두 책으로 가려져 있고 방 한가운데에 놓여 있는 커다란 책상(문을 비스듬히 마주보고 있다)과 의자, 책상 앞에 앉았을 때 책상 왼쪽으로 조금 떨어진 곳에 놓여 있는 장의자가 차지한 공간을 제외하고는 높고 낮은 서가와 책의 더미들이 겨우 한 사람이 비집고 다닐 만한 여유밖에 두지 않고 쌓여 있다. 대충 훑어본 책들은 호화장정의 전집과 사전 등으로부터 고서와 영인본, 문고본, 외국서적, 잡지들에 이르기까지 온갖 분야의 책들이 무질서하게 섞여 있어서 그가 어느 분야의 일(또는 공부)을 하고 있는지를 대강이나마 추측할 수도 없다(이 방에 있는 책들을 분야별로 구분, 나열하는 것은 쓸데없는 짓이리라. / 단순히 책을 모으는 것이 그의 취미이리라고 생각할 수는 없는 것일까?).

그런데, 그림——그림은 그저 캔버스 위에 흰 물감을 두껍게 바른 것일 뿐으로, 로버트 로젠버그라는 화가가 캔버스에 흰 칠만을 한 작품을 제작했다는 것을 오래 전에 어느 책에선가 읽은 일이 있었다(이 방 안에 있을지도 모르는 그 책을 그러나 찾아보고 싶지는 않다). 그 글에서는 로젠버그의 〈화이트 페인팅〉을 《장자》를 인용하고 '선적 체험'이라는 표현까지 사용해서 설명하고 있었다. 그러한 설명이 그럴 듯하다는 것을 인정하면서도 나는 〈화이트 페인팅〉이 절망의 표현일 것이라는 생각을 했었다. 흰 캔버스 위에 다시 흰 칠을 하는 절망(캔버스와 물감은 각기 다른 흰색이지만). 아니, 〈화이트 페인팅〉은 절망의 표현이 아니라 절망 그 자체일 것이다……. 그런데 나는 전혀 뜻밖의 장소에서 그 그림과 마주친 것이다(그림이 있어야 할 올바른 장소가 따로 있는 것은 아니지만. 가령 김환기의 그림이 어느 시골 초가의 똥통 앞에 걸려 있다 한들 어떻겠는가?). 물론 나는 이 방에 있는 그림이 로젠버그의 〈화이트 페인팅〉이라고는 생각하지 않는다. 흰 캔버스 위에 흰 칠을 하는 것은 로젠버그가 아닌 그 누구라도, 가령 사람을 그린다고 그리다보면 벌레가 그려지는 정도인 내 솜씨로도 할 수 있는 일이 아닌가. 그렇지만 내가 궁금해 하는 것은 이 방에 있는 캔버스 위에 흰 물감을 칠한 사람이 누구냐가 아니라, 왜 이런 그림이 이 방에 걸려 있느냐 하는 것이다. 오늘 대충 돌아보았지만 이 별장 안 어디에서도 미술 작품(이라고들 하는 그림이나 조각 따위)은 눈에 띄지 않았다. 이 방에 흰 칠만을 한 캔버스가 걸려 있는 것이 이상한가, 아니면 별장 안에 다른 미술 작품이 없는 것이 이상한가?

내가 지금 이 글을 쓰는 데 사용하고 있는 흑단으로 만들어진 책상 위에는, 내가 들어왔을 때에는, 커다란 유리 재떨이 하나와 어느 방향으로든 조명의 위치를 조절할 수 있는 전기 스탠드가 왼쪽 모서리에 고정되어 있을 뿐이었다. 천장에서는 모두 세 개의 등이 내려와 방을 밝혀주고 있는데, 이 등들의 스위치는 문과 그림 사이에 있다. 장의자는 군용 야전 침대만 한 크기인데, 책상 오른쪽 아래 서랍에 담요가 들어 있는 것으로 보아, 용도를 짐작할 수 있었다. 아마도 그는 이 방에서 책을 읽거나 일을 하다가 장의자에서 잠도 잔 모양이다.

책들을 대충 둘러본 다음, 나는 침실로 가서 노트를 이 방으로 가져왔다. 가져온 노트를 책상 위에 내려놓고 의자에 잠시 동안 멍하니 앉아 있던 나는, 단순한 호기심의 권유에 따라 책상 서랍들(양쪽에 세 개씩, 가운데에 하나)을 하나씩 열어보았다.

가운데 서랍 안에는 대체로 책상 위에 있어야 할 것들이 들어 있다. 잉크, 각종 필기구들을 담고 있는 필통, 스카치테이프, 가위, 송곳, 풀, 페이퍼 나이프, 호치키스, 지우개 등등. 왼쪽 윗서랍에는 필기용지들, 그러니까 백지, 가로로 줄이 쳐진 것, 모눈종이, 원고지, 노트들, 서너 종류의 봉투와 편지지들(내가 받은 것과 같은 엷은 연두색 봉투와 편지지들도 있다). 왼쪽 가운데 서랍과 아래 서랍에는 스크랩북들이 들어 있는데, 가운데 서랍에는 신문이나 잡지의 서평, 신간 소개 등을 스크랩해놓은 것들이, 아랫서랍에는 일반 기사들을 스크랩해놓은 것들이 들어 있다(아랫서랍에 스크랩되어 있는 기사들이 어떤 공통점을 가지고 있는지를 나는 아직 모른다. 그러나 대충 훑어본 것으로 짐작컨대, 이 방에 갇혀 있는 책들처럼, 공통점을 찾는다는 것은 부질없는 짓이 아닐까 하고 생각된다).

오른쪽 윗서랍.

그것을 연 나는 서랍을 연 자세로 굳어졌다.

서랍 안에는

권총이 들어 있었다.

권총——그것은 실상 여러 가지 형태의 크고 작은 쇠붙이들의 집합체에 지나지 않는 것이다. 그러나 그 형태와 집합의 규칙으로 인해 서늘한 공포를 내뿜는 물건이다. 어떠한 용도로 사용되든 그것에는 언제나 죽음의 그림자가 따라다니는 것이다.

영화에서 본 일이 있는 총신이 짧은 리볼버형의 권총을 나는 꺼내 들었다(책상 서랍 속에서 권총을 꺼내는 장면들을 나는 얼마나 많이 보았던가. 그렇지만 내가 이 책상의 오른쪽 윗서랍을 연 것은, 권총을 꺼내 든 것은 연기가 아니었다). 군대에서 소총을 지녔던 외에는 어쩌다가 오락을 위한 사격장에서 공기총을 쏘아 보았을 뿐인 내 손이 권총을 쥔 것이었다.

나는 총을 쏠 줄 안다.

표적을 정확히 뚫을 수 있었다. 소총으로 고정된 표적을 맞추는 것이라면. 그것은 아주 쉬운 일이었다. 증오를 품고 있기만 하면 되는 것이었다. 증오가 축적되어 있다면 총을 쏜다는 것은, 표적을 정확히 뚫어버리는 것은 어려울 게 하나도 없는 일이다. 표적 위에 증오의 대상을 올려놓기만 하면 되는 것이다. 그리고 증오의 대상을 향해 천천히 방아쇠를 당기면 된다. 이미 호흡은 멎어 있고, 쾌감의 순간은 영원으로 바뀐다……

아직까지(지금 이 순간까지도) 증오를 나의 내부에서 추방해본 일이 없는 나. ……군 복무 시절의 나는 오직 증오와 무력감의 혼돈체일 뿐이었다. 지금도 나는 그때를 생생하게 기억하고 있다. 사격장 안에서만 살아 있음을 느낄 수 있었던……

……배를 땅에 대고 엎드린 내 몸을 거대한 대지의 숨결이 감싸준다. 나는 차츰 달아오르고, 너의 애무는 나를 걷잡을 수 없게 만들어버린다. 이윽고 절정의 순간에 이르면 모든 것이 정지되고, 다만 정액만이 총구를 통해 분출된다……

나는 쏘고, 쏘고, 쏘고, 또 쏘고, 또 또 쏘고, 또 또 또…… 쏘았다. 내 총으로, 총을 싫어하거나 무서워하는 벌레 같은 놈들의 총으로, 증오를 지니고 있지 못해서 연병장을 기며 온몸으로 증오를 배우던 놈들의 총으로. 그리고 반짝거리는 증오의 탄환들을 사랑하며.

권총──그것은 기묘하게도 매력적인 물건이다. 더구나 실린더 안에 여섯 발의 실탄이 장진되어 있는 그것은 코끝을 스치고 지나가는 성숙한 여인의 내음보다 몇 배나 더 자극적이었다. 얼마나 오랜만에 쥐어보는 총인가? 더구나 권총이 아닌가!

권총을 쥐고 일어선 나는 표적이 될 만한 것을 찾았다. 문과 그림 사이, 천장 등의 스위치 위에 있는 동전만 한 크기의 옹이. 나는 시선을 옹이에 고정시키고 어깨 높이로 팔을 들어올렸다. 팔 끝에 달린 손에 쥐어진 권총의 가늠자와 가늠쇠를 통해 옹이를 겨냥하고, 호흡을 조절하고, 멈추고……방아쇠를 당길 때 나는 옹이를 맞추지 못하리라는 것을 알았다. 나의 이러한 직감이 틀려본 일은 한 번도 없었다. 이것은 노련한 사수가 격발 시의 가늠자와 가늠쇠의 편차로 총알이 틀어박힐 위치를 예측하는 것과는 다른 것으로, 격발하는 순간에 빗나가는구나 하는 느낌이 오른손 둘째 손가락 끝으로부터 전해져오는 것이다. 그리 크지 않은 총소리가 나고, 총알은 옹이의 오른쪽 위에 점을 찍었다. 총을 쥔 손이 책상 위로 내려왔다. 탄피를 뱉어내지 않는 리볼버. 행위가 끝나버린, 결과를 야기시킨 과거의 껍질을 준비되어 있는 미래의 틈바구니에 간직한 아름다운 쇠붙이.

"어머——" 하는 짧은 외침에 나는 여자가 이 방에 들어온 것을 알았다. 여자는 문을 닫지도 못한 채 눈을 동그랗게 뜨고 서서 입을 벌리고 있었다. 여자가 보고 있는 것은 내가 아니라 내 손에 쥐어진 권총이었다. 여자가 내 얼굴에서 웃음을 보았을까? 여자는 살얼음판 위를 걷듯이 조심스럽게 발을 움직였다. 나는 살아 있는 표적을 쏘아본 일이 한 번도 없었다. 쏠 기회가 없었던 것이다. 그것뿐이었다. 그러므로 나에게로 다가오는 여자를 쏠 수도 있었다. 그것은 결코 불가능한 일이 아니었다. 총을 쥐고 있는 오른손을 들어 방아쇠를 당기기만 하면 되는 것이었다. 총성에 이어서……어떤 결과가 나왔을 것인가? 여자는 나에게로 점점 가까이 오고 있었다. 여자의 움직임에 따라 여자와 나 사이의 공간에 변화가 생겼다. 무척이나 길고도 느린 변화였다. 움직이기 시작하면서부터 권총에서 내 눈으로 시선을 옮긴 여자. 여자와 나 사이의 시선은, 마치 줄다리기라도 하는 것처럼, 여자가 나에게로 가까이 옴에 따라 더욱 팽팽해졌다. 여자는 마치 최면에라도 걸린 듯이 움직임을 보이지 않고 가까이 왔다. 나는 서서히 오른팔을, 총을 쥔 손을 들어올렸다. 줄이 끊어지고, 여자는 선 자리에서 돌이 되었다. 여자가 본 것은 무엇이었을까? 여자의 머리 왼쪽, 왼쪽 어깨 위의 공간에 생긴 사각형, 그 임의의 사각형을 가로와 세로의 길이와 네 각이 합동인 더 작은 네 개의 사각형으로 나누는 임의의 수평선과 수직선의 교차점이 꿈으로 떠오르고……. 애인의 유방을 애무하듯 부드럽게, 사랑의 숨통을 죄듯 천천히……. ……총소리가 들렸는가? 여자가 눈을 감은 것과 옹이에 총알이 박힌 것과는 어느 쪽이 더 빨랐는가? 내가 여자에게로 다가간 것은 얼마나 지나서였을까? 내가 여자의 등으로 팔을 돌리자 여자는 눈을 허옇게 뜨더니 흰 눈을 눈꺼풀로 덮으며 내 가슴으로 무너져내렸다. 여자를 안은 내 팔 끝에 매달린 손에 쥐어져 있던 총이 떨어졌다. 격렬한 정사를 끝낸 뒤처럼 여자도 나도 땀으로 흠뻑 젖어 있었다.

권총은 다시 책상 오른쪽 윗서랍에 들어가 있다. 이제 내가 다시 권총을 꺼내는 일은 없을 것이다(그렇게 되기를 희망한다).

방금 나는 눈을 들어 문 옆 스위치 위의 옹이 한가운데에 박힌 점과 그 위에 찍힌 점을 바라보았다. 그가 돌아와 이 자리에 앉아서 저 두 개의 점을 보게 된다면, 그때 그는 무슨 생각을 할 것인가? 그는 어떻게 권총을 소지하고 있으며(그의 책상 서랍 속에 들어 있다는 것만으로 나는 권총이 그의 것이라고 믿고 있다), 무엇 때문에 권총을 이 방 책상 서랍에 넣어 두었을까? 그는 나에게 무엇을 기대하고 있는가? 부분적 기억상실증 환자인 나에게.

오후.

밖에는 비가 내리고 있었다. 비는 아마도 아침이나 새벽부터 내리기 시작한 것 같았다. 나는 시내에 나가보려던 생각을 바꿔 강가로 내려갔다. 강물 위에 내리꽂히는 굵지도 가늘지도 않은 무수한 빗줄기들, 강 너머로 흐려진 모래밭, 둑, 숲, 그리고 발치밖에 보이지 않는 낮은 산들을 나는 마치 흑백 영화를 보듯이 바라보았다. 바라보다가 걷고, 걷다가 멈추곤 했다. 얼마나 지난 뒤였을까? 이미 흠뻑 젖어 있는 내 머리 위에 우산이 씌워졌다. 나는 천천히 돌아보았으며, 돌아보기 전에 이미 여자가 내 뒤에 서 있다는 것을 알았고, 고개를 돌려 확인했다. 여자는 걱정스러운 얼굴로, 그러나 미소를 띤 얼굴로 나를 보았다. 나는 우산 손잡이를 쥐고 있는 여자의 손을 잡았다. 그러자 여자의 다른 손이 자기의 한 손을 잡은 내 손을 부드럽게 감싸 쥐었다. 여자의 길지 않은 손톱에는 진주빛 매니큐어가 칠해져 있었다. 비 내리는 강가의 우산 속에서 손을 잡고 있는 젊은 한 쌍──이것은 달착지근한 사랑에 빠져 있는 남녀를 묘사한 영화의 한 장면일 수도 있으리라. 그러나 여자와 나의 그런 모습이 아무리 멋있는 그림이었다 하더라도, 하여 우리를 본 누군가가 있어서 여자와 내가 사랑에 빠져 있다는 착각을 했다 하더라도, 여자와 나 사이에 정말 그런 감정이 있었을까? 긍정할 수는 없지만 그렇다고 해서 부정하기도 개운치가 않다. 내가 여자에게 어떤 감정을 가지고 있는지, 여자가 어떤 감정으로 나를 대하는지를 나는 모른다. 분명한 것은 여자와 내가 함께 잤다는 사실뿐이다. 그리고 여자가 내가 겨눈 총구 앞에 섰었다는 것과……. 도대체 여자와 나는 서로에 대해서 무엇을 얼마나 알고 있는가? 낯선 남자와 낯선 여자. 낯을 익힌 남자와 낯을 익힌 여자. 이것이 지금의 여자와 나 사이의 전부인 것이다. 더구나 나는 여자와 그가 어떤 관계인지도 모르고 있다. 다만 여자가 그를 '선생님'이라고 부르는 것으로 보아, 그리고 나와 잔 것 등으로 미루어 보아 그의 부인이나 애인은 아닌 것 같다. 아니, 어쩌면 이것은 잘못된 생각이 아닐까? 여자가 그의 애인이나 부인일 수도 있지 않을까? 그렇지만, 만일 그렇다면……? 하지만 나는 여자가 그와 특별한 관계의 인물은 아니리라고 생각하고 있다. 그렇다면 여자와 그와의 관계는 어떤 것일까? 그의 비서? 그러나 여자는 어제 역에서 이 별장으로 오는 차 안에서 분명히 말했다. 저는 선생님을 잘 몰라요, 라고. 그렇게 말한 여자는 아무 스스럼없이 나와 잤다. 대부분의 남자들이 미인을 보면 한 번쯤 같이 자고 싶어 하기는 하지만, 그래서 나 또한 이 별장에 여자와 단둘이 있게 되었음을 알았을 때 그런 욕망으로 인해 내면에서 미세한 움직임이 있음을 느끼기는 했었지만, 그렇다고 해서 여자를 어떻게 해보아야겠다는 생각을 하지는 않았었다. 저녁을 먹고 침실에 들어갔을 때까지만 해도 나는 여자와 같이 잘 수 있으리라는 것을 전혀 예상치 못했었다. 그런데 여자가 먼저 옷을 벗었었다……. ……그가 나를 위한 '접대용'으로 여자를 준비해 둔 것일까?

강을 굽어보는 산 중턱, 벼랑 위에 세워진, 사람 세상과는 동떨어진 별세계인 듯한, 그래서 모든 것을 잊고 동화에서처럼 신선놀음을 하기에는 적격일 듯한 별장. 이런 곳에서 정체불명인 묘령의 여자가 잠자리 시중까지 들어준다……. 지금 나는 괴기 영화 속에 들어와 있는 것일까? 아니면……?

……그는 누구인가?

나는 왜 여기 있는가?

서재 옆방은 홈바로 꾸며져 있는데, 한쪽에는 당구대도 있다. 강가에서 들어와 샤워를 하고 나서 여자와 나는 당구를 쳤다. 나는 여자가 그렇게 당구를 잘 치리라고는 꿈에도 생각지 못하고 당구나 가르쳐줄까 하고 물었는데, 칠 줄 안다는 것이었다. 내 당구 실력이란 기껏해야 백이나 칠까 하는 정도고, 그것도 여러 해 동안 치지 않아서 그나마도 쳐질까가 의문이었는데, 여자는 사백을 친다는 것이었다. 정말 상대가 안 되는 게임이었다. 팔십을 놓고 친 내가 열한 점을 치고도 여섯 점이나 남았을 때 여자는 멋진 쓰리 쿠션 솜씨를 보여주었다. 두 번째는 각각 오십과 오백을 놓고 쳤는데, 겨우 쿠션까지 간 나는 여자의 멋진 돌려치기 앞에서 손을 들고 말았다. 내가 개인지도를 받아야겠다고 하자 여자는 말없이 웃기만 했다.

느지막하게 아침을 먹고 밖에 나가보니, 비는 그쳐 있었다. 흔한, 유치하고 낡은 표현을 사용하자면, 수채화 같은 풍경이었고, 가을 냄새가 났으며, 어제의 비가 가을을 성큼 다가오게 했다고 할 수도 있을 것이다.

나는 여자가 차로 안내하겠다는 것을 굳이 마다하고 산 아래로 걸어 내려가 버스를 타고 시내로 들어갔다. 버스 안에서, 여자가 동행해주겠다고 한 것이 나를 위해서 뿐만이 아니라 자기도 별장에만 갇혀(?) 있는 것이 답답해서였을지도 모른다는 생각이 들었지만, 그때 버스는 이미 시내 중심가라고 여겨지는 곳에 도착하고 있었다. 나는 여자의 마음을 헤아리지 못한 나의 좁은 소견을 탓하며 버스에서 내렸다(만일 별장에 전화가 있다면 나는 물론 전화를 해서 여자에게 나오라고 했을 것이다).

도시들이란 대개가 비슷비슷하다. 이 도시도 내가 그저께 아침까지 그 내부에서 생활한, 나 자신이 인구 통계 숫자의 하나로 포함되어 있는 거대한 도시, 그리고 어쩌다가 지나치거나 며칠쯤 머물렀던 다른 몇몇 도시들과 별로 다를 게 없는 건물들, 길들, 사람들이 있다. 동시에 도시들은 도시들마다 그 도시가 아니면 볼 수 없는 건물들, 길들, 사람들을 싣고 있는 것이다. 내가 횡단보도 앞에서 빨간불이 파란불로 바뀌기를 기다리는 동안 갑자기 낯섦을 느낀 것은 그러나 이 도시가 나에게 낯선 도시여서가 아니라, 내가 삼십여 년 동안이나(몇 번인가의 짧은 부재기간을 제외하고는) 묻혀서 산 그 거대한 도시에서 어느 날 문득 낯설었던 것과 흡사한 느낌이었다고 할 수 있다.

그것은 매우 기묘한 느낌이었다.

그날도 나는 그 거대한 도시의 내부에 얽혀 있는 길 위에 있었다. 한낮이었고, 많은 사람들이 길 위에 떠 있는 것은 당연한 일이었다. 낯설다는 느낌은 그 많은 사람들보다 진열장 안의 마네킹에서 먼저 왔다. 진열장 안의 마네킹은 하나는 서 있었고 하나는 앉아 있었는데, 지나가며 슬쩍 곁눈으로 보았기 때문에 마네킹들이 어떤 포즈를 취하고 있는지를 자세히 보지는 못했다. 그리고 마네킹들이 걸치고 있는 옷가지들도 어떤 것들인지를 정확히는 보지 못했다. 그런데 그 마네킹들이 걸치고 있는 옷가지들이, 그것들이 만들고 있는 진열장 안의 전체적인 분위기랄까 하는 것이 나에게는 낯설었던 것이다. 일반적으로 여자들의 옷에 대해서는 낯설다는 말을 하지 않는다. 대신 독특한 디자인이니 하는 식으로 말들을 한다. 더구나 패션 잡지나 패션쇼 따위를 통해 괴상망측하다고 할 수밖에 없는 디자인의 옷들을 보기도 한 나는 디자이너의 아이디어가 아무리 기발한 것일지라도 놀라지 않게끔 여자들의 옷에 눈이 익어 있었다. 그럼에도 진열장 앞을 지나가며 슬쩍 곁눈으로 본 옷들이 낯설었음은 웬일이었을까? 그리고 그것은 방심에 가까운 상태로 걷고 있던 나에게 느닷없이 닥쳐온 느낌이었기 때문에 거의 불안에 이를 지경이었다. 게다가 낯설다는 느낌은 그것으로 끝나지 않았다. 내 주위의 모든 사물들이 낯설어진 것이었다. 주위의 많은 사물들 가운데에서도 특히 낯설다는 느낌을 강하게 준 것은 물론 옷을 걸친 사람들이었다. 사람이라고 불리우는, 스스로 움직이는, 딱딱하지는 않은 살로 싸인 물체들을 나는 처음 보는 것 같았다. 무수한 얼굴들——구멍이 뻥뻥 뚫린, 일그러지고, 튀어나오고 한 부정형의 입체들. 그것들은 저마다 다른 이름으로 불리울 터였지만, 그것들 가운데에는 내가 이름을 부를 수 있는 형태가 하나도 없었다. 그렇다 하더라도 날마다 낯선 얼굴들 사이에 꿈틀거려 온 내가 갑자기 낯섦을 느낀 것은……? 나는 공중전화 부스 안으로 뛰어들었다. 그리고 성급하게 내가 아는 전화번호들을 두드려 대었다. 그러나 그들은 한결같이 부재중이었다. 전화통에 몇 갠가의 동전을 집어넣은 다음에야 나는 수화기에 매달려 있는 내 꼬라지가 얼마나 우스꽝스러운 것인가를 깨달았다. 혹시 그들 가운데 하나나 둘이 나와 통화를 할 수 있었다 하더라도, 그래서 그들을 불러내 얼굴을 마주하고 몇 마디 말을 섞는다 하더라도 나의 낯선 느낌과는 아무런 상관도 없는 일이 아닐까? 나는 그들을 찾아서 무엇을 하자는 것일까? 공중전화 부스에서 나온 나는 낯선 무리들에 섞여 버스 정류장으로 갔다. 버스 정류장의 낯선 무리들 가운데에서야 나는 비로소 나 또한 하나의 낯선 물체에 지나지 않음을 깨닫게 되었다. 나에게는 네가 낯설고 너에게는 내가 낯설다는 것이 너무나도 명백한 사실이어서 믿어지지 않을 정도였다. 나는 또한 내가 그 거대한 도시에 대해서 아는 것이 거의 없다는 사실도 인정하지 않을 수 없었다. 그렇지만 나는 그 도시의 시민이었다. 그렇다. 나는 내부의 이방인이었다. 나는 낯이 익다고 착각하고 있던 그 도시에 다시금 낯을 익혔어야만 했다. 그것은 그러나 (결과적으로) 불가능한 일이었다. 나는 나도 모르는 사이에 낯설다는 느낌을 상실해 버렸으니까. 낯설면서도 낯섦을 의식치 못하는 지리멸렬한 상태로 다시금 전락해버린 것이었다.

그리고 오늘,

나는 당연히 낯설 수밖에 없는 도시에서, 그러나 내가 이 도시에 처음 온 것이어서가 아닌, 낯설다는 느낌의 습격을 받은 것이다. 그러한 느낌은 흔히 보아오던 풍경도 색유리를 통해서 보면 전혀 다르게 느껴지는 것과 흡사한 것이었을까? 아니면 하이퍼리얼리스트가 그린 일상의 정경을 볼 때 느껴지는 낯섦과도 유사한 것이었을까? 횡단보도의 불이 파란색으로 바뀌자 나는, 어쨌든, 길을 건너야만 했고, 길을 건너가서 가로수에 기대어 잠시 눈을 감고 있다가 뜨자 내가 처음 보는, 그러나 낯설 것도 없는 평범한 거리의 정경이 보일 뿐이었다. 동시에 나의 내면 깊은 곳에서 희미하게 꿈틀거리던 공포——아마도 공포라고 할 수 있을 움직임도 사라졌다.

거리에는 많은 사람들이 흘러 다니고 있었고, 나는 방향도 없이 그 흐름에 끼어들었다. 찻집, 옷가게, 술집, 구두가게, 약국, 밥집, 은행, 전자오락실, 백화점, 영화관 등등이 나를 스쳐 지나갔다. 누군가가 불러주기를,

어깨를 툭 쳐주기를, 내가 기대했었을까? 내가 아는 한 나를 알고 있거나 내가 아는 사람이 한 명도 없는 이 도시에서 그런 기대를 한다는 것은 억지일 뿐이었다. 그럼에도 마음 한구석에서 그런 기대가 고개를 내밀었던 이것 또한 사실이었다(내가 아는 누군가가 이 도시에 왔다가 길에서 우연히 나를 만나는 일이 없으란 법은 없으니까). 그러나 그 가냘픈 기대는 물론 기대로 그치고 말았다.

그러다가 내가 흘러들어 간 곳은 중심가에서 조금 벗어난 곳에 있는 종합병원이었다. 시내에서 돌아다니다가 할 일 없는 시간이 생기면 나는 종종 근처에 있는 종합병원으로 가곤 했다. 종합병원의 대합실에서 다른 사람들의 얘기를 듣거나 병실을 기웃거리는 것은, 좋은 취미는 아닐지 몰라도, 지루하지 않게 시간을 보낼 수 있는 한 방법이고, 사람이라는 짐승의 나약함과 끔찍함에 새삼 길들여지는 한 방법이기도 하다. 내가 그 병원에 들어간 것은 그러나 이런 이유들 때문에서가 아니라 병원이 눈에 띄었으므로 들어간, 거의 조건반사적인 행동이었다. 그리고 그 병원의 미로 같은 내부에서 이리저리 흐르다가 팔 층 복도 맨 끝에 있는 그 병실의 문을 열어본 것은 전혀 우연이었다.

두 평이 채 못 될 것 같은 좁은 병실의 침대 위에는 뼈와 가죽이 맞붙었다고까지는 할 수 없겠지만 거의 그 정도로 마른, 그래서 가는 목이 커다란 머리 때문에 꺾이지나 않을까 하는 염려를 한다 해도 그다지 심한 과장은 아닐 정도로 마른 아이가 베개를 등에 괴고 벽에 기대앉아 담배를 피우고 있었다. 채 열 살도 되어 보이지 않는 아이가 담배 피우는 것을 보고, 나는 병실 안으로 들어갔다. 아이 옆에는 커다란 사발만 한 재떨이가 있었는데, 재떨이에는 담배꽁초가 가득 차 있었다. 놀라고 있는 나에게 아이는 어떻게 왔느냐고 물었다. 나는 잠시 망설이다가 지나가다 들렀노라고 대답했다. 사실이기는 했지만 상대방이 쉽게 납득할 만한 대답은 아니었는데도 아이는 별다른 반응을 보이지 않고, 거의 필터까지 피운 담배를 새 담배로 바꿔 물었다. 내가 병실에 들어간 것이 자기와는 아무런 상관도 없다는 듯한, 아니 아예 나를 무시하는 듯한 태도였다. 기분이 나빴다기보다 어떻게 해야 할지를 알 수 없었다. 그러다가 한참 만에야 나는 아이에게 나이를 물었다.

"몇 살이니?"

"내 나이가 궁금한 게 아니라 내가 담배를 피우는 게 이상한 거죠? 그렇지만 아저씨도 나처럼 되면 담배만 피울 수밖에 없을 거예요."

당돌한 대답이었지만 아이의 말이 옳았다. 그리고 당돌한 아이에게 내 심을 들킨 내 감정처리보다는 담배만 피울 수밖에 없다는 아이의 사정, 그러니까 무슨 병인가가 더 궁금했다.

"왜? 어디가 어떻길래?"

"먹을 수도 마실 수도 없는 게 내 병이라고 그러대요."

"아니 그럼, 물도 못 마시니?"

"마시지도 못한댔잖아요."

"그럼 어떻게……?"

아이는 대답 대신 팔을 걷어 보였다. 아이의 팔에는 거의 어느 한 곳 빈 틈이 없을 정도로 주삿바늘 자국 투성이었다.

"지독하죠? 이래도 살아야 한다나요? 사실 내 병은 먹지도 마시지도 못하는 게 아니라 살아야 한다는 그것인 거 같아요. 끔찍해요, 살아야 한다는 병이."

"……."

나는 멍하니 아이를 바라보다가 아이가 다시 새 담배를 입에 물었을 때에야 겨우 이렇게 물었다.

"그렇게 담배를 피워도 의사가 아무 말도 하지 않니?"

"의사 따위가 뭘 어떻게 하겠어요? 담배를 피우는 것은 나의 권리고, 나의 권리에 대해서는 아무도 함부로 못해요. 그리고 담배가 몸에 해롭다든가 하는 말이 나에게 아무 의미도 없는 소리라는 정도는 그네들도 아는 것 같더군요. 참, 뭐 좀 먹을래요?"

"……뭐?"

"가끔씩 찾아오는 사람들이 먹을 것을 사왔는데, 남은 게 있을 거예요."

"문병 오는 사람들이 먹을 걸 사와? 먹지도 마시지도 못하는 너에게?"

"그냥 와서 나하고 얘기나 하다가 가면 좋겠는데, 어쩌다가 한 번씩 올 땐 꼭 뭘 사들고 와서는 의사나 간호원들하고만 쑥덕거리다가 가버리는 거예요. 형편없는 멍청이들이죠. 그래도 꽃, 모가지가 잘린 꽃을 내가 싫어하는 것을 알고 사오지 않는 게 신통할 정도예요. 그네들이 어느 정도로 구제불능인가 하면, 그네들에게 사가지고 온 걸 먹으라고, 내가 먹지 못하니까 먹는 거라도 보고 싶다고 해도 사온 걸 던져만 놓고 갈 정도예요. 그래서 주사 놔주러 오는 간호원들에게 나눠주곤 해요. 이 한심한 간호원들도 먹을 게 있으면 한꺼번에 다 가져가지 않고 찔끔찔끔 가져가는 거에요. 그네들의 양심의 크기가 워낙 작아서 한꺼번에 다 가져가지 못하나봐요. ……과일 같은 게 좀 남았을텐데, 먹지 않을래요?"

자기가 먹지 못하니까 먹는 거라도 보고 싶다는 아이의 말을 들었으면서도 나는 고개를 저었다. 나는 아이가 말한 알량한 양심을 가진 '그네들'

의 하나가 아니라는 것을 보여주고 싶었음에도.

"먹기 싫으면 먹지 마세요. 그렇지만 나 때문에 먹지 않을 필요는 없어요. 내가 먹지도 마시지도 못하는 것과 아저씨가 먹고 마시는 것과는 아무 상관도 없는 거니까요. 만일 내가 다른 사람들이 먹는 것을 못 먹게 해서 내 상태가 조금이나마 나아질 수 있다면, 아무도 음식을 먹지 못하게 하겠어요. 그렇지만 그럴 가능성은 전혀 없어요. 그리고 어차피 고통은 나눠 가질 수가 없는 거잖아요."

나는 담배를 꺼내 입에 물고 불을 붙였다. 그런데 내가 아이 앞에서 담배를 피우는 것이 해서는 안 될 짓을 하는 것 같았다.

"너, 정말 몇 살이니?"

"나이가 그렇게 중요한가요? 다른 사람들이 여덟 살이라고 그러대요."

"보통 아이가 아니로구나."

"보통 아이가 아니라구요? 보통 아이는 어떤 아이죠?"

"으음, ……내가 말을 잘못 했다."

"뭐, 그렇지도 않아요. 난 아저씨를 이해해요. 어른들은 거의가 그네들의 질서에 맞춰 모든 것을 판단하죠. 언제나 그네들만 옳고, 거기서 조금이라도 벗어나는 일이 있어서는 안 되죠. 그 질서가 정말 옳은 것인가는 생각해보지도 않고 말예요. 정말 끔찍해요."

"미안하다."

"아저씨가 미안해 할 필요는 없어요. 아저씨는 그래도 괜찮은 사람인 것 같아요. 이렇게 나하고 얘기를 해주는 사람도 없었어요. 아까도 말했잖아요. 어쩌다가 한 번씩 찾아 오는 사람들도 나하고는 얘기를 하지 않는다고요."

"많이 외롭겠구나?"

"아뇨, 외롭다는 것은 감정의 사치에 지나지 않는 거죠."

"……부모님은 안 계시니?"

"부모요? 있지만 나와는 아무런 상관도 없는 사람들예요. 그 사람들은 그걸 이해하지 못해요. 다른 모든 부모들처럼."

나는 아이에게 무슨 말을 어떻게 해야 할지를 몰랐다.

"내가 뭐 도와줄 거는 없겠니?"

"정말 도와주고 싶어요?"

"내가 할 수 있는 일이라면."

"그럼 나를 죽여줘요."

아이는 마치 담배나 하나 달라는 듯이 태연하게 말했다. 아이가 한 말의 뜻을 깨닫는 데에는, 나 자신도 믿을 수 없는 일인데, 시간이 걸렸다. 아이가 한 말의 뜻을 찾아 머릿속을 더듬는 내 꼴이 우스꽝스러웠으리라는 것은 인정한다. 아이는 빙그레 웃으며 말했다. "농담이었어요." 그러나 아이는 이내 웃음을 지웠다.

"진담이기도 하지만. 정말 나는 죽고 싶어요. 살아야 한다는 병 때문에 살아 있을 수밖에 없기는 하지만, 그래서 자살도 못하고 있지만, 빨리 죽어버렸으면 해요. 그것만이 이 병으로부터 해방되는 유일한 길이니까요. 그렇다고 해서 아저씨에게 나를 죽이는 짐을 지우지는 않을 테니까 안심하세요."

아이는 다시 웃어보였다. 그런데 아이의 그 웃음 속에 나에 대한 신뢰가 들어 있다고 느낀 것은 착각이었을까? 그러나 나는 아이의 그 웃음 속에 나에 대한 신뢰가 들어 있었다고 믿고 있다. 그렇다면 그것은 무엇인가? 아이는 나의 무엇을 믿은 것일까, 또는 나에게 무엇을 기대하고 있는 것일까? 아니, 내가 정말 착각을 하고 있는 것은 아닐까? 아이의 웃음은 단순히 나를 안심시키기 위한 것이 아니었을까? 그렇다면 나는 아이에게 무엇인가를 해주어야 한다고 스스로를 설득하고 있는 것일까? 만일 이것이 사실이라면 무엇은 도대체 무엇인가?

나는 몇 모금 피우지도 않은 채로 거의 다 타버린 담배를 재떨이에 눌러껐다.

"갈 거예요?"

나는 나도 모르게 고개를 끄덕였다.

"빨리 나아서 건강하게 뛰놀기를 바란다고 말해도 되겠니?"

"아저씨가 스스로를 위로할 수 있다면 무슨 말이건 괜찮아요."

"……그래……."

갑자기 목이 메는 것 같았다. 아이야, 나는……. 나는 한숨을 꿀꺽 삼키고 내가 꺼내놓은 담뱃갑을 아이 쪽으로 밀어 놓았다. 아이는 그런 나를 빤히 바라보았다.

나는 도망치듯 병실에서 나왔다. 아이의 병실에서 나온 나는 복도에서 한동안 멍하니 서 있었다. 흔히들 말하듯이 꿈——악몽을 꾸고 있는 것 같았다.

이 글을 쓰면서야 비로소 나는, 여기에 온 이후 처음으로, 끊임없이 담배를 피워대는 그녀를 생각했다. 그녀는, 거의 그 아이처럼, 지금도 끊임없이 담배를 피워대고 있을 것이다. 그러면서 그녀는…….

내가 병원에서 어떻게 나왔고 별장까지 어떻게 돌아왔는지 모르겠다. 고 하는 것은 과장되고 진부한 수사법이다. 나는 여자에게 줄 장미색 블라우스까지 사가지고 돌아왔다(블라우스는 내가 기대했던 것 이상으로 여자를 기쁘게 해주었다. 여자는 마치 난생 처음으로 선물을 받는 아이처럼 좋아했다). 그러나 지금, 내가 그 미로 같은 병원 내부에서 어떻게 헤맸고 어떻게 빠져 나왔으며 별장까지 어떻게 돌아왔는지 모르겠다고 여기에 기록하는 것은 결코 과장이 아니다. 실제로 나는 내가 병원에서 어떻게 나왔고 어떻게 별장까지 돌아왔는지를 모르고 있으니까.

남자는 음악실에서 디스크와 테이프들을 뒤적거리고 있다. 음악실의 디스크와 테이프들 또한 서재의 책들처럼 국악, 팝, 록, 전위 음악, 가요, 재즈, 다른 민족의 민속 음악, 서양 고전 음악 등등이 뒤섞여 있다.

빗소리의 무거운 어둠속에서 우리는 무얼 느끼나
우리는
우리는

박은옥이 부르는 〈우리는〉이 끝나자 남자는 디스크 플레이어 앞으로 가서 톤 암을 들어 다시 〈우리는〉의 앞에 내려놓는다. 벌써 여섯 번째다.

지나가버린 과거의 기억 속에서 우리는 무얼 얻나
노래 부르는 시인의 입을 통해서 우리는 무얼 얻나
모두 알고 있는 과오가 되풀이되고

항상 방황하는 마음 가눌 길이 없는데

사랑은 거리에서 떠돌고 운명은 약속하지 않는데

소리도 없이 스치는 바람 속에서 우리는 무얼 듣나

저녁 하늘에 번지는 노을 속에서 우리는 무얼 느끼나

언제 어디서 처음 들었는지는 기억하지 못하지만 남자는 박은옥이 노래하는 〈우리는〉을 무척, 좋아한다. 물론 남자가 〈우리는〉만큼 좋아하는 다른 가수나 그룹, 작곡자의 노래나 연주가 들어 있는 디스크나 테이프들도 음악실 안에는 많이 있다(일일이 열거를 하자면 그것들만으로도 노트 몇 장쯤은 쉽게 채울 수 있을 것이다). 그런데도 남자는 고집스럽게 〈우리는〉을 되풀이해서 듣고 있다. 어쩌면 디스크를 갈아 얹기가 귀찮아서일지도 모른다. 릴 테이프 레코더가 있는 것을 보고는, 하루쯤 마음 먹고 앉아서 좋아하는 곡들을 릴 테이프에 담아, 판을 갈아 얹는 수고 없이 듣고 싶다는 생각을 하기도 했지만, 남자가 그렇게 손이 많이 가는 일을 해낼 수 있을지 의심스럽다. 삼천 장이 더 될 것 같은 디스크들을 대충 뒤적거린 남자는 문득 깨닫는다. 독일 가곡을 제외하고는 가곡과 오페라가 단 한 장도 없다는 사실을. 남자는 생각에 잠긴다. 그러면서도 〈우리는〉을 계속 듣는 것은 잊지 않는다. 취미가 같다는 것은 얼마든지 있을 수 있는 일이라고 남자는 생각한다. 이른바 성악곡이라고 분류되는 노래들 가운데에서 남자가 좋아하는 것이 독일 가곡——특히 슈베르트와 슈만——뿐인 것과 이 디스크들을 수집한 사람이 오페라와 다른 가곡류를 싫어하는 것은 우연의 일치일 것이다. 남자는 〈우리는〉을 아홉 번을 계속해서 듣고는 파워 앰프의 전원 스위치를 눌러 끈다. 남자는 음악실을, 새삼스레, 둘러보고는 서재로 나온다.

서재로 나온 남자는 책상 앞에서 노트를 바라보다가 왼쪽 아랫서랍에서 스크랩북을 꺼내 들척인다. 그러다가 다음과 같은 짤막한 기사가 스크랩되어 있는 것을 발견한다.

정맥 주사로 사형집행

미, 사상 처음 40대 흑인에

【헌츠빌(미 텍사스주) AP=연합】 사형 선고를 받고 헌츠빌 교도소에 수감중이던 찰리 브룩스 2세(40)가 7일, 미국에서 처음으로 치명적 약물인 소듐펜토탈의 정맥주사 방법으로 사형이 집행됐다.

지난 76년 살인 혐의로 사형선고를 받은 브룩스는 이날 팔에 소듐펜토탈의 정맥주사를 맞은 지 7분 만에 사망이 확인됐다. 미국 최초로 약물의 정맥주사 방법으로 사형이 집행된 브룩스는 지난 76년 대법원이 사형을 다시 허락한 이후 사형이 집행된 6번째 사형수로서 최초의 흑인이기도 하다. 브룩스는 자신의 사형 집행 연기를 위해 대법원과 텍사스 주지사 등 각계에 탄원했으나 모두 거절됐고 그의 마지막 탄원도 형 집행 10분을 남기고 묵살됐다.

사형집행을 위해 가죽 끈으로 몸이 묶이고 오른팔에 정맥주사가 꽂힌 브룩스는 "마지막으로 남길 말이 없느냐"는 간수의 질문에 "있습니다"라고 대답하고는 머리를 오른쪽으로 들어 간호원을 쳐다보면서 "당신을 사랑한다"는 말을 남겼다.

―《한국일보》, 1982, 12, 8.

남자는 이 짤막한 기사를 서너 차례나 되풀이해서 읽고는 눈을 들어 〈화이트 페인팅〉을 바라본다. 그리고 그림과 문 사이, 스위치 위의 옹이 한가운데에 박힌 점과 그 위에 박힌 점을 본다. "당신을 사랑한다!" 남자는 군이 느낌표를 찍는다. 그 말을 들은 간호원의 표정이 어땠을까가 상상되지 않는다. 대신에 병원의 아이가 남자의 눈앞에 떠오른다. 살아야 한다는 병……. 남자는 고개를 떨군다. 천천히 담배를 꺼내 입에 물고 불을 붙인다. 반쯤 피운 담배를 꺼버리고는 노트를 열고 맨 뒷장에다가 무어라고 끼적거린다. 남자는 자기가 끼적거린 것을 한참 동안 들여다보다가 노트와 스크랩북을 덮고 일어서서 서재에서 나간다.

남자가 노트 뒷장에다 끼적거린 것은 다음과 같은 구절이다.

Sleep……

Sleep……and be born again into a world without fear and hate!

'잠들라, 잠들라……그리고 공포와 증오가 없는 세상에 다시 태어나거라!' 정도로 옮겨질 수 있는 이 구절은 남자가 오래 전에 어느 외국 영화 잡지에서 본 포스터에 실려 있던 것이다. 한동안 남자가 자기 책상 앞에 붙여놓기도 했었던 그 포스터는 〈육체 약탈자의 침입Invasion of the body snatchers〉이라는 SF영화의 포스터였다. 잡지에서 뜯어내어 책상 앞에 붙여놓았던 그 포스터를 남자는 그러나 두어 달쯤 뒤에 찢어버리고 말았다. 공포와 증오가 없는 세상에 다시 태어날 수만 있다면, 그것이 가능하기만 하다면 어떤 괴물의 손에 죽는다 하더라도 두렵지 않을 것이다.

그 죽음이 아무리 고통스러운 것이라 하더라도 전인류를——그렇다. 모든 사람들을!——죽여달라고 괴물에게 부탁할 것이다. 그러나 공포와 증오가 없는 세상에 다시 태어날 수 있다는 것을 도대체 어느 누가 약속할 수 있단 말인가? 비록 죽음이 모든 사람을 공포와 증오로 가득 찬, 아니 넘쳐흐르는 이 세상에서 지워버리기는 하지만……. 사실 사람을 공포와 증오가 없는 세상으로 옮겨줄 수 있는 착한 괴물은 존재하지 않는다. 희박하나마 가능성이 보이는 것은 사람들이 스스로 공포와 증오가 없는 그런 세상을 만드는 것이다. 그러나 이것 또한 기대 불가능한 가능성일 뿐이다.

남자는 종교도, 그리고 혁명도 믿지 않는다. 믿지 않을 뿐만 아니라 진저리를 친다. 남자의 귀에는 보다 나은 내일을 약속하는, 그러면서 오늘의 희생을 요구하는 모든 말들이, 어조가 강하고 확실하면 할수록, 억압과 착취를 위한 거짓으로 들리기 때문이다.

남자는 별장 밖에서 서성거리며, 강을 내려다보며, 자신이 왜 거기서 서성거리며 강을 내려다보고 있는지에 대해서 생각하고 있다.

어느 날 편지를 받았다. 가능하다면 자기 별장에 와서 며칠 쉬어가라는 어떤 사람의 정중한 초대였다. 기차표와 함께, 사정이 여의치 못하면 회신을 해달라고 우표까지 붙인 반송용 봉투도 동봉되어 있었다. 그러나 남자는 자기를 초대한 어떤 사람이 누구인지를 알 수 없었다. 이름은 적혀 있었지만 모르는 이름이었다. 남자가 기억하고 있는, 자신과 얽힌 모든 관계와 가능성을 더듬어보아도 그런 이름을 찾을 수는 없었다. 남자는 누군가의 장난일지 모른다는 생각도 했다. 그런데 장난은 아니리라는 느낌이 강했고(장난이라면 기차표——그것도 특급 열차의 특실표——까지 동봉했을까?), 거절할 수 없겠다는, 아니 거절하고 싶지 않다는 생각을 하게 되었다. 미지의 인물로부터의 초대는 남자에게 커다란 유혹이었던 것이다. 결국 남자는 아무에게도 알리지 않고 훌쩍 떠나기로 마음을 굳혔다. 애인이라고 할 수도 있는 여자에게는 알려야 하지 않을까 하는 생각을 잠깐 했었지만, 그저 스쳐가는 생각일 뿐이었다. 날마다 출근하지 않아도 되는 TV 방송국 스크립터(시청률도 형편없는 일요일 오전 프로의)로 일하는 것이 남자를 떠날 수 있게 도와주었는지도 모를 일이었다. 편지를 받은 날로부터 일주일 정도는 일이 없었던 것이다. 게다가 남자에게는 잃을 것——재산, 지위, 가족 등등——이 없었다. 그래서 남자는 작은 가방 하나를 어깨에 메고 새벽에 아파트에서 나왔다. 그런데 와보니 남자를 초대한 사람은 급한 볼일이 생겨서 어딘가에 갔다는 것이었다. 예기치 못한 급한 볼일은 사람과 시간을 가리지 않는다. 그 사람은 결례를 하게 되었다며, 오래 걸리지는 않겠지만 자기가 돌아올 때까지 부디 편하게 지내주었으면 고맙겠다는 말도, 당연히, 남겨두었다. 이해할 수 없는 부분이 있는가? 남자는 충분히 있을 수 있는 일이라고 자신을 애써 타이른다.

남자가 밖에서 서성이고 있는데 여자가 나온다. 찬거리를 사러 가는데 같이 가겠느냐고 묻는다. 남자는 그냥 있겠다며 여자 혼자 다녀오라고 한다. 필요한 것은 없느냐, 먹고 싶은 것은 없느냐고 여자가 묻는다. 남자는 필요한 것도, 특별히 먹고 싶은 것도 없노라고 대답한다. 남자가 사다준 장미색 블라우스를 입은 여자는 고개를 끄덕이며 차에 오른다. 차 소리가 멀어진 뒤에도 한동안 멍하니 서 있던 남자는 갑자기 별장 안으로 뛰어 들어간다.

남자는 여자의 방(잠은 침실에서 남자와 함께 자지만)으로 간다. 문의 손잡이를 잡고 돌려본다. 다행히, 잠겨 있지 않다. 화장대와 옷장과 침대. 화장대 위에는 화장품들과 여남은 개의 사기 인형들이 있고, 화장대 윗서 랍도 화장품들로 가득 찼다. 아랫서랍에는 액세서리들——그것들이 모두 진짜 보석들이라면 상당한 값일 것이다(남자의 눈은 물론 보석을 감정하지 못한다). 옷장 안에는 여자의 겉옷, 핸드백, 벨트, 스카프, 모자 등등이 있다. 옷장의 서랍 안에는 속옷들인데, 여자가 착용한 것을 한 번도 보지 못한(여자의 속옷은 언제나 손바닥만 한 팬티 하나였다) 브래지어와 거들 도 있다(여자는 착용하지도 않을 브래지어 따위를 무엇 때문에 샀을까?). 그리고 생리대——여자가 월경을 한다는(월경도 한다는) 사실을 깨닫고 남자는 한참 동안 알록달록한 종이 상자를 내려다본다. 여자가 한 달에 한 번씩 깊은 곳으로부터 탁한 피를 흘린다는 사실을 남자는 쉽게 상상하지 못한다. 또한 무엇을 찾기 위해 여자의 방을 뒤지고 있는지도 남자는 모른 다. 그러나 어쨌든 남자는 아무것도 발견하지 못한다. 들어갔던 흔적을 남 기지 않으려고 대강 훑어보는 것으로 그쳤지만, 하나하나 착실히 뒤져보 았더라도 결과는 마찬가지였을 것이라고 생각하며 남자는 여자의 방에서 나온다.

남자는 주방으로 간다.

남자는 냉장고에서 맥주 깡통 하나를 꺼낸다.

남자는 맥주를 마신다.

남자는 자신이 무엇을 찾고자 하는가를 찾고자 한다. 그것은 잘못 찍 힌, 피사체가 무엇이었는지, 거의 윤곽조차도 알아볼 수 없는 사진처럼, 기류를 탄 짙은 안개처럼, 곪은 상처에서 고통도 없이 진물이 흘러내리듯 이, 마치 기억과 망각의 뇌세포가 곪아터져 거기에서 흘러나온 끈적한 진물이 머릿속을 느릿하게 흘러다니고 있는 것 같다.

남자의 손에 우그러진 빈 맥주 깡통이 쥐어져 있다.

남자는 우그러진 빈 맥주 깡통을 식탁 위에 탕——, 소리가 나게 내려
놓는다.

남자는 바보가 아니다.

남자는 천재가 아니다.

남자는 초능력자가 아니다.

남자는 탐정이 아니다.

…………

남자는 별장 밖으로 나간다.

남자는 길 옆, 풀밭에 주저앉는다.

남자는 담배를 입에 물고 불을 붙인다.

강이, 산이, 하늘이 스며들어 담배 연기에 섞인다. 그리고 스며든 것들
과 스며들게 한 것은 마치 미지근한 프라이팬 위의 버터 조각처럼 서서히,
서서히 녹아내린다. 그것들은 쉬르레알리스트의 그림처럼 평면의 내부에
서 꿈틀거린다.

그것들은

공포로 증오를 만든다.

증오로 공포를 만든다.

……끓어오르며……

남자는 담배를 천천히 눌러 끈다.

남자는 눈을, 감는다. 그리고

눕는다. 조용히, 느릿하게……

…………

차 소리가 들리자 남자는 벌떡, 일어선다.

차가 천천히 다가와 남자 앞에서 멎는다.

남자는 핸들을 잡고 있는 여자를 노려본다, 원수처럼.

여자가 차에서 내린다.

차에서 내린 여자가 남자 앞으로 다가온다.

남자는 갑자기

여자의 어깨를 움켜쥔다.

움켜쥐고 노려본다.

노려보다가 여자의 옷──장미색 블라우스, 장미색 블라우스와 잘 어울리는 상아색 스커트 그리고 손바닥만 한 까만 실크팬티──을 찢는다.

찢어 내린다. 찢어 벗긴다, 찢어버린다.

여자는 반항하지 않는다.

남자는 여자를 풀밭에 쓰러뜨린다. 그리고

남자는 신속하게, 쥐어뜯듯이, 자기 옷을 벗어던지고,

여자를 겁탈한다……

…………

여자는 찢어진 옷 조각들, 벗어던진 옷가지들을 주워들고,

사온 찬거리──커다란 봉투 두 개를 차에서 꺼내들고,

비틀거리며 별장 안으로 들어간다.

남자는 천천히 여자를 따라 들어간다.

따라 들어가

주방에서 여자를 낚아챈다.

봉투가 떨어져 그 안에 든 무엇인가가 깨진다.

남자는 여자를 안아든다.

안아들고

여자의 방으로 들어간다.

들어가서

남자는 침대 위에 여자와 함께 무너진다.

남자는 여자 위에 엎드린 채, 땀을 뻘뻘 흘리며, 아무것도 생각하지 않는다(또는 아무것도 생각하지 않으려 한다).

여자는 길이 잘 든 개처럼

남자를 핥아준다.

남자는 의무나 되는 듯이 기록을 하고 있다. 여자는 침실에서 책을 읽고 있을 것이다(여자가 읽고 있는 책은 모리스 클라인의 《수학의 확실성 *Mathematics—The Loss of Certainty*》의 번역본이다. 여자가 그 책을 읽고 있는 것을 본 것은 어제였는데, 중학교 때 수학 시험에서 0점을 맞은 일도 있었던 남자로서는 여자가 그런 책을 읽고 있는 것을 보고 놀라지 않을 수 없었다. 수학을 '추상적 사고'라고만 생각하고 있는 남자가 여자에게 그 책이 재미있느냐고 묻자 여자는 그런 대로 재미있다는 대답을 했었다). 남자는 여자가 이 별장 주인의 '충실한 노예'일 것이라고 생각한다(수학을 좋아하는 예쁜 노예——얼마나 멋진 장식품인가!). 아니, 이 별장의 일부분일 뿐이다. 지금 남자가 사용하고 있는 책상과 다를 바가 없는. 그렇지 않다면……. 남자의 생각은 그러나 이 별장의 주인이 과연 누구인가 하는 데에 집중된다. 그는 누구이며, 왜 자기를 여기로 불렀는가 하는 것만을 궁금해 한다.

　가능성―1 : 그는 남자가 기억치 못하는 과거의 깊숙한 곳에 자리 잡고 있는 인물일 수 있다. 그의 기억 속의 남자는 보다 선명하리라. 그러나 그렇더라도 왜 불렀는가는 알 수 없다.

　가능성―2 : 그는 남자가 모르는 먼 친척일 수도 있다. 만일 그렇다면 그는 오래 전부터 남자를 알고 있었거나, 어떤 기회에 남자와 친척이 된다는 사실을 알게 되었을 것이다. 어느 쪽일까? 모르고 있다가 알게 되었다면 어떻게 알게 되었을까? 그리고 친척이라 하더라도 왜 불렀는가는 여전히 미지수다.

　가능성―3 : 그는 남자를 잘 아는, 그리고 남자도 그를 잘 알고 있는 친구이거나 주변 인물인지도 모른다. 그는 장난을 하고 있는 것이다. 아니면 특별한 이유가 있어서? 그렇다면 무슨 이유 때문인가?

　가능성―4 : 그의 기억 속에도 남자는 없다. 다만 그의 필요에 의해서 남자를 불렀을 뿐이다. 그렇다면 그의 필요란 어떤 것인가?

　※ 남자가 생각하지 못한 다른 가능성이 더 있을 수도 있다.

　오른손으로는 만년필을 쥐고 있고 왼손 둘째 손가락과 셋째 손가락 사이에는 담배를 끼우고 있는, 지금 이 글을 쓰고 있는 남자――이 남자는 추상적인 존재인가 구체적인 존재인가?

　남자는 노트를 덮고 서가 사이에서 흔들거리다가 《산해경》을 뽑아들고 뒤적인다. 뒤적이다가 다음과 같은 구절을 발견한다.

이곳에는 신치(神傀)가 많이 사는데, 그 형상은 사람의 얼굴에 짐승의
몸으로 외팔과 외다리이며 소리는 마치 신음하는 듯하다.

〈서차사경(西次四經)〉의 출발지인 음산(陰山)에서 북으로 오십 리를 가
고, 거기서 서쪽으로 오십 리를, 다시 북으로 팔백칠십 리를, 그리고 거기
서 다시 서쪽으로 육백칠십오 리를 간 강산(剛山)이라는 곳에서 살고 있
다는 신치가 남자에게는, 물론 신치가 현존하는 구체적인 존재임에도, 하
나의 상징, 다시 말해서 현재의 자신의 모습을 묘사한 것으로 읽힌다. 사
람이기 이전에 짐승이며, 그나마도 온전한 사람이 못되는 반쪽짜리 사람
(그러나 온전한 사람이란 과연 어떤 사람인가?), 그리고 지금 쓰고 있는
글이 신음의 기록이 아니라면 무엇인가? 더 나아가서 남자는 사람의 모
든──그렇다. 모든!──기록은 신음의 기록이라는 과장된 생각까지 한
다. 남자는 서재 안을 새로운 눈으로 둘러본다. 불을 질러버려라! 모든 책
을, 사람의 모든 기록들을 태워버려라! 그러면……

기억을 더듬는 것은 고통이다. 그것은 고고학자가 땅을 파헤치듯이 축
적된 시간의 더미를 파헤쳐나가야 하는 것이다. 파헤쳐나가다 보면 정교
한 세공의 유리구슬 몇 개를 발견하게 될지도 모른다. 더욱 중요한 것은
그러나 정교한 세공의 유리구슬 몇 개가 아니라 그것들을 간직하고 있는
흙더미인 것이다. 고통스러움은 바로 그 흙더미가 중요한 데에서 기인한
다.

나는 오늘의 기록을 위해 노트를 펼친다. 그리고 만년필을 든다. 그런

데 펼쳐진 노트를 바라보며(노트의 오른쪽 면에다가만 쓰고, 매일의 기록을 새 장에서 시작하기 때문에 지금 내 눈에 보이는 것은 아무것도 씌어지지 않은 노트장뿐이다), 만년필 뚜껑을 열었다 닫았다 하며 멍하니 앉아 있을 뿐이다. 어제와 그제는 아예 노트를 열지도 않았었다. 왜? 나는 모른다. 왜 오늘은 또 기록을 하려 하는지도 당연히 모른다.

나는 이 기록을 처음부터 다시 읽어볼 생각을 한다. 그러나 읽지 않는다. 나는 두려워하고 있는지도 모른다. 만일 내가 두려워하고 있다면 무엇을 두려워하고 있는 것일까? 다만 최악의 경우, 이 노트를 찢어버릴 수도 있으리라는 것만큼은 상상이 가능하다(그러나 노트를 찢어버리는 행위의 결과가 최악일까?). 그리고 어쩌면 다른 노트에 다시 기록을 하게 될지도 모른다. 아니, 아마 그럴 것이다……. 하여 나는 이 노트에 지금까지처럼 기록을 계속하리라고 생각한다. 기록을 계속하리라는 생각은 거의 결심에 가깝다. 결심에 가까운 생각을 하고서도, 그러나 나는 망설인다. 쓴다는 것, 그것은 무엇인가? 지금 내가 이 노트에 쓰는 것과 방송대본을 쓰는 것은 어떻게 같고, 어떻게 다른가? 애당초 무엇 때문에 이 기록을 시작했더란 말인가? 누구를 위해서, 무엇을 위해서? ……다만 나 자신의 욕망을 충족시키기 위해서였던가? 왜 쓰는가? 왜 쓰지 않으면 견디지 못하는가?

오늘, 이 별장에 온 후 처음으로, 그녀가 그리워졌다.

내 아파트에 가끔, 그리고 자주 들른 그녀. 밖에서 만나는 날도 특별한 사정이 없는 한 대개는 함께 내 아파트로 와서 자고 가는 그녀. 그녀는 지금까지 내가 알고 있는 어떤 여자, 아니 어느 누구보다도 담배를 많이 피웠다. 병원에서 본 그 아이만큼은 아니지만 거의 그 아이에 버금갈 만큼 많이 피웠다. 그녀가 아파트에 오면 커다란 재떨이가, 과장을 하자면 눈 깜짝 할 사이에 가득 채워지곤 했다(이오네스코가 그녀를 알았더라면 〈의 자들〉이 아니라 〈담배꽁초들〉을 썼을 것이다. 무대 위에 담배꽁초가 눈처 럼 쌓이고, 쌓여서 결국 등장인물이 묻히고 만다……). 그래서 나는 재떨 이를 자주 비우는 수고를 덜기 위해 주발만 한 재떨이들을 여남은 개나 사 다놓기도 했었다. 그런데 사다놓은 재떨이들은 깨뜨리거나, 더구나 누가 가져가는 것도 아닌데(그녀 외에 다른 사람이 내 아파트에 들어온 일은 한 번도 없었으니까) 하나둘씩 없어졌었다. 마침내 재떨이가 몽땅 자취를 감추자 그녀는 아파트 안을 샅샅이 뒤져 숨어 있던 몇 개의 재떨이를 찾아 내기도 했었는데, 나는 아직까지도 재떨이들이 어떻게 그런 곳에 슬며시 숨어 있을 수 있었는지를 모르고 있다. 그녀는 재떨이를, 꽃이 꽂힌 일이 한 번도 없는 커다란 화병 속, 옷장 안에 있는 서랍 뒤의 틈, 심지어는 화 장실 변기의 물통 안에서까지 찾아내었던 것이다. 언젠가는 담배 가게들 이 모두 문을 닫은 한밤중에 담배가 떨어져 담배를 사려고 한 시간 가까이 나 헤맨 끝에 결국 나이트클럽으로 가서 밤을 새운 일도 있었다. 나이트클 럽에 들어가서 우리가 제일 먼저 주문한 것은 물론 담배였다(그녀도 나도 춤과는 거리가 멀었으므로 우리는 그저 담배를 피워대며, 다른 사람들이 춤추는 것을 보며, 술이나 한 모금씩 마셨을 뿐이었다. 어지러운 조명, 귀 를 찢는 음악, 미쳐 날뛰는 무리들……우리는 그런 소용돌이 속으로 뛰어 들 엄두조차 내지 못했다. 그랬으면서도 우리는 나이트클럽에서 밤을 새 웠다. 왜 그랬을까? 왜 우리는 표정 없는 얼굴로 가끔씩 서로를 건너다보 았을까?). 나는 그녀가 사무실에서도 그렇게 담배를 피워대는지는 알지 못한다(지금 생각해보니 이상하다고도 할 수 있는 일인데, 나는 그녀가 사무실에서도 그렇게 담배를 피워대는지를 알려고 했던 일이 한 번도 없었다. 사무실에서도 그렇게 담배를 피워대리라고 여기고 있었던 것일까. 아니면 사무실에서는 피우지 못할 것이라고 생각하고 있었던 것일까?). 그녀는 박물관에서 일을 하는데, 나는 그녀가 박물관에서 하는 일이 무엇인지도 모른다. 그러고 보니 나는 그녀가 어디서 살고 있는지도 모르고 있다(그러니 나는 그녀에게 편지를 보낼 수도 없다. 그렇지만 그녀에게 굳이 편지를 보내고 싶다면 그녀가 일하고 있는 박물관으로 보낼 수는 있다. 그러나 그렇게까지 할 필요가 있을까? 게다가 나는 아직 단 한 번도 그녀에게 편지를 보낸 일이 없다. 내가 그녀에게서 편지를 받은 일은, 일 년쯤 전에, 꼭 한 번 있었다. 그때 우리는 거의 열흘 가까이 만나지 않았었는데, 갑자기 그녀에게서 편지가 온 것이었다. 자기가 어느 고분 발굴 현장에 가 있다는 것, 아무런 연락도 없이 떠나서 미안하다는 것 자기가 떠나기 전에 있었던 일은 오해 때문이었다는 것, ——그녀가 떠나기 전에 무슨 일이 있었는지는 기억치 못하고 있다. 그리고 그때 나는 열흘 가까이 그녀를 만나지 못했었지만 그녀의 부재를 거의 느끼지 못하고 있었다. 지금 그녀의 편지 내용을 기억 속에서 더듬어보고 나서야 나는 그녀도, 마치 내가 여기로 올 때처럼, 나에게 말 한마디 없이 떠났었다는 사실을 발견했다——며칠 후에 돌아가겠다는 것 등을 한 페이지가 채 못 되게 썼고, 발굴해낸 부장품들 사이에 앉아서 웃고 있는 모습이 찍힌 폴라로이드 사진——이것이 내가 가지고 있는 유일한 그녀의 사진인데, 아파트의 책상 서랍 속 어딘가에 있을 것이다——이 동봉되어 있었다). 그녀와 내가 만난 것은 이 년쯤 전이었다. 길에서 우연히 부딪쳤고, 그래서 떨어뜨린 그녀의 핸드백을 주위주었고, 서로가 상대방에게 미안하다는 말을 했고 그러다가 차나 한잔 하자는 의례적인 말을 했고, 차를 마시고 술까지 마신 것이 그녀와의 첫 만남이었다. 그리고 며칠 뒤에 그녀가 내 아파트에 들렀고, 얼마쯤 지난 뒤에 나는 그녀에게 여벌의 열쇠를 주었다.

내가 여기로 온 뒤에 그녀가 아파트에 들러보았을까? 그랬을 수 있고, 아마 거의 분명히 그랬을 것이다. 어쩌면 아파트에 가기 전에 전화를 먼저 했을지도 모른다. "나, 오늘 술 마시고 싶어. 진 한 병 사갈 테니까 안주 좀 준비해 놓을래?"라든가 "김치 떨어졌지? 내가 장 봐가지고 갈게"라는 말을 하기 위해 전화를 했을지도 모를 일이다. 벨이 스무 번쯤 울려도 전화를 받지 않자 두어 시간쯤 후에 다시 전화를 하고, 그래도 받지 않자 어떻게 할까를 생각하다가 일단 가보기로 한다. 그녀가 여전히 술을 마시고 싶다면 술과 안주를 사갈 것이고, 아니면 그냥 아파트에 가서, 밥통에 밥이 없으니까, 라면이나 끓여 먹으려다가 김치가 떨어진 것을 알고는, 라면을 대충 먹어치운 뒤에 배추를 두 포기쯤 사다가 김치를 담갔을지도 모른다. 배추가 숨 죽기를 기다리는 동안 밀려 있는 설거지나 빨래를 하기도 한다. 그러는 동안 전화벨이 울릴지도 모르고, 그러면 그녀는 쏜살같이 수화기를 집어 들지만, 전화를 건 사람은 나를 찾고, 그녀는 맥 빠진, 또는 신경질적인, 아니면 부드러움을 가장한 목소리로 내가 없다고, 언제쯤 들어올지도 모르겠다고 대답한다(만일 이 별장에 전화가 있다면 나는 내가 없는 내 아파트로 전화를 했을까?). 자정이 넘어도 나는 들어오지 않고, 그녀는 자욱한 담배 연기 속에서 잠이나 자기로 한다. 가끔씩 내가 몇 안 되는 친구들이나 방송국 사람들과 함께 밤새워 술을 마시는 경우가 있다는 것을 그녀도 알고 있으니까, 또 어디선가 술을 마시고 있으려니 하며

(내가 없을 때 그녀 혼자 내 아파트에서 잔 일이 몇 번 있었다. 일 때문에 일 년에 한두 번 정도 지방에 가야 하는 경우가 있었으니까. 그러나 그런 때에는 그녀가 내 행선지와 돌아오는 날짜를 알고 있었다. 그녀가 아파트에 와 있는 것을 모르고 술을 마시다가 들어가지 않은 일은 두 번인가 있었다).

그러나, 아니다. 이렇지는 않을 것이다. 나는 사소한, 그러면서도 중요한 한 가지 사실을 잊고 있었다. 그것은 신문이다(여기에 온 이후, 나는 아직 신문을 보지 못했다. 이 별장에 신문이 들어오지 않기 때문이다. 여기까지 배달해주지도 않겠지만, 아예 신청도 하지 않았음이 틀림없다. 뒤늦게 발견한 사실인데, 음악실에도 라디오 방송을 들을 수 있는 튜너는 없다. TV도 물론 없고. 그러니 이 별장은 바깥소식과 철저하게 단절되어 있는 것이다). 내 아파트에는 조간과 석간, 두 가지 신문이 배달되어 오는데, 내가 없는 동안(내가 이 별장에 온 날 석간부터. 그날 조간은 가지고 나와 기차에서 읽고는 두고 내렸으니까) 현관 문틈으로 밀어 넣어진 신문들은 현관 바닥에 그대로 있을 것이다. 그러니 만일 그녀가 내 아파트에 갔다면 우선 현관 바닥에 쌓여 있는 며칠치 신문들과 마주쳤을 것이고, 내가 아파트에서 나간 것이 언제인가를 알게 될 것이다. 그녀는 내가 자기에게 아무 말도 하지 않고 떠난 것에 대해 일종의 배신감을 느낄지도 모른다. 또 어쩌면 불안해할지도 모르겠다. 내가 어디로 왜 갔는지, 언제 돌아올 것인지를 모르니까. 아니 두 가지가 뒤섞인 편안치 않은 감정으로 신문들을 집어 들고 신발을 벗을 것이다. 그러면 이제

그녀는 낯익은 아파트의 내부를 그때까지 한 번도 갖지 않았던 전혀 새로운 시선으로 관찰한다. 그래서 방 하나짜리, 열 평도 못되는 벌집 같은

임대 아파트가, 그녀가 그토록 많은 밤 그리고 낮 시간들을 보낸, 그녀의 숨결과 살 내음이 스며 있는 공간이 내가 없다는 그 단 하나의 이유로 인해 얼마나 낯선가를, 새삼스레, 알게 된다. 재떨이를 찾느라고 아파트 안을 샅샅이 뒤지면서도 보지 못했던 것들이 그녀의 눈에 띌 것이다(나는 그러나 그녀의 눈에 띈 것들이 어떤 것들인지는 알 수 없다. 나는 내가 없는 내 아파트에 있어 본 일이 없으므로. 그리고 내 눈이 그녀의 눈과 다르므로). 발견의 경이로움은 그녀를 흥분시킬 것이다. 그녀는 그러나 언제까지나 신선한 흥분으로 들떠 있을 수만은 없다. 내 아파트가 발굴되고 있는 선사시대의 주거지는 아니므로. 내가 어디로 왜 갔는지, 언제 돌아올 것인지를 구체적으로 알려주거나 암시해줄 무엇인가를 찾고자 하는 것이므로. 그래서 그녀는 너저분하게 어질러져 있는 책상 위의 노트와 원고지 따위들을 들춰보기도 한다. 그리고 그녀는 평범한 호기심의 도움으로 노트와 원고 등을 읽어볼지도 모른다. 책상 서랍들도 열어본다. 내가 받은 편지나 엽서, 전보 따위들이 다른 잡동사니들과 함께 쓰레기통 속의 쓰레기들처럼 뒤섞여 있는 것을 본다(그녀는 재떨이를 찾을 때 책상 서랍들도 열어보았다. 그러므로 그녀는 그것들을 읽기 위해 책상 서랍을 열지도 모르는 일이다. 단순하고, 음흉한 호기심 때문에). 그녀가 읽어볼 수도 있는, 이미 읽었는지도 모르는 언어들, 언어의 조각들……. 내가 쓴 것들(잡다한 기록들 가운데에는 그녀에 대한 것도 있다), 다른 사람들이 나에게 써 보낸 것들(별장 주인이 나에게 보낸 편지는 이 별장 침실에 있는 내 가방 속에 있다)──이런 것들이 그녀에게 무엇을 말해줄 수 있을까? 그녀는 그것들로부터 무엇을 발견할 수 있을까? 그녀는 그녀의 옷 몇 점이 걸려 있는 옷장을 열고 내 옷의 주머니들을, 혹시 모르니까 그녀의 옷 주머니들도 뒤져본다(이때 내 옷 몇 점과 가방이 보이지 않는다는 사실을 발견한다. 그래서, 그럴 리도 없지만, 내가 누구에겐가 납치 또는 연행되어 가지는 않았으리라고 생각한다. 또, 그래서 더욱 화가 난다). 내 옷 주머니 속에서 나도 잊고 있던 동전 몇 개가 나올지도 모르는 일이기는 하다. 책장도 뒤져보지 않을 수 없다. 그녀는 싱크대 서랍과 찬장도 열어본다. 신발장도 물론 열어본다. 한숨을 쉬며 마루의 장의자에 주저앉았다가, 잊고 있었다는 듯이 쿠션도 들춰본다. 마치 발굴 작업을 하듯이 그녀는 아파트 안을 몽땅 파헤친다. 그러는 동안 두 갑 이상의 담배가 재와 연기로 변했다. 마침내 그녀는 무엇인가 찾아낸다는, 글자 몇 개가 그녀를 기다리며 어디엔가 숨어 있으리라는 희망을 포기한다. 포기가 그녀를 장의자에 눕게 한다. 그것이 그녀를 감상에 젖게 하고, 우리가 함께 듣던 카세트테이프를 듣게 한다. 그러다가 그녀는 내가 그녀와의 잠자리에서 녹음해둔 테이프를 발견할지도 모르는 일이다(그녀 몰래 녹음을 하느라고 나는 얼마나 신경을 썼던가). 그러면 그녀는 놀라고, 당황하고, 수치를 느끼기도 하겠지만, 어쩌면 흥분을 하게 될지도 모를 일이다. 그래서 만일 그녀의 손이 허리 아래로 내려간다면……. 그러나 아니다. 이것은 나의 진부하고 상투적이고 조잡하고 유치한 상상력이 빚어낸 허구일 뿐이다. 그녀가 정말 내 아파트에 갔는지 가지 않았는지조차도 나는 모르고(갔을 확률이 높기는 하지만), 또 갔다면 내가 없는 아파트에서 그녀가 무엇을 어떻게 했을지는 정말 알 수 없는 일이다.

……그녀에게 편지를 써야겠다는 생각을 한다. 아니면 내일 시내에 나가서 그녀의 사무실로 전화를 하든가. ……그런데 왜 돌아갈 생각은 하지 않는 것일까? 프로듀서가 나를 찾고 있을지도 모르는데……. 하지만 내

가 없다고 방송이 중단되는 일은 없을 것이다. 그들은 언제나 사용 가능한 인력을 확보해두고 있으니까. 또, 방송이 중단된다 한들 어떻겠는가. ……그렇기는 하다. 그렇지만……

여자가, 우습게도, 나를 무슨 소설가쯤으로 여기고 있다는 것을 어제 알았다. 지금 내가 쓰는 이 글이 소설일 수도, 있다?

어제와 그제……. 나는 이 노트에 아무 일도 없었다고 쓸 수는 있다. 실제로 아무 일도 없었으니까. 그러나……

병원으로 아이를 다시 한 번 찾아가 보리라고 마음은 먹고 있으면서도 별장에서 꼼짝도 않고 있다.

이렇게 혜초는 중국의 남쪽 광주(廣州)에서 바다로 배를 타고 남지나해를 돌아 동부 인도로 들어갔는데, 먼저 나체(裸體)의 나라를 구경하는 데서부터 기행이 시작된다. 그리고 곧이어 석가가 입멸(入滅)한 구시나국(拘尸那國)을 구경하고 남쪽으로 파라나시국(波羅痆斯國), 곧 석가가 최초로 설법한 곳을 지나 동쪽으로 왕사성(王舍城), 곧 불교사상 맨 먼저 절을 세운 곳을 유람하고, 다시 남쪽으로 석가가 도를 이룬 부다가야를 거쳐, 서북쪽으로 발을 돌려 중천축국(中天竺國)으로 간다. 이 중천축국의 사대영탑(四大靈塔)을 구경하며 석가의 탄생지인 지금의 네팔의 룸비니까지 가서 보고, 다시 남천축국으로 가서 두루 구경한다. 여기서 서북으로 다시 방향을 돌려, 서천축국을 둘러 동북쪽으로 북천축국인 자란다라국(闍蘭達羅國)을

방문한다. 여기에서 또 서쪽으로 방향을 돌려 지금의 파키스탄인 탁샬국
(矺社國)을 지나 신두고라국(新頭故羅國)까지 가본다. 다시 북천축국으로
부터 북향하여 지금의 캐시미르 지방인 가시미라국(迦葉彌羅國)을 구경하
고 북쪽의 대발률(大勃律)과 소발률(小勃律)을 구경한다. 다시 가시미라국
으로부터 서북쪽으로 지금의 파키스탄의 간다라국(建馱羅國)을 지나 북쪽
으로 우디아나국(烏長國)과 구위국(拘衛國)을 구경한다. 그리고 다시 간다
라국으로부터 서쪽으로 지금의 아프가니스탄에 해당하는 람파카국(覽波
國)을 지나 서쪽으로 카피스국(罽賓國)으로 해서 다시 자부리스탄국(謝䫻
國)을 거쳐 바미얀국(犯引國)에 도착한다. 여기에서 북쪽으로 가서 지금의
아프가니스탄과 소련의 접경지대인 투카라국(吐火羅國)으로 간다. 여기서
서쪽으로 페르시아(波斯)를 지나 소불림국(小拂臨國)과 대불림국(大拂臨
國)에 대한 풍문을 들었다. 또 투카라국 북쪽, 지금의 소련에 해당하는 곳
의 안국(安國)과 조국(曹國), 사국(史國), 석라국(石騾國), 미국(米國), 강국
(康國), 퍼르간나국(跋賀那國) 등에 대한 이야기를 들었다. 곧 안국, 조국
등의 나라에서는 불교는 모르고 조로아스터교를 믿으며, 어머니나 자매
를 아내로 맞아들이고, 또 투카라, 카피스, 바미얀, 자부리스탄 등에서는
형제가 몇 명이 되든지간에 공동으로 한 명의 아내를 갖는 풍습 등이 있음
을 알았다. 그는 투카라국에 오래 머무르면서 서쪽, 북쪽의 전기(前記)한
여러 나라의 풍습을 듣고, 다시 동쪽으로 길을 접어들어 지금의 파미르 고
원에 위치했던 와칸국(胡蜜國)을 지나고, 다시 북쪽으로 삭니아국(識匿國)
을 거쳐 총령(苾嶺)을 지나 지금의 중국 땅인 총령진(葱嶺鎭), 곧 커판단국
(渴飯檀國)에 도착한다. 그는 다시 동쪽으로 카시가르(疏勒)를 지나 쿠차
국(龜玆國), 곧 당나라 안서도호부(安西都護府)가 있는 현재의 쿠차(庫車)

에 도착한다. 이때가 727년 11월 상순이었다.*

망원 렌즈를 사용해서 찍은 흑백 사진이었다. 바스트로 잡힌, 막 지하도에서 나오고 있는 표정 없는 남자가 입고 있는 옷은, 흑백 사진이기는 했지만, 군청색의 티셔츠임을 알 수 있었고, 가슴 아랫부분이 잘리기는 했지만, 낡은 청바지를 입고 누렇게 탈색한 흰 운동화를 신고 있었음을 잘 알 수 있었다. 하지만 남자가 어디로 무엇을 하러 가고 있는지는 알 수 없었다.

남자가 걸어 나온 지하도에는 입구가 없다. 다만 출구가 있을 뿐인 지하도에서 남자는 느리지도 빠르지도 않게 걸어 나온다. 그리고 지하도 밖으로 나온 남자는 움직이지 않는다. 남자는 지하도 안에서 밖을 향해 느릿하게 걸어 나온다. 그리고 남자는 지하도 밖에 전신을 드러낸 채 움직이지 않는다. 남자는 지하도 안에서 밖으로 뛰는 듯한 걸음걸이로 빠져 나온다. 그리고 우뚝 선다. 마치 막다른 골목, 벽 앞에 마주 선 것처럼.
위치가 없는 지하도 출구에는 남자가 움직일 방향이 없다.

제목이 아마 〈막혀버린 출구〉였으리라. 검은 사각형, 한가운데에 직사각형의 공간(관을 연상시키는), 그 안에 누워 있는 사람의 검은 실루엣(송장이 들어 있는 관의 단면도 같은). 퍽 단순한 판화였다. 오래전(얼마나 오래전인지?)에 신문에 실린 사진으로 본 것이다. 그 신문사에서 주최한

---

* 이석호, 〈해설〉, 혜초, 《왕오천축국전》, 이석호 옮김(을유문고 46, 을유문화사, 1970), 13~15쪽.

판화 공모전에 출품되었던 작품으로 기억하고 있는데, 내 기억이 맞는지는 모르겠다. 화가의 이름도 잊었고, 제목이 〈막혀버린 출구〉가 아니었는지도 모르겠다.

길 건너편에서 파란불이 켜지기를 기다리고 있는 것은 마네킹들이었다. 눈을 감을 수도 없었다. 이윽고 마네킹들이 일제히 움직이기 시작했다. 마네킹들에 내장되어 있는 컴퓨터가 녹슬고 있었다. 관절들마다에서 삐걱이는 소리가 났다. 마네킹들이 무한 복제를 시작하기라도 했다는 듯이 갑자기 불어났다. 빛살들이 마네킹들을 향해 쏘아졌으나 마네킹들의 두껍고 딱딱한 살갗을 뚫지 못하고 툭툭 부러져나갔다. 마네킹들의 무리 가운데에서 웃음소리가 들려오기 시작했고, 그 웃음은 삽시간에 모든 마네킹들에게로 전염되었다. 날카로운 못 끝으로 거울을 긁는 듯한 마네킹들의 웃음소리는 무한히 증대하더니 마침내 진공관을 폭발시키고야 말았다. 폭발한 진공관 조각들이 순식간에 온 거리를 폭풍처럼 휩쓸고 지나갔다. 한 사람이 피를 흘리며 쓰러졌다. 또 한 사람이 사지를 찢겼다. 다른 한 사람이 심장을 토해내서 질겅질겅 씹었다. 또 다른 한 사람이 자기 골을 꿀떡꿀떡 마셨다. 모든 마네킹들이 움직임을 멈추었다. 한 사람이 진열장 안에서 울부짖고 있었지만 소리는 들려오지 않았다. 마네킹들은 어떠한 음향도 발생시키지 않고 있었다. 빛이 한 줄기 뿌려졌다. 뿌려진 빛의 입자들이 갈팡질팡하고 있었다. 어느 누구도 빛의 입자들에게 질서를 부여할 수 없었다. 톱니바퀴가 무척이나 느릿하게 녹아가고 있었다. 마네킹들이 하나씩 터지기 시작했다. 마침내 모든 마네킹들이 터져버렸다. 마네킹들의 파편 몇 개가 명왕성쯤을 향해 날아갔다. 컴퓨터 칩 하나가 빛의 파장을 갈기갈기 찢고 있었다. 늙은 개의 창자가 검붉은 피를 삼키며 끝간데 없이 늘어졌다. 짚 인형 하나가 연기를 쓸고 있었다. 터져나간 마네킹의 다리들이 꿈틀거렸다. 짚 인형이 불을 뿜었다. 사람 하나가 하늘을 향해 손짓을 했다. 늙은 개의 거대한 자지가 천천히 솟아 올랐다.

나는 나의 기억을 믿을 수 없다
나의 기억은 위치 없는 지하도의 출구에 선 남자에게 방향을 주는 것마저 거부하고 있다.

아침을 먹으며 문득 생각이 나기에 여자에게 물었다.
"참, 역에서 나를 어떻게 알아보았지?"
"선생님이 사진을 주고 가셨어요."
사진의 표정 없는 남자의 얼굴이 한 달쯤 전의 내 얼굴이기는 했지만, 나에게는 낯선 얼굴이었다.

강으로 떨어지는 산 중턱에 세워진, 검은색 벽돌 상자 같은 별장. 창문이 없는, 단 하나의 문밖에 없는 단층 건물. 빽빽한 숲속에 관처럼 놓여 있는 구조물.…… 추리 소설이나 괴기 영화의 무대라면 알맞을 것 같은 이 별장이 나에게는 그러나 처음부터 낯설지가 않았다. 내가 마치 기나긴 여행에서 돌아온 주인이나 되는 것처럼. 주인 없는 별장의 손님인 내가. 낯선 여자가 운전하는 차를 타고 들어온 이 낯선 별장이.

한 가지 분명한 사실——내가 알고 있는, 확실하게 말할 수 있는 사실은 이 별장의 주인이, 나를 초대한 그가 나를 잘 알고 있다는 것이다. 내가 그를 모르듯이, 그는 나를 너무 잘 알고 있다. 내 옷의 치수, 싫어하는 음악, 그리고 좋아하는 타입의 여자까지도. 아니, 그 이상을……

나는 체념하지 않는다. 나는 포기하지 않는다. 무엇을 체념하고, 무엇을 포기할지를 나는 모른다. 체념할 것도, 포기할 것도 나에게는 없다.

걷고, 또 걸었다. 어디로든 길은 있었다. 그러다가 피로를 느낀 곳은 공원 앞이었다. 나는 공원으로 들어가 연못가의 돌 벤치에 앉았다. 공원 안에는 사람들이 거의 없었다. 돌 벤치에 앉아서 나는, 지하도의 출구에서 멈춰 선 채 시간을 잃어버린 남자도 버스를 타고 시내로 들어와 아무렇게나 걸어다닌 나처럼 방향도 없이 걸었을 것이라는 생각을 했다. 나의 믿지 못할 기억이 방향을 주지 않은 것이 아니라 남자에게는 애당초 방향이 없었던 것이리라. 남자는 어느 곳으로도 갈 수 있었으며, 동시에 아무 곳으로도 가지 않을 수 있었던 것이리라. 만일 그것이 자유라면, 남자는 무한히 자유로웠을 것이리라……. 그러므로 나는 언제든지 이 별장에서 떠날 수 있는 것이다. 이런 엉터리 미스터리 영화는 당장 중단시켜버리고. 그렇다! 당장이라도 그것은 가능하다. 그러나

나는 이 별장에서 결코 떠나지 못하리라는 것을, 예감보다 훨씬 확실하게, 알고 있다. 적어도 나를 부른 그가 돌아올 때까지는. 모든 사물이 죽음──생명의 끝, 존재의 끝, 시간의 끝──으로부터 해방될 수 없듯이 나는 이 별장에서 그를 기다리는 것으로부터 자유로워질 수가 없는 것이다.

구속된 존재인 나──나 스스로 이 별장에서 떠나지 않으므로, 나를

초대한 그가 나를 기다리고 있지 않았으므로, 내가 그를 기다리고 있기 때문에, 나는 그를 모르지만 그는 나를 알고 있으므로 이중삼중으로 구속되어 버린 나. 만일 그가 영원히 돌아오지 않는다면 나 또한 이 굴레로부터 영원히 풀려나지 못하리라……

돌 벤치에 얼마나 앉아 있었던 것일까? 내가 있을 곳은 공원의 벤치가 아니라는 생각이 들었다. 그러나, 내가 있을 곳이 과연 어디란 말인가? 나는 어디로 가야 하는지도 모르면서 돌 벤치에서 일어섰다. 연못에서 커다란 잉어 한 마리가 수면 가까이로 떠올랐다가 물속으로 미끄러져 들어갔다. 그 위로 한가한 오후의 햇살이 살랑거렸다.

젖은 입술이라는 카페에 내가 들어간 것은 공원에서 나와서도 또 한참을 이리저리, 왔던 길을 다시 가곤 하며 걷다가였다. 그렇게 걷는 동안 나는 혹시 내가 아는 누군가를 만나지나 않을까 하는 터무니없는 생각을 하기도 했다. 아니, 정말 만나고 싶었다. 누구라도 좋으니 내가 아는 사람이 나타나주기를 간절히 원했다. 나의 간절한 바람은 그러나, 당연한 것이었지만, 나만의 바람이었다. 대신 나는 젖은 입술이라는 카페에서 엉뚱한 사내를 만났다.

카페에 들어간 나는 출입구 가까이에 있는 빈 테이블에 앉았다. 목이나 축이고 잠깐 쉬었다가 가려던 것이었다. 그러니까 그 사내가 아니었더라면 맥주나 한 잔 마시고 나와 일찍 돌아왔을지도 모른다.

그 사내는 내 오른쪽으로 두 자리 건너 테이블에 앉아서 나를 바라보고 있었는데, 사내가 내가 앉아 있는 테이블로 건너올 때까지는, 출입구가 내 뒤에 있었고 나는 홀을 향해 앉아 있었으므로, 누군가와 약속이 있어서 만나기로 한 사람이 들어오는가를 지켜보고 있는 것이려니 했었다. 사내가 나에게로 건너온 것은 내가 맥주를 한 잔 마시고 두 번째 잔을 채웠을 때였다.

"앉아도 되겠습니까?"

그러나 사내는 내가 대답을 하기도 전에 내 맞은편 자리에 앉고 있었다.

"혼자 오신 것 같은데, 얘기나 좀 할까 해서요."

"무슨 얘기를……?"

"글쎄요, 뭐, 꼭 어떤 얘깃거리가 있어서는 아닙니다만……실은 나도 혼자이고 해서요.……약속이 있는 것은 아니죠?"

"그렇습니다만."

"나같이 혼자 다니는 사람은 한눈에 알아볼 수 있습니다. 약속이 있어서 누군가를 기다리는 사람은 아무리 태연하려 해도 어딘가 긴장을 보이기 마련이거든요. 어쩌다가 나의 이런 판단이 어긋나는 경우도 있기는 합니다만, 그것은 정말 어쩌다가 한 번씩 있는 일이죠. 누구에게나 실수는 있기 마련 아니겠습니까."

"그런데, 혹시 나를 아십니까?"

"천만에요. 형씨가 나를 모르듯이 나도 형씨를 모릅니다. 하지만 모르는 사람이라고 해서, 이유야 어찌됐든 이렇게 혼자인 사람들끼리 이야기를 나눈다는 것이 부자연스러운 일이라고는 생각하지 않습니다."

내가 맥주를 한 모금 마시자 사내는 담배를 꺼내 물고 불을 붙였다.

"하기야 부자연스럽다느니, 그렇지 않다느니 하는 말 자체가 아무 의미도 없는 것이기는 합니다만. 그렇게 생각하지 않습니까? 모든 것이 다자연스러운 것이니까요. 그리고 우리의 일상——그 자질구레한 의식들,

이를테면 '실례합니다' '미안합니다' '고맙습니다' 하는 따위의 말들이나 행위들, 그런 것들은 또 얼마나 공허한 것입니까? 게다가 사람들이 살아가는 데 없어도 되는 것들은 법이나 경찰, 국가나 정상배, 핵무기나 군대 따위뿐만이 아닙니다. 지금 형씨가 마시고 있는 맥주, 내가 피우고 있는 담배, 저 음악, 이 카페, 시끄럽게 굴러다니며 길이나 막고 사고나 내는 바퀴벌레, 학교, 공장, 병원, 백화점, 학문, 사상, 도덕, 예술, 가정 등등 이 사회를 구성·유지시키고 있는 많은 것들도 사람들이 사는 데 꼭 필요한 것들은 아니죠. 그런 것들은 이른바 현대사회, 문명사회라고 하는 야만적인 괴물을 존속시키는 데나 필요한 것들이니까요. 만일 사람들이 살아가는 데 꼭 필요한 것들, 그것 없이는 살 수 없는 것들만 가지고 산다면 이 세상은 훨씬 평화로울 거예요. 그렇다고 해서 나를 혁명이나 꿈꾸는 어리석은 인간으로는 생각하지 마세요. 그 끔찍한 예비군 훈련까지 또박또박 받는 사람이니까요. 그러고 보니 참……내가 지금 이렇게 형씨 앞에서 떠들고 있는 것도 꽤나 우스꽝스러운 일이죠. 어쩌면 나 자신도 나의 이러한 행위를 이해하지 못하고 있는지도 모르겠습니다."

사내의 말이 그럴듯하기는 했지만, 사내 자신도 이해하지 못하는 사내의 행위를 내가 이해할 수는 없었다. 그렇지만 나 또한 나 자신의 행위를 이해하지 못하고 있지 않았는가. 사실 나는 이 글을 쓰고 있는 지금도 사내의 얘기를 듣고 앉아 있던 나를 이해하지 못한다. 하지만 사내와 나는 마치 무슨 커다란 범죄의 공모자라도 되는 듯이 은밀한 눈길을 주고받았다.

"여기서 오래 살았습니까?" 하고 나는 사내에게 물었다.

"태어나서부터 쭉 살았죠. 그리고 아마 앞으로도 여기서 계속 살 겁니다. 그러다가 죽기도 여기서 죽겠죠."

"나는 여기 온 지 며칠밖에 안됐어요."

"그런 것 같았어요."

나는 사내에게 혹시 이런 사람을 아느냐며 별장 주인의 이름을 입에 올렸다. 만일 그가 이 지방의 유지라면 토박이인 사내가 알고 있을지도 모른다는 생각에서였다. 그러나 사내는 모른다고, 전혀 들어보지 못한 이름이라고 대답했다. 나는, 결코 장난이 아니었는데, 내 이름을 말하며 이런 사람은 아느냐고 다시 물었다. 그러자 사내는, 정말 뜻밖에도, 한참 생각하더니 들어본 것 같기는 하지만 기억이 잘 안 난다는 것이었다. 사내가 TV를 보다가 타이틀에서 내 이름을 읽었을 수는 없다. 내가 구성 대본을 쓰는 프로에서 이름이 소개되는 사람은 출연자와 진행자, 그리고 내레이터와 연출자밖에 없으니까. 사내가 정말 어디선가 내 이름을 들었다면 그것은 동명이인의 이름이리라. 같은 이름을 가진 다른 사람······(갑자기 나와 같은 이름——흔하지는 않은 이름인데——을 가진 다른 사람은 어떤 사람일까가 궁금해진다. 그러나 별장 주인이 초대한 사람이 내가 아닌 동명이인일지도 모른다고 생각할 수는 없다. 여자가 보여준 사진 속의 인물은 분명히 나였으므로). 사내는 말을 계속하고 있었다.

"······다른 데서 와서 살고 있는 사람들이 오히려 더 많으니까요. 그런데 그 사람들을 찾고 있는 겁니까?"

나는 하마터면 그렇다고 대답할 뻔했다.

"아, 아닙니다."

"그럼······?"

"글쎄요······어쩌면 찾고 있는지도 모르겠습니다."

"네?"

사내는 무슨 말인지 모르겠다는 눈으로 나를 바라보았다. 그때 나는 사내에게 모든 것을 다 얘기해버리고 싶었다. 지금 생각해보니 나는 사내가 나에게로 왔을 때부터 그런 마음을 먹고 있었던 것 같다. 그래, 그렇지만 내가 사내에게 무슨 말을 어떻게 할 수 있었을까? 내가 여기에 어떻게 오게 되었는가를? 와서 무슨 일을 겪었는가를? 아니면 병원의 아이 얘기를 하고 같이 가보았어야 했나? 결국 문제가 된 것은 '무엇'을 얘기하느냐였고, 따라서 나는 아무것도 말할 수 없었다.

"아무 의미도 없는 말입니다."

일부러 그런 것은 아니었는데, 나에게는 내 말이 사내의 말을 흉내 내어 빈정거리는 것처럼 들렸다. "아무것도 아녜요. 갑자기 생각이 나서……"라고 나는 덧붙이고 잔을 비웠다.

"한 잔 하겠습니까?"

"아뇨, 술을 못합니다."

나는 고개를 끄덕이며 잔을 채웠다.

"형씨가 그 사람들을 찾고 있는 거라면 내가 도울 수도 있는데요, 삼십 년이 넘게 여기서만 살아서 여기저기 아는 사람들이 좀 있거든요. 가까운 사이는 아니지만 경찰계통에도 아는 사람이 두엇 있고요."

"괜찮아요. 굳이 그렇게까지 해서 찾아야 할 필요는 없어요."

사내는 알겠다는 듯이 나를 보더니, 무슨 일로 왔느냐고 물었다. 내가 대답할 필요가 있었을까?

"그래요, 형씨가 무슨 일로 왔느냐는 내가 상관할 게 아니죠. 그리고 형씨가 정말 여기 온 지가 며칠밖에 되지 않았는가 하는 것도 상관할 필요가 없고요. 설사 형씨가 나처럼 여기서 태어나고 여기서 자란 사람이라도 괜잖아요. 그리고 나 또한 여기서 태어나지도 자라지도 않았다 하더라도, 어쩌다가 여기를 지나쳐본 일조차 없다 하더라도 전혀 상관할 게 못 되는 거 아닙니까? 형씨와 나는 다시 만날 수도 있고, 친구가 된다거나 할 수도 있겠지만, 이 자리에서 헤어지고 다시는 못 만나게 될지도 모릅니다."

나는 다시 잔을 입으로 가져갔다. 무슨 소릴 하고 있는 건가? 사내는 얘기를 계속했다.

"중요한 것은 지금 이 자리에서의 형씨와 나입니다. 바로 지금, 이 순간에 형씨와 내가 여기서 이렇게 마주 보고 앉아서 이야기를 하고 있다는 사실이 중요한 거죠. 이것은 하나의 관계고, 분명히 하나의 관계지만, 설명이 불가능한 관계입니다. 형씨와 나의 이런 관계를 우연한 관계라고 쉽게 말해버릴 수도 있습니다만, 따지고 보면 우연한 관계란 존재하지 않습니다. 생각해봐요, 다른 때 다른 자리에서가 아니고 하필이면 왜 지금 여기서입니까?"

"그래서요?"

내 말이 사내의 귀에도 거슬렸다는 것을 알 수 있었다. 나는 이미 사내와 함께 앉아 있는 나 자신을, 사내의 차분한 목소리를 역겨워하고 있었던 것이다. 내가 자리에서 벌떡 일어서는 바람에 잔이 쓰러져 남았던 맥주가 쏟아졌다. 사내는 얼떨결에 테이블을 잡고 따라 일어섰다.

"형씨……?"

그러자 걷잡을 수 없는 분노——와도 흡사한 것이 치밀어 올랐다. 폭발하고야만 그것이 분노였을까? 그것이 분노였다면 대상은 무엇이었을까? 아마도 사내는 아니었으리라. 그러나 사내는 폭발해버린 내 분노의 직접적인 피해자가 되고 말았다. 하기야 사내에게도 책임은 있다. 사내가 나를

向 163

내버려두었더라면, 카페의 손님과 또 다른 손님으로 서로가 보면서 잊어버리고 있었더라면 아무 일도 없었을 테니까. 그런데 사내는 얼치기 궤변론자처럼 아니 덜떨어진 궤변론자답게 나에게로 건너와서 지껄여대었던 것이다. 아니, 그것까지는 괜찮았다고 하자, 사내는 나를 따라 일어섰고, 왜 일어서느냐고 묻는 듯이 미간을 찡그리며 나를 바라보았던 것이다. 사내의 그런 태도, 그 표정을 나는 감당할 수가 없었다. 그리고, 그랬기 때문에 날아간 내 주먹이 사내의 턱을 젖혀버렸던 것이다. 사내의 말이 아니더라도 그것은 자연스러운 일이었다. 사내가 신음을 목에 건 채 테이블을 안고 의자와 함께 뒤로 넘어간 것이 전혀 부자연스럽지 않았듯이. 다른 손님들, 종업원들의 눈이 자기들이 무엇을 보았는지를 깨닫기도 전에, 테이블에서 떨어진 잔이 미처 다 깨지기도 전에 나는 젖은 입술에서 뛰쳐나왔다.

내 행위에 대해서 변명을 해야 하는가를 나는 지금 스스로에게 묻고 있다. 나는 내가 무엇 때문에 사내에게 주먹을 휘둘렀는지를 모른다. 분노라고 할 수도 있는 감정의 폭발? 그러나, 왜? 사내를 받아들인 나 자신이, 사내의 차분한 목소리가 역겨웠다는 것이 분노라고 할 수도 있는 감정 상태로 나를 이끌었으며, 나를 가로막은 사내의 미간을 찡그린 멍청한 얼굴이 급기야 나의 분노를 폭발시키고야 말았다는 것, 그것이 내가 저지른 폭력의 동기의 전부일까? ……아마 아닐 것이다. 나는 내 행위에 합당한 이유를, 동기를 모른다. 아울러 내 행위에 어떠한 의미도 부여할 수 없다. 그것은 다만 하나의 행위——눈앞에 드리워져 있던 안개가 느닷없이 바위로 드러나며 나를 치듯이, 그렇게 솟아오른 하나의 행위——내 주먹과 그의 턱이 매우 강렬하게 접촉했었다는 사실 외에 아무것도 아닌 것이다.

나는 내 행위에 대한 변명을 그러므로 하려야 할 수가 없다.

　나는 쫓기는 개처럼 헐떡거리며 어둠이 깔리기 시작한 낯선 거리를 달려가다가 어느 골목으로 숨어들었다. 다행스럽게도 나를 쫓는 사람은 아무도 없었다. 흘러내리는 땀을 주먹으로 닦아내고 주위를 둘러보다가 나는 골목 어귀에 웅크리고 앉아 있는 사람을 보았다. 자세히 보았더니 그 늙은 사람은 다른 사람들이 거지라고 하는 그런 사람이었다. 아직 춥지는 않은데도 그 노인은 낡아 빠진 오버코트를 입고 있었다. 발에는 굽이 다 닳아버린 군화를 신고 있었는데, 왼발에 신은 것도 오른짝이었으며 오른발에 신은 오른짝보다 컸다. 나는 악취에 얼굴을 찡그리지 않으려고, 내가 얼굴을 찡그림으로써 노인의 기분을 상하게 하지 않으려고 주의하면서 가슴에 큼직한 보퉁이 하나를 끌어안고 있는 노인 곁에 쭈그리고 앉았다.
　"한 대 태우시죠."
　담배를 권하자 노인은 내가 자기의 보퉁이라도 빼앗으려 한다는 듯이 경계심이 가득한 두려워하는 눈으로 나를 바라보았다.
　"괜찮아요. 할아버지를 해치려는 게 아녜요."
　나는 짐짓 미소를 지어 보이며 내민 담뱃갑을 가볍게 흔들었지만 그래도 노인은 태도를 바꾸지 않았다. 그래서 나는 담배 두 개피를 꺼내 입에 물고 불을 붙여 하나를 노인에게 내밀었다.
　"자, 태우세요. 걱정하실 필요 없어요. 믿으셔도 되요. 어서요."
　그러자 노인은 시커먼 손으로 조심스럽게 담배를 받아들며 웃어 보이려는 듯이 얼굴 근육을 조금 움직였는데, 그것은 마치 나를 비웃는 것 같았다. 노인은 조심스럽게 연기를 빨아들이고 조심스럽게 뱉어내었다.

"저녁 식사는 하셨습니까?"

내가 묻자 풀어지려는 것 같던 노인의 얼굴에 다시 경계의 빛이 떠올랐다. 그리고 나를 유심히 뜯어보더니 고개를 옆으로 흔들었다.

"잠깐만 기다리세요."

나는 가까운 식품점으로 가서 햄버거, 주스, 우유, 빵 등을 사가지고 왔다. 내가 봉투를 내려놓자 노인은 눈을 커다랗게 뜨고 더듬거렸다.

"오, 이, 이거, 이 뭐요?"

"요기를 하셔야죠. 시장하시죠? 드시라고 사온 거예요. 안심하고 드세요."

나는 햄버거의 은박지를 벗겨 노인에게 내밀었다. 노인은 믿지 못하겠다는 듯이 내 손의 햄버거와 나를 번갈아 보더니 낚아채듯이 햄버거를 받아들고 나를 흘짓 보았다. 그러고는 재빨리 입으로 가져가 허겁지겁 먹기 시작했다. 순식간에 햄버거 하나가 사라졌다.

"천천히 드세요. 그러시다 체하겠어요."

나는 우유곽을 열어 노인에게 주었고, 햄버거도 하나 더 쥐어주었다. 햄버거 세 개, 우유 두 곽, 빵 두 개, 주스 한 병을 그야말로 눈 깜짝할 사이에 먹어버린 노인은 그제서야 나를 보고 웃었다.

"다, 당신, ㄷ도, 머 어ㄱ, 어ㅓ으, 응?"

노인의 말을 듣자 별장에서 나온 뒤로 맥주 몇 모금을 마셨을 뿐인 나 또한 배가 고프다는 것을 느꼈다.

"네, 먹을게요."

나도 빵 하나와 우유 한 곽을 꺼내들고 먹기 시작했다. 이번에는 노인이 빵을 먹는 나를 바라보았다. 많이 부드러워지기는 했으나 노인의 눈에서 당혹감이 완전히 사라지지는 않았다. 그래도 그 눈빛 속에는 배고파하는 아들을 바라보는 아버지의 자애가 스며 있는 것 같았다. 나는 목이 메었지만 빵과 우유를 억지로 마저 먹었다.

"더ㅓ, 더, 머어ㄱ, ㅓ."

"저는 됐어요. 그런데 왜 더 안 드세요?"

"배애, ㅂ부우ㄹ, 러ㅓ."

노인을 배를 쓰다듬으며 트림을 했다. 사온 것이 봉투에 반쯤 남았다. 노인은 그것으로 내일 아침에 배를 채울 수 있을 것이다. 문득 나는 과일을 사지 않은 것을 후회했다. 노인에게는, 비록 주스를 마시기는 했지만, 신선한 과일도 필요할 텐데……. 그러나 과일을 사기 위해 다시 노인의 곁에서, 잠시나마, 떠나고 싶지는 않았다. 담배를 하나씩 피워 문 다음 나는 노인에게 물었다.

"지내시기가 어떻습니까?"

묻고 보니 이것은 아주 터무니없는 질문이었다. 그럼에도 노인은 성의껏 대답을 해주었다.

"조, ㅈ_아, ㅏ, 가 ㅏㄹ, 거ㄹ, ㅓ야, 나아, ㅂ빠ㅏ, ㅊ_, 우ㅂ어, ㅓㅅ에, 에ㅔ."

"어디로 가실 겁니까?"

"추_, 어ㅓ, 그 그냐, 아ㅏ, 가ㅏ, 으으, ㄴ, 거아."

"저어……이런 생활을 하신 지가 오래 되셨습니까?"

"어ㅓ, 어저, 저ㅓ에, ㅂ_, 우_ㅅ, 터ㅓ."

"네? 어제부터요?"

"으으, ㅇ, 그으래, 어, 저ㅔ, ㅂ_우, 트으, 어, 오ㄴ, ㄹ래, ㄷ, ㄷ돼

애, 애ㅅ서ㅓ, 으으."

어제부터 오래됐다는 노인의 말이 묘하게 내 감정의 선을 건드렸다. 그 말 한마디로 나는 노인의 고통과 슬픔을 모두 알아버린 것만 같았다. 눈물이 쏟아질 것 같았고, 노인을 끌어안고 얼굴을 비비며 울고 싶었다. 나는 그러나 내 감정을 억제할 수밖에 없었다. 왜 억제해야 하는지도 모르면서. 나는 목구멍에서 겨우 빠져나온 소리로 물었다.

"가족은 없습니까?"

"ㄱ가ㅏ아, ㅈ으, 오ㄱ?"

"네, 부인이나 자녀분들은 안 계십니까?"

그러자 노인은 멍한 눈으로 나를 바라보았다. 깊이가 없는 그 눈을 나는 차마 견딜 수가 없었다. 그러나

그러나 나는 무엇 때문에 도망치듯이 노인의 곁에서 떠나 이 별장으로 돌아왔단 말인가? 나는 노인의 품에 안겨 실컷 울고 싶었고, 노인의 눈물이 내 눈물에 섞이고, 노인의 투박한 검은 손이 내 눈물을 닦아주기를, 그래서 내 얼굴도 검게 얼룩지기를, 아——, 지금 이 순간에도 나는 얼마나 간절히 원하고 있는가! 그리고 추워서 떠난다는 노인과 함께, 왜 어디론가 가지 못한단 말인가? 구걸을 하고 쓰레기통을 뒤지며, 어디에 있든 어디에도 없는 존재가, 왜 될 수 없단 말인가? 도대체 무엇이 나로 하여금 골목에서 뛰어나와 택시에 오르게 했단 말인가?

……………

우리는 언제 다시 만날 수 있을 것인가? 그때 우리는 서로를 알아볼 수 있을 것인가? 우리가 한 핏줄, 하나의 감정, 하나의 언어로 묶인 부자간이라는 것을……?

나는 택시 뒷좌석에 몸을 묻고 나서야 비로소 눈물을 흘릴 수 있었다.

여자는 저녁도 먹지 않고 나를 기다리고 있었다. 그렇지만 나는 밥을 먹을 수가 없었다. 대신 술을 마셨다. 여자가 밥을 먹는 동안 나는 위스키 반병을 비웠다. 여자가 왜 그러느냐고, 괜찮겠느냐고 물었다. 나는 아무것도 아니라고, 괜찮다고, 당구도 칠 수 있다고 대답했다. 별장에는 당구대가 있어서 여러 해 전에 백을 쳤던 나는 팔십을 치는 여자와 하루에 한두 시간씩 당구를 치곤 했다. 초록색 융단 위의 두 개의 붉은 공과 두 개의 흰 공. 그것들은 주어지는 힘의 각도와 양과 방향에 따라 한 치의 어긋남도 없이 움직이는 것들이었다. 그것들에게는 생명이 스며들 여지가 전혀 없었다. 당구를 치는 것이 역겨워졌고, 나는 한 게임도 끝내지 않고 여자를 번쩍 들어 당구대 위에 눕혔다. 여자는 기다렸다는 듯이 나를 끌어안았고, 나보다 성급하게 내 옷을 벗기기 시작했다.

나날이 다가와서
우리를 깨우고
연습시킨다
이렇게 죽는 방법이 있지

그는 열차를 타고 가는 중이었다
열차의 종착역에 그의 죽음이
기다리고 있었다
그는 열차 그 중에서도 통로에

앉아 있었다

그도 열차도 죽음을 향해 가고 있었다

그는 모자를 벗었다

그는 신발을 벗었다

그는 외투를 벗었다

생각난 듯 그는 시계를 풀었다

잠시 후 그는 콧구멍과 입에서

두개골을 풀어내어

바닥에 게우기 시작했다.

　　영원한 검정, 네 손목을 잡을 때까지

　　쓰레기더미를 헤집으며

　　날아가다 떨

　　　　　　어

　　　　　　　　져

　　　　　　　　　　죽는 새

문은 닫혔다 열린다

저 어두운 밤을 향해

시선들의 기다림을 향해

한없이 내려만 갈 우물 바닥을 향해

문은 닫혔다 열린다

죽음의 문은 닫혔다 열린다

그들이 잠든

때 아닌 때

공포는 말을 타고 도착한다

간혹 우리는 좁은 길 걸어가면서

무섭지 않다고 말하겠지만

강 위로 미끄러져 내리는 뗏목처럼

참았던 웃음처럼

검은 장막처럼 옷자락 끄을며

큰 지팡이 들고 다가올

얼굴 없는 눈빛

천근 바위보다 더 무거운

검은 영혼 아래

몸을 누이고

저기 저 사라져가는

반짝 내 눈동자를

마지막으로 봐 두어야지

죽은 줄도 모르고 그는

황급히 일어난다

죽은 줄도 모르고 그는

먼지를 털며 돌아온다

죽은 줄도 모르고 그는

다시 죽음에 들면서

관 뚜껑을 스스로 끌어 올린다

그림자만 남은 세상이

일제히! 그림자 문을 열어

들어오시압!

──무덤은 여기

어느 별의 지옥은 여기*

나는 오래 전에, 어쩌면 태어나기도 전에 이미, 깊은 수렁 속으로 빠져
들었다. 그것은 짙은 회색의 반죽으로 느릿하게 맴돌며, 끈적한 채로 부글
거리며 내가 헤어날 틈을 주지 않았다. 그것은 그리고 결국 나의 모든 것
을, 나의 전부를 삼켜버렸다.

지금도 초등학교 일 학년 산수 공책이 그렇게 나오는지는 모르겠다. 내
가 국민학교에 입학했을 때에는 일 학년 산수 공책의 맨 윗줄에 1에서 0
까지의 아라비아 숫자가 인쇄되어 있었다. 1234567890. 왜 0이 1 앞에
있지 않고 9뒤에 있었는지를 나는 지금도 모르고 있다. 그러나 그 숫자들

---

* 김혜순의 시집 《어느 별의 지옥》(청하, 1988)에서 발췌하여 재구성한 것임. 인용된 구절들은 차
례대로, 〈연습〉 〈앞에 앉은 사람〉 〈고통에 찬 마스게임〉 〈뒤로 걷는 사람〉 〈문〉 〈전염병자들아 · 2〉
〈나를 싣고 흘러만 가는 조그만 땅〉 〈희극적인 복화술사〉 〈그대 떠난 자리 내 누울 자리〉 〈산으로
가야지〉 〈죽은 줄도 모르고〉 〈전염병자들아 · 2〉 〈어느 별의 지옥〉의 부분들임.

의 배열이 어떤 질서에 의한 것이었든 지금 나는 그 배열에 따르려 한다. 다시 말해서 내가 이 별장에 온 날이 제1일이라면 다음의 기록은 열흘째 되는 제0일의 것이다(그저께의 기록은 어제 쓴 것이고, 어제의 기록은 없다. 그러니까 이 기록에서 제5일과 제6일, 제9일의 기록은 빠져 있는 것이다). 그러나 실제로 노트에 기록된 것은 그저께까지뿐이다. 그러므로 다음의 기록이 제0일의 기록이라고 하는 것은 편의상 그렇게 말할 뿐인 것이다. 왜냐하면……

여자와 함께 시내로 나간 것은 오후 한 시가 넘어서였다. 별장에서 나올 때는 여자와 함께 영화나 보고 쇼윈도나 기웃거리다가, 가능하면 병원으로 가서 아이를 만나보고 들어올 생각이었다. 그러나 차가 시내에 들어가기도 전에 나는 마음이 변했다. 나 혼자서 젖은 입술과 노인이 있던 골목을 찾아가보고 싶었던 것이다. 길을 모르는 나로서는, 젖은 입술은 물어서 찾아갈 수도 있겠지만, 노인을 만났던 골목을 다시 찾기란 거의 불가능한 일이 아닐까 하는 생각을 하면서도. 그러나 내가 왜 젖은 입술과 노인을 만났던 골목을 다시 찾아가보고 싶어 하는지는 알 수 없었다. 사내와 노인을 다시 만나고 싶어서? 내가 그곳을 찾아간다 하더라도 그들을 거기서 다시 만날 수 있을까? 내가 그들을 다시 만날 가능성이, 희박하기는 하지만, 전혀 없다고도 할 수 없었다. 하지만 그들을 다시 만날 수 있다 해도 나는 무슨 말을 어떻게 할 것인가? 그들을 만나지 못한다면 나는 또 무엇을 어떻게……?

백화점 주차장에 도착하자 차에서 내리기 전에 나는 여자에게 미안하다고, 가볼 데가 있노라고 말했다. 여자는 그렇다면 자기는 백화점이나 둘러보고 나서 백화점 건너편에 있는 찻집에서 기다리겠노라고 대답했다. 그러고는 나에게 키스를 했는데, 그것이 의례적인 인사라기에는 너무 짙었다. 영화 같은 데서 볼 수 있는, 포탄이 쏟아지는 전장으로 가는 남자에게 여자가 하는, 이미 기적을 울린 기차 옆에서 하는 그런 키스 같았다. 조금만 더 시간이 있고, 다른 사람들의 눈을 피할 수만 있다면 옷을 벗고 싶다는 듯한. 그러므로 나는 젖은 입술과 골목을 찾아나서는 쓸데없는 짓을 하느니 차라리 여자를 데리고 가까운 여관에라도 들어가는 것이 나았을 것이다. 사실 여자가 가지 말라고 한마디만 했었더라면 나는 여자 곁에서 떠나지 않았을지도 모른다. 그러나 여자는 나에게 다녀오라고 말했다. 내가 차에서 내려 몇 발자국인가 가다가 뒤를 돌아보았을 때 여자는 나에게 손을 흔들어주었다.

나는 그저께의 기억을 더듬어 나갔다. 공원에서 나와 왼쪽으로 가다가 길을 건너고……한참을 내려가다가……은행인가가 있는 모퉁이에서, 아니 은행이 아니라 보험회사였던가? 그러다가 나는 우체국 앞에서 걸음을 멈추었다. 그저께도 내가 우체국 앞을 지나갔는지는 알 수 없었다. 그저께는 내가 무엇엔가에 몰두해 있어서 우체국 앞을 지나가면서도 의식치 못하고 그냥 지나쳤을 수도 있는 것이다. 그러나 오늘 나는 우체국 앞에서 멈추었다. 내가 우체국 앞에서 걸음을 멈춘 것은 어떤 질서에 의한 것이었을까? 나는 미로를 헤매다가 마침내 밖으로 나가는 문을 발견한 사람처럼 우체국 문을 열었다. 우체국에서 무엇을 할 것인가는 우체국 안에 들어가자 명백해졌다. 나는 전보라고 씌어진 팻말이 있는 창구 앞으로 갔다.

나는너를기다리고있으며동시에너를향해가고있다

수신인란에는 내 아파트의 주소와 그녀의 이름을 썼다. 내가 없는 내 아파트로, 거기에 있는지 없는지조차도 모르는 그녀에게 전보를 띄우는 것이 조금도 이상하지 않았다. 그래서 만일 내가 그녀의 사무실로 전화를 했더라면 그것이 오히려 이상했을 것이라고 여겨질 정도였다. 그리고 만일 그녀가 내가 보낸 전보를 받는다면 무슨 생각을 할 것인가도 생각지 않았다.

접수계원은 지극히 사무적인 얼굴로, 손톱 끝 부분의 매니큐어——때 묻은 핑크로즈——가 마치 쥐가 뜯어먹다가 둔 것처럼 벗겨진 깨끗지 못한 손으로 내가 내민 전보용지를 받아들었다. "오늘 중으로 도착할까요?" 라고 묻자 나를 흘깃 보고는 고개를 움직였는데, 그것이 도착한다는 것을 뜻하는 것인지 도착하지 않는다는 것을 뜻하는 것인지를 알 수 없었다. 나는 더 물어보지 않고 요금을 지불했다.

"안녕하셨어요?"

전보 요금을 지불하고, 접수증을 받아들고 돌아서는 나에게 인사를 한 여자는 뜻밖에도 열차 화장실에서 만난 여자였다. 내가 화장실에 갔을 때 그 여자는 막 화장실에서 나오는 참이었다……. 여자는 그때처럼 이글거리는 눈으로 나를 바라보았다. 나는 구멍가게에서 사탕을 훔치다가 주인에게 덜미를 잡힌 아이 같은 기분이 되었다. 밖으로 나가는 문이라고 연 것이 오히려 더욱 복잡한 미로로 들어선 것이 아닐까? 나는 눈을 감았고, 잠시 후 눈을 떴을 때에도 여자의 입술은 여전히 내 눈 밑에서 뜨겁게 빙글거리고 있었다. 붉게 칠해진 거대한 입술, 썩은 고깃덩어리처럼 물컹한, 비릿하게 번쩍이는, 썩어 문드러진 살 틈으로 삐져나온 뼛조각처럼 드러난 이, 붉은 독기로 영혼을 말려버리는 축축한 혀……. 그때 내 머릿속에서 이 여자가 무엇인가를(무엇을?) 알고 있을지도 모른다는 생각이 반짝였다. 나는 땀에 젖은 손으로 여자의 팔목을 낚아채고 도망치듯 우체국에서 뛰쳐나왔다. 여자가 천천히 가자고 하는 것 같았지만 나는 걸음을 늦추지 않았다. 여관 문 앞에 이를 때까지. 문에 달린 방울이 울리자 내실에서 현관을 향해 난 조그만 창이 열리고 중년 여자의 기름이 흐르는 얼굴이 나타났다. 내가 요금을 지불하자 중년 여자는 방 열쇠를 주었다. 등 뒤로 조그만 창문이 닫히는 소리를 들으며 여자와 나는 계단을 올랐다.

방 안에 들어가 내가 문을 잠그고 돌아서자 여자는 벌써 옷을 벗어던지고 있었다. 열차 화장실에서처럼 속옷을 입고 있지 않은 여자는 순식간에 알몸이 되었다. 나는 여자의 어깨를 움켜쥐었다.

"나를 어떻게 알았지? 말해! 넌 누구지? 누가 시켰어?"

여자는 그러나 무슨 말인지 모르겠다며 눈을 반쯤 감고 팔로 내 목을 감았다. 나는 여자의 팔을 털어내고 따귀를 몇 차례 올려붙였다. 그리고 비명을 지르며 비틀거리는 여자의 어깨를 다시 움켜쥐었다.

"사실대로 말해, 빨리!"

"무슨 말을 하라는 거예요?"

"나를 어떻게 알았지?"

그러자 여자는 혀로 입술을 핥으며 히죽 웃었다.

"선생님을 어떻게 알다뇨? 그때 기차 화장실에서……"

"그래, 기차에서 나를 어떻게 알아봤느냔 말야? 너도 사진을 봤나?"

"사진은 무슨 사진예요? 선생님이 화장실로 왔잖아요. 난 선생님 이름도 몰라요. 그런 말 이제 그만해요, 네?"

그러면서 여자는 다시 나에게 달라붙었다.

"이런 쌍년!"

나는 욕설과 함께 여자를 밀어버렸다. 여자는 비명도 채 못 지르고 뒤로 나가 떨어졌다. 벽에 머리를 부딪히는 둔탁한 소리가 무척이나 크게 울려 퍼졌던가?

……결국 그것으로 끝이었다. 여자가 머리를 부딪힌 부분에 용도를 알수 없는 못 하나가 대가리를 내밀고 있었다는 것은 너무나도 작위적이었다. 그리고 그 여자가 내밀고 있는 못 대가리에 뒤통수를 찔렸다는 것 또한 있을 수 없는 일이었다. 내가 여자에게, 그것이 무엇인지는 나 자신도 모르면서, 그 여자가 알고 있으리라고 생각한 것을 듣기 위해 저지른 행위의 결과가 죽음이라면, 그것은 너무나도 어처구니 없는 것이었다. 그것은 너무나도 비현실적인 일이었…….

나는 죽은 여자의 몸에 이불을 덮어놓고 살그머니 방에서 빠져 나왔다. 조심스럽게 열었지만 현관문에 달린 방울이 딸랑거렸고, 방울이 딸랑거렸으나, 아무도 내다보지 않았다. 다른 사람의 눈에 띄지 않고 여관에서 빠져 나온 나는 그러나 안심을 할 수가 없어서 내 몸의 털끝마다에 연결시켜놓은 신경을 거두지 못하고 살얼음으로 덮인 허공 위를 걸었다. 그런데!,

그저께 만났던 늙은이가 여관에서 큰 길로 나가는 골목 어귀에서 나를 보고 낄낄거리는 것이었다. 발밑의 얼음장에 금이 가기 시작했다. 그저께의 골목이 여기였던가? 침을 질질 흘리며 누런 이를 드러낸 채 낄낄거리고 있는 늙은이의 시커먼 얼굴은 마치 야차——그런 것이 있다면——같았다. 늙은이의 웃음소리가 점점 커지더니 마침내 얼음장이 깨지고 말았다.

내가 정신을 차린 것은 찻집에서 기다리고 있던 여자 앞에서였다. 나는 깨진 얼음장 밑으로 떨어져 내리며 정신을 잃었었다. 그런데 어떻게, 무엇이 나를 여자가 기다리고 있는 찻집으로 데려다주었을까? 여자는 걱정스러운 얼굴로 나를 보며 무슨 일이냐고 물었다. 내가 아무 말도 못한 것은 당연한 일이었다. 여자가 손수건을 꺼내 내 얼굴에 흐르는 땀을 닦아 주었다. 그 향기……를 어떻게 맡을 수 있었던가? 나는 여자의 손을 잡고 손수건에서 풍겨나오는 향기를 흠뻑 들이켰다. 여자가 비어 있던 손으로 내 머리를 쓰다듬어 주었다. 그때였다.

나를 부른 사람이 바로 이 여자일지도 모른다는 생각이 떠오른 것은. 왜 나는 나를 부른 사람이 남자라고만 생각했던 것일까? 내가 별장 주인이라고 생각하고 있는 그——여자가 말하는 '선생님'은 어디에도 없다! 아니, 여자가 바로 '선생님'인 것이다. 그렇다, 모든 것은 여자가 자신을 드러내지 않기 위해 조작한 것이었다! 특히 사진, 그것이야말로 멋진 함정이 아니었던가! 사진을 찍은 사람은 다른 누구도 아닌 여자 자신이다. 그것을 모르고 '그'라는 남자를 기다리고 있던 나는 얼마나 어리석은가! 나의 어처구니없는 행동도 말 한마디 없이 받아들일 수 있었던 것은 나를 부른 사람이 바로 여자 자신이었기 때문이다……. 그러나, 그렇다면 왜, 왜인가?

오스트리아 작가 츠바이크의 《모르는 여인의 편지》가 언뜻 생각났다. 한 남자를 일생 동안 사랑한, 그러나 남자는 존재조차 모르고 있던 여자가 결국에는 편지를 통해 자신을 드러낸다는 그런 내용이다. 그 소설에서 여자는 남자의 모든 것——언제, 어디서, 누구와, 무엇을, 어떻게 했는가 등등——을 알고 있다. 그렇지만 그 소설은 흔히 '소설 같은 이야기'라고 할 때의 '소설'에 해당하는 그런 작품이 아닌가. 현실이라고 하는 것이 소설보다 훨씬 더 허구적이고, 기이하고, 끔직하고, 엄청나기는 하지만, 정말 그런 소설 같은 일이 있을 수 있을까? 그리고, 내가 과연 그런 아릿한 이야기의 주인공일 수 있을까?

나는 여자의 손을 떼어내고 조용히 물었다.

"나를 알고 있지?"

"……네……?"

여자는 눈을 동그랗게 떴다.

"……무슨 말예요?"

"선생님이 누구지?"

여자는 동그랗게 뜬 눈으로 나를 한참이나 보더니 한숨을 쉬며 고개를 숙였다. 그래! 나는 속으로 펄쩍 뛰어오르며 환호성을 질렀다.

"그래…그랬군…음……, 들어가서 얘기하지."

목소리마저 떨렸다. 풀지 못할 수수께끼란 없는 것이다. 그리고 복잡한 문제일수록 해답은 의외로 가까운 곳에 있는 법이다. 추리 소설의 재미는 범인이 어떻게 감춰져 있느냐 하는 데에 있는 것이 아닌가. 나는 여자의 손을 잡고 자리에서 벌떡 일어섰다.

그러나 여전히 여관방 침대 위에 누워 있을지도 모르는 여자가 목덜미를 잡는 것 같았다. 내 모든 힘을 다해서 침착하게, 영화나 추리 소설에서 보았던 것처럼, 지문도 닦고 흔적을 없애기는 했지만, 확신할 수는 없었다. 나는 조금이라도 빨리 이 도시에서 떠나고 싶었다. 그러니까 나는 역으로 가서 기차를 탔어야만 했다. 무엇이 어떻게 되었든 일단 떠나고 볼일이었다. 내가 여기에 어떻게 오게 되었는가는 이미 문제가 아니었으므로. 그런데 여자는 별장으로 차를 몰았고, 나는 당연하다는 듯이 여자와 함께 별장으로 왔다. 살인범(!)답지 않게 병원의 아이 생각까지 하면서. 결국 다시 못 보고 마는구나……. 살아야 한다는 병이라고 했었지, 살아야 한다는……그 병에서 해방되는 유일한 길은 죽음뿐이라고, 그러면서도 나에게 자기를 죽이는 짐을 지우지는 않겠다고……. ……살아야 한다는 그것이 병일까? 병이라면……? 아이의 웃음이 눈앞에서 아른거렸다. 아저씨를 믿어요. 라고 말하는 것 같던. 그것이, ……내가 자기를 죽여주리라고 믿는다는 것이었을까? 나는 그것을 알고 있었던 것일까? 그렇다면 내가 병원에 다시 가지 않은 것은 아이를 죽이고 싶지 않아서였던가? 아이가 나를 부르는 소리가 들려왔다. 그러나 나는 뒤를 돌아보지 않았다. 차를 돌려 병원으로 가자는 말이 나올까봐 나는 이를 악물었다.

별장에 거의 다 와서 여자가 물었다.

"왜 그렇게 땀을 흘리세요?"

나는 잠궈놓았던 문이 잠겨 있지 않은 것도 의식치 못한 채 별장 안으로 뛰어 들어갔다. 그리고 노트를 가지러 서재로 들어갔다. 무엇보다 먼저 떠나야, 아니 도망쳐야 했으므로. 나는 여자와 함께 차로 떠날 생각을 하고 있었다. 노트와 가방——그것들이 그렇게 소중했던가?——을 가지고 나와서. 어디로든 가자. 단, 내 아파트로는 말고. 어디를 향해 가야 할지는 가면서 생각하자. 그리고 여자가 나를 어떻게 알고 있고, 왜 불렀는가를 들어보자. 어딘가에 가서 신문도 보고 뉴스도 들어보자. 여관에서 발생한 살인 사건에 대해서. 내가 어떻게 해야 할 것인가는 그 다음에 결정할 일이다……. ……그런데 그런데 서재에는……

한 남자가 책상 앞에 앉아서 나의 기록을 읽고 있었다. 내가 어떻게 그를 알아볼 수 있었을까? 모든 것이 끝장이 나버렸음을 어떻게 알 수 있었을까?

내가 우뚝 서자 그는 마치 일부러 그러는 듯이 천천히, 아주 길게 고개를 들어 나를 바라보았다. 표정이 없는 얼굴, 그리고 눈…….

나는 너무 명백하게, 너무 느릿하게, 그러나 너무 갑자기 무너지기 시작했다.

그와 나는 서로를 확인했다.

어떤 말도 필요하지 않았다. 그러나 너무 긴, 기나긴 시간이었다. 아니면 시간이 멈췄던가?……그가

서랍을 여는 것을 나는 알았다. 오른쪽 윗서랍을.

드디어

결국 이렇게 되고야 마는 것일까? 이래도 괜찮은 것일까? 정말일까……? 논리적 필연성도 당위성도 없이 이렇게 작위적이고 허구적으로? 이것은 기만이 아닌가? 이렇게 어이없이 끝이 나도……?

물론 정말이지 될 대로 되고야 말았음을 나는 잘 알고 있었다.

그렇지만

모든 것이 다 될 대로 될 수밖에 없지만, 그렇지만

나는 소리치고 싶었다.

아니야!

이럴 수는 없어!

목청이 터지도록,

허파가 쏟아지도록.

총을 든 그가 일어서는 데 백 년이 훨씬 더 걸렸다.

모든 것이 확실해졌다.

모든 것이 분명해졌다.

               아무것도 해결되지 않았다.

               수수께끼는 풀릴 생각이 전혀 없다.

다가오는 그의 눈.

어깨 높이로 팔을 들어 올린 그.

                    총을 쥔 손.

나를 향한 총구.

그때

나는 뒤를 돌아보았다.

               룩어쩌지 미ㅁ러쳐

여자가 문 옆에 서 있었다.

여자와 나란히 여관에서 죽은 여자가

가랑이를   벌리고 있었다.

         쩍

그리고

야차의 웃음소리가

사기 재떨이들을 집어던지는 그녀가

밥을 먹는 아이가

쓰러지는 사내가

목이 잘린 늙은 개가

눈물을 흘리며 손짓하는 아이가

손을 내미는 노인이

마네킹의 펄떡거리는 심장들이

"아무 의미도 없는 것들이죠."

그리고

갈기갈기 찢어진 내 노트가, 나의 기록이, 의미 없는 글자, 해독 불가능
의 기호들이

낙엽처럼 휘날리고

…………

이 별장. 단 한 줄기의 빛도 새어들지 못하는 이 벽돌의 관. 막혀버린
출구. 그 내부에서. 방향도 없이.

확고해진 나.

늙은 니힐리스트, 당신은 피 묻은 너털웃음을 한 번 날리고

그 노후의 몸으로 또다시 고요히

허무의 기계를 돌리기 시작하리라.

몇 천 년 전부터 다만 헛되이,

헛되고 헛됨을 다 이루었다고 말하기 위하여.*

---

* 최승자, 〈끊임없이 나를 찾는 전화벨이 울리고〉에서.

그리고

미래완료.

        과거인 미래.

과거완료.

        미래인 과거.

현재완료.

        부재하는 현재……

늪의 바다. 바닥 없는 늪의,

지워진 세계.

무너진 하늘.

내 심장에 박힌 두 개의 탄두.

죽!

음!

……그것은 자살이었다.

파리들은 쉬지 않는다

재판장은 어디선가로부터 날아든 파리 한 마리를 눈으로 좇고 있었다. 그것은 재판장 자신도 알지 못하는 행위인 것 같았다. 그러나 재판장은 결국 법정에 파리들이 한 마리뿐이 아님을 알게 되었다. 그리고 자기가 눈으로 한 마리의 파리를 좇고 있었음도. 재판장이 단 한 마리의 파리를 눈으로 좇고 있었는데 어떻게 다른 파리들을, 그것도 눈으로 볼 수 있었는가는 끝내 밝혀지지 않았다. 이상하다면 이상한 일인데도, 아무도 그 점에 대해서는 의문을 제기하지 않았던 것이다. 어쨌든 파리들은 두 마리, 세 마리, 네 마리……, 모두 열 마리쯤은 되는 것 같았다. 아니, 스무 마리. 아니면 백 마리쯤 되는 걸까? 재판장은 새삼스런 눈으로 법정을 둘러보았다. 파리가 몇 마리나 되는가를 헤아리기 위해서 법정을 둘러보는 것은 재판장에게는 처음 있는 일이었다. 그렇지만 물론 재판장은 그것이 처음임을 그 순간에는 깨닫지 못했다.

법정을 둘러보던 재판장의 눈이 피고인의 눈과 마주쳤다. 순간 재판장은 심한 모욕감의 엄습을 받았다. 그것은 느닷없이 뒤통수에 내리쳐진 망치와도 흡사한 것이었다. 재판장의 얼굴에서 핏기가 가셨다. 재판장은 현기증을 느끼며 아득해지는 정신을 잡으려 헐떡였다. 그러나 피고인은 멍한 눈으로 재판장의 얼굴을 바라보고만 있었다. 재판장으로 하여금 심한 모욕감을 느끼게 한 그 눈 그대로. 하지만 사실 피고인에게는 재판장을 모욕하려는 의사가 조금도 없었다. 피고인의 눈은 다만 파리를 좇는 재판장의 눈을 좇았던 것뿐이었다. 어떠한 감정도 담기지 않은 눈으로. 피고인은 법정에 파리들이 날아다니고 있다는 사실마저도 모르고 있는 것 같았다. 그런데 재판장이 지독한 모욕감을 느낀 것은 바로 어떠한 감정도 담고 있지 않는 피고인의 눈 때문이었다. 차라리 피고인이 눈으로 파리를 좇고 있는 자신을 비웃고 있었더라면 재판장이 느낀 모욕감은 훨씬 덜했을지도 모른다. 그리고 순간적으로 모욕감을 느꼈더라도 곧 자신의 행동을 깨닫고 큰 기침이나 한 번 하고는, 얼굴을 붉히지는 않고, 피고인에 대한 심리를 계속할 수 있었을 것이다. 그러나 재판장은 스스로 신성한 곳으로, 거의 성역으로까지 여기고 있는 법정에 날아든 파리를 눈으로 좇고 있는데, 피고인이 전혀 아무렇지도 않은 눈으로 자신을 바라보고 있다는 것을 견딜 수 없었다.

재판장의 눈이 마침내 감기고야 만 것은 분노 때문이었다. 피고인은 무겁게 늘어진 재판장의 눈꺼풀을 보았다. 재판장의 눈꺼풀은 매우 보드라운 가죽이었다. 그것을 엄지와 검지 사이에 놓고 비비면 너무 말랑말랑해서 입에 넣고 자근자근 씹고 싶어질 것이었다.

검사와 변호사도 재판장의 얼굴이 창백해지는 것을 똑똑히 보았다. 검사와 변호사는 왜 갑자기 재판장의 얼굴이 창백해졌는가를 알 수 없었다.

재판장의 얼굴이 창백해진 이유를 모르기는 피고인도 마찬가지였다. 피고인에게는 그러나 재판장의 얼굴이 창백해졌어도 그것으로 인한 감정의 변화가 없었지만, 검사와 변호사에게는 재판상의 안색의 변화가 중대한 일이 아닐 수 없었다. 검사와 변호사에게는 재판장이 누구보다도 중요한 사람이었으므로. 검사는 변호사에게, 변호사는 검사에게 무슨 수를 써서라도 이겨야만 했으며, 검사와 변호사의 승부를 결정지어주는 사람은 다름 아닌 재판장이었으므로. 따라서 검사와 변호사는 재판장의 안색이 창백해진 것이 자기 때문인가 상대방 때문인가를 우선 생각해보아야만 했다. 하지만 서로의 표정으로 살펴보아도, 상대방의 눈을 아무리 깊이 바라보아도, 그리고 자신의 모습까지 돌아보아도 재판장의 안색이 창백해진 것이 누구 때문인지를 짐작조차 할 수 없었다. 그래서 검사와 변호사는 무엇 때문에 재판장의 안색이 창백해졌는가를 생각하기 시작했다. 검사와 변호사의 눈이 거의 동시에 피고인에게로 향했다. 피고인의 표정 없는 명한 얼굴에는 변화가 없었다. 언제나처럼 피고인의 표정 없는 명한 얼굴은 이번에도 검사와 변호사를 당황케 했다. 재판장의 얼굴이 창백해졌는데도(!) 저 녀석은 눈썹 하나 까딱 않는군. 그러나 어쨌든 석상처럼 앉아 있는 피고인이 재판장의 안색을 창백하게 할 수는 없잖은가. 그렇다면 다른 무엇이? 서기는 다만 펜을 들고 언제 무슨 말이 들려오더라도 그것을 속기할 수 있는 준비의 자세를 취하고 있을 뿐이었다. 더구나 서기는 고개까지 숙이고 있지 않은가. 변호사는 서기가 펜 끝에 앉은 파리를 가볍게 펜을 흔들어 날려버리는 것을 보았다. 그러고는 방청석을 돌아보았다. 방청석에는, 변호사가 즐겨 쓰는 표현을 빌자면, '피곤한 군상'들이 여느 때와 다름없이 자리를 잡고 있었다. 군상들 가운데 누군가가 재판장의 안색에 변화를 일으키게 할 만한 짓을 했다고는 생각되지 않았다. 그들은 피곤할 뿐더러, 따라서 무기력한 군상들이기도 했으니까. 그리고 때에 절은 감색 제복을 입은 정리들도 항상 있는 있어야 할 자리에 있었다. 도대체 왜? 혹시 의자의 스프링이라도 튀어 오른 것이 아닐까? 아니, 그런 일도 있을 수 없다. 재판장이 앉아 있는 저 등이 높은 가죽 의자야말로 이 법정의 어떤 의자보다도 안락하고 견고한 것이니까.

공교롭게도 변호사가 보았을 때 서기의 펜 끝에 앉아 있던, 서기가 가볍게 펜을 흔들어 날려버리는 것까지를 변호사가 본, 그 파리가 서기의 머리 위로 날아올랐을 때 검사의 눈에 띄었다. 검사는 법정에 올 때마다 건물이 낡았으며 주위가 지저분하다는 생각을 해왔으면서도 그 사실을 까맣게 잊고 있었으며, 더구나 눈에 띈 파리에 주의를 기울일 여유마저도 없었다. 검사는, 그리고 변호사를 비롯한 법정의 모든 사람들은 법정에 파리가 많다는 정도로밖에, 그러니까 언제나 있는 것이, 그저 있을 것이 있다고 여길 뿐이었다. 검사 또한 변호사와 마찬가지로 법정을 차례로 둘러보았지만 무엇이 재판장의 안색을 창백하게 했는가를 알아낼 수는 없었다.

재판장은 눈을 떴다. 그의 오랜 경력이 길러준 자제력이 곧 스스로를 진정시키기는 했으나 안색의 창백함이 완전히 가시지는 않은 상태였다. 재판장은 조금의 동요도 없이 자기를 바라보고 있는 피고인의 멍한 눈과 다시 마주쳤으나 재빨리 시선을 돌려 법정 안을 두루 훑었다. 불안으로 가득한 검사의 눈, 방청객들, 불안으로 가득한 변호사의 얼굴……(검사와 변호사가 왜 불안해하는지를 재판장은 알지 못했으며, 또 그들의 불안해하는 얼굴을 눈여겨보지도 않았다). 그리고 파리들. 아, 파리들은 거의 윙윙하는 날개 소리까지 내어 가며 법정을 온통 휘젓고 있었다. 언제부터 파리들이 법정에 들어온 것일까? 재판장은 그러나 곧 자신이 재판과는 아무 상관도 없는, 무척이나 한심스러운 생각을 하고 있다는 것을 깨달았다. 하지만, 개정할 때만 해도 파리들은 없었잖은가……. 피고인은 언제부터 파리들이 법정에 날아들었다고 생각하는가? ──하는 질문을 하마터면 피고인에게 던질 뻔한 재판장은 얼떨결에 서류를 뒤척이며 헛기침을 했다. 그러자 재판장의 헛기침은 마치 걷잡을 수 없이 터져 나오는 웃음처럼 쏟아지기 시작했다. 처음 두세 번은 아무도 신경을 쓰지 않았다. 그러나 네 번, 다섯 번, 여섯 번, 일곱 번……, 움켜 쥔 서류로 입을 가리고 얼굴이 벌개져서, 땀을 뻘뻘 흘리며 헛기침을 해대는 재판장은 피고인을 제외한 누구의 눈에도 이상하게 보였다. 검사와 변호사의 얼굴은 조금 전의 재판장 얼굴처럼 납빛이 되었다. 이미 지루한 재판에 흥미를 잃고 있던 방청객들은 큰 구경거리라도 생긴 듯이──사실 재판장의 계속되는 헛기침은 두 번 다시 볼 수 없는 구경거리였다──소란해졌다.

조용히들 하라고 방청석을 향해 소리를 지른 것은 문 옆에 서 있던 젊은 정리였다. 젊은 정리의 외침에 방청객들은 움찔해서 입들을 다물기는 했으나 이번에는 서로들 눈짓 몸짓으로 부스럭대가며 호기심을 드러내고 의견들을 교환했다. 그것은 마치 무언극처럼 우스꽝스러운 정경이었다. 그러나 젊은 정리는 자신의 한 마디로 방청석이 조용해진 것에 대해 내심으로 미소를 그리며, 서기가 과연 자신의 한마디를 속기록에 올려주었을까를 궁금해했다. 만일 서기가 속기록에 자신의 한마디를 올려주었다면 그것은 크나큰 영광일 뿐만 아니라 이 법정에서 가장 젊은 정리로서, 발언이 속기록에 올라간 최초의 정리로서 포상을 받는다든가 할 수도 있으리라고 그는 생각했다. 정말 그렇다면 그는 자신의 일에 열정과 성의를 다할 것이라고 스스로에게 다짐하는 것이었다.

재판장은 기침을 그칠 수 없었다. 그치기는커녕, 온몸을 들썩이며 기침을 해대었다. 왜 그렇게 끊임없이 기침이 터져 나오는지 재판장 자신도 알수 없었다. 그래도 재판장은 신성한 법정의 우두머리인 자신의 꼴이 엉망이 되어가고 있다는 생각은 겨우 할 수 있었다. 그리고 어서 기침을 멈추어야 한다는 것까지도 생각했다. 기침은 그러나 구겨 쥔 서류로 입을 틀어막기까지 했어도 그치지 않았다. 벌써 몇 장째의 서류가 침과 땀에 젖어버렸는지를 재판장은 알지 못했다. 피고인은 그런 재판장을 바라보며 (놀랍게도!) 엷은 미소를 그리고 있었다. 피고인은 재판장이 기침을 해대는 것을 보고 웃음을 띤 유일한 인물이었다.

재판장의 기침이 그친 것은 피고인의 미소를 보고서였다. 너무 놀란 나머지 재판장은 자신이 방금까지 기침을 해대었다는 것, 그리고 어떻게도 할 수 없던 기침이 어느 결에 멈추었다는 것마저도 의식치 못했다. 그렇지만 재판장은 피고인의 미소가 자신을 향한 비웃음임은 느낄 수 있었다. 그러나 이상하게도, 피고인의 미소가 비웃음임을 느끼면서도, 모욕당하고 있다고까지는 생각되지 않았다. 재판장은 그저 놀란 눈으로 피고인을 바라볼 뿐이었다. 피고인이 미소를 지을 수 있다는 것을, 미소를 지을 줄도 안다는 것을 도대체 누가 상상이나마 할 수 있었을까?

재판장의 기침이 멈춘 것과 동시에 법정에는 정적이 내려앉았다. 파리들의 날개 소리마저 정적을 짙게 해주었다.

서기가 펜을 떨어뜨리는 바람에 무한히 계속될 것만 같던 짙은 정적은 깨졌다. 펜을 떨어뜨린 것은 서기로서는 커다란 실수였고, 서기의 보다 큰 실수는 재판장의 기침의 정확한 횟수를 세지 못한 것이었다. 백 몇 번까지는 세었는데 그만⋯⋯.

재판장은 서기가 펜을 떨어뜨려주기를 기다리기라도 했다는 듯이 힘없는 목소리를 더듬거리며 십 분간의 휴정을 선언하고 퇴정했다. 검사와 변호사는 눈으로 재판장을 좇다가 재판장의 법복 자락이 법정에서 완전히 빠져 나가자 고개를 돌려 서로를 바라보았다. 약 이 초 동안 서로를 바라보고 나서 둘은 동시에 시선을 피고인에게로 돌렸다. 피고인의 입가에는 미소가 그려놓은 듯이 달라붙어 있었다. 검사와 변호사는 이제 거의 완전히 얼이 빠져 버렸다. 미소를 띤 입술은 때로는 아름답기까지 한 것이다.

밤이 되면 법정의 쥐들은 낡은 마룻바닥 위를 소리도 없이 이리저리 뛰어다니며, 반짝이는 눈으로 그날의 판결을 분석하곤 한다.

쥐들의 분석 결과는 아무도 알 수 없다. 그날의 판결이 쥐들을 기쁘게 했는지, 슬프게 했는지, 분노케 했는지를 알 수 없는 것이다(쥐들에게는 불행하게도 절망이 없다).

재판이 속개된 것은 십오 분쯤 뒤였다. 십 분간의 휴정을 선언한 재판장 자신이 조금 늦게 들어온 것이었다. 그렇지만 재판장이 몇 분쯤 늦는 것은 언제나 있는, 대수롭지 않은, 당연한 일이었다. 그래서 재판장이 왜 늦었는가를 아무도 알려고 하지 않았다. 그러나 재판장이 늦은 데에는 이유가 있었다. 재판장은 피고인에 대한 서류를 찾아보았던 것이었다. 먼지를 잔뜩 뒤집어쓰고 있는, 먼지가 되어버린 것 같은 서류 더미에서 피고인에 대한 것을 찾기란 쉬운 일이 아니었지만, 운이 좋았던지 손에 먼지를 별로 묻히지 않고도 피고인에 대한 서류를 찾아낼 수 있었다. 재판장이 찾아낸 서류는 피고인에 대한 서류들 가운데에서도 검사가 보내온 심문 기록의 일부였다. 너무 오래되어 표지를 비롯한 많은 부분이 떨어져 나갔거나 찢겨 있었고, 남은 부분도 좀이 슬었거나 얼룩이 져서 읽을 수 있는 부분은 모두 합해도 한 페이지가 되지 않았다.

(……) 내가 원해야 할 것을 원하지 않기라도 했더란 말입니까? (……) 당신의 세계란 무엇이오? (……) 나는 어디서 오는 것도, 어디로 가는 것도 아니었습니다. 그런데 제복을 입은 가축이 내 손을 잡았지요. 그 손은 무척이나 부드러웠습니다. (……) '어리석음이 빚어낸 순간적인 실수에 의한 행복의 파괴'라고 누군가가 일러 주더군요. (……) 그러니까 당신은 범행 현장에서 벗어나지 않았다고 (……) 나는 평범한 시민일 뿐 (……) 오래 전의 일입니다. (……) 그리고 지금도 (……) 나는 나를 재판할 수 없었습니다. 그리고 다른 누구도 (……) 현장에서 노란 꽃이 한 송이 (……) 만일 당신이 재판을 한다면 (……) 서너 살쯤 되어보이는 아이가 거기서 (……) 증거는 필요하지 않습니다. (……) 누군가가 그러더군요 '실수를 가장한 고의에 의한 질서의 파괴'라고. (……) 안개처럼 (……) 현장이 없다는 말은 궤변이오. (……) 당신이 감추려고 하는 것은 (……)

재판장은 그러나 이러한 단편적인 기록들로는 아무 것도 알아낼 수 없었다. 기억을 더듬어 보아도 헛일이었다. 기억은 이미 망각에 침식당해 버렸던 것이다. 법정으로 돌아오며 재판장은 자신이 무엇 때문에 피고인에 대한 그다지도 낡은 서류를 찾아보았던가를 알고 싶었다. 복도에는 파리가 한 마리도 없다는 사실조차 알아차리지 못한 채.

재판장이나 검사와 변호사, 그리고 그 밖의 모두들은 휴정 직전에 있었던 일들을 휴정 시간을 이용해서 소변 줄기나 담배 연기, 또는 내쉬는 숨결에 실어 배출해버린 것 같았다. 피고인도 입가에 그려놓았던 미소를 똥을 누고 밑을 닦듯이 닦아내버린 모양이었다. 파리들 또한 아무 일도 없었다는 듯이 하던 일들──그러니까 법정 안에서 이리저리 날아다니거나 기어 다니거나 아무 데나 앉는 것──을 계속하고 있었다. 사실 파리들에게야 아무 일도 없었다. 그들에게는 휴정 시간마저 없었으니까(──파리들에게 휴식을 기대한다는 것은 무리가 아닐까?).

재판장의 질문, 피고인의 답변, 검사와 변호사의 참견 등이 다시 되풀이되었다. 재판이란 으레 그런 것이니까. 서기는 기계적으로 그들의 발언을 속기했고, 정리들은 마네킹처럼 서 있었으며, 방청객들은 그저 눈과 귀를 뜨고 있거나 졸고 있거나 했다. 결국 자기 자신의 행위에 대해서 분명한 의식을 가지고 있는 것은 파리들밖에 없는 것 같았다. 파리들의 움직임에서는 조금의 빈틈도 찾을 수 없었는데, 그것은 계산에 의한 것이 아니라 스스로가 어떻게 행동해야 하는가를, 날갯짓 하나하나까지도 선천적으로 확실히 알고 움직이는 것이어서 빈틈이 있을 수 없었던 것이다. 그러므로 파리 한 마리가 피고인의 오른손 엄지손가락 첫 마디에 내려앉은 것은, 그 파리로서는 필연적인 행위였으며, 피고인이 다음과 같은 발언을 한 것도 당연한 일이었다.

파리약을 뿌려야겠습니다.

빨랫줄처럼 늘어져 있던 법정이 피고인의 느닷없는 한마디에 갑자기 팽팽하게 잡아당겨진 고무줄처럼 곤두서서 떨었다. 한 사람, 재판장을 제외하고는. 물론 재판장에게도 피고인의 발언이 충격적인 것이기는 했다.

그러나 재판장은 마치 피고인의 그러한 발언을 기다리고나 있었다는 듯이 조금도 당황하지 않았다. 오히려 위엄을 잔뜩 담은 목소리로 방청객들을 향해 정숙하지 않으면 퇴장시키겠다는 경고까지 했다.

방청석이 조용해지자 검사가 발언을 청했다. 재판장은 자신이 좀 더 생각할 여유를 갖기 위해 검사에게 발언을, 그것도 고마운 마음으로 허락했다.

검사는, 파리약을 뿌려야 한다는 피고인의 얼토당토않은 말은 사건의 심리가 피고인 자신에게 매우 불리한 방향으로 흘러가고 있다는 판단 하에 행한, 법정을 우롱하는 모욕적인 언사라는 요지의 긴 발언을 했다. 그러자 곧 변호사가 검사의 발언에 대해 반론을 폈다.

"아닙니다, 재판장님. 피고인에게는 지금까지 검사님께서 말씀하신 것 같은 그런 의도가 전혀 없었습니다. 아니, 검사님의 말씀이 전부 옳다 하더라도 다음 한 가지만은 사실과 다르다는 것을 말씀드리고 싶습니다. 그것은 피고인이 검사님이 말씀하신 것처럼 자신에게 전혀 이익이 없는──오히려 더 불리해질 것을 알면서도 순간적인 위기를 모면하기 위해 경거망동을 할 만큼 어리석지는 않다는 것입니다. 저 자신이 이런 말씀을 드리기가 부끄럽습니다만, 어디까지나 변호인의 입장에서 말씀드리자면, 만일 피고인이 검사님께서 생각하고 계시는 것처럼 생각이 얕고 어리석었더라면 본 재판은 보다 수월하게 진행되었을 것이며, 이미 검사님이나 제가 만족할 만한 판결이 내려졌을 것입니다." 여기서 변호사는 말을 멈추고 재판장과 검사에게 눈을 준 뒤, 방청석까지를 둘러보았다. "보십시오, 재판장님. 본 법정에 파리들이 우글거리고 있다는 것은, 설사 갓난아이가 본다 하더라도 알 수 있는 명백한 사실이며, 검사님께서도 누구보다 잘 알고 있는 사실입니다. 피고인은 이 명백한 사실을 말한 것일 뿐입니다. 그것이 재판장님을 모시고 저희들이 여기서 해결해야 할 사건과는 직접적인 관계가 없다 하더라도, 따지고 보면 직접적인 관계가 있는 것인 바, 곧, 어떤 사람이 무슨 일을 하든 청결한 환경에서 행하기를 원하는 것은, 유구한 역사와 찬란한 전통을 돌이켜보더라도, 지극히 당연한 일이 아닐까요? 피고인이 행한 발언은 그러므로 비단 피고인 자신뿐만이 아니라 재판장님 이하, 본 법정의 모두를 위해서였던 것입니다. 생각해보면 파리약을 뿌린다는 것은 파리들을 없애기 위한 행위일 것이니까 말입니다. 물론 이 법정에 파리들이 있는 것이 당연한 일이라 하더라도, 그리고 파리들이 있는 것이 훨씬 바람직하다 하더라도, 그러므로 파리약은 뿌려져야 하는 것입니다. 그렇습니다! 저는 파리약을 뿌려야 한다는 피고인의 발언에 전적으로 동감하는 바이며, 동시에 이러한 피고인의 발언은 재판장님의 판결에도 많은 참작이 있어야 한다고 믿습니다!"

발언을 마친 변호사는 자신의 변론에 도취된 얼굴로 재판장과 검사를, 그리고 방청석을 다시금 둘러보았다. 방청객들은 모두들 변호사의 발언에 공감하는 표정들이었다. 변호사는 마침 자기 가슴께를 날고 있는 파리 두 마리를 과장된 손짓으로 쫓아버리며 보라는 듯이 불쾌한 표정을 지었다.

재판장은 검사와 변호사의 발언을 듣고 있지 않았다. 시선은 검사와 변호사에게 차례로 향해졌었지만 내심으로는 피고인만을 주시하고 있었다. 어떻게 파리약에 생각이 미쳤을까? 만일 재판장 자신이 파리약을 생각할 수 있었더라면 휴정 시간에 정리들에게 파리약을 뿌리라고 했을 것이었다. 그러나, 지금은 너무 늦었어……. 이제 파리약을 뿌리기 위해서 다시 휴정을 한다는 것은 있을 수 없는 일이라 여겨졌다. 도대체 파리들이 뭐란 말인가? 재판장은 화를 내고 있는 자신의 모습을 상상해보았다. 하지만 무엇 때문에 화를 내야 하는지를 알 수 없었고, 따라서 화를 낸 자신의 모습은 무척이나 우스꽝스러운 것일 수밖에 없었다. 그래서야 안 되지. 재판장은 제법 여유 있는 웃음까지 지어보이며 피고인에게 물었다.

"피고인은 본 법정의 파리들이 우리들이 다루고 있는 이 사건과 어떠한 관계가 있다고 생각하는가?"

물론입니다.

피고인은 언제나 그랬듯 나지막한 목소리로 대답했지만, 대답 끝에는 단호한 느낌표를 찍었다. 재판장의 물음과 피고인의 답변을 듣고 변호사는 멍청해졌으며, 검사는 상당한 충격을 받았는지 눈을 부지런히 껌뻑였고 방청석은 술렁이기 시작했다. 그러나 재판장은 법정의 분위기 따위는 안중에 없다는 듯 피고인에게 계속 질문을 던졌다.

"그렇다면 어떠한 관계인지를 말할 수 있겠는가?"

"그것은……, 그것을 말한다는 것은……, 아니, 재판장님께서 제게 그것이 어떠한 관계인가를 말할 수 있느냐고 물어 오신 것은 저에 대한 고의적인 모욕이라고 생각됩니다."

"아니, 뭐? 저, 저……."

"아, 조용히 하시오." 재판장은 손을 들어 검사의 입과 벌떡 일어선 변호사와 놀란 방청석을 가볍게 눌렀다. "어째서 내 말이 피고인에게 고의적인 모욕이 된다고 생각하는가?"

"왜냐하면 재판장님께서도 파리들이 이 사건과 어떠한 관계인가를 알고 계시기 때문입니다. 그리고 재판장님뿐만이 아니라 여기 있는 누구라도 파리들과 이 사건과의 관계가 어떠한 것인지를 알고 있을 것입니다. 그러나 물론 조금 전에 변호사님께서 말씀하신 것과 같은 청결 따위는 전혀 문제가 되지 않습니다."

변호사가 다시 벌떡 일어섰다. "아니, 잠깐. 나는……."

"자리에 앉으시오." 재판장은 변호사에게 근엄한 눈초리를 보낸 뒤 피고인에게 말했다. "계속하시오."

"그렇지만 파리와 이 사건과의 관계를 말로써, 말뿐만이 아니라 다른 어떤 기호를 사용해서라도 설명할 수는 없습니다. 그래서 저는 재판장님께서 저를 모욕하고 있다고 생각한 것입니다. 다시 말하자면 재판장님께서도 뻔히 알고 계시는 것을, 그리고 그것이 설명 불가능한 것이라는 사실까지도 아시면서 제게 설명을 요구하는 것은 저를 곤경에 빠뜨리려는 고의적인 처사이며, 따라서 저에 대한 모욕일 수밖에 없는 것입니다."

"피고인은 오해를 하고 있군. 피고인의 생각과는 달리 본인은 물론 여기 있는 어느 누구도 파리들과 우리가 다루고 있는 이 사건과의 관계를 모르고 있어. 그러니 왜 그 관계를 말로써, 또는 다른 어떤 기호를 사용해서도 설명이 불가능한 것인지를 모르는 것은 당연한 일이지. 그러므로 본인은 피고인을 모욕할 의사가 조금도 없었음을 분명히 밝히며, 다시 한 번 묻고자 하네. 파리들과 이 사건과의 관계는 어떠한 것인가. 그것이 설명 불가능한 것이라면, 왜 설명이 불가능한가, 를."

모든 사람들의 시선이 피고인에게로 향해졌다. 피고인은 그러나 표정 없는 멍한 눈으로 재판장을 바라보고만 있었다. 피고인의 뒷모습밖에 볼 수 없는 방청객에게도 피고인의 표정 없는 얼굴, 멍한 눈이 보이는 것 같았다.

"본 법정에서는 물론 묵비권의 행사를 인정하지만, 파리들과 이 사건과의 관계가 밝혀진다고 해서 그것이 피고인에게 불리하게 작용하리라고는 생각되지 않는군." 재판장이 말했다.

"재판장님께서는 정말로 저를 모욕하고 계시는군요."

"무슨 소린지 정말 모르겠군. 본인은 어디까지나 공정한 판결을 내리기 위해 파리들과 이 사건이 어떠한 관계인지를 알고자 하는 것이지, 피고인을 모욕하고자 하는 뜻이 있는 것이 아님을 분명히 했어."

"아닙니다. 재판장님께서는 지금 저를 분명히 모욕하고 있습니다. 비웃고, 조롱하고 있습니다. 만일 재판장님 말씀대로 파리들과 이 사건과의 관계를 재판장님께서 모르고 계신다면 그것이 밝혀진다고 해서 제게 불리하게 작용하지는 않을 것이라고 어떻게 말씀하실 수 있습니까? 그리고, 공정한 판결이라뇨? 누가 공정한 판결을 기대한단 말입니까? 누가 공정한 판결을 내릴 수 있단 말입니까?"

법정이 다시 소란해졌다.

"법정을 모독하는 발언은 용납할 수 없어!" 재판장이 소리쳤다.

"저는 법정을 모독하지 않았습니다. 저는 다만 공정한 판결이 불가능하다는, 재판장님께서도 이미 알고 계시는 사실을 말한 것에 지나지 않습니다."

"피고는 본 법정뿐만 아니라 나 개인까지도 모독하고 있어!"

이때 변호사가 발언을 요구하고 나서서 여러 가지 예를 들며 피고인의 사고 체계가 특수한 것임을 길게 늘어놓았다. 피고인은 비정상적이라고, 그러나 그러한 피고인의 비정상이 다른 사람들에게 해를 끼치는 것은 아니라고 했다. 검사는 변호사의 말을 받아, 피고인의 비정상적인 사고 체계가 다른 사람들에게 해를 끼치지 않는다는 말은 어불성설이며——"정말 그렇다면 피고인이 이 자리에 있지도 않겠지만 말입니다"——, 설사 그렇다 하더라도 사회의 안전을 위해 정상이 아닌 모든 것을 뿌리 뽑는 것이 경찰과 검찰의 할일이자 법의 존재 이유라고 했다. 왜냐하면 법이란 사회 질서를 유지하기 위해 곧, 정상적인 사회인들을 보호하기 위해 만들어진 것이므로.

변호사와 검사의 발언을 들은 재판장은 잠시 생각하더니, 공정한 판결 운운한 피고인의 발언부터를 속기록에서 지우게 했다. 그것은 재판장으로서는 가장 현명하고 관대한 처사였다. 그리고 피고인에게 파리들과 사건과의 관계를 또다시 물었다.

"할 수 없군요. 재판장님께서 끝까지 저를 모욕하시겠다면 재판을 받고 있는 저로서는 모욕을 감내하는 수밖에 없겠죠. 그렇지만 조금 전에도 말씀드렸듯이 파리들과 이 사건과의 관계는 말로는 설명할 수 없는 것입니다." 피고인은 잠시 말을 멈추고 눈을 감았다가 떴다. "파리와 이 사건과의 관계는 어쩌면 커피와 물과의 관계 같은 것이 아닐까요? 아니, 성급하게 제 말을 가로막지 마십시오. 제가 말하는 커피와 물은 찻집 테이블에 따로 놓인 커피와 보리차 또는 냉수입니다. 여기, 어떤 사람이 있습니다. 이 사람은 찻잔에 담겨 나오는 커피를 마지막 한 방울까지 마시는 버릇이 있는 사람입니다. 아니면 찻잔 바닥에 남은, 때로는 식어버린 마지막 한 방울에서 커피의 진짜 맛을 느끼는 사람이라고 해도 무방합니다. 그런데 여기 계시는 분들 누구나가 대개는 겪어본 일이겠습니다만, 찻집에서 커피를 마실 때, 커피가 아닌 인삼차나 주스라도 마찬가지고, 또 커피를 마시기 위해, 그러니까 커피를 마시는 것만을 목적으로 해서 찻집에 간 것이 아닌 경우——커피만을 마시기 위해 찻집을 찾는 경우가 드물기는 합니다만——, 어쨌든, 커피가 마지막 한 방울쯤 남으면 웨이트리스나 웨이터는 잔을 가져가 버립니다. 이것은 어쩌면 지극히 당연한 일인지도 모르겠습니다만, 제가 이야기하고 있는 이 사람에게는 전혀 당연한 일이 아닌 것입니다. 이 사람은, 자신은 결코 당연한 일로 받아들일 수 없는 일을 다른 사람들이 당연한 일로 받아들이고 있다는 사실에 언제나 고개를 갸우뚱하고 있는지도 모릅니다. 하여간에, 그런 경우에 이 사람은 어떻게 할 수 있을까요? 웨이터나 웨이트리스에게 매번 아직 다 마시지 않은 것이니 가져가지 말라고 하지도 못합니다. 그런 말을 하기가 귀찮기도 하지만, 귀찮아서라기보다는 웨이트리스나 웨이터에게 미안해서 못하는 것입니다. 아니, 미안해한다기보다는 두려워한다고 할까요? 언제나 기다리는 사람은 웨이터나 웨이트리스가 아니라 손님이니까요. 이 사람은 그래서 커피가 잔에 삼분의 일쯤 남으면 거기다 보리차나 냉수를 붓는 것입니다. 잔에 거의 차도록. 그러고는 설탕을 한 스푼 더 넣죠. 자, 생각해보십시오. 이 사람이 삼분의 일쯤 남은 커피 잔에 부은 물과 이 사람이 마셔버린 커피, 그리고 이 사람과 웨이터나 웨이트리스를. 삼분의 일쯤 남은 커피에 물을 부었을 때, 그렇게 해서 다시 잔에 찬 멀건 갈색 액체에 과연 이 사람이 원하는 맛이 있을까요? 이 사람이 원했던 것이 한 잔의 커피에 물을 타서 두 잔쯤으로 늘려 마시는 것이었을까요? 그리고 물을 부어서 웨이트리스나 웨이터의 눈을 속이더라도 이 사람은 커피의 마지막 한 방울을 마시지는 못합니다. 왜냐하면 물을 몇 번 더 붓더라도, 그래서 한 잔의 커피로 몇 잔이고를 마신다 하더라도 결국 마지막 한 방울은 웨이터나 웨이트리스의 몫이기 때문입니다. 이 사람이 무엇을 어떻게 할 수 있겠습니까? 자기 자신이 원하는 것이 무엇인지도 모르는 사람이."

아마도 모두들 피고인의 발언이 계속되리라고 생각했던 모양이다. 그러나 피고인이 입을 다문 채로 있자 재판장이 물었다.

"방금 한 말이 파리와 이 사건과의 관계에 대한 설명의 전부인가?"

"아닙니다, 재판장님. 저는 커피와 물과의 관계, 아니 마지막 한 방울의 커피를 마시고자 하는 사람에 대해서 이야기했을 뿐입니다."

"파리와 이 사건과의 관계에 대한 비유로서 말이지?"

"솔직히 말씀드리겠습니다. 비유란 어떠한 경우에라도 바람직한 것이 못됩니다. 방금 마지막 한 방울의 커피를 마시고자 하는 사람의 이야기를 하면서 저는 새삼스레 그것을 절실히 느꼈습니다. 지금 내가 이야기하고 있는 것은 파리와 이 사건과의 관계와는 전혀 다른 것이라고. 다시 말씀드립니다만, 파리들과 이 사건과의 관계는 어떠한 방법으로도 설명이 불가능한 것입니다. 그러니 재판장님께서 알고 계시는 것으로 만족해주시기 바랍니다. 저 또한 재판장님보다 많이 알거나 잘 알고 있지는 못하니까 말입니다."

"그렇다면 피고인은 내가 파리들과 이 사건과의 관계를 알고 있다는 것을 어떻게 확신할 수 있는가?"

"재판장님이 바로 재판장님이시기 때문입니다. 만일, 어디까지나 가정입니다만, 재판장님께서 파리들과 이 사건과의 관계를 모르신다면 이 재판은 불가능한 것입니다. 뿐만 아니라 지금까지 재판을 해온 것도 거짓이겠죠. 곧, 저에 대한 모욕이란 말입니다."

긴장, 침묵……그런 것들이 법정을 가득 채웠다. 파리들마저도 소리를 죽이고 조용히 일들을 하는 것 같았다. 이러한 현상은, 비유란 불가능한 것이라는 피고인의 진술이 거짓이 아니라 하더라도, 태풍이 몰아치기 직전의 정적에 비유될 만한 것이었다. 그러므로 다음에 벌어진 일들은 태풍의 몰아침, 바로 그것이었다.

검사가 마치 팽팽하게 당겨진 고무줄이 끊어지듯 갑자기 자리에서 벌떡 일어나 소리를 질러대기 시작했다. 그러자 변호사도 기다렸다는 듯이 자리를 박차고 일어서서 목에 핏대를 세웠다. 검사와 변호사는 당장에라도 상대방의 멱살을 움켜쥐고 주먹질을 해댈 것 같은 기세였다. 방청객들도 들끓기 시작했다.

재판장은 날뛰고 있는 검사와 변호사, 와글거리는 방청객들, 어쩔 줄 몰라 하고 있는 정리들. 그리고……파리들을 그저 느끼고 있을 뿐이었다. 그 속에서 그들을 진정시켜야 한다는 생각이 어렴풋하게 떠오르기는 했지만 그런 생각을 하고 있는 사람은 다른 사람인 것 같았다. 그 사람이 왜 이런 소란을 방관하고 있는지가 재판장에게는 의문이었다. 그때 누군가가 재판장의 손때로 반들거리는 나무망치를 두들기며 소리쳤다. "파리약을 가져와! 파리약을 뿌려!"

두 명의 정리가 뛰어나가 액체 파리약이 담긴 분무기를 대여섯 개씩 안고 와서 난장판이 된 법정 안에 뿌리기 시작했다. 다른 정리들도 동료가 가져온 분무기를 받아들고 온 법정에 파리약을 뿌려대었다. 방청객들은 자기들이 흡사 파리들인 양 정리들이 뿌려대는 파리약을 피해 우왕좌왕하다가 급기야는 아무에게나 닥치는 대로 주먹을 휘두르고 발길질을 해대었다. 외치는 소리, 비명 소리, 기물들이 부서지는 소리 등등, 이러한 소동에서 발생 가능한 온갖 소리들이 법정을 가득 채우고 넘쳐흘렀다. 서기의 속기록 등 온갖 서류들이 파리들의 찢어진 날개처럼 법정에 날아다니고, 구겨지고, 짓밟혔다. 찢어진 옷자락, 피를 흘리는 콧구멍, 뜯겨버린 보지, 부러진 갈비, 삐져나온 항문, 뭉개진 입술, 깨어진 주먹, 괴어오르는 피거품, 조각난 불알, 부어오른 눈두덩, 잘려나간 유방, 물어뜯긴 귀, 흘러나온 창자, 잘린 발가락, 으깨어진 머리 등등이 법정 여기저기에 꽃처럼 피어났다…….

기적처럼, 그러니까 거의 믿어지지 않는 일이지만, 제자리를 지키고 있는 두 사람은 재판장과 피고인이었다. 두 사람은 조금도 움직이지 않았다. 무덤 속의 송장처럼.

마침내, 격전이 끝난 고지처럼 철저히 파괴되어버린 법정에 형형색색의 파리들이 새까맣게 몰려들었다. 포연처럼, 또는 싱그러운 향기처럼 파리약 냄새가 괴어 있는 법정에. 파리들은 이미 태어나기 전부터 파리약에 면역이 되어 있었다는 사실을 그들은 몰랐던 것일까?

파리들을 쉬게 할 수는 없다.

는 것이 피고인의 마지막 진술이었다. 피고인의 진술은 재판장으로 하여금 많은 시간이 흐른 뒤에 우연히 한 마리나 몇 마리의 파리들을 의식할 자신의 모습을 보게 했다. 이미 인생의 황혼이라고들 하는 그런 시기를 넘기고도 살아 있을 재판장은 자신이 파리를 보고 피고인을 연상하게 될 것이라는 생각을 했다. 바로 그때 자신이 먼지가 된다면, 먼지가 되어 창살 틈으로 밀려들어온 바람에 흩날려버린다면……. 그때, 재판장은 무어라 울부짖을 수 있을 것인가. 갇힌 파리의 날갯짓 같은 피고인의 미소를 느끼며.

재판장은 눈을 감았다. 그리고 천천히 나무망치를 여덟 번 씩이나 두드렸다. 그것은 일종의 판결과도 흡사했다. 그러므로 피고인은 일어서야만 했다. 피고인이 폐허의 한복판에서 솟아오른 전설의 기둥처럼 일어서자 파리들이 구름처럼 날아올랐다. 그러나 재판장에게는 피고인이, 그리고 파리 떼도 보이지 않았으며, 누군가가 내지른 외마디 비명도 들리지 않았다. 재판장은 이미 무너져버렸던 것이다.

의자왕의 표변과 백제의 멸망에 대한 허구적 고찰

序

　의자(義慈)라는 이름의 한 사람에 대해서 우리는 무엇을 얼마나 알고 있는가? 우리가 그에 대해서 알고 있는 것은 의자라는 이름[諱]의 왕에 대한 기사화된 단편들뿐이다.

　백제의 서른한 번째 왕, 마지막 왕으로, 어렸을 때부터 용맹스럽고 담력이 있었으며, 효성과 우애심이 깊어 해동증자[海東曾子 ; 증자는 공자의 제자로, 이름은 삼(參)이다. 효도를 역설하였으며 《효경(孝經)》의 저자로 알려져 있다]라고까지 불리었고, 왕위에 오른 뒤에는 신라를 쳐 사십여 성을 함락시키기까지 하는 등으로 국위를 떨쳤다는 것, 그러나 나중에는 황음탐락(荒淫耽樂)하고 음주방탕(飮酒放蕩)했으며, 성충(成忠)과 흥수(興首) 등 충신들의 말을 따르지 않아 백제를 멸망케 했다는 것, 백제가 멸망한 뒤에는 당나라에 끌려가 그곳에서 병들어 죽었다는 것 등등이 우리가 접할 수 있는 의자에 대한 기사의 거의 전부인 것이다. 이러한 단편들에서 우리는 한 사람의 전혀 다른, 거의 극과 극의 두 모습——훌륭한 왕자로서의 의자, 국위를 떨친 왕으로서의 의자. 그리고 이와는 상반되는 인간으로서, 왕으로서 타락한 의자——만을 볼 수 있을 뿐으로, 한쪽 극에서 다른 한쪽 극으로 표변(豹變)하게 된 동기를 찾아볼 수가 없는 것이다.

원문(原文) 1-1에서 볼 수 있듯이, 왕위에 오르자 주색에 빠져 정사가 문란해졌다는 보각국존(普覺國尊) 일연(一然)의 기록은 전혀 설득력이 없을 뿐만 아니라, 사실과도 어긋난다[일연은 태종(太宗) 춘추공(春秋公) 항목의 한 대목으로 의자와 백제의 멸망을 기록하고 있다. 한 나라의 멸망이 한 사람의 영광을 위한 자료에 지나지 않는 것일까?]. 수충정난정국찬화공신개부의동삼사검교태사수태보문하시중판상서겸이례부사집현전태학사감수국사상주국치사신(輸忠定難靖國贊化功臣開府儀同三司檢校太師守太保門下侍中判尙書兼吏禮部事集賢殿太學士監修國史上柱國致仕臣) 김부식(金富軾)은 보다 상세히 의자의 행적들을 보여주고 있는데(원문 1-2), 의자는 즉위한 이듬해에 신라의 사십여 성을 빼앗는 등, 당시의 전형적인 영토확장 전쟁으로 십여 년을 보낸다. 그러다가 의자왕 십육 년 삼월에 궁녀들과 더불어 황음탐락했다는 기록이 보인다. 백제가 망한 것이 의자왕 이십 년의 일이니, 그렇다면 의자는 말년의 사 년 동안을 방탕하게 보냈다고 볼 수 있다. 만일 일연의 기록이 사실이라면 김부식은 의자의 즉위 후 십오 년 동안의 방탕에 대해서는 기록하지 않은 것이 된다. 그러나 김부식의 편파적인 기록이 의자의 흠을 덮어주지 않았으리라는 것은 너무나도 분명하다[의자왕 구년에 신라가 백제와의 싸움에서 진 것을 김부식은 '아군패배(我軍敗北)'라고 기록하고 있다. 우리는 그러나 여기서 일연이나 김부식의 사관(史觀), 기록의 정확성 따위를 논하고자 하는 것은 아니다].

　의자라는 한 사람의 표변은 무엇 때문이었을까? 이 의문은 우리로 하여금 이 작업을 하게 한 직접적인 동기가 되었다. 그런데 우리는 사학자도 다른 무슨 학자도 아니다. 따라서 지금까지 밝혀지지 않은 의자에 대한 기록을 발굴한다든가 하는 따위의 일은 애당초 불가능한 것이었다. 우리가 기댈 수 있는 것은 우리의 상상력밖에 없었다. 다시 말해서 우리는 사료〔우리는 사료를 《삼국유사(三國遺事)》(이하 《유사》)와 《삼국사기(三國史記)》(이하 《사기》)만으로 한정했다]의 공백을 우리의 상상력으로 메우고자 한 것이다(두말할 필요도 없겠지만, 만일 사료가 충분했다면, 그래서 의자가 왜 표변하게 되었는가를 알 수 있었다면, 우리는 구태여 이런 작업을 하지도 않았을 것이다). 그 결과, 우리의 상상력(보잘것없는 것이지만)은 의자의 표변에 대한 사료의 공백을, 쉽지는 않았으나, 그리 어렵지 않게 메울 수 있었다. 비록 그것이 황당무계한 가설일지라도. 우리는 그러나 우리의 가설이 황당무계하기는 하지만 그런 대로 설득력이 있으리라고 생각한다. 곧, 우리의 가설이 '그럴듯한 썰[說]이로군' 하며 고개를 끄덕일 독자가 없지는 않으리라는 것이 우리의 생각이다(물론 우리의 생각은 우리만의 생각으로 그칠 수도 있다).

　그런데 우리는 우리의 작업을 의자의 표변에 대한 사료의 공백을 메우는 것만으로 끝낼 수는 없었다. 의자의 표변에 대한 사료의 공백을 메우는 작업은 곧 의자의 황음방탕의 이면을 보는 일이었으므로. 결과적으로 우리는 의자라는 한 인물을 통해 사람이라는 존재의 나약함을 다시 한 번, 새삼스레, 확인하게 된 것이었다. 아울러 그로 인한 백제의 멸망이 필연적이었다는 것까지도.

여기서 한 가지 밝혀둘 것은, 역사가 변증법적으로 퇴보한다든가 단계적으로 순환한다든가 하는 따위의 잡설들에 대해 아는 바가 없는 우리의 작업이, 역사적 사실에서 소재를 얻기는 했지만, 역사 그 자체와는 아무런 상관도 없다는 것이다.

이 글은, 그리고 물론, 학술 논문이 아니다.

原文

1-1

백제의 마지막 왕 의자는 무왕(武王)의 맏아들이다. 용맹하고 담력이 있으며, 부모에게 효도하고 형제에게 우애가 깊었으므로 사람들이 해동 증자라고 일컬었다. 정관(貞觀) 십오 년(辛丑年, 2974)*에 왕위에 오르자 주색에 빠져 정사가 문란해지고 나라가 위태로워졌다.

1-2

무왕이 돌아가시니 태자가 위를 계승하게 되었다. 당태종(唐太宗)이 사부낭중(祠部郎中) 정문표(鄭文表)를 보내어 왕을 책봉하여 주국대방군공 백제왕(柱國帶方郡公百濟王)을 삼았다. (……) 이 년 이월에 왕이 주·군을 순시하고 특사령을 내려 사형수들을 제외한 모든 죄수들을 풀어주었다. (……) 칠월에 왕이 친히 군사를 거느리고 신라에 쳐들어가 하미후

---

* 이하, 연도는 모두 단기임.

(下獼猴) 등 사십여 성으로부터 항복을 받았다. (······) 십일 년에 사신을 당에 보내어 조공하였다. 그 사신이 돌아오는 길에 고종(高宗)의 조서를 받아가지고 왔는데, 내용은 다음과 같다. "해동의 세 나라는 나라를 세운 지가 오래되었는데, (서로 영토를 넓혀 가다보니) 경계선이 마치 개이빨 [犬牙]처럼 맞닿아 있다. 근래에 이르러서는 서로 사이가 벌어져 싸움이 일어나 조금도 편한 세월이 없으니, 삼한(三韓)의 백성들이 목숨을 내놓고 창을 겨누며 싸우는 일이 조석으로 잇달았다. 하늘을 가름하여 만물을 다스리는 나는 (그런 사실을 알게 되어) 민망하기 그지없다. 지난해에 고구려와 신라의 사신이 함께 입조(入朝)하였기에, 내가 이제부터는 서로 미워하거나 원망하지 말고 다시 친목을 돈독히 하라고 명령하였더니, 신라 사신 김법민(金法敏)이 아뢰되, '고구려와 백제가 입술과 이처럼 서로 의지하여 무기를 들고 침략해 옴으로써 대성진(大城鎭)이 백제에 병합되어 국토는 줄어들고 국가의 위력마저 떨어졌습니다. 원컨대 백제에 조서를 내리시와 침탈해간 성을 돌려주게 하옵소서. 만약 조서대로 시행하지 아니할 경우에는 곧 군사를 일으켜 쳐 빼앗을 것이되, 다만 옛 땅만 찾고 나면 곧 화친을 청할 생각이옵니다' 라고 하므로 나는, 그 말이 순리에 맞으므로, 허락하지 아니할 수가 없었다. 옛날에 제환공(齊桓公)은 열국(列國)의 제후에 지나지 않았으나 망한 나라를 살렸거늘, 하물며 나는 만국의 종주로서 어찌 위태로운 나의 속국을 구원하지 아니하겠느냐. (······) 왕은 내 말을 깊이 생각하여 스스로 복된 길을 찾아 좋은 계책을 도모하고, 후회를 하는 일이 없도록 할지어다." (······) 십육 년 삼월에 왕이 궁녀들과 더불어 황음탐락하여 술을 마시고 그칠 줄을 몰랐다.

2-1

충신은 죽어도 임금을 잊지 아니하옵나니, 한 말씀 드리고 나서 죽고 싶습니다. 신(臣)이 일찍이 시세(時勢)의 변화를 살펴보았건대, 반드시 병란(兵亂)이 있겠사옵니다. 대개 군사를 부림에 있어서는 그 지세(地勢)를 잘 가려야 될 것이오니, 상류에 머물러서 적병을 맞이하면 능히 지킬 수 있을 것이옵니다. 만약 적병이 쳐들어오거든 육로로는 탄현(炭峴)을 넘어오지 못하게 하시옵고, 수군은 지벌포(伎伐浦)에 들어오지 못하게 하실 것이며, 그 험한 곳에 의지하여 지키신 후에 치는 것이 옳을 것입니다.

2-2

성충은 옥 안에서 말라 죽었으나 왕은 이를 살피지 않았다.

3-1

그러자 안개에 갇힌 어둠이 두런거리는 소리가 바람을 타고 흘러나왔다.

　　——기미년(己未年, 2992)에 오회사(烏會寺)에 핏빛 말이 나타나 낮부터 밤까지 여섯 시간 동안이나 절 주위를 돌아다녔다는군.

　　——이월에는 여우들이 궁중에 들어왔는데, 그 중에서 흰여우 한 마리는 상좌평(上佐平)의 책상에 올라앉았답디다.

　　——사월에는 태자궁의 암탉이 참새와 교미를 했다네.

　　——오월에는 사비수(泗沘水)에서 길이가 세 길이나 되는 커다란 고기가 나와 죽었는데, 그 고기를 먹은 사람들도 모두 죽었다 하오.

　　——사람같이 생겼으나 온몸이 푸르고 머리는 쇠인 짐승들이 사비수

남쪽 빛고을에서 불을 토하는 몽둥이로 사람들을 닥치는 대로 죽였다네.

──팔월에는 길이가 여덟 척이나 되는 여자의 송장이 생초진(生草津)으로 떠내려왔답니다.

──구월에는 궁중의 홰나무가 마치 사람처럼 울었다는군.

──경신년(庚申年, 2993) 이월에는 서울의 우물이 모두 핏빛이 되었답니다.

──서쪽 바닷가에 작은 고기들이 나와 죽었는데, 사람들이 그 고기를 먹을 수가 없었답니다.

──사비수도 핏빛이 되었다오.

──사월에는 수만 마리의 두꺼비 떼가 나무 위로 올라갔다네.

──사람들이 까닭 없이 놀라 달아나다가 엎어지고 밟혀서 죽은 자가 백여 명이나 되었다고 합디다.

──오월에는 비바람이 사납게 몰아쳐 천왕사(天王寺)와 도양사(道讓寺), 두 절의 탑이 진동을 했고, 백석사(白石寺) 대웅전에는 벼락이 떨어졌다는군.

──검은 구름들이 용처럼 꿈틀거리며 하늘 동쪽과 서쪽에서 싸웠답디다.

──유월에는 왕흥사(王興寺) 중들의 눈에 배가 큰 물결을 따라 절문으로 들어오는 것 같은 헛것이 보였다네.

──몸은 사람이고 머리는 해골인 무리들이 나타나 하늘을 가릴 만큼이나 매운 가루를 뿌려대어 나라 안이 온통 아수라장이 되었다는군.

──들사슴 같은 큰 개가 사비수 언덕에서 궁을 향해 짖다가 사라지자,

서울의 모든 개들이 길에 모여 한참 동안이나 울부짖다가 흩어졌다고 합니다.

3-2

누가 말을 만들었는가, 누가 말을 했는가, 입 없는 말은 귀에서 귀로, 마을에서 마을로, 나라에서 나라로 스멀거리며 낄낄거리며 온 땅을 헤집고 다녔다. 여기서는 살을 붙이고, 저기서는 뼈를 빠뜨리며. 그렇다! 현상은 다만 말을 만들기 위한 구실에 지나지 않았다. 아니 말이 현상을 만들었던가? 그러니 두려워하라! 보이지 않는 숨결의 조용한 떨림을. 그 가냘픈 떨림은 이윽고 회오리바람이 되고 태풍이 되는 것들이니.

3-3

——귀신이 나왔다네

——나라님 즐거이 꽃놀이 하시는 깊고 깊은 궁중 뜰에

——그 귀신이 '백제는 망한다, 백제는 망한다!' 고 외쳤다네

——그러고는 땅 속으로 들어갔다네

——하도 괴이하고 기가 막히는 일이어서 나라님이 귀신 들어간 땅을 파게 하셨다네

——귀신을 끌어내 문초라도 할 셈으로

——헌데 귀신은 안 나오고 열 자 땅 속에서 거북이 한 마리가 나왔다네

——거북이 등에 글이 씌어 있는데 '백제원월륜 신라여신월(百濟圓月輪 新羅如新月)' 이라

——백제는 보름달이고 신라는 초승달이라는 소리

　　——무슨 말인가 궁금해서 제관에게 물었다네

　　——제관이 하는 말

　　——보름달이란 꽉 찬 것이오니 차면 이지러지는 법이오며, 초승달이
라 함은 차지 않은 것이오니 차지 않았으면 점차로 차게 되는 법이옵니다

　　——그러니 백제는 망하고 신라는 흥한다는 소리렷다

　　——노하신 나라님 제관을 죽였다네

　　——죽였다네

　　——어떤 자 나라님께 아뢰기를

　　——보름달은 꽉 찬 것이옵고 초승달은 미약한 것이오니, 생각건대 우
　　　리 백제는 더욱 강성해지고 신라는 더욱 약해진다는 것이 아니겠
　　　습니까

　　——그 소리에 나라님 기뻐하셨다네

　　——기뻐 상을 내리셨다네

　　——바른말 하는 자 죽음을 당하고

　　——귀 간질여 주는 자 상을 받으니

　　——아아 애닲도다

　　——이 땅의 그 누가 바른 말을 할손가

　　——진실을 보는 자

　　——눈알을 파내고

　　——진실을 생각하는 자

　　——껍질을 벗기고

　　——진실을 듣는 자

──귀를 찌르고

──진실을 말하는 자

──혀를 자르고

──진실을 쓰는 자

──손을 잘라버리고

──진실을 행하는 자

──사지를 찢고

──진실을 잉태케 한 자

──불알을 까고

──진실을 잉태한 자

──배를 가르니

──이 땅의 거짓 그 썩은 냄새에

──구름마저 피해가네

──하늘마저 고개를 돌리네

4-1

칠월 열여드렛날 의자왕은 태자 및 웅진방령군(熊津方領軍) 등을 인솔하고 웅진성에서 나와 항복하였다.

4-2

나·당 연합군이 큰 잔치를 하는데, 신라의 무열왕(武烈王)과 소정방(蘇定方) 등은 당상에 앉고 의자왕 및 그 아들 융(隆)은 당하에 앉힌 다음, 의자를 시켜 술을 따르게 하니 백제의 여러 신하들은 눈물을 흘리지 않는

자가 없었다.

4-3

소정방은 의자왕과 태자, 왕자와 신하 등 귀족 팔십팔 명과 백성 일만
이천팔백팔 명을 당나라의 서울로 압송하였는데 김인문(金仁問), 유돈(儒
敦), 중지(中知)* 등이 동행했다.

註釋

1-1

우리는 의자를 표변시킨 무엇인가가 있었을 것이라는 생각으로부터 이
작업을 시작했다. 그런데 그 무엇인가는 한 인간을 온통 뒤흔들어 버릴 만
큼 강력한 것이며 동시에 기록될 수 없는, 다시 말해서 비밀스러운 것이어
야 한다는 조건을 필요로 했다. 왜 이런 조건이 필요했는가를 새삼스레 설
명할 필요는 없을 것이다. 우리는 과연 무엇이 이 조건들을 충족시켜 줄
수 있을 것인가를 여러 가지로 생각해보았다. 그 결과, 우리는 위의 조건
들을 충족시켜 줄 그 무엇인가는 바로 귀신의 예언일 것이라는 데에 의견
의 일치를 보았다.

원문 3-1이 귀신이 저지른 일들을 언어로 옮겨놓은 것이라는 사실에는
의심의 여지가 없다. 그리고 원문 3-3 또한 귀신의 등장으로부터 얘기를

* 신라의 신하들.

풀어나가고 있다〔문명이라는 공해에 시달리는, 하여 본성을 상실한 우리에게는 귀신이 매우 의심스러운 존재지만, 그것은 바로 우리가 누리는(?) 문명이라는 공해로 인해 귀신들이 거의 멸종해버린 때문이며, 겨우 명맥을 유지하고 있는 몇몇 귀신들마저 거의가 설 자리를 잃은 때문이다. 그러므로 이천구백 년대 말엽에 귀신이 나타났었다는 것은 허황한 말이 아니다〕. 우리는 원문 3-1의 일들을 저지른 귀신과 원문 3-3에 나타난 귀신이 같은 귀신이라는 것, 그리고 그 귀신이 그 이전에 이미, 사료의 공백에서, 의자 앞에 나타났었다는 사실을 발견한 것이다.

의자왕 십육 년(2989) 삼월 삼짓날, 저녁과 밤 사이의 어둑할 무렵이었다. 홀로 궁중의 뒤뜰을 거닐고 있던 의자 앞에 귀신이 나타난 것이었다. 의자 자신의 표현을 빌자면 '꿈도 아니고 생시도 아니요 생시도 아니고 꿈도 아닌 때에, 머리는 산발하고 쇠눈깔만 한 눈은 핏빛으로 번쩍이고 귀 밑까지 찢어진 입은 온통 피투성이요 송곳니는 가슴까지 뻗친' 귀신이 바로 사람들의 피로 살아가는, 의자를 온통 뒤흔들어버린 춘추(春秋 ; 공자가 지은 노나라 역사책의 이름과 같은 이름이니, 당시의 신라왕 김춘추는 아니다. 그렇지만 의자 앞에 나타난 귀신의 이름과 백제를 친 신라왕의 이름이 같다는 것은, 또 춘추라는 낱말이 역사의 다른 표현으로 사용되기도 한다는 것은 의자와 백제의 운명이 이미 결정되어 있었다는 사실을 드러내는 증거의 하나일 것이다)라는 귀신이었다. 의자 앞에 나타난 춘추는 낄낄거리며 백제가 망할 것이라는 예언을 했는데, '네가 이름처럼 의롭고 자비로우며, 지혜가 뛰어나고 용맹스러운 것은 하늘이 백제에 내린 마지막 선물'이라는 것이었다.

귀신은 거짓말을 하지 않는다. 고대 그리스의 경우, 한 사람(또는 집단)에게 내려지는 신탁(神託)은 그 사람(또는 집단)이 장차 겪어야 할 일이었다. 그런데 신탁, 곧 귀신의 예언은 말해짐으로써 이루어지는 것이었다. 많이 알려진 라이오스와 오이디푸스의 경우를 보면, 아들의 손에 죽게 될 것이라는 예언이 없었더라면 라이오스는 오이디푸스를 버리지 않았을 것이며, 오이디푸스 또한 아버지를 죽이고 어머니 이오카스테와 부부로 맺어질 것이라는 예언을 몰랐더라면(그가 친부모로 알고 있던) 양부모 밑에서 떠나지 않았을 것이다. 예언이란 그러므로 빠져나오려고 하면 할수록 더욱 깊이 빠져드는 수렁과도 같은 것이다.

신탁으로부터, 다시 말해서 이미 결정지어진 운명으로부터 벗어나려고 발버둥 쳤던, 그럼에도 벗어날 수 없었던, 어리석은 고대 그리스인들과는 달리 하늘이 정한 일은 정한 대로 된다는 사실을 의자는 잘 알고 있었다(그것이 말해짐으로써 이루어진다는 것까지는 알지 못했다 하더라도). 그런 의자에게 춘추의 예언이 얼마나 충격적이었을까는 독자들도 충분히 상상할 수 있을 것이다.

1-2

국가의 멸망이란 결국 주권(主權)의 상실인 것이다. 국민들이 한 사람도 남김 없이 모두 죽어버린다거나, 국토가 증발 또는 침몰해버리는 경우는 있을 수 없는 일이니까(라고 할 수 있겠다. 바다 밑으로 가라앉아버렸다는 아틀란티스의 전설이 있기는 하지만). 대한제국이 왜국(倭國)에게 나라를 빼앗겼어도 한반도는 지도에서 지워지지 않았고 한민족은 멸종되지 않았다. 만일 국가의 멸망이 사람들과 땅까지 지워지는 것이라면 침략

(이라고 명시되지 않는 침략까지를 포함해서)은 무의미한 것이리라(물론 미국의 경우에, 땅을 차지하기 위해 백인 침략자들이 인디언 부족을 전멸시킨 일 따위가 없는 것은 아니지만).

주권——이것은 나라를 이루는 세 가지 요소인 땅과 사람과 주권 가운데에서 유일하게 추상적인 것인데——은 보이지 않는 거대한 힘이다. 권리는 사람이 빚어낸 그 어떤 것보다 가공(可恐)할 만한 것이다. 추상적이기에 더욱. 추상적인 그것이 사람을 비롯한 구체적인 사물들을 해치거나 파괴하는 경우를 보라! (어찌 국가 간의 경우뿐이겠는가? 국가와 국민 간이나 여타 조직이나 집단, 개인에게 있어서도 권리란 무서운 것이다. 개인 간의 사소한 다툼에서부터 혁명, 전쟁에 이르기까지 크고 작은 모든 싸움은 결국 권리로 인해 비롯되는 것이 아닌가! 지키기 위해서, 그리고 빼앗기 위해서.)

의자가 살았던 시대에는 국가의 주권이라는 것이 왕가(王家)의 가보(家寶)였다. 그리고, 당연한 일이지만, 아무나 왕이 될 수도 없었다. 나중에, "천지신명이시여, 어찌하여 이 몸을 왕자(王者)로 태어나게 하셨습니까? 눈 둘에 코 하나, 귀 둘에 입 하나, 손가락 열에 발가락 열뿐인 몸이 어찌 똑같이 눈 둘에 코 하나, 귀 둘에 입 하나, 손가락 열에 발가락 열인 백성들을 다스릴 수 있겠습니까? 오 오, 천지신명이시여——"라며 피눈물을 흘리기는 했지만, 정말 그의 말처럼 의자가 백성들과 같은 사람인 것은 결코 아니었다[그의 말은 이천 년쯤 전에 야소(耶蘇)라는 한 유태인 무당이 겟세마니에서 "이 잔을 나에게서 거두어 주소서"라고 기도했던 것과 같은, 절망으로 인한 고통에서 새어나온 말이었다]. 왕이란, 어느 누구라도 (어떤 형태이든) 선거에서 (무슨 수를 써서라도) 많은 표를 얻기만 하면 되는 이른바 공화국의 국가원수, 행정부만을 관할할 뿐이고(나라에 따라 국가원수라는 허울뿐인 명분만을 걸치고 있는 대통령도 있기는 하지만), 임기를 마치면 그만인, 국민들의 종들의 여러 직명(職名)들 가운데의 하나에 불과한 대통령 따위와는 전혀 다른, 하늘이 내린 인물이었다. 왕은 하늘과 백성들 사이에서 위로는 하늘을 받들고 아래로는 하늘의 뜻에 따라 백성들을 다스리는 선택받은 존재였다. 물론 왕가가 바뀐다거나 하는 따위의 일들 또한 하늘의 뜻이었다[여기서의 왕은 그러나 현재 몇몇 나라의 상징적 존재로서 국고(國庫)나 축내고 있는, 기생충적 장식물인 왕을 가리키는 것은 물론 아니다].

의자 또한 하늘의 명으로 백제의 주권을 물려받은 사람이었음은 두말할 나위도 없다. 그런데 하늘은 춘추를 시켜 백제가 망할 것이라는 예언을 의자에게 던져버린 것이었다. 의자가 하늘이 노할 만한 짓이라도 저질렀던가? 아니라면 의자의 조상들이 하늘에 불경했었기 때문이었을까? 왜 하필 의자가 백제의 마지막 왕이 되었어야만 했을까? 이러한 질문들은 그러나 질문 그 자체가 불가능한 것이고, 따라서 무의미한 것이다. 우리는 아직은(그리고 아마 앞으로도 영원히) 이러한 질문들을 할 수가 없다. 하늘의 뜻을 헤아리기에는, 우주의 질서를 엿보기에는, 우리는 너무나도 미미한 존재이기 때문이다. 비트겐슈타인은 말했다. '말할 수 없는 것에 대해서는 침묵을 지켜야 한다'고.

1-3

"천지신명이시여, 어리석은 백성들은 당신께 물어 미래를 알고자 하지만, 저희 미물들에게는 미래를 감당할 힘이 없습니다"라고 의자는 통탄했다. 그렇다. 사람에게 미래란 글자 그대로 아직 오지[來] 않은[未], 불확실한 것이다. 다만, 과거에 기대어 미래를 추측할 수 있을 뿐인데, 그러나 사람이 과거에 기대어 내다볼 수 있는 미래란 극히 제한되어 있다. 아니, 전혀 없다고 해야 할 것이다. 그러면서도 막막하기만 한 내일을 견디며 끔찍한 오늘을 살아낼 수 있는 것은 희망 때문인 것이다. 그런데 춘추의 예언은 의자에게서 희망을 앗아가버린 것이었다. 하늘로부터 백제의 왕으로 선택받은 한 사람 의자, 그리고 자신이 백제의 마지막 왕으로 선택되었다는 하늘의 뜻을 알게 된 한 사람 의자——그는 사람으로서 고통스러웠고, 백제의 왕으로서 고통스러웠던 것이다. 절망 속에서 두 겹의 고통으로 시달리는 의자의 황음방탕은 그러므로 당연한 결과였다고 할 수 있을 것이다.

한 사람이 견뎌낼 수 있는 고통의 양이 얼마나 되는지를 우리는 모른다. 하지만, 앞에서도 말했듯이, 단 한 줄기의 가느다란 희망이라도 있다면(그리고, 되풀이되는 말이지만, 미래는 그 자체가 희망인 것이다) 사람이 견딜 수 없는 고통이란 없다고 해도 지나친 과언은 아닐 것이다. 물론 육체의 한계는 있다. 그러나 의사들은 죽음을 눈앞에 둔 환자에게까지도 희망을 잃지 말라고 한다. 우리들이 흔히 말하는 절망이란 말의 엄밀한 의미에서의 절망은 아니다. 절망이란 희망[望]의 (완벽한) 끊어짐[絶]을 뜻하므로. 우리들이 흔히 말하는 절망은 상대적으로 적은 희망의 양을 가리키는 말인 것이다. 그런데 의자의 경우는 말의 엄밀한 의미에서의 절망이었다. 그런 사람에게 윤리를 요구한다는 것은 그러한 요구 자체가 철저히 비윤리적인 것이 아니겠는가!

2

이상으로 우리는 의자가 무엇 때문에 표변하게 되었는가를 살펴보았다. 처음에 우리는 해동증자라고까지 칭송받던 의자가, 훌륭한 왕 의자가 황음방탕하는 패륜아로 돌변하게 된 것이 무엇 때문이었는가만을 알아보고 작업을 끝낼 계획이었다. 우리는 그러나, 앞에서 말했듯이, 그것만으로 작업을 끝낼 수는 없었다. 그 이유는 표변 이후의 의자를 보고 싶다는 욕구 때문이었는데, 이것은 곧 백제를 멸망케 하는, 스스로 예언을 이루어나가는 의자를 보고자 함이었다. 만족을 모르는 욕망은 지칠 줄도 모르는 법이다.

3-1

의자가 황음탐락케 된 것이 귀신 춘추의 예언으로 인한 절망 때문이었다는 것, 하늘이 정한 일은 하늘이 정한 대로 된다는 것을 알고 있던 의자였기에 춘추의 예언은 충격적인 것일 수밖에 없었고, 그러한 충격에 견디기 위해서 의자가 술과 여자를 필요로 했던 것임은 앞에서 말한 바와 같다.

그런데 의자는 또한 백제 칠백 년을 마감하며 공신들을 위로해주고 싶기도 했다. 백성들도 편히 쉬게 해주고 싶었다. 그들이 아니었더라면 백제 칠백 년이 어떻게 가능했을 것인가.

올바른 다스림이란, 백성들로 하여금 제각기 할 일을 하며 고통 받지 않고 편히 살게 하는 것이라는 지극히 단순한 진리를 의자는 잘 알고 있었다. 이웃나라와 싸우는 것은, 가령 팽창주의의 야욕으로 가득 찬 더러운 사대주의자 김춘추 따위와는 달리, 쳐들어오는 적을 막기 위해서였거나,

이웃 나라의 성을 빼앗음으로써 백성들에게 용기와 자부심을 불어넣어 주기 위해서였다. 그렇지만 이웃 나라와의 싸움은, 이기든 지든, 백성들의 목숨만 앗아갈 뿐인 것이었다(재물의 낭비는 차치하고라도). 실상 싸움에 이겨 백제의 모든 백성들의 가슴이 백제인으로서의 긍지로 차오르는 것은 두말할 나위도 없이 바람직한 일이었지만, 그것을 위해 목숨을 잃는 백성들의 억울함은 아무도 풀어줄 수 없는 것이었다. 그리고 백제가 멸망한다면 그런 용기와 자부심, 긍지 따위는 부질없는 것일 뿐이 아닌가. 게다가 백제가 망하더라도 백성들이 모두 죽어 없어지는 것은 아니니, 백성들이야 어느 나라 어떤 왕 밑에서든 제각기 할 일을 하며 사람답게 잘 살기만 하면 되는 것이 아닌가. 하는 것이 의자의 생각이었다. 따라서 의자는, 백제가 망할 것이라는 예언을 들었다고 해서, 백성들까지 혼란에 빠지게 하고 싶지는 않았던 것이다.

그러나, 아니 그렇더라도, 의자 자신이 절망감을 태연히 견뎌낼 수는 없었다. 절망감을 견뎌내는 것은 의자 혼자만의 몫이었고, 견뎌내기 위해서는 술이 필요했다. 술에 취해 아리따운 궁녀들 품에서 잠들고 싶었다.

그렇게 보름쯤 지낸 어느 날이었다, 의자에게 한 가지 생각이 떠오른 것은. 그것은 백제 왕가의 대를 끊어서는 안 된다는 생각이었다. 곧, 왕인 의자 자신의 씨를 보다 많이 퍼뜨리자는 것이 그의 생각이었다. 물론 의자는 백제가 망하리라는 것을 믿어 의심치 않았다(그렇지만 의자가 백제는 망할 것이라는 하늘의 예언이 거두어질지도 모른다는 생각을 한 번도 하지 않았던 것은 아니었다. 의자는 그러나 어쩌다가 한 번씩 스쳐가는 그런 생각 자체를 부정했다). 하지만 의자는 자신의 후예들이 망한 백제를 언젠가 다시 세울 수 있을지도 모른다고, 아니 분명히 그것이 가능하리라고

222

생각했던 것이다. 그것이 의자가 기댈 수 있는 유일한 것이었다. 하여 의자는 명을 내렸다. 궁녀의 수를 삼천으로 늘리라고(낙화암의 비극은 여기에서 비롯되었다.《유사》에는 '모든 후궁들이 화를 면하지 못할 줄 알고 차라리 자결을 할지언정 남의 손에 죽지는 않겠다며 서로 이끌고 이곳에 와서 강에 몸을 던져 죽었'다고 기록되어 있다. 그러나 이 기록은 신라군의 만행을 은폐하기 위해 조작된, 명백한 거짓이다. 신라군은 백제 왕가의 대를 끊기 위해, 씨를 말리기 위해 궁녀들을 도륙하여 낙화암에서 강으로 던져버린 것이었다. 이때 도륙당한 사람들이 궁녀들뿐만이 아니었음은 물론이다. 그리고 그러한 만행을 계획한 것은 당시 신라왕이던 김춘추였으며, 직접 살인만행을 저지른 것은 김춘추의 충실한 개 김유신의 직속부대였다. 나·당연합군 총사령관이었던 당나라 장군 소정방은 김춘추의 무모한 궁녀 도륙계획에 개인적으로는 찬성을 하지 않았지만, 들쥐 같은 동쪽 오랑캐[東夷]들이 미친 짓을 하겠다는 데에 반대할 하등의 이유가 없었으므로 만행을 저지하지 않았다. 그는 신라군의 불필요한 군사작전을 묵인한 대가로 백제의 왕과 태자 등을 포로로 잡아갔으며[원문 4-3], 당나라는 신라가 백제를 삼킨 뒤에도 웅진, 계림 등에 도독부를 설치하고 끊임없이 이권을 요구했다).

하늘은 의자의 뜻을 철저히 외면했다. 의자가 백제의 멸망을 백성들에게 알리지 않으려 하자 귀신 춘추로 하여금 온갖 흉조들을 백제에 뿌리게 한 것이었다. 원문 3-1의 흉조들이 바로 그것이다. 그 흉조들은 입에서 입으로 온 나라 안에, 그리고 이웃나라에까지 퍼져나갔다(원문 3-2). 그러나 의자는 그런 흉조들에 대한 소문을 '유언비어'일 뿐이라며 묵살해버렸다. 만일 백제가 멸망할 것이라는 예언이 있었다는 사실을 밝힌다면, 그런 흉조들이 백제의 멸망을 가리키는 것이라는 사실을 밝힌다면, 그로 인한 혼란만으로도 백제는 멸망하고도 남음이 있으리라는 것이 의자의 생각이었다. 따라서 흉조들에 대한 소문이 퍼져나가는 것과 궁중의 연회가 점차 성대해지는 것은 마치 경쟁이라도 하는 것 같았다. 소문이 퍼져나가면 나갈수록 그런 소문들이 유언비어에 지나지 않음을, 백제가 여전히 그리고 충분히 부강함을 과시하기 위해, 아울러 가중되어 가는 의자 자신의 괴로움에 견디기 위해 연회는 더욱 성대해져야만 했던 것이었다(궁중의 연회 대신에 이웃나라와 싸워 성을 몇 개 빼앗는 것이 백제의 국력을 과시하는데에 훨씬 효과적이었을 것이다. 그러나 그것은 앞에서 말한 이유 때문에, 그리고 그런 사소한 싸움이 의외로 큰 싸움이 되어 백제 멸망의 직접적인 원인이 될지도 모른다는 두려움 때문에 애당초부터 의자의 계산에는 들어 있지 않았다. 물론 의자는 유언비어를 막기 위해 공포정치를 택할 수도 있었을 것이다. 작금의 몇몇 독재국가들의 사례에서 볼 수 있듯이 사실을 얘기하는 자들을 처형한다든가 하는 식으로. 하지만 의자가 백성들의 소중함을 잘 아는 왕이었음을 여기서 다시 한 번 강조해 둔다. 의자가 택할 수 있는 것은 결국 백성들의 시선을 돌리기 위해 궁중의 연회를 더욱 성대하게 하는 것밖에 없었다. 그런데 그것은 차츰 연회를 위한 연회가 되어갔고, 그러는 사이에 의자 자신도 의식치 못한 채, 마치 마약처럼, 나날이 쾌락의 도를 높일 새롭고 성대한 연회를 벌이게 되었던 것이다. 여기서 한 가지 짚고 넘어가야 할 것은, 흉조들에 대한 소문을 유언비어라고 묵살하기 시작했을 때는 이미 명석했던 의자의 두뇌가 상당히 흐려진 뒤였다는 것이다. 어떠한 문제든 문제의 해결을 위해서는 사실을 정확히 밝히는 것이 가장 먼저 해야 할 일임을 의자는 잊고 있었던 것이다. 춘추의 예언으로 인한 절망과 두려움, 그로 인한 황음탐락 등이 의자의 눈을 가렸으리라는 것을 새삼스레 강조할 필요는 없을 것이다. 그렇지만 사실을 왜곡·은닉하려 한 의자는, 그것이 설사 백성과 나라를 위해서였다고 하더라도, 비난받아야 마땅하다. 어떠한 이유에서든 사실의 왜곡·은닉이 국민과 국가에 결코 이롭지 못하다는 것을, 아니 독소로 작용한다는 것을 우리는 실증적으로 잘 알고 있는데, 그것은 백제의 경우도 예외가 아니었다).

어쨌든 의자는 황음탐락, 음주방탕으로 네 해를 보냈다. 왕이 그렇게 네 해를 보냈다면, 어떤 나라에서건간에, 멸망하기에 충분한 민심의 이반과 국력의 낭비, 관리의 부패가 있었으리라는 것은 너무나도 자명하다(만일 의자가 왕이 아니었다면 그렇게 네 해 동안이나 그런 생활을 계속한다는 것이 불가능했으리라는 것은 두말할 나위도 없다).

3-2

의자왕 이십 년(2993) 유월 어느 날, 귀신 춘추가 궁중에 나타나 '백제는 망한다' 고 외친 것은 하늘이 의자에게 전한 최후통첩과도 같은 것이었다(원문 3-3). 백제가 멸망할 것이라는 춘추의 은밀한 예언, 백제의 멸망을 가리키는 흉조들에 이어 춘추가 대낮에 궁중에 나타나 백제의 멸망을 외쳐댔다는 것은, 그리고 춘추가 들어간 땅 속에서 파낸 거북의 등에 씌어진 글은, 비록 의자가 술과 여자로 인해 판단력이 마비되어 있었다고는 하더라도, 백제의 멸망이 임박했음을 깨닫기에 충분하고도 남음이 있었다. 여기서 의자의 말을 직접 들어보자.

"귀신이 나타났을 때 나는 올 것이 오고야 말았음을 알았다. 그러나 넋을 잃고 있을 수만은 없었다. 나는 백제가 망한다고 외친 귀신이 들어간 땅을 파보게 했다. 땅 속에서 등에 글이 씌어진 거북이 나오리라고는 전혀 생각지 못했었다. 내가 땅을 파보게 한 것은, 땅을 파봐야 아무것도 나오지 않을 것이며, 그렇다면 귀신의 외침은 정말 아닌 게 아니라 귀신의 헛소리에 불과할 뿐이라는 것을 말하고 싶어서였다. 그러나 땅 속에서는 뜻밖에도 등에 글이 씌어진 거북이 나왔다. 물론 나는 그 글의 의미가 무엇인지를 알았다. 그리고 백제가, 그때까지는 어떻게 망할 것인지를 구체적으로 몰랐지만, 신라의 손에 망하게 되리라는 것도 알게 되었다. 신라같이 조그마한 나라에게 백제가 망하리라고는 전혀 생각지 못했기에 나는 더욱 놀랐다. 전에 성충이 난리가 있을 것이라는 말을 했을 때〔원문 2-1〕육군과 수군을 이야기했고, 그래서 나는 고구려와 당을 생각하고 있었던 것이다. 고구려는 형제 나라로, 함께 신라를 친 일도 드물지 않았지만……. 그런데 신라라니? 한때 강성했던 때도 있기는 했지만, 실상 신라는 동쪽 구석의 조그마한 나라에 불과하지 않은가. 그런 약소국으로 하여금 백제를 멸망케 하는 하늘이 다시금 원망스러웠다.

어쨌든 나도 모르는 체하고, 제관을 시켜 거북 등에 씌어진 글을 해석케 했다. 제관의 해석이 내가 알고 있는 것과 같았던 것은 당연한 결과였다. 그럼에도 자리에서 벌떡 일어나 소리를 친 것은 내가 미처 의식치 못한 행동이었다. 제관의 목을 자르라고 소리친 다음에야 나는 생각했다. 여기서 백제가 멸망할 것이라는 사실을 공표한다는 것은 지금까지 그 사실을 숨기기 위해 해온 모든 노력들이 물거품이 되어버리는 것이라고. 하여 민심이 더욱 동요하고, 그렇게 되면 애꿎은 희생만 늘 뿐이라고.

내가 성충을 옥에 가두었던 것도 백성들을 희생시키지 않기 위해서였다. 나를 은밀히 찾아온 성충은, 자신도 귀신이 전하는 하늘의 예언을 들

226

었다며, 싸워서 백제를 지키자고 했었다. 사실 성충은, 흥수와 함께, 나의 스승이었으며, 내가 가장 아끼는 신하였다. 나는 성충을 아무도 몰래 옥으로까지 찾아가 조용히 백제의 멸망을 기다리자고 했다. 그것만이 어리석은 백성들을 아끼는 길이라고. 그러나 성충은, 바로 백성들 자신을 위해, 그리고 백제의 무궁한 발전을 위해 최소한의 희생은 피할 수 없는 것이라고 고집을 부렸다. 한번 옳다고 하면 굽히지 않는 성충이지만, 바로 그 고집이 노쇠한 성충을 옥에 갇히게 했고 결국 옥살이를 견디지 못하고 죽게 했던 것이었다. 성충은 역적으로 죽었지만 나는 어느 누구보다도 그의 죽음을 슬퍼했다, 겉으로 드러낼 수 없었기에 더욱. 성충이 죽고 얼마 지나지 않아 흥수가 찾아와 똑같은 말을 했다. 나는 다시 설득을 했지만, 흥수 또한 나의 설득에 자신의 의사를 굽힐 위인이 아니었다. 나는 그를, 옥에서 죽은 성충을 생각하고, 귀양을 보냈다.

한순간 나는 그들의 말을 듣는 것이 옳았을지도 모르겠다는 생각을 했다. 처음부터 그들의, 아니 성충의 말을 들었더라면 그가 옥에서 죽지도 않았을 것이며 흥수를 귀양 보낼 필요도 없었을 것이다. 성충이 옥에서 죽었을 때, 흥수를 귀양 보낼 때 내 살이 저며지는 것 같은 아픔도 없었을 것이며. 그리고 죄 없는 제관을, 내 신하를 내 손으로 죽이는 차마 못할 짓을 하지도 않았을 것이다……. 그러나 돌이키기에는 너무 늦어버렸던 것이다. 그렇지 않아도 온갖 흉조로 민심이 흉흉한데, 거기에다 백제가 멸망할 것이라는 사실을 밝힌다는 것은 불에 기름을 붓는 것과 같은 결과가 나올 터였다.

제관의 목이 잘리는 것을 보고 미관말직의 한 작자가 나서서 뜻밖의 소리를 했다. 백제는 보름달이니 강하고 신라는 초승달이니 약하다고. 내가 그자에게 상을 내린 것은 물론 그의 말이 옳아서가 아니었다. 그자의 말은 그럴 듯했고, 사실 그때까지의 우리 백제와 신라를 비교해 볼 때 틀린 말도 아니었다. 하지만 그자의 말은, 무엇보다도, 어리석은 백성들의 눈을 가리기에 알맞은 말이었다.

그자에게 상을 내리는 것으로 그날의 잔치를 파한 나는 내전으로 들어가 벌거벗은 궁녀들 사이에 몸을 묻었다. 그리고"

3-3

《사기》에는 의자가 제관을 죽인 다음 그럴 듯한 해석을 한 자에게 상을 내렸다는 구절에, 당나라의 고종이 백제를 치기 위해 소정방을 보냈다는 구절이 바로 이어져 있다. 그리고 《유사》에는 두 구절 사이에, 김춘추가 백제에 괴변이 많다는 말을 듣고 김인문을 사신으로 당나라에 보내 군사를 청했다는 구절이 삽입되어 있다.

어쨌거나 하늘의 최후통첩 직후에 나·당연합군(당군은 십삼만 명, 신라군은 오만 명이었다)이 쳐들어왔는데, 그 무렵에는 의자나 백제가 이미 회생이 불가능할 정도로 무너져 있었으리라고 우리는 판단했다. 따라서 백제가 실제로 어떻게 지워지는가를 살펴보는 것은 무의미한 일이라고 생각한다. 그리고 의자가 당나라로 끌려간 이후의 복신(福信) 등의 침략군에 대한 항거는 우리 작업의 범위를 훨씬 넘어서는 사건이다.

의자는 나·당연합군이 쳐들어오자 대응할 바를 몰라 허둥대다가 항복을 하고, 당나라에 끌려가 병들어 죽었다. 물론 우리는 의자가 당나라에 끌려가자마자 망왕으로서의 한이 병이 되어 죽었는지, 아니면 여생을 보내고 나서 불치의 병인 노환(老患)으로 죽었는지는 알지 못한다. 그리고 당나라에서 여생을 보냈다면 어떤 생활을 했을 것이며, 심경에 어떤 변화가 있었을 것인가도 궁금하다. 그러나 이 부분 또한 우리 작업의 범위 밖에 있는 것이다.

結

　지금까지 우리는 백제의 마지막 왕 의자가 왜 표변할 수밖에 없었던가와 의자의 표변이 백제의 멸망에 어떻게 기여(?)했는가를 어설픈 상상력에 기대어 살펴보았다. 이제 지금까지의 작업을 돌아보며 몇 마디를 더하고 이 글을 마치기로 하자.

　우리는 의자를 표변시킨 결정적인 동기가 있었을 것이라는 생각으로부터 이 작업을 시작했다. 그런데 왜 우리는 의자의 표변에 결정적인 동기가 있어야만 한다고 생각했던 것일까? 이렇다 할 동기 없이 그냥, 그리고 싶어서 황음방탕했다고 생각할 수는 없었던 것일까? 사람의 모든 행위에는 동기(원인)가 있다고 생각하는 것은 너무 편협한 사고가 아닐까? 그렇지만 동기 없는 행위도 가능하다는 것을 우리는 증명할 수가 없다. 어쨌든 의자의 황음방탕이 동기 없는 행위였을지도 모른다는 것은 하나의 (희박한) 가능성으로 남겨 두자.

　우리가 의자의 표변에 어떤 동기가 있었을 것이라고 생각했던 것은 기본적으로 의자에의 연민에서 비롯되었다. 어쩌면 우리는 우리의 연민에 우리 나름대로의 근거를 마련하기 위해 이 작업을 시작했는지도 모른다. 우리 작업의 결과를 놓고 볼 때, 엉성하나마, 우리는 우리의 연민에 나름대로의 근거를 마련하는 데에는 어느 정도의 성공을 했다고 생각한다.

우리는, 귀신 춘추의 예언을 듣고는 절망했고, 그 절망을 견디기 위해 술과 여자를 찾는 의자에게서, 비록 그가 하늘로부터 왕으로 선택받기는 했으나, 우리와 같은 따뜻한 피를 가진 나약한 사람의 모습을 본다. 백성들을 사랑했기에 백제가 멸망할 것이라는 예언을 숨기려 했으나 그것이 결과적으로 백성들을 기만한 것이 되고 나아가서는 백제의 멸망에 결정적인 요인으로 작용한 것 등을 볼 때, 의자에게 맺힌 한은 그 깊이를 가늠할 수 없을 만한 것이리라(의자의 한이 얼마나 깊은 것이었는가는 그가 후백제를 세운 견훤(甄萱)의 아버지[實父]임을 보아 알 수 있다. 《유사》에는 견훤의 탄생에 대한 설화가 실려 있는데, 그 설화를 보면, 광주(光州)에 살고 있던 한 부자의 딸이 자기 아버지에게 밤마다 자주색 옷을 입은 남자가 와서 자고 간다고 말하자, 아버지는 딸에게 긴 실을 꿴 바늘을 그 남자 옷에 꽂아 두라고 시킨다. 딸이 아버지가 시킨 대로 하고 나서, 이튿날 아침에 실을 따라가 보니 바늘이 큰 지렁이의 허리에 꽂혀 있었다. 그 후, 딸에게 태기가 있어서 사내아이를 낳았는데, 그 아이가 바로 견훤이라는 것이다. 이 설화의 지렁이가 바로 환생한 의자다. 백제 왕가의 대가 끊어지지 않도록 궁녀를 삼천으로 늘렸지만 신라군의 만행에 의해 대가 끊겨 버리자, 이백 년이나 지난 뒤에 지렁이로 환생해서 견훤을 잉태시켰던 것이다. 죄 많은 망왕이었기에 지렁이로 환생해서 남몰래 아들을 잉태시킨 의자! 이토록 깊은 한의 다른 예를 과문한 우리는 아직 듣지 못했다).

어떤 사람들은 의자의 나약함을 비난할지도 모른다. 왜 의자는 하늘의 뜻, 곧 우주의 질서인 운명에 굴복했는가? 왜 보다 적극적으로 운명에 맞서 싸우지 못했단 말인가? 라며. 그렇지만 운명에 맞서 싸운다는 것은 불가능한 일이며, 운명에 맞선 싸움이라고 일컬어지는 행위에는 언제나 희생이 따르기 마련이다. 그 한 예로 계백의 경우를 보자. 그는 백제가 멸망하리라는 것을 알고는 자기 손으로 자기 가족들을 살해하고 나서(자기 가족들을 살해하다니!) 결사대를 끌고 나가 신라군과 싸웠다. 신라군과 싸워 네 번을 이겼지만, 결국 오천 명이나 되는(그들이 죽인 신라군은 제외하고라도) 병사들과 함께 죽고 말았다. 과연 한 나라의 충성스러운(누구를 위한, 무엇을 위한 충성인지는 의심스럽지만) 장군이고 용감한 군인이기는 하다. 그러나 그 어떤 무엇보다도 한 사람의 목숨이 소중하다고 생각하는 우리는 계백을 어리석은 살인마라고밖에 할 수 없다. 그렇지만 그가 그렇게 어리석고 무모했던 것 또한 그의 운명이었다. 또 하나의 예로 라이오스의 경우를 보자. 그는 아들의 손에 죽을 것이라는 신탁 때문에 아들의 발에 못질을 해서(아들의 발에 못질을 하다니! 오이디푸스는 '발이 부었다'라는 뜻이라고 한다) 버렸다. 그런데 그가 운명에 순종키로 하고 아들을 버리지 않았다면 자기를 죽이는 자가 누구인지도 모르는 채로 길에서 아들에게 맞아죽지는 않았을지도 모른다. 하지만 라이오스가 오이디푸스를 버린 것 또한 그의 운명이었다. 그러므로, 받아들이든 거부하든, 운명의 그물에서 빠져나갈 수 있는 사람은 아무도 없는 것이다.

그러나, 그럼에도 우리는 의자가 사실을 왜곡·은닉했고, 그러기 위해 제관을 죽인 것 등등을 눈감아 줄 수는 없다. 그것이 그의 운명이었던 것처럼 그를 비판하는 것 또한 우리의 운명이므로(의자에의 연민으로 작업을 시작한 우리가 왜 그를 비판하지 않을 수 없는가를 구태여 설명할 필요는 없으리라).

그런데 우리는, 우리의 작업을 위해, 《사기》의 기록의 일부를 '의도적으로' 누락시켰다! 《사기》에는 의자왕 십오 년 이월에 태자의 궁을 수리해서 온갖 사치를 다해 치장했다는 구절이 있다. 그 기사가 사실인가는 차치하고, 우리는 그 일 또한 백제의 국력을 크게 낭비한 일이라고 생각한다. 그러므로 만일 그 구절이 의자왕 십육 년 이후에 실렸더라면 우리는 분명히 그 구절을 원문에 제시했을 것이다. 왜냐하면 의자가 황음탐락에 빠지기 일 년 전에 궁을 수리해서 사치스럽게 치장했다는 것은 우리 작업의 근거를 무화시킬 만한 사실이므로. 사치와 방탕은 꽃과 나비처럼, 아니 그보다 훨씬 더 가까운 관계이니 의자가 느닷없이 표변해서 황음탐락했다고는 할 수가 없는 것이다. 그리고 백제가 멸망할 것이라는 예언을 듣고 나서 궁을 수리하고 사치스럽게 치장한다는 것은 너무 자연스럽지 못하다. 《사기》의 기록에 충실한 해석을 하자면 이렇게 될 것이다. 곧, 의자는 백제가 언제까지나 보름달처럼 강성하리라는 착각을 하고 자만해서 사치와 황음탐락에 빠졌으며, 이를 비난하는 충신들을 제거하는 등으로 백제의 멸망을 자초했다고. 그렇다면, 우리의 작업이 비록 '허구적 고찰'이기는 하지만, 목적을 위해 사실을 은닉·왜곡한 우리는 과연 정당한가?

우리의 의도적인 오류는 이것으로 그치지 않는다. 주석 1-3에서 우리는 "미래는 그 자체가 희망"이라고 했으며, 몇 줄 아래에서는 "의자의 경우는 말의 엄밀한 의미에서의 절망이었다"라고 했다. 그러므로 그런 의자에게 윤리를 요구한다는 것은 그러한 요구 자체가 비윤리적인 것이라고. 그러나 미래 그 자체가 희망이라면 어떻게 말의 엄밀한 의미에서의 절망이 가능하겠는가? (되풀이되는 말이지만, 죽지 않은 모든 사람에게는 희망이 있다고 우리는 생각한다. 희망이 없는 사람, 곧 글자 그대로 희망이 끊어져버린, 말의 엄밀한 의미에서의 절망이 가능한 사람은 죽은 사람밖에 없는데, 송장은 사람이 아니다.) 이러한 모순은 우리가 가진 의자에의 연민이 의자의 황음탐락을 합리화하기 위해 억지를 부렸기 때문에 발생한 것이다(그리고 절망한 자에게는 질서 파괴의 특권이──특권까지는 아니더라도, 그것이 이해될 수 있다는 식의 발상도 극히 위험한 것이다).

우리는 우리가 모순과 오류를 범했음을 인정한다. 그렇다면……

南無

전생에

지은 죄에 대해서

우리는 아는 바가 없다

그런데도

우리는 벌을 받고 있다

죄의 값으로

죄를 지어야만 하는 벌을——

슬픔이 너무 많아

슬픔의 불감증에 걸렸사오니

지금 여기 있는 슬픔들은

모두 거두어 가시고

나날이

일용할 만큼씩의 슬픔만을

내려주옵소서——

　겨울은 추웠다. 라는 생각을 그는 우연히 했다. 아니다. 그가 생각을 한 것이 아니었다. 떠돌던 생각이 우연히 그를 택했다. 라고 해야 할 것이었다. 게다가 그것은 '겨울은 추웠다' 라는 하나의 문장으로 드러난 것도 아니었다. 그것은 순간적인 느낌과 흡사한 무엇이었다. 그는 자신의 의식을 건드린, 무어라 이름 붙일 수 없는 느낌 같은 것을 이내 문장화했고, 그것을 입으로 확인했다. 겨울은 추웠어. 다가 어로 바뀐 것은 글을 쓰는 것이 아니라 말을 하고 있기 때문이라는 것을 그는 안다. 그녀가 그를 바라보는 시선에는 변함이 없다. 고 그는 느낀다. 그가 '겨울은 추웠어' 라고 말을 했음에도 거의 동시에 그는 '겨울은 추웠어' 라는 말, 또는 '겨울은 추웠다' 라는 문장이 아무 의미도 없는 것임을 깨닫는다. 견디기 어려운, 그러나 견딜 수밖에 없는 더위 속에 퍼지르고 앉아 있다는 것은 그도, 어쨌든, 알고 있다. 고 해야 할 것이다. 겨울은 추웠다. 물론 겨울은 추웠다. 겨울이 춥다는 것은 누구나가(라고 할 수 있다) 알 수 있는 사실이다. 그것은 이미 상식 이전이다. 그녀가 무슨 생각을 하며 자신을 응시하고 있는지를 그는 알 길이 없다. 아니다. ……그렇지만, 그렇지만…… 그가 그녀의 생각을 모른다는 것이 옳다. 그는 되풀이한다. 겨울은 추웠어. 그러자 그녀의 입술이 달싹인다. "그래서요?" 그래서요라니? 그는 그러나 할 말이 없다. 겨울은 추웠다. 그래서 도대체 뭐가 어쨌단 말인가? 추운 겨울을 생각하며 지금의 이 더위를 잊자는 말은, 적어도, 아니다. 그리고, 설사 그렇다 하더라도, 그것이 가능한 것도 아니다. 마침내 그는 깨닫는다. 그가 추웠다고 한 겨울이 지난겨울이었음을. 그렇다면 떠돌던 생각이 우연히 그를 택한 것은 아니었으리라. 지난겨울의 추위에 대한, 그가 의식치 못한 기억이 그로 하여금 '겨울은 추웠어' 라는 말을 하게끔 했던 것이리라. 이 끔찍한 더위 속에서. 하지만 지난겨울의 추위에 대해서 그는 그녀에게 설명을 할 수가 없다. 추위는얼음을만들어야한다이손가락이얼음으로길어지듯또는얼음은추위로만들어진다그래서지금피가흘러나온다면추위는피를빨갛게얼려버리고그피얼음은새빨간눈부심이된다한번도본일이없다그빠알간눈부심을마치얼어버린보지의속살처럼얼어버린보지의빨간속살을붉은입에넣으면그것은얼음과자처럼스사르르녹아달손님으로목구멍을적시고……. 아니, 설사 설명을 할 수 있다 하더라도, 지난겨울의 추위에 대해서건 뭐건간에, 지금 그는 그녀에게 무슨 얘기도 하고 싶지가 않고, 할 수도 없다. 정말 지독한 더위다. 버려진 해삼처럼 풀어져 있는 그가 얼음이 떠 있는 소금물 속에 해삼처럼 단단한 그녀를 감당할 수가 없다. 그녀가 이 더위 속에서도 어떻게 그렇게 단단할 수 있는지를 그는, 틀림없이, 모른다. 그는 자신도 모르게 중얼거린다. 이런 씨팔……. 지난겨울은 유난히 추웠다. 고 그는 알고 있다. 어느 날 아침에 출근을 하지 않은 것도, 그 어느 날 아침 이후로 줄곧 출근을 하지 않게 된 것도 추위 때문이었다. 고 그는 알고 있다. 아니, 추위가 출근하지 않게 된 것에 대한 이유의 전부는 아니었다 하더라도 다른 이유들은 실상 하잘것 없는 핑계에 지나지 않았다. 잡지, 그것도 이른바 문예지가 문예지답게 만들어지느냐 아니냐는 그와는 상관이 없는 일이었고, 상관이 있었다 하더라도 잡지의 기획·편집에 대한 것은 그의 능력으로서는 어떻게도 해볼 수가 없는 것이었다. 게다가 문예지다운 문예지가 어떤 것이어야 하는지를 그가 잘 알고 있었던 것도 아니었다. 그는 시키는 대로 줄이나 긋고, 틀린 글자나 잡아내는 편집부의 한 기능공에 불과했다. 그가 그 자리에 있느냐 없느냐와 독자들이 얼마나 기만을 당하느냐는 전혀 다른 차원의 문제였고, 그는 그것을 잘 알고 있었다. 그렇다. 그가 출근을 하지 않았던 것은 추위 때문이었다. 그 끔찍한 추위만 아니었더라면 그는, 어쨌든, 출근을 계속 했을 것이었다. (눈이 내리던 어느 날, 그는 제본소에서 눈사태처럼 무너져내리는 잘려진 종이 조각들을 보며, 불을 피울 생각도 했었다. 벌레가 갉아먹은 나뭇잎처럼, 그러나 벌레가 갉아먹은 것과는 달리 일률적으로, 온갖 그럴 듯한 글·그림들로 더럽혀진 종이 더미들을 태운다면, 산업혁명기의 영국의 어느 공장 내부를 묘사한 동판화를 재현한 것 같은 제본소의, 접고 자르고 풀칠하고 붙여서 만드는 책에 가득한 헛소리들이 그들을 어떻게 모욕하고 있는지조차도 모르는, 벌레들같이 우글거리며 꿈틀거리고 팔딱거리는 아이들, 청·장·노년들의 추운 배와 더불어, 비록 잠시 동안만일지라도, 따뜻해질 수 있을 것이었다. 그러나 제본소에 불을 피우고자 하는 그의 욕망은 그가 피우고자 하는 큰 불에 비해 너무나도 작은 불꽃이었다. 제본소의 그 많은 검고 억센 손들 틈으로 겨우 고개를 내밀고 있는 그의 희고 여린 손처럼.) 추위가 이불을 무겁게 했었다. 고 그는 하나의 문장으로 회상한 일이 있었는데, 그 무거움은 그의 힘으로는 빠져나올 수 없는 것이었다. 이불 속으로 차마 들어가지 못한 코가 얼었고, 내쉰 숨은 고드름이 되어 흰 수염으로 코끝에 매달렸으며, 천장과 벽에는 하얀 얼음 꽃이 피었다. 그는 몇 주일 동안을 이불 속에서 꿈지럭거리기만 했다. 오줌이나 똥을 누기 위해서, 라면을 끓여먹거나 연탄을 갈기 위해서, 담배를 사러 가게에 가기 위해서 등으로 하루에 두세 번 정도 이불 밖으로 안간힘을 다해 기어 나오기도 했었지만(그를 이불 밖으로 기어 나오게끔 하고야 마는 그 모든 것들에 대해 치를 떨면서) 그는 이불 밑에서 억지로 손을 꺼내 담배를 피웠으며(담배와 라이터, 재떨이는 바로 머리맡에 있었다), 이불 밑에서 가까스로 몸을 뒤집어 베개를 가슴에 괴고 어렵게 어깨를 꺼내 커피를 타서 마시기도 했고(인스턴트커피와 분말크림, 설탕, 스푼, 잔, 전기주전자 등은 모두 그가 팔을 뻗으면 닿을 수 있는 범위 내에 있었다), 책을 읽거나(머리맡에 쌓여 있는 책들 중에서 손에 잡히는 책을 아무 데나 펼쳐서 손이 책을 덮을 때까지 눈으로만 읽는 것이었지만), 무엇인가를 쓰기도 했다. 담배를 피우거나 커피를 타서 마시는 것은 거의 무위에 가까운 행위였지만, 책을 읽는 것은 지겨운 일이었고, 쓴다는 것은 역겨운 일이었다. 그렇지만 그의 능력으로는 읽기와 쓰기를 단념할 수가 없었다(읽기와 쓰기의 지겨움과 역겨움은 거의 매번 행위가 끝난 후에 후회처럼 느껴지는 것이었다). 물론 그가 쓰는 것 또한 읽는 것과 마찬가지로 일관성 없이, 씌어지는 대로 쓰는 것이었다. 언어는 상상력보다 훨씬 훨씬 자유롭다 혁명가 혁명가들 노자 석가 예수 마르크스 등등은 모두 언어의 충실한 노예들이었다 보지 앞의 자지처럼 아니 보다 더 언어 앞에서 헐떡일 일이다 아 이 무슨 개씹좆 같은——언어를 팽개쳐라 찢고 부수고 태워라 보다 자유로워질 것이니! 그럼에도 그는 서너 시간씩 쓰기를 계속할 때도 있었다. 하지만 그렇게 서너 시간씩 쓰는 일은 드문 일이었고, 담배를 피우거나, 커피를 타서 마시거나, 오줌이나 똥을 누거나, 라면을 끓여먹거나, 연탄을 갈거나, 가게에 가거나, 책을 읽거나 하지 않을 때에는(하루에 보통 열다섯 시간에서 스무 시간 정도 되었는데) 잠을 자거나, 화면이 흔들리고 일그러지는 흑백 TV를 보거나, '기적적'이라는 수식어 없이는 있을 수 없는

가능성에 기대어 지나가버린 여자의 편지를 기다리거나, 복권을 사서 당첨이 되면 그 돈으로 무엇을 할 것인가를 심각하게 생각해보거나 했었다. 얼굴 위로, 아니 온몸에 벌레가 기어다니고 있는 듯하다. 고 상투적으로 표현되기도 하는 느낌에 그는 그녀의 눈에 맹점을 맞춘다. 그녀의 눈이 여전히 그를 응시하고 있다. "부탁인데, 그렇게 바라보지 좀 말아줘, 제발." "왜요?" "싫어." "왜 싫어요?" "이런 씨팔——" 높아진 그의 목소리에서 짜증이 묻는다. 그러자 그녀가 고개를 돌린다. 이번에는 그가 그녀를 그렇게 바라본다. 지금 그와 그녀가 있는 친구의 화실, '낮잠이나 자러' 들른 그가 혼자서 흙을 주무르고 있던 친구와 하나마나한 소리들을 주고받고 있다. 노크 소리에 이어 문이 열리고, 예쁘다고는 할 수 없는 한 여자가 들어온다. 친구 : 아니, 이게 누구야? 어떻게 여길 다⋯⋯? 여자 : 그냥⋯⋯ 심심해서요, 형 본 지도 오래됐구⋯⋯. 대학 때의 서클 후배라고 친구가 그에게 그녀를 소개한다. 마침 심심하던 참에 심심해하는 계집애를 데리고 놀게 되어 그는 내심 기뻐한다. 그 : 심심하면 여기 이 흙 속에다 골통을 파묻어 보는 것도 괜찮을 거요. 흙 속에 모가지까지 완전히 파묻고 한 시간만 있다가 일어나 보쇼. 친구 : 워낙에 게을러서 예의는 키우지 않는 친구니까 신경 쓰지 마. 여자 : 괜찮아요. 그 : (속으로——괜찮기는, 이년 아?) 넌 손님이 왔는데 마실 거라도 사오지 않고, 노가리만 풀 거냐? 친구가 '손님 대접'을 위해 소주를 사온다. 소주를 마시며 그는 주로 얼굴이 예쁘지는 않은 그녀를 상대로 헛소리, 라기보다는 말이 아닌 소리들을 질펀하게 늘어놓고, 친구는 낄낄거리다가 가끔 한마디씩 한다. 그녀는 대꾸를 하거나 하지 않고, 같이 웃거나 웃지 않는다. 소주병이 비고, 한 병을 더 사오라고 그가 친구를 쫓아내자 그녀가 그에게 부탁이 있다고 한다. 그

: 무슨 부탁……? 그녀 : 들어준다면 얘기할게요. 그 : 그럼 부탁을 들어
달라는 게 부탁이요? 그녀 : 우선은 그래요. 그 : 별 웃기는 부탁이 다 있
구먼. 니기미, 들어주는 걸로 하지, 뭐. 그녀 : 내 입으로 그 입을 씻어줘
도 되겠어요? 5월 23일 12시 05분경 서울 중구 을지로 1가 소재 미문화
원 앞길에서 계획대로 피고인 박중하가 미문화원내에 미리 들어가 있다
가 현관에서 나와 대기 중일 때 같은 노광호가 위 건물 입구에 접근하면서
상의를 벗어 경비근무 중인 서울 남대문경찰서 소속 상경 송영각을 갑자
기 후려치며 밀치는 것을 신호로 서울 미문화원 2층 도서관을 점거, 광주
사태에 관한 미국 측 책임의 인정과 사과를 요구하며 농성을 벌여온 서울
5개 대학 학생 73명은 점거 농성 72시간 만인 26일 낮 12시 5분 스스로
농성을 풀었는데, 유인물에서 '미국 측의 태도로 보아 농성을 통한 문제
해결의 한계성을 느꼈고, 27일에 있을 남북 적십자 회담을 고려해 농성을
끝낸다'고 밝혔다. 대한육상경기연맹은 22일 북한에서 출발, 서울에 도착
하는 87년 월드컵 국제 마라톤대회를 서울에 유치키로 결정했다. 그 느
낌! 그 숨결! 젊음과 사랑과 여자를 내기에 걸었다! 고독한 표범과 갈증의
여인──사랑과 죽음, 그 갈등 속에서 두 사람은 더 깊이 만나다! 북적(北
赤) 대표단 12년 만에 서울에 오다. 신민당은 30일 김옥선 의원 등 소속의
원 1백 3명 전원의 이름으로 '광주사태 진상조사를 위한 국정조사 결의
안'을 국회에 냈다. 신민당은 이 결의안에서 여·야 동수로 광주사태 진
상조사 특별위원회를 구성할 것을 제안했다. 이 결의안은, 이유에서 지난
80년에 발생한 광주사태가 국가적 비극이고 민족사의 일대 오점이었다고
전제, '정부는 제5공화국 출범과정에서 발생한 이 사건에 대해 그간 내외
의 끊임없는 진상규명 요청을 외면함으로써 민족의 아픔을 소화하지 못

하고 현 정권에 대한 정통성 시비의 연원을 이루고 있다' 고 주장했다.* 그
녀는 갈팡질팡하고 있었다. 고 해야 할 것이다. 그는? 그는 있었다. 그냥
있었다. 지금 그가 그냥 있듯이 세 달쯤 전에도 그는 그저 있을 뿐이었다.
추위가 이불에서 내려서고 나서도, 그러니까 지난겨울 이후 그는 아무것
도 하지 않았다. 고 할 수 있다. 이불 밑에서 꿈지럭거리던 지난겨울, 그는
그 꿈지럭거림을 동면이라고 명명했었는데, 겨울이 물러갔는데도 그는
동면에서 깨어나지 못한 듯했다. 날씨가 풀리면서 잡지사에 있을 때 알게
된 사람이 거의 억지로 꾸려나가는 엉성한 출판사에 일주일에 두세 번 정
도 나가서 표지 디자인이나 교정보는 일 따위를 해주고 담뱃값 정도를 얻
어 쓰고는 있지만, 그의 동면은 춘면을 거쳐 하면으로 이어졌다. 고 할 수
도 있을 것이다. 전화벨이 울린다. ……세 번, 네 번. 그는 수화기를 집어
들 수밖에 없다. 여보세요/나야/한 시간쯤 됐어/아니/응/그래 알았어. 그
는 수화기를 내려놓는다. 그녀는 누구에게서 온 전화인가를 묻지 않고 그
는 누구에게서 온 전화인가를 말하지 않는다. 그녀는 담배를 입에 물고 불
을 붙인다. 그는 그녀의 손가락 사이에 끼인 담배를 멍하니 바라본다. 지
금, 여기, 친구도 없는, 다른 아무도 없는, 그와 그녀가 있을 뿐인 화실에
왜 앉아 있는지를 그는 잘 모른다. 그녀가 전화를 해서 화실로 가겠다고
했을 때 그는 알았다고 대답했었다. 시간이 없다고 할 수도 있었으리라.
그녀에게서 전화가 왔을 때 그는 언제 책이 되어 나올지 알 수 없는, 책이
되어 나오지 않는다 해도 아쉬울 것이 하나도 없는, 그로서는 무엇 때문에

---

* 이하 따로 표시가 없는 신문기사, 광고 등의 인용은 주로 《동아일보》 1985년 5월 20일~8월 31
일자 등에서의 발췌(및 수정 · 편집)임.
※ 모든 인용은 부분적으로 수정 · 편집되기도 했음.

그런 책이 필요한가조차도 모르는, 차라리 무슨 일이건 생겨서 책으로 만들어지지 않는 편이 훨씬 나을 듯한, 어느 외국 목사가 선교용으로 쓴, 지루하기만 할 뿐인 소설 번역 원고의 교정을 보고 있었으므로, 그러나 슬퍼하■십시오. 모든 것은 저능아이신 주님의 뜻에 의한 것 ■니다. 이러한 실연이 주님의 크나큰 ɬ랑임을 잊지 마십시오. 기도, 기ㄷ? 오직 도기만이 여러분을 이재 난으로부터 구할 수 없는 유이한 길■니다. 교정지를 찢어버리고 싶다. 는 생각조차 그는 하지 못했다. 최근 우리 출판계는 중대한 국면을 맞고 있다. 이른바 '불온' '불법' 이라는 단서가 붙은 많은 출판물·간행물들이 정부당국에 의해 압수되는 한편 출판인, 인쇄인 그리고 서적상들이 연행되는 사태가 벌어지고 있다. 그런 일이 있다는 사실을 그는 알고는 있다. 술집에서는 안주도 판다. 그은 기도■ 끝 끝내■ . 그가 마지못해 억지로 해내고 있는 일과 그다지 내키지 않는, 이라기보다 귀찮은 그녀 사이에서 잠깐 동안이나마 망설였을까? 는 확실하지 않다. 그는 화장실에 가듯이 사무실에서 나와 화실로 왔고, 잠겨 있던 화실의 문을 문틀 위에 있던 열쇠로 열고 들어왔다. 선반 위의 석고상들을 보며 납골당을 연상하는 것은 어쩌면 조건반사일지도 모른다. 납골당에 가본 일이 한 번도 없기는 하지만. 그는 시저와 몰리에르와 라오콘과 아그리파와 비너스와 호머와 노예와 아리아스와 줄리앙 등등을 거쳐 내실로 들어가 냉장고에서 물통을 꺼내 서너 모금 마신 뒤 침대에 벌렁 드러눕는다. 더울 때는 누워도 덥다. 담배 피우기마저도 귀찮게 여겨질 만큼. 그래도 친구가 있었더라면 그와 친구는 바둑을 두었을 것이었다. 흐르는 땀을 닦아내며, 닦아내도 흐르는 땀처럼. 그녀가 와도 그녀와는 상관없이 계속 바둑을 두고 있었을 것이었다. 두고, 또 두고, 또 또 두고, 계속 바둑만을 두고 있었을 것

242

이었다. 해가 지고 해가 뜨고 여름이 가고 한 해가 가고 십 년이 가고 백 년이 가고 그녀가 앉은 채로 숨을 거두고 박제가 되고 석고가 되어 선반 위에 얹혀지고 그와 친구가 앉은 채로 화석이 되어도 바둑만 두고 있었을 것이었다. 당신이 무슨 말을 했던가를 정확히는 기억하지 못해요. 그렇지 만 당신처럼 말한 사람은, 적어도 전혀 모르던 사람을 처음 만난 자리에서 그렇게 말한 사람은 당신이 처음이었어요. 그리고 당신 같은 사람을 두 번 다시 만날 수는 없을 거예요. 하지만 기분이 나쁘지는 않았어요. 당신 스 스로가 말했듯이 당신의 말이 헛소리여서 기분이 나쁘지 않은 것은 아니 었어요. 냉소적이고, 과장이 심하고, 모욕적이기는 했어도, 그래도 당신의 말 속에 어떤 진실(같은 것)이 담겨져 있었기 때문에 기분이 나쁘지 않았 던 것도 아니었어요. 진실은, 그런 것은 발에 채이고도 남을 만큼 흔해 빠 졌어요. 나는 당신의 말을 듣지 않았으니까 기분이 나쁠 이유가 전혀 없었 어요. 나는 당신이 채 몇 마디도 하기 전에 알아버렸던 거예요. 당신이 외 로워하고 있다는 것을. 무엇인가를 필요로 하고 있다는 것을——아니, 당 신은 갈구하고 있었어요. 나는 그것을 알았어요. 왜냐하면 나 역시, 당신 처럼, 짙은 외로움 속에서 누군가를 그리워하고 있었으니까요. 그러니까 병자가 병자를 알아본 셈이었죠. 겉으로는 멀쩡해 보이고, 오히려 다른 사 람들보다 나아 보일 수도 있겠지만, 속에는 커다란 아픔을 지니고 있는 사 람…….……아니죠. 당신은 그렇지만도 않았어요. 당신은 당신의 아픔 을 거침없이 드러내보였어요. 그것도 삼류 코미디언처럼 어느 부분만을 무척이나 과장해서. 흡사 멀쩡한 사람이 아픈 사람 흉내를 내는 것처럼. 그러니까 당신은 두 겹의 가면을 쓰고 있었던 거예요. 필요에 따라서는 하 나를 벗기도 하죠. 하지만 하나의 가면을 벗어도 드러나는 것은 또 하나의 가면일 뿐, 당신 자신의 얼굴은 아닌 거예요. 나는 알아요. 가면 속에서 숨을 쉬는 것이 얼마나 힘들고 불안한가를. 내가 당신의 고통을 덜어주고 싶다는 생각을 한 것은, 어이없는 일이었지만, 한편으로는 당연한 일이었어요. 당신에게 줄 아무것도 가지고 있지 않았지만, 그렇지만, 아니 그렇기 때문에 당신이 원하는 것을 주고 싶었어요. 동병상련이라던가요? 당신의 아픔을 치료하며 동시에 나의 아픔도 치료하고 싶었어요. 그런데, 그런데 당신은 내가 주는 것은 좋아하지 않는다는 거였어요. 썩어빠진 자존심, 가짜 자존심은 똥통에나 버리라는 소리는 당신이 했었죠. 나는 당신에게 그 말을 되돌려주고 싶어요. 당신의 얄팍한 가면 따위는 벗어 던져버리라고 말예요. 당신의 가면은 결코 당신을 보호해주지 못해요. 오히려 당신 스스로가 당신의 가면에 속고 있는 거예요. 언제 왔어요? 언제 왔으면 뭐 하려고? 안 왔을 줄 알았어요. 먼저 와서 미안하군, 그래. 아버지는 아들을 그 여자대학교 사범대학 부속국민학교에 입학시키려고 했었다. 그런데 그 학교의 학생이 되기 위한 조건의 하나이자 가장 큰 조건은 집안에 돈이 있어야 한다는 것, 아무리 좋게 말해도 가난하지는 않아야 한다는 것이었다. 물론 그 조건은 명문화된 조건은 아니었다. 그 조건이 명문화되어 있었더라면, 가령 어느 직종의 일을 하기 위해서는 재산세를 얼마 이상 내는 사람의 보증이 필요하다는 식으로, 입학원서를 내는 아이의 보호자는 얼마 이상의 재산세를 내는 사람이어야 한다는, 학교의 명문화된 내규가 있었더라면, 아버지는 그 학교에 아들의 입학원서를 내지 못했을 것이다. 아버지는 어리석었다. 아들을 그 학교에 보내자면 재산이 최소한 어느 정도는 되어야 한다는 것을 알고 있었으면서도 단지 그 조건이 명문화되어 있지 않다는 것만으로, 단칸방의 월세도 제대로 내지 못하는 처지에서, 그 학교에 아들의 입학원서를 내었던 것이다. 그래서 아들은 생애 최초의 공식적인 시험인 국민학교 입학시험을 치러야만 했다. 동화책을 혼자 읽을 수 있었고, 한자로 가족들의 이름 정도는 쓸 수 있었던 아들이니까 국민학교 입학시험 정도는 가볍게 치러내리라고 생각했을까? 아니, 아버지도 그렇게까지 어리석지는 않았다. 국민학교에 입학할 아이들에게의 실력 테스트란 사실상 무의미한 것이 아니겠는가. 중요한 것은 면접이었다. 아버지는 물론 어리석었다. 아들의 작은 거짓말에도 매를 들곤 했었으면서도, 세 치도 채 못 되는 어린 아들의 혀가 그 막강한 교육 장사꾼들의 귀를 속여 넘기기를 기대했었으므로. 간절히 원했었으므로. 면접 담당자와 무슨 말을 주고받았는지를 아들은 이미 잊었지만, 어쨌든 아들은 그 학교의 학생이 될 수 없었다. 아들이 기억하는 것은 합격자 발표가 있은 날 아버지가 평소에는 안 마시던 술을, 그것도 많이, 마시고 들어왔다는 것이다. 아들은 죄책감에 빠졌다. 라고 하는 것은 상투적이다. 다만 아들은 이십 년도 훨씬 더 된 그때, 죄책감에 빠졌다. 고들 하는 것과 유사한 상태에 이르렀던 것을 희미하게 기억할 뿐이다. 그때 아들과 손자와 단칸방에서 함께 살고 있던 할머니는 '못난 놈'이라며 눈물을 보였었는데, 못난 놈이라는 말을 손자에게 한 것인지 아들에게 한 것인지는 정확히 알 수 없다. 예로부터 교육이, 다른 무엇보다도, 주로 입신출세의 수단으로 사용되어 온 아름다운 전통을 가진 나라에서 교육을 받으며 성장한 아들은 나중에야 그때의 일을 분명히 보게 되었다. 아들이 국민학교에 들어가기 몇 년 전에 이미 가정적으로, 경제적으로 파탄을 당한 아버지가 왜 자기를 그 학교에 입학시키려 했던가를 이해할 수 있었다. 좋은 학력이 입신출세에 너무나도 지대한 영향을 미치는 사회에서, 좋은 학력을 얻기 위한 지루하고 피곤한 장거리 경주를 하려면 우선 출발점부터가 좋아야 한다고 아버지는 생각했었던 것일 게다. 아버지가 잃은 것을 아들이 보상해주고, 아버지가 얻지 못한 것을 아들이 얻을 수 있게 해주자면, 그리고 아들을 그런 학교에 보냄으로써 아버지의 실패를 조금이나마 가리기 위해서 아버지는 아들을 그 학교에 입학시키려 했었던 것일 게다. 아니다. 오해하지 마라. 나는 너에게 좋은 가르침을 받게 하고 싶었던 것이다. 아닙니다. 그 학교는 결코 (!) 좋은 가르침을 베푸는 학교가 아니었습니다. 좋은 가르침을 베푸는 학교는 어디에도 없습니다. 좋은 가르침은 스스로 얻거나, 어쩌다가 만나게 되는 스승을 통해서만 얻을 수 있습니다. 그러면서 아들은 생각했었다. 그것이, 무의식적이기는 했지만, 거짓과 싸워 이긴 생애 최초의 싸움이었다고. 그렇지만 아들의 그런 생각은 나르시시즘적인 과장일 뿐이었다. 엄격하고 다정했던, 이해하고, 존경하지만, 어리석은 사람이었다고 말할 수밖에 없는, 그때 이미 커다란 고통 속에 있던 아버지를 새삼스레, 더욱 아프게 한 것밖에 없는 그것이 어떻게 싸움일 수 있었겠는가? 아들은 또 알게 되었다. 그런 아버지와 그런 어머니들이 많다는 것을. 그러나 그 앎은 아들에게 무력감을 더해주었을 뿐이었다. 그 앎에 뒤따른 분노와 연민을 무력감은 간단히 눌러버렸던 것이다. 없는 자는 얻기 위해, 있는 자는 지키기 위해 싸우지만, 있는 자가 힘이 세고, 힘이 센 자가 이기는 것은 당연한 일이므로. 이것은 법칙이고, 어쩌면 영구불변의 진리이리라. 그 무엇 하나 영원한 것이 없기는 하지만. 아들은 꿈을 꾼다. 유전자공학이 보다 발달하고 정치적으로 사용되어 가난한 집안에서 똑똑한 자식이 태어나게 되지 않기를. 또한 사회가 보다 안정되어 신분이동이 불가능한 카스트 제도가 확립되기를. 하여 만인평등 따위의 선전문구가 폐기되기를. 이러한 꿈은 만인평등 따위의 선전문구에 속아 정말 모든 사람들에게 똑같은 조건, 똑같은 기회를 줄 수 있게 해서 만인평등 따위의 말을 실제화 시키고자 하는 망상보다 얼마나 멋있고, 현실적이고, 사람다우며, 게다가 바람직한가! 아들은 우수한 과학자와 위대한 정치인에 의해 훌륭한 신세계가 조만간에 이룩될 것임을 굳게, 굳게 미쑵니다. 아멘! 지금으로부터 7년 전인 1978년 2월 하순, 고향집 골목 어귀에 서서 자랑스럽게 바라보시던 어머니의 눈길을 등 뒤에 느끼면서, 큼직한 짐보따리를 들고 서울 유학길에 올랐을 때, 본인은 법관을 지망하는, 아직 어린티를 벗지 못한 열아홉 살의 촌뜨기 소년이었을 뿐입니다. 모든 이들로부터 따뜻한 축복의 말만을 들을 수 있었던 그때에 본 피고인은 유신체제라는 말에 피와 감옥의 냄새가 섞여 있는 줄은 정말 몰랐었습니다. '유신만이 살 길이다' 라고 하신 사회 선생님의 말씀이 거짓말일 수는 없었으니까요. 오늘은 언제나 달콤하기만 했으며, 생각하기만 해도 가슴 설레던 미래는 오로지 장밋빛 희망 속에 감싸여 있었습니다. 그런데 진달래는 벌써 시들었지만 아직 아카시아꽃은 피기 전인 5월 어느 날, 눈부시게 밝은 햇살 아래 푸르러만 가던 교정에서, 처음 맛보는 매운 최루탄 가스와 걷잡을 수 없이 솟아나오던 눈물 너머로 머리채를 붙잡힌 채 끌려가던 여리디여린 여학생의 모습을, 학생회관의 후미진 구석에 숨어 겁에 질린 가슴을 움켜쥔 채, 보았던 것입니다. 그날 이후, 모든 사물들이 조금씩 다른 의미로 다가들기 시작했습니다. 기숙사 입구 전망대 아래에, 교내에 상주하던 전투경찰들이 날마다 야구를 하는 바람에 그 자리만 하얗게 벗겨져 있던 잔디밭의 흉한 모습은 생각날 적마다 저릿해지는 가슴속 묵은 상처로 자리 잡았습니다. 열여섯 살 꽃 같은 처녀가 매주 60시간 이상을 일해서 버는 한 달치 월급보다 더 많은 우리들의 하숙비가 부끄러워졌습니다. 맥주를 마시다가도, 예쁜 여학생과 고고미팅을 하다가도 문득문득 나쁜 짓을 하다 들킨 아이처럼 얼굴이 화끈거리는 일이 잦아졌습니다. 그리고 그 겨울, 사랑하는 선배들이 '신성한 법정'에서 죄수가 되어 나오는 것을 보고 나서는, 자신이 법복을 입고 높다란 자리에 앉아 있는 모습을, 꽤나 심각한 고민 끝에, 머릿속에서 지워버리고 말았습니다. 본 피고인은 결코 학생들의 행위 전부에 대한 무죄 선고를 요구하지는 않습니다. 반복되는 말이지만, 부도덕한 자에 대한 도덕적 경고와 아울러 법을 어긴 자에 대한 법적 제재가 가해져야 하며, 허위선전에 파묻힌 국민에게는 진실의 세례를 주어야 한다는 것, 사태의 책임소재를 분명히 하지 않고서는 우리 모두의 도덕적 향상은 기대될 수 없다는 것을 주장할 따름입니다. 법정이 신성한 것은 그것이 법정이기 때문이 결코 아니며, 그곳에서만은 허위의 아름다운 가면을 갈기갈기 찢어버리고 때로는 추악해 보일지라도 진실의 참모습을 만날 수 있기 때문입니다. 빛나는 미래를 생각할 때마다 가슴 설레던 열아홉 살의 소년이 7년이 지난 지금 용서받을 수 없는 폭력배처럼 비난받게 된 것은, 결코 온순한 소년이 포악한 청년으로 성장했기 때문이 아니라, 이 시대가 '가장 온순한 인간들 중에서 가장 열렬한 투사를 만들어내는' 부정한 시대이기 때문이며, 법을 지키는 일이 중요하지 않았기 때문이 아니라 '양심을 지키는 일이 더욱 중요했기' 때문입니다.* 6월 25일은 35년 전에 이른바 한국전쟁이라는 어이없는 살인놀이의 첫 번째 포성이 울린 날인데, 서울 구로공단 안에 있는 선일섬유 등 4개 업체 노동자 1천 2백여 명은 각 업체별

---

* 류시민, 〈항소이유서〉, 민주·통일 민중운동연합 편, 《민중생활과 민중운동》(백산서당, 1985), 124~136쪽.

로 회사 작업장에서 구속된 대우어패럴 노조간부들의 석방을 요구하며 이틀째 농성을 벌이고 있다. 이들은 지난 22일 노동쟁의 조정법, 집회 및 시위에 대한 법, 폭력행위 등 처벌에 대한 법, 언론기본법 등의 위반으로 경찰에 구속된 대우어패럴 노조위원장 김준용(27), 사무장 강명자(23·女), 노조원 추재숙(21·女) 씨 등 3명의 석방과 노동법 개정, 노동부 장관 퇴진 등을 요구하고 있다. 같은 날, 여의도고등학교의 김재규 교장은 《민중교육》이라는 부정기간행물이 불온하다면서 서울시 교육위원회 학무국장에게 전달했다. 서울시 교육위원회의 이해준 학무국장은 《민중교육》의 집필자 및 좌담참석 교사의 인적사항 파악 및 《민중교육》의 내용을 검토하라고 지시하고, 서울시 교육위원회에 출입하는 국가안전기획부의 조정관에게 《민중교육》의 내용분석을 의뢰했다. 헤게모니의 수립과 그 유지는 대체로 교육에 의해 좌우되는 문제다.* 올바른 세상에서는 소신껏 말하고 행동하는 것이 당연하지만, 올바르지 못한 세상에서는 행동이나 말을 조심하는 것이 옳다(子曰 邦有道 危言危行 邦無道 危行言孫).** 어느 날 중산(中山)의 영주 격(擊)이 외출 도중에 아버지의 스승인 가난한 선비 전자방(田子方)과 마주쳤다. 擊은 수레에서 내려 田子方에게 엎드려 절을 했는데 田子方은 절을 받지 않았다. 이에 擊은 화가 나서 田子方에게 물었다. "부귀한 사람이 남을 업신여기는가, 빈천한 사람이 남을 업신여기는가?" 田子方은, "그야 빈천한 사람이 남을 업신여기는 것입니다. 부귀한 사람이 어찌 감히 남을 업신여길 수 있겠습니까? 만일 한 나라의 임금이 사람을 업신여긴다면 곧 그 나라를 잃고, 큰 부자가 남에게 교만하면 곧 그 재산

---

* J. Joll, Gramsci, 이종은 옮김, 《그람시―그 비판적 연구》(까치, 1984), 138쪽.
** 〈헌문(憲問)〉, 《논어(論語)》.

을 잃는 법입니다. 나라를 잃은 사람에게 대신 나라를 가지고 기다려주는 사람이 있다는 말을 듣지 못했고, 또 재산을 잃어버린 사람에게 대신해서 재산을 가지고 기다려주는 사람이 있다는 말도 듣지 못했습니다. 가난한 선비는 그러나 자신의 학설이 받아들여지지 않고 쓰여지지 않을 경우, 떠나버리면 그만입니다. 어디에 가든 빈천을 얻지 못할 리야 있겠습니까?"라고 대답했다. 擊은 곧 田子方의 교훈을 알아듣고 사의를 표했다.* 들어가야 돼요. 그래서? 아까 그 전화, 거래처에 나가서 한 거예요. 일이 일찍 끝나서. 사장이 다섯 시쯤에 사무실에 들어온다고 그랬어요. 그래서 사장이 오기 전에 가서 보지를 씻어놔야 한다는 소리야? 화대도 월급에 포함되나? 사장을 보다 즐겁게 해주기 위해 노조를 만들 생각은 안 해봤어? 밝고 깨끗하게 장식되어 있는 카페 안. 코언이 절규하며 부르는 눈먼 거지의 노래가 양탄자 위로 잔잔히 깔리고 있다. *please, don't pass me by. I'm blind, you can see.* 밤 늦은 시간이라 비어 있는 테이블이 더 많다. 구석의 한 테이블에 이미 낯이 익은 한 남자와 한 여자가 맥주병 빈 것 세 개와 반쯤 들어 있는 것 하나, 땅콩 몇 알이 남아 있는 안주 접시, 각자의 앞에 놓여 있는 잔, 거의 가득 찬 유리 재떨이, 담뱃갑, 일회용 라이터 등을 사이에 두고 마주앉아 있다. 얼핏 보기에 그럴 듯한 풍경으로 보이지만, 고개를 숙이고 있는 여자의 표정이 굳어 있다. "사람이 사는 데 가장 소중한 것은 사랑과 자유와 평화라고 나는 말을 하지. 그것들이 브라운관 속에만, 신문지 안에만 갇혀 있으니까 더욱 중요한 것이라고. 우리 모두가 사람답

---

* 강지(江贄), 《소미자치통감절요(少微資治通鑑節要)》, 김충렬 옮김, 《자치통감》, 권 1-天(삼성출판사, 1987), 46~47쪽. 《소미자치통감절요》는 사마광(司馬光)의 《자치통감》을 강지가 간추린 것이다. 축약본의 번역본에 원저의 제목을 붙인 것은 얄팍한 상술일 뿐이다.

지 못하게, 아니, 포유류보다 파충류에 가깝게 살고 있으니까 내 말은 꽤나 그럴 듯한 거고, 새겨들을 필요가 있는 거야. 사랑과 자유와 평화——그것들은 타락한 말일 수도, 낯선 말일 수도 없는 거야. 그렇다고 무슨 거창한 것은 더더욱 아니지. 요란하게 떠들어댈 필요도 없는 거야. 사랑과 자유와 평화는 황금처럼 소중한 것이 아니라 공기처럼 소중한 거니까. 하지만 말이야, 난 내 말을——하기야 내 말이라고 할 수도 없는 거지만. 왜냐하면 내가, 나 혼자서 지금까지 없던 말을 만들어낸 것이 아니니까 말야. 그런 것은 불가능하지. 진정한 의미에서의 창조란 있을 수 없는 거니까. 어쨌든 나는 내가 한 말을 믿지 않아, 알겠어? 사랑, 자유, 평화? 좆같은 소리 말라 그래. 보지 가래침 뱉는 소리지. 난 애당초 사람이라는 족속을 믿지 않아. 도대체 어떻게 사람이라는 괴물을 믿을 수 있겠어? 그 중에서도 암컷들, 부계사회의 암컷들은 더욱더 믿을 수 없어. 수컷들은 그래도 암컷들보다야 낫지. 어찌됐든 이 끔찍한 부계사회에서 기득권을 소유하고 있으니까. 그렇지만 돈 많고 예쁜 과부나 부잣집 딸년이라면 믿는 척 해줄 수도 있지"라고 말한 남자가 잔에 반쯤 남아 있던 맥주를 마시고 다시 잔을 채운다. "물론 나는 나 자신도 믿지 않고 너도 안 믿어. 그렇다고 해서 내가 지금 네가 탄 첫 월급으로 사는 이 술을 마시는 것이 이율배반적인 행위는 아니야. 술은 술이고 너는 너니까. 나는 너무나도 현명해서 사물을 사물로만 보거든." 남자는 단숨에 잔을 비운다. "자, 그럼 이제 술도 적당히 마셨으니까 슬슬 씹이나 하러 가지." 여자의 얼굴에 경련이 지나가는 것을 남자는 본다. 남자는 담배에 불을 붙인다. "믿지 않아도 씹은 할 수 있지, 안 그래?" 여자는 천천히 고개를 들어 남자를 본다. 여자가 마녀는 아니므로 눈에서 불을 뿜지는 못한다. 여자의 입에서 겨우 들릴 만한 소리가 한참 만에야 힘겹게 으르렁거리며 새어나온다. "……가요." 땀으로 번들거리는 남자의 얼굴이 히죽거린다. 밤길. 도시의 야경은 아름다울 수도 있다. 휘황하게 보일 수도 있는 빛들의 스케치. 흐르는 빛을 따라가던 카메라가 빛의 멈춤과 동시에 멈추면, 그 위로 오버랩 되는 붉은 십자가 네온사인들. 이어 태양 아래에서의 십자가의 추악한 몰골들과 어둠속의 귀기 서린 붉은 십자가들의 빠른 교차. 남자와 여자는 나란히 서서 걷고 있다. 그 둘은 다정한 한 쌍으로 보일 수도 있다. 그러나 카메라가 그 둘에게로 가까이 가면, 남자의 표정도 여자의 표정도 굳어져 있음을 보게 된다. 남자와 여자의 뒤쪽으로 조금 멀리 있는 건물 옥상의 광고판에서 거대한 암컷이 조명을 받으며 요염한 미소로 밤을, 그 둘을 내려다보고 있다. 어디서 불이 났는지 멀리서 소방차의 사이렌 소리가 희미하게 들려온다. 창을 철망으로 가린 버스 앞을 남자와 여자가 무심하게 지나간다. 무심하게 지나가는 남자와 여자를 버스 앞에 굳은 자세로 서 있는 머리를 짧게 깎은 청년이 무심하게 바라본다. 클로즈업된 청년의 얼굴을 천천히 덮치는 철망. 철망은 괴물처럼 부풀어 올라 이윽고 온 도시를 덮어버린다. 철망에 걸려 깨어진 달빛의 작은 조각 하나가 남자의 발에 밟힌다. 달빛이 깨어지는 소리를 여운으로 남기며 어두워지는 화면. 화면이 밝아지면 철망의 구멍 하나. 두 겹의 유리창 너머로 카메라가 들어가면 그 방이 여관 방임을 한눈에 알 수 있다. 여자가 옷을 입은 채로 침대에 앉아 굳은 표정으로 담배를 피우고 있다. 침대 발치에서 한 자쯤 떨어져 있는 사이드 테이블 위에 TV 화면에서는 벌거벗은 금발의 여자와 벌거벗은 흑발의 여자가 태극형으로 얽혀 서로를 애무하고 있다. 방의 안쪽에 있는 문이 열리고 벌거벗은 남자가 수건으로 몸을 닦으며 나와 침대 모서리에 걸터앉는다.

소방차의 사이렌 소리가 가깝게 들려온다. 담배를 끈 여자가 느닷없이 남자의 등으로 무너진다. 노란 머리 여자가 검은 머리 여자의 살을 부지런히 핥아주고 있다. 골짜기의 여신은 영원히 죽지 않으니 이를 현빈이라 한다. 현빈의 문은 만물의 근원이다. 면면히 있는 듯 없는 듯. 오직 그 작용만은 무궁무진하다(谷神不死 是謂玄牡 玄牡之門 是謂天地根 縣縣若存 用之不動)* *oh honey, wonderful……umm more more faster hard……oh more more …… coming COMING!* 마침내 여자가 늘어지고, 화면이 흐려지고, 꺼진다. 문이 열리는 소리에 너는 일어서서 칸막이 밖으로 나간다. 친구에게서 지도를 받는 재수중인 여학생이 너를 보고 가볍게 고개를 까닥인다. 그 여학생이 너에게 선생님은 안 계시냐고 묻는다. 너는 그 여학생에게 조금 전에 전화가 왔었는데 한 시간쯤 후에 들어오겠다더라고 일러준다. 자주 드나드는 너를 그리고 그녀를 아는 여학생이 선풍기의 버튼을 누르며 너에게 혼자 왔느냐고 묻는다. 너는 왜 이렇게 더운가를 여학생에게 묻는다. 그 여학생이 여름이 더워야만 하는 우주의 질서의 근원을 철학적으로 설명해주거나 신의 대답을 전해줄지도 모를 일이기는 하다. 자기가 물었던 것에 대한 대답을 듣지도 않고, 정말 너무 덥죠? 하며 몇 마디를 덧붙인 여학생은 자기 이젤 앞에 앉는다. 너는 열 평 남짓한 화실을 작업실과 내실로 나눠 놓은 칸막이에 기대서서 이젤 앞에 앉은 여학생의 뒷모습을 바라본다. 그 여학생을 여자로 보지는 않지만. 너는 자신의 몸을 어디에 두어야 하는지를 모르는 것 같기도 하다. 여학생이 연필을 손에 쥐고 니오베를 향해 팔을 쭉 뻗는다. 너의 눈이 여학생의 눈을 따라 니오베의 흉상으로

---

* 〈성상(成象)〉,《노자(老子)》.

간다. 비스듬히 오른쪽 뒤로 고개를 젖히고 하늘을 바라보는 여자의 머리.
옆으로 누인 연필에 걸쳐 니오베를 바라보고 있는, 너에게는 보이지 않는
여학생의 멍청한 눈깔은 파버려도 괜찮을 것 같다는 조그마한 생각을, 너
는 멍청하게 한다. 여신 레토는, 그리고 테에베 시민들도 니오베를 그렇게
멍청한 눈으로 보지 않았을 것임에 틀림없다. 하얗게 질려 있는 니오베.
사람으로서는 최초로 대신 제우스의 사랑을 받았던 여자. 나중에 오이디
푸스의 아버지가 되는, 그리고 아들의 손에 죽음을 당하는 라이오스를 쫓
아낸 테에베의 왕 암피온의 아내. 아들 여섯 딸 여섯을 낳고는 여신 레토
보다 자식 복이 많다고 자랑하다가 여신 레토의 하나밖에 없는 아들 신 아
폴론과 하나밖에 없는 딸 여신 아르테미스가 쏜 화살에 열두 남매를 한꺼
번에 잃은 여자. 그 슬픔으로 바위가 되고, 바위가 되어서도 눈물을 흘리
는 여자. 어쩌면 비극적인 어머니의 한 전형일 수도 있는 여자, 니오베.
……그때는 신들의 전성기였고, 신들의 전성기이기 이전에 사람들의 전
성기였다. 大鵬을 칩쳐 잡아 번기불에 쬐여 먹고/ 南海를 다 마시고 北海로
건너뛸지/ 泰山이 발끝ㅎ초이여 왜걱제걱 ㅎ더라.* 별이 빛나는 창공을 보
고 갈 수가 있고, 또 가야만 하는 길의 지도를 읽을 수 있던 시대는 얼마나
행복했던가?** 모든 것이 분명했고, 가장 어려운 문제가 아침에는 네 발
로, 낮에는 두 발로, 저녁에는 세 발로 걷는 동물이 무엇이냐는 것이었다.
그렇게도 단순명료했던 사람이 불과 수천 년 동안에 어떻게 변했는가를,
그리고 이제는 복수조차도 못하게 된 신에 대해서, 너는 생각하지 않고,

---

* 심재완 편저, 《시조대전》(일조각 1984), 209쪽.
** G. Lukacs, *Die Theorie des Roman*, 반성완 옮김, 《소설의 이론》(심설당, 1985), 29쪽.

생각하지 못한다. 다만 흐느적거리는 너의 뇌수가 더위에 녹아 이마의 땀구멍으로, 온몸의 땀구멍으로 흘러나오는 것을 겨우 느끼고 있을 뿐이다. 너의 五蘊, 곧 色·受·想·行·識은 마치 뭉개어진 물감들처럼 뒤섞여 있다.* 너는 흐느적거리며 기어가 문을 열고 화실 밖으로 나가고, 복도를 두어 발자국 더 기어가 수도꼭지를 틀어 세수를 하고, 더위가 조금은, 아주 조금은 가셨는가 확인되지 않았지만, 물을 닦지도 않고 계단을 기어 내려가고, 그녀가 소리 없이 외쳐 부르는 소리는 너에게 물론 들리지 않는다. 태어나기 이전부터, 그 훨씬 이전부터 이미 너는 청맹과니였다. 당신은 말했어요. 싫어하지 않는 여자와라면 같이 살 수 있다고. 우주의 차원으로 볼 필요도 없이, 사람들이란 모두가 대동소이한 미물들일 뿐인데 소이에 집착할 필요가 어디 있겠느냐고 당신은 말했었죠. 그렇지만 당신은 싫어함과 좋아함을——대상의 작은 차이를, 자신도 모르게 받아들일 수밖에 없었던 유전인자와 세뇌교육에 의해, 갈라놓고 보는 못된 습성에서 해방되지 못한 가축이므로 싫어하는 여자와는 같이 살 수 없노라고 말했어요. 나를 싫어하느냐고 물었을 때 당신은 싫어하지는 않는다고 했어요. 좋아하느냐고 물었을 때에도 당신은 좋아하지는 않는다고 했어요. 그렇지만 당신의 그 말들은 거짓말이었어요. 어떻게 만날 때마다 거의 매번 같이 자다시피한 여자를 싫어하지도 좋아하지도 않을 수 있단 말예요. 나는 알아요. 당신이 나를 싫어한다는 것을. 내가 공허한 교육으로 멍청한 머리에 허영만 가득 채우고는 어리둥절하고 있는, 싸가지라고는 전혀 없는, 못생긴데다가 고집만 센, 신경질이나 부려대는 쓸모없는 계집애이기 때문

---

* 색 : 육체 및 물질, 수 : 감각 및 느낌, 상 : 상상 및 생각, 행: 의지작용, 식 : 의식.

에 당신은 나를 싫어하죠. 물론이에요. 나는 나 자신에 대해 더 많은 단점들을 열거할 수도 있어요. 그런데 당신은 어떤가요? 당신은 훌륭한 인물이죠. 사회구조가 어떠니 사람이 어떠니 하고 떠들어대며 기껏 바둑이나 두고 술이나 마실 뿐이고, 슬픈 영화를 보면서는 눈물을 흘리면서도 당신 바로 옆에 있는 사람의 고통에 대해서는 무감각이고, 모든 일에 대해 아는 척을 하지만 실상 자기 앞도 제대로 가리지 못하는 대단한 인물이 아닌가요? 그런 당신이 나와 같이 자는 것은 당신은 남자고 나는 여자라는 것, 그리고 당신에게 같이 잘 다른 여자가 없다는 것 때문이죠. 한 마리의 암컷과 한 마리의 수컷——당신에게는 이것이 나와의 관계의 전부예요. 여관에서 포르노 비디오를 보며 함께 헐떡일 때 당신과 내가 한 마리의 수컷과 한 마리의 암컷이라는 것은 나에게도 사실이에요. 하지만 나에게는 그것이 사실의 전부가 아니에요. 한 남자와 세 여자가 얽혀 있는 장면을 보는 당신을 볼 때 나는 당신에게도 그 남자에게처럼 세 명의 여자를, 아니 삼십 명의, 삼천 명의 여자를 주고 싶어요. 전자오락실에서 당신의 전투기가 폭파되면 당신은 '이런 씨발——' 하고는 새 전투기로 다시 점수를 올려갈 뿐이지만, 그것을 지켜보는 내 마음이 얼마나 떨리는지를 당신은 몰라요. 아무리 파리를 많이 잡아도, 백만 점을 올리건 이백만 점을 올리건, 당신이 컴퓨터에게 이길 수는 없어요. 당신이 할 수 있는 것이라곤 기계에다 끊임없이 동전을 집어넣는 일밖엔 없어요. 그걸 알면서도 나는 당신의 전투기가 파리똥을 피하지 못할 때마다 부서지는 내 마음을 느껴요. 그래요. 당신이 뭐라고 하든 상관없이, 나는 당신 곁에서 떠날 수가 없어요. 당신에게 그 많은 단점들이 있음에도, 아니 그 많은 단점들까지도 나는 모두 안아주고 지켜주고 싶어요. 나는 돈을 벌 거예요. 많이, 많이 벌 거예요.

당신이 좋아하는 것이 돈과 예쁜 여자라서가 아니라, 당신에게 당신이 꿈꾸는 마당이 백 평쯤 되는 집을 마련해주고 싶고, 그 집에서 당신이 당신의 가난한 친구들과 백 살이 될 때까지 구슬치기나 연날리기를 하게 해주고 싶어서예요. 나는 당신에게 맛있는 반찬을 만들어주고 싶고, 당신의 속옷을 빨아주고 싶어요. 당신에게 예쁜 딸을 낳아주고 싶고, 우리의 딸을 곱게 키우고 싶어요. 가톨릭 및 신교 성직자들을 주축으로 한 약 8백 명의 마닐라 시민들은 지난 2일 페르디난드 마르코스 필리핀 대통령의 부인 이멜다 여사의 56회 생일을 맞아 말라카낭궁 근처에서 시위를 벌이고, 이멜다 여사에게 줄 이른바 '생일 선물'이라는 검은 관을 들고 나왔는데, 이날 시위에 앞장선 벤 모랄레다 신부는 "필리핀 국민들을 관 속에 처넣은 것은 마르코스와 이멜다"라고 외쳤다. 한편 마르코스 대통령은 이날 밤, 말라카낭 궁에서 외교관 및 관리들이 지켜보는 가운데, "이멜다, 당신은 나의 영원한 사랑, 나의 운명에 영감을 불어넣어준 뮤즈. 그녀를 잊지 말자. 결코 잊지 말자"라고 사랑의 노래를 불렀으며, 마르코스 대통령이 노래를 부르는 모습은 필리핀 관영 TV를 통해 방영되었다. 마르코스 대통령은 또, "일할 때는 젊어지지만 은퇴하면 죽은 거나 다름없다"면서, "그래서 대통령에 다시 출마한다는 사실을 아는가?"라고 재출마 이유를 교묘하게 변명했는데, 말하는 아가리를 통해 썩은 내장이 보였다. 남편의 폭력——아내와 마른 명태가 어째서 같은가? 85년 최신판 바캉스 가이드——알차게 떠난다. 무좀엔 당해낼 장사 없다? 온산공단 주민 피해 공해물질 누적 때문——현지조사단 1년간 정밀 검사 후 최종보고——방지시설 가동하는 것보다 벌금 무는 것이 낫다며 기업체들 폐수 등 고의로 수년간 방류——납은 전국 평균치의 48배. "7월이면 청포도가 생각나지." "대학 기습수색을 보면 청포도가 아니라 포도청이 생각나죠." 각 지방에서는 지난 1일부터 계속 농촌활동을 거부당한 대학생들의 동태를 자세히 내무부에 보고해온 데다 3일에는 내무부가 전국 행정조직을 통해 파악한 대학생 봉사활동 실태에 대한 통계까지 작성. 남부에 살인 폭우——40여 명 사망·매몰——산사태 한 마을 덮쳐——장마 전국으로 확산. 눈부신 태양과의 화려한 만남——파도소리 귓전에 교향악 되고, 차라리 눈부신 해변의 그대 모습——산뜻한 감촉으로, 세련된 색감으로 성행위에 의해 감염되는 몹쓸 병들의 정체는 무엇인가? 외설인가 예술인가? 소 값 계속 폭락 암소 76만 원——6개월 사이에 평균 30%나 떨어져. 고급 집 전문 털이단 한 집에서 22억 강도——2명 검거 3명 수배. 공구(孔丘)가 한때 가까이 지낸 류하계(柳下季)에게는 척(跖)이라는 아우가 있었다. 스스로의 손으로 탯줄을 끊고 세상에 나온 跖은 삶의 숨통을 조여대는 인위적인 질서에 견디다 못해, 결국 삼십 세가 되던 해에 인위적인 모든 질서를 깨뜨리고자 결심하고 출가하여, 사람들에게 가르침을 전하고 다녔다. '역사를 포기하라, 더 늦기 전에. 낙원을 회복하라!' 는 것이 그의 가르침이었다. 천하를 주유하며 가르침을 베푼 지 삼 년이 지난 후, 그는 그의 가르침이, 어처구니없게도, 조직화되어 하나의 역사적 사실로 굳어가고, 그가 깨뜨리려 한 인위적인 질서에 더해지는 또 하나의 질서가 되어가는 것을 알게 되었다. 모든 것을 제도화시켜버리는, 하여 참(眞)을 말살시켜버리는 사람들에 대한 실망은 跖에게 진정한 파괴는 물리적인 파괴이어야만 한다는 새삼스러운 깨달음을 주었다. 그래서 그는 그동안 그를 따르던 무리들을 군인으로 훈련시켰는데, 모두 구천 명이었다. 그들은 지상의 크고 작은 여러 나라들을 쳐부수며 온 대륙을 섭렵했다. 한편, 자기보다 훌륭한 사람이라는 이유만으로 柳下季를 시기하던 孔丘는 跖을 이용하여 柳下季를 없앨 간계를 꾸몄다. 孔丘의 계략이란 柳下季를 설득해서 跖에게로 보낸다는 단순한 것이었다. 그렇게만 되면 跖이 귀에 거슬리는 소리를 하는 柳下季를, 형이라 하더라도, 살려두지 않을 것이라는 어리석은 생각이었다. 그리하여 아침에 해가 뜬 날 柳下季를 찾아간 孔丘는 이렇게 말했다. "무릇 어버이가 된 사람은 자식을 타일러야 하고 형이 된 사람은 아우를 가르쳐야 하오. 선생은 지금 세상에 이름 높은 선비인데도 천하를 괴롭히는 악당인 盜—跖을 가르쳐 바로잡지 못하고 있으니, 나는 같은 선비의 입장에서 선생을 대신해 부끄러울 뿐이오. 그러니 내가 선생을 위해 盜—跖을 찾아가 설득해 보겠소." 물론 孔丘는 柳下季의 인품을 잘 알고 있었으므로, 자기가 가겠다고 나서면 자기를 만류하고 柳下季가 몸소 가겠거니 하는 엉큼하고 얄팍한 속셈으로 이렇게 말한 것이었다. 그러나 孔丘의 속셈을 훤히 알고 있던 柳下季는 이렇게 대답했다. "어버이 되는 사람은 자식을 타일러야 하고 형되는 사람은 아우를 가르쳐야 한다고는 하지만, 만일 자식이 어버이의 타이름을 듣지 않고 아우가 형의 가르침을 따르지 않는다면, 비록 선생의 세치 혀가 제 아무리 유들유들하다 해도, 어찌할 도리가 없을 것이오. 跖으로 말할 것 같으면 지혜는 솟아오르는 샘물과도 같고, 뜻은 회오리바람과도 같으며, 어떠한 적과도 싸워 이길 수 있는 힘이 있고, 자신의 생각을 분명하게 얘기할 수 있는 논리적인 사람이오. 그리고 제 마음에 들면 기뻐하고 제 뜻에 거슬리면 죽이기도 서슴지 않는데, 跖이 무모한 살인을 했다는 소리를 아직까지는 듣지 못했소. 그러니 선생의 목이 두 개가 아니라면 그를 찾아갈 생각은 아예 하지 마시오." 孔丘로서는 전혀 예상치 못했던 엉뚱한(?) 대답이었다. 데리고 갔던 두 제자 안회(顔回)와 자공(子貢)을 돌아보는 孔丘의 얼굴은 파랗게 질려 있었다. 어리석기 그지없는 孔丘였지만 제 꾀에 제가 넘어갔음을 깨달을 만한 머리는 있었던 것이다. 더구나 顔回 와 子貢이 보는 앞에서 물러서기에는 썩어빠진 자존심이 허락지 않았던 것이다. 顔回는 가난한 집안 출신이라 마부로 부리고 있는 명색만의 제자 였고(마부까지 제자로 삼은 훌륭한 스승이라는 칭송을 孔丘는 받아왔으며, 더구나 따로 마부를 고용하지 않아도 되는 경제적 이익이 있었다), 子貢은 부유한 집안 태생이라 언제나 그림자처럼 따르게 한 제자였다(가르치는 데에 빈부의 구별이 있을 수 없다고 孔丘는 입버릇처럼 말해왔다). 孔丘는 소인배답게 덜덜 떨며 顔回의 등을 밟고 마차에 오를 수밖에 없었다. 그때, 跖은 太山 남쪽에 진을 치고 있었는데, 孔丘가 도착할 무렵에는 회를 친 불타(佛陀)의 간을 안주로 술을 마시고 있었다. 跖의 진 어귀에 도착한 孔丘는 부들거리며 마차에서 내려 초병에게 두 번이나 절을 하고 말했다. "저는 노(魯)나라 사람 孔丘입니다. 장군의 높으신 명성을 사모하여 뵙고자 하니, 부디 말을 전해주십시오." 초병이 이 말을 전하자 跖은 샛별 같은 눈을 부릅뜨고 노하여 소리치는데, 머리털이 치솟아 백 근짜리 투구 가 들썩거렸다. "孔丘란 작자가 나를 찾아왔단 말이냐? 오냐, 그 개만도 못한 놈에게 이렇게 전해라. '너는 멋대로 지껄이고 글을 쓰며, 쥐만 한 대가리에는 사치스러운 황금관을 뒤집어쓰고, 허리에는 송아지가죽 띠를 매었으며, 농사를 짓지도 않으면서 그 커다란 밥통에 똥을 채우고, 베를 짜지도 않으면서 호화로운 옷을 걸치고, 아가리를 놀려 그 썩은 냄새를 천하에 풍기며, 천하의 선비들로 하여금 사물의 본질보다 껍질에 집착케 하고, 쥐새끼처럼 충효(忠孝)를 들먹여 요행히 제후에 봉해지거나 부귀한 신분이 되기를 바라는 자이니 너의 죄는 무겁기 그지없다. 그러니 가련한 목숨을 보전하고 싶으면 내가 좋은 말로 자비를 베풀 때 썩 꺼져버려라. 그렇지 않으면 내, 너의 간으로 안주를 더하리라.' 라고." 초병은 孔丘에게 跖의 말을 그대로 전했으나, 孔丘는 두려움에 떨면서도 跖을 만나보고 돌아가 과시를 하고자 하는 어리석기 짝이 없는 망상에 사로잡혀, 사색이 된 채 네 발로 엉금엉금 기어 간신히 跖 앞으로 나가 죽어가는 목소리로 말을 했다. "제, 제가 듣건데, 천하에는 세 가지 덕이 있다고 합니다. 당당한 체구와 훌륭한 얼굴을 타고나서 젊은이나 늙은이나 귀한 사람이나 천한 사람이나 모두들 보고 기뻐하는 것이 상덕(上德)이고, 천지를 하나로 볼 만한 지혜와 사물을 제대로 분별할 만한 재능을 지녔으면 중덕(中德)이고, 용기가 있고 과감하여 많은 부하를 거느릴 수 있다면 이는 하덕(下德)이라 합니다. 사람이 이 세 가지 덕 가운데 하나라도 지녔으면 용상에 올라 참된 사람이라고 스스로를 칭할 수 있다고 하는데, 장군께서는 이 세 가지 덕을 모두 겸비하고 계십니다. 그런데도 장군께서 盜—跖이라고 불리우는 것을 이 몸은 속으로나마, 장군을 위하여!, 부끄럽게 여겨왔습니다. 만일 장군께서 저를 거두어 주신다면, 저는 여러 나라의 왕들로 하여금 장군을 위하여 사방 수만 리의 큰 성을 쌓고 장군을 황제로 높이 받들도록 하겠습니다. 그러면 장군께서는 천하를 바로잡고, 싸움을 없애어 군사들을 쉬게 하시고, 흩어졌던 형제들이 함께 모여 조상의 제사를 받들도록 하여 주십시오. 이러한 일들이야말로 장군 같은 성인께서 하셔야 할 일들이며, 천하가 바라는 바이옵니다." 이 말을 들은 跖은 칼을 뽑아 대갈일성과 함께 孔丘의 두 다리를 단숨에 자르고 나서 말했다. "丘, 이놈! 네 목을 단칼에 베지 않은 것은 너에게 참된 것이 어떤 것인가를 들려주기 위함이니, 내 말을 잘 듣고 죽으면서나마 참을 깨달거라. 우선, 내가 덕을 지닌 것은 타고

난 것이며 또한 나 스스로가 갈고 닦은 것이니, 네놈이 더러운 주둥아리로 지껄여대지 않는다고 해서 나 자신이 그것을 모르겠느냐? 예로부터 남의 면전에서 칭찬을 늘어놓기 좋아하는 자는 또한 돌아서서 헐뜯기를 즐긴다 하였다. 그리고 이익을 앞세워 달랠 수 있고, 말로써 설득할 수 있는 대상은 대개 무지하고 어리석은, 바로 네놈 같은 소인배들뿐이다. 네가 얄팍한 이익으로 나를 꾀려 한 것은 감히 나를 어리석은 사람으로 간주하고 지껄인 것이다. 괘씸한 놈! 잘 들어라. 오래전 유소씨(有巢氏) 시대에는 짐승들이 많고 사람들이 적어서 사람들은 나무 위에 집을 지어 짐승들을 피했고, 나무 열매를 주워먹고 살았으며, 옷도 입지 않았으니 그들을 가리켜 참된 삶을 살았던 사람들이라 한다. 신농씨(神農氏) 시대가 되자 사람들은 누우면 편안하고 일어나면 스스로 즐길 줄 알았으니 일과 놀이가 따로 없었으며, 부부제도나 남녀의 구별 따위가 없어서 어미는 알아도 아비는 몰랐다. 사슴과 더불어 살고, 밭을 갈아 먹고, 베를 짜 옷을 해 입으면서도 서로 간에 해치려는 마음이 없었으니 이때야말로 지극히 덕이 융성했던 때였다. 내가 말하는 낙원을 회복하자는 것은 바로 이런 삶을 살자는 것이다. 그러나 너는 어떤가? 네가 우러르는 황제(黃帝)란 자는 부덕하기 그지없어서 치우(蚩尤)와 싸워 탁록(涿鹿)의 백 리 벌판을 사람의 피로 덮었다. 그리고 요(堯)와 순(舜)은 천자가 되어 여러 신하들을 임명해 신분제도를 만들었고, 탕왕(湯王)은 걸왕(桀王)을 내쫓았으며, 무왕(武王)은 주왕(紂王)을 죽였다. 이후로는 강자가 약자를 짓밟고, 다수자는 소수자를 해치게 되었다. 결국 黃帝 이후의 모두는 세상을 어지럽히는 무리들인 것이다. 그런데 너는 지금까지 이러한 악의 괴수들의 어리석음을 칭송하며 흉내내고, 온 세상의 헛소리들을 주워 모아 후세들을 가르친다는 미명

하에 네놈 한 몸만의 부귀영화를 누리려 해왔다. 그러니 도둑놈 가운데 너보다 큰 도둑이 없는데도 세상에서는 너를 盜―丘라 하지 않고 오히려 나를 盜―跖이라 하니, 이 어찌 해괴하다 하지 않을 수 있겠는가. 이런 해괴함 또한 너와 같은 썩은 무리들로 인하여 비롯된 것이 아니겠는가! 네놈같이 비겁한 자들이 어진 사부라고 하는 백이(伯夷)와 숙제(叔齊)는 고죽국(孤竹國)의 왕위를 사양하고 수양산(首陽山)에 들어가 굶어죽어, 죽은 몸뚱이가 묻히지도 못하고 버려진 채로 있었다. 포초(鮑焦)는 세상이 그르다 하여 산으로 들어가 도토리를 주워먹고 사는 거짓된 행동을 하였으나, 그의 거짓된 행동이 비난을 받자 결국 나무를 껴안고 선 채로 죽었다. 개자추(介子推)는 너무나도 충성스러워 스스로 허벅다리의 살을 베어 문공(文公)에게 먹였으나, 뒤에 文公이 그를 저버리자 성을 내고 산으로 들어가 스스로 불에 타죽었다. 미생(尾生)은 계집과 다리 밑에서 만날 약속을 하고는, 물이 불어나는데도 오지 않는 계집을 기다리다가 끝내 다리의 기둥을 껴안고 죽었다. 야소(耶蘇)라는 무당은 적들의 모함을 받고는, 충분히 피할 수 있는데도 피하지 않고 십자가에 못박혀 죽었다. 이들은 한결같이 이름에 얽매여 본성을 잃고는 삶을 가벼이 한, 개똥만도 못한 자들인 것이다. 네가 지껄이는 도(道)란 인간의 참된 본성에 위배되는 것으로, 부모에게 효도하고 나라에 충성을 바치라는 따위의 거짓 꾸민 헛소리들일 뿐이며, 오히려 순박한 세상 사람들에게서 털어 내버려야 할, 일고의 가치도 없는 헛된 관념에 지나지 않는 것이다. 내, 그러면 이제 너에게 참된 사람의 본성이 어떤 것인가를 일러줄 터이니 똑똑히 잘 듣고 저 세상에 가서나마 바른 삶을 살도록 하여라. 귀한 사람이니 천한 사람이니 하는 모든 구별은 네놈 같은 악의 무리들이 역사니 발전이니 하는 따위의 헛소리들을 합리화시키기 위하여 억지로 꾸며낸 것일 뿐으로, 세상 사람들은 모두 가 똑같이 태어나서 살다가 죽을 뿐이다. 이렇게 태어나서 살다가 죽는 사 람이라면 누구나가 아름다운 것을 보고 들으며, 맛있는 음식을 먹고 사랑 을 나누며, 좋은 기분으로 편안히 살고 싶어 한다. 기껏 오래 산다고 해봤 자 백 년을 넘기기 어려운 것이 사람의 수명이다. 우주는 무한하지만, 사 람은 때가 오면 죽는다. 우주의 무한에 비교하자면 한순간에 불과한 짧은 생애이거늘, 그나마 영혼을 만족시키지 못하고 삶을 온전히 누리지 못하 는 사람은 道를 터득했다고 할 수가 없는 것이다. 그런데도 네놈은 감히 거짓 꾸민 道로 순박한 세상 사람들을 현혹했고, 그들의 삶을 조화롭게 하 기는커녕, 오히려 더욱 혼란하게 해왔을 뿐이다. 그러니 내, 어찌 너를 살 려둘 수 있겠느냐!" 말을 마친 跖은 칼을 한 번 휘둘러 孔丘의 목을 자르고 배를 갈랐다. 그리고 간과 염통을 꺼내서는 술 안주로 하고, 창자는 꺼내 개를 주었으며, 남은 몸은 잘게 다져 돼지 밥으로 주었다. 孔丘의 머리는 병사들에게 놀이감으로 주어져, 병사들이 쉴 때면 그것을 발로 차며 놀았 다. 어리석은 후세 사람들은 그러나 孔丘가 죽음을 무릅쓰고 跖을 설득하 려 했다고 해서, 단지 그 하나만을 이유로, 그를 성인이라고들 한다. 하지 만, 跖과 그를 따르던 무리들이 훗날 신선이 되어 하늘로 오른 사실을 알 고 있는 사람은 극히 드물다.* 전해오는 말에 의하면 다음과 같은 부류의 무리들이 나라님께 은혜를 갚기 위해 모여들었다고 한다. 재주가 있으면 서도 뜻을 이루지 못하고 울분 속에서 사는 사람. 탐관오리의 비행에 분노 를 느껴 민중을 위해 몸을 바치기로 결심한 사람. 외국이 우리의 이권을

* 〈도척(盜跖)〉, 《장자(莊子)》.

빼앗아감을 원통하게 생각한 사람. 탐관오리에게 수탈당하고도 억울함을 호소할 길이 없는 사람. 지방관리로 팔려다니던 사람. 농민이나 상인으로서 살아갈 길이 없는 사람. 빚에 쫓기는 사람. 천민의 몸으로 신분의 상승을 원하는 사람. 그곳에 가면 잘 살게 되리라는 풍문을 듣고 온 사람.* 혁명(革命)의 길은 파괴(破壞)부터 개척(開拓)할지니라. 그러나 破壞만 하려고 破壞하는 것이 아니라 건설(建設)하려고 破壞하는 것이니, 만일 建設할 줄을 모르면 破壞할 줄도 모를지며, 破壞할 줄을 모르면 建設할 줄도 모를지니라. 建設과 破壞가 다만, 형식상(形式上)에서 보아 구별(區別)될 뿐이요 정신상(精神上)에서는 破壞가 곧 建設이다. 우리는 민중(民衆) 속에 가서 民衆과 휴수(携手)하여 불절(不絶)하는 폭력(暴力)——암살(暗殺)·破壞·폭동(暴動)으로써 우리 생활(生活)에 불합리(不合理)한 일절(一切) 제도(制度)를 개조(改造)하여 인류(人類)로서 人類를 압박(壓迫)치 못하며, 사회(社會)로서 社會를 박삭(剝削)치 못하는 이상적(理想的) 社會를 建設할지니라.** 어떤 사람들은 최대다수의 행복을 생각하고 있다고, 다시 말해서 사랑을 기반으로 하고 있다고 주장한다. 그러나 혁명가가 말하고 실천하는 것은 증오다. 증오를 수단으로 삼아 사랑이라는 목적을 달성하는 것은 불가능하다. 그리고 슬픈 사실이지만, 많은 혁명가들은 혁명이 아닌 혁명놀이를 하고 있다.*** 그는 걷는 것처럼 걷고 있다. 사 층에 화실이 세들어 있는 건물에서 기어나와 땀을 줄줄 흘리며 걷는 그를 묘사할 필요도 능

---

* 신복룡, 《동학상상과 갑오농민혁명》(평민사, 1985), 101~102쪽.

** 신채호, 〈조선혁명선언〉.

*** G. Taylor, *RETHINK—A Paraprimitive Solution*, 모기윤 옮김, 《행복의 실험》(부림출판사, 1980), 415~416쪽.

력도 없다. 여름에 태양 아래에서 걷는 자는 누구나가(라고 할 수 있다) 땀을 흘리니까. 태양은, 지겨워하며 아직 서남쪽 하늘에 자빠져 있고, 가로수 잎사귀에는 뿌옇게 먼지가 쌓여 있다. 불쾌지수는 녹아서 끈적거리는 아스팔트에서 솟아오르고, 그늘은 처마 밑에서 뜨거운 숨을 내쉬며 낮잠을 자고 있다. 나이를 짐작할 수 없는 한 늙은 사내가 가로수 밑둥을 두 손으로 꽉 움켜쥐고 차도를 향해 쪼그리고 앉아 있다. 그는 걸음을 멈춘다. 그 사내의 시커멓고 너덜너덜한 바지가 발목에 감겨 있으므로 그가 사내의, 비쩍 말랐지만 유난히 흰, 엉덩이를 보는 것을 방해하는 것은 아무것도 없다. 고 할 수 있다. 여자애 둘이 괴성을 지르며 달아나버린다. 중년 남자 한 사람이 잠시 발을 멈췄다가 그에게 들릴 정도로 혀를 차고 지나쳐버린다. 유사한 반응들이 그와 늙은 사내 사이를 지나쳐가고, 미쳤다는 소리도 들려온다. 늙은 사내의 엉덩이 사이에서 거의 검은 황갈색의 뱀 같은 물체가 천천히 빠져나온다. 빠져나온 토막이 가로수를 담고 있는 둥근 땅 위에 떨어진다. 젊은 교통순경이 달려오고, 그제야 몇몇 발걸음들이 늙은 사내 주위에서 멈춘다. 고개를 들어 하늘을 보는 것은 그의 버릇 가운데 하나라고 할 수도 있다. 아버지, 아버지, 아버지! 그의 울부짖음은 그러나 그 자신에게도, 늙은 사내에게는 물론, 들리지 않는다. 그는 그 자리에 주저앉지도 못한다. 그는 다시 걷는다. 젊은 교통순경이, 그리고 둘러선 몇몇 발걸음들이 그 늙은 사내를 어떻게 하건 그와는 아무 상관도 없다, 또는 그는 어떻게도 할 수 없다. 고 할 수 있다. 좋은 이야깃거리일 수는 있을 것이다. 웬 늙은 미친 거지가 말야, 더위를 먹었는지 멀쩡한 대낮에 가로수 밑에서 똥을 누더군. 적당한 과장도 허용된다. 땀을 삘삘 흘리면서 끙끙거리더군. 씨팔, 근데 늙은 거지가 웬 똥이 그렇게 굵지? 팔뚝만 한

게 쑥 빠지더군. 정말야? 할 지랄이 없어서 이런 거짓말 하냐? 이런 거짓 말은 할래도 못한다고. 못 믿겠거든 나중에 파출소에 가서 물어봐, 순경이 데리고 갔으니까. 어떻게? 어떻게 데려가긴? 똥 다 눌 때가지 얌전히 기 다리고 있다가 천연 펄프 화장지로 곱게 밑 닦아주고 고이 모셔갔지, 우하 하하……. 웃어 젖히는 그의 눈에 물기가 어릴지도 모를 일이기는 하지 만, 그에게는 단 한 방울의 눈물도 용납되지 않는다. 그 늙은 거지는 바로, 바로 아버지였어. 나의 아버지, 너의 아버지, 우리 모두의 아버지였어. 라 는 말은 더욱 하지 못한다. 아버지를 외면한 이 불효자식은, 우리 호로새 끼들은 어떻게 용서를 받아야 합니까, 아버지, 아버지! 어설프고 과장된 감상은 TV 드라마에서 신물이 날 만큼 보아 왔다. 그는, 우연히, 생맥주 집으로 들어간다. 프로야구 중계를 보고 있던 주인에게 생맥주 오백짜리 와 땅콩 한 봉지를 달라고 한다. 선풍기를 틀어준 주인이 술과 안주를 가 져다 준다. 거품을 한 모금 마시고, 담배에 불을 붙이고, 바로 그의 눈 앞 에 붙어 있는, 반보다 훨씬 더 벗은 여자 사진을 본다. 주인은 다시 프로야 구 중계를 보고, 그는 담배도 피우고 땅콩도 씹고 여자 사진도 보며 맥주 를 마신다. 깨끗한 안탑니다……투 아웃에 1·3루……승부구가 없는 게 큰 약점이죠……득점 찬스……위깁니다. 만일 그가 화가라면, 한물간 하 이퍼 리얼리스트라면, 유난히도 더운 어느 여름날 오후에 주인은 카운터 에서 프로야구 중계를 보고 있고 하나뿐인 손님은 구석자리에서 술을 마 시고 있는 조그마한 생맥주집 풍경을 차디찬 색으로 정밀하게 묘사할 수 도 있을 것이다. 만일 그가 그림을 그린다면 그 그림에는 사람으로 읽힐 수 있는 두 개의 사물이 대각선으로 마주보는 화폭의 두 구석에 놓일 것이 며, 대각선의 길이는 무한일 것이다. 투 쓰리, 풀 카운트……인터발이 길어졌습니다……견제구를 던져봅니다. 그는 오줌으로 오줌통을 채우고 있다. 문도 없이 네 개의 벽과 천장과 바닥만 있는 강당 같은 방, 한구석에서 한 젊은 사내가 한 손으로 몇 장의 종이를 들고 있다. 전쟁터에서도 적십자 깃발을 단 차량을 향해서는 사격을 삼가는 것이 통례이거늘, 그해 초파일에는 태극기와 적십자 깃발을 꽂은 지프에까지 무차별 사격을 가한 것이었다. 차에 옮겨 실은 부상자도, 의료봉사를 자처한 청년 세 명도 무차별 사격으로 숨졌다. 봉사대원인 이광영 스님은 척추에 총을 맞고 응급실로 실려갔다. 병원은 정말 발디딜 틈도 없이 총탄과 대검과 곤봉으로 짓뭉개어진 부상자들과 시체들이 가득했고, 피가 흘러 강을 이루고 있었다.*
손에 든 종이에 규칙적으로 묻은 인쇄 잉크의 의미를 해독하고 있는 사내의 허리 아래가 벗겨져 있고, 사내의 가랑이 사이에 엎드린, 옷을 입지 않은 여자가 헐떡이며 사내의 좆을 빨고 있다. 맞은편 구석에서는 피투성이가 된 원숭이 한 마리가 아이들을 세워 놓고 청룡언월도(靑龍偃月刀)로 아이들의 목을 하나씩 자르고 있다. 비명도 없이 피를 뿜으며 굴러 떨어진 아이들의 머리들이 방바닥에 수은 방울들처럼 굴러다니고 있다. '잔인성'과 '파괴성'은 인류에게 특유한 것으로서, 대부분의 포유류에게는 없다고 보아도 무방하다. 파괴성의 정도는 문명이 발달함에 따라 증대되며, 그 반대는 아니다. 만일 오늘날의 사람들이 그 조상인 원시인들로부터 이어받은 생물학적으로 적응된 공격 성향만을 지녔다면 사람은 비교적 온순한 존재일 것이다.** 반국가적 범법행위 엄단——학원 소요 · 부당 집단행동

---

* 〈그 해의 부처님 오신 날〉, 《민중생활과 민중운동》, 146~149쪽.
** E. Fromm, *The Anatomy of Human Destructiveness*, 유기성 옮김, 《파괴란 무엇인가》(홍성사, 1979), 25쪽.

발본(拔本)──약간의 부작용·희생 뒤따라도 정치·경제·사회 불안요인 척결. 한 소식통은 "학원문제를 정부×여당 차원에서 어떻게 수습하느냐의 방안이 연계되어 협의된 것으로 안다."고 말했다. 남아프리카 공화국, 인종차별 시위 격화──흑인 8명 사망, 반체제인사 4백 41명 체포. 청결한 여성, 건강한 여성을 위하여 바닷가에서 올리는 남근제(男根祭)──성(性)의 스릴, 性의 액션! 지성인의 재치와 웃음의 파노라마. 끊임없이 성욕에 시달리다 못해 정신병원을 찾은 노마(41)라는 여자는 8년 동안 1천 2백 명의 남자들과 성관계를 맺었는데, "남자들이 과자 같은 생각이 들었다. 맛있는 과자라면 통째로 먹는 게 더 낫겠다는 생각을 하곤 했었다."라고 말했다. 여름은 창조를 위한 充電의 계절──해변 시인학교. 천하장사는 왜 힘이 셀까? 경찰은 이날 낮 1시경, 전시중인 작품 1백여 점 가운데 노동자의 삶을 그린 〈대우어패럴 파업〉〈동조파업〉〈우리들의 밥을 뺏지 마시오〉 등 이른바 문제작 30여 점을 강제로 떼어냈다. 이 날 전시회를 보러 나온 한 중년부인은 "정확한 속사정은 모르지만 예술의 자유가 보장되어야 민주주의가 되지요."라며 어수선한 전시장에서 빠져 나갔다. 홈런입니다, 홈런! ……허허, 야구는 한 편의 멋진 드라마예요, 허허……다시 역전입니다……그러나 아직 게임은 끝난 것이 아니잖겠습니까?……끝나봐야 알겠죠. 시를 쓰고 싶다는 생각이 느닷없이, 그러니까 비논리적으로, 작위적으로, 그에게 스며든다. 아, 시(詩)! 문학의 한 부문으로 일체의 사물이나 사건, 사상 따위에 대하여 일어난 감흥이나 상상 따위를 일종의 리듬을 갖는 형식에 의하여 서술한 것.* 시는 뜻을 서술한 것

---

* 신기철·신용철 편저, 《새 우리말 큰 사전》(삼성출판사, 1981), 〈시(詩)〉 항목.

이고, 노래는 말을 읊은 것이다(詩言志 歌永言).* 한 모금의 맥주가 그의 식도를 타고 흘러내려간다. 그는 물론 지난 겨울에 이불 밑에서 써갈겼던 것들이, 오래 전부터 쓰고 없앤 것들이 행여 시였다는 생각은 하지 않고, 할 수도 없다. 그것들은 차라리 잉크와 종이의 무모한 낭비였으리라. 간발의 차이로 아웃……무리한 주루 플레이였습니다. 당신은 시인이군요. 라고 그에게 속삭여주었던 여자가 보내온 편지에, '제가 다른 아무것도 못하더라도 사랑만은 하도록, 끝까지 사랑할 수 있도록 당신이 지켜주어야 해요, 사랑하며 사는 아름다운 삶이 제 소원이었으니 당신에게 가장 아름다운 여자가 되도록 해주세요. 한 편의 시를 쓰지는 못하더라도, 아름답고 참되게 시를 사는 시인이 되게 해주세요.' 라는 구절이 있었다는 것도 지금 그는 기억하지 못한다. 그가 빈 조끼를 들어보이자 주인이 오백짜리 하나를 더 갖다 주고 빈 조끼를 가져간다. 그녀는, 화실에서, 그를 찾고 있거나 기다리고 있을 것이다. 그는 그것을 알고는 있다. 시, 시는……시를……시가……시로……시의……. 그 여자 곁에서 그는 시인일 수 있었다. 그 여자 곁에서는 시인이 되는 것이 전혀 어려운 일이 아니었다. 그가 담배꽁초를 바라보아도 그것이 시가 되었으므로. 그는 그 여자와 함께 살기를 원했었고 그 여자는 그와 함께 살기를 원했었다. 그러나 두 사람이 원했다고 해서 '함께 삶'이 가능한 것은 아니었다. 라는 것은 새삼스러운 소리일 것이다, 함께 살기를 원하는 두 사람이 함께 살지 못하는 경우는, 소설이나 연극·영화·TV드라마·체험수기 따위에서가 아니더라도, 결코 드문 일이 아니므로. '오래 기다릴 수가 없는데 왜 오시지 않아요. 무

* 유협(劉勰), 《문심조룡(文心雕龍)》, 최신호 옮김(현암사, 1975), 25쪽.

270

슨 일이 어떻게 되어가고 있는지. 저는 왜 이토록 무기력하게 무너져가고, 사랑의 능력이 부족함을 시인하면서, 그것이 바로 현명이라는 말을 들어야 하는지…….. 사랑을 억압하는 낡고 더러운 관습과 싸워 이길 힘이 왜 내게는 없는 것인지…….. 다른 사람들이 원하고, 나 스스로도 그 일부를 원하기는 하지만, 전부는 결코 아닌 삶을 끝까지 견딜 수 있을지…….. 당신의 진한 슬픔 속에서 편히 쉬고자 하는 것이 왜 잘못인지…….. 나는 나이어서는 안 되는 것인지…….. 행복하고 아름다운 곳이며, 나도 충분히 그렇게 살 수 있노라고 믿었던 세상에 커다란 금이 가고 깨어져…….. ……모르겠어요, 아무것도. 도무지 모르겠어요. 어디 있나요? 빨리 오세요. 이토록 보고파 하면서도 왜 나는 당신을 기다릴 수가 없나요? 왜 지옥으로 스스로 걸어 들어가야 하나요? 지금, 이 순간, 당신은 어디서 뭘 하고 있나요? 라고 그 여자가 그의 노트 뒷장에 써놓았던 것을 그가 잊은 지는 오래되었다. 며칠 밤을 꼬박세우고 나서, 한 번만 더, 그 여자를 보기 위해 그 여자 집으로 갔던 그가 허탕을 치고 돌아왔을 때, 실제로 텅 비어 있지는 않았지만 그가 텅 비어 있다고 한 방에, 책상 위에 노트가 펼쳐져 있는 것을 보고, 그는 운명이라고들 하는 것을 생각했었다. 일 년쯤 지난 후, 우연히 그 여자와 비슷한 겁먹은 듯한 얼굴을 보았을 때 그는, 너무나도 손쉽게, 그가 살아 숨 쉬고 있는 이 사회가 썩어빠졌기 때문에, 황당한 가치기준에 의해 움직이고 있기 때문에, 등등이기 때문에 그 자신과 그 여자가 어처구니없이 당하고 말았던 것이라고 생각해버렸다. '서로 같이 살기를 원하는 한 남자와 한 여자가 같이 살 수 없는 세상이란 도대체 어떻게 되어먹은 세상이란 말인가?' 그는 그러나 분노의 제스처조차도 보이지 못했었다. 고 할 수 있다. 뿐만 아니라, 결국 그의 것이기도 한 다른 많은 아픔들은 돌아보지도 않았다. 아니. 신문지 안이나 브라운관 속에 있는 아픔의 왜곡된 겉모습들을 브라운관 밖에서, 신문지 밖에서 멍청하게 바라보고만 있었다. 그는 시인이 아니었고, 시인일 수도 없었다. 그는 그저 그냥 있을 뿐이었다. 또 한 모금의 술이 그의 밥통에 더해지고, 또 한 모금의 담배연기가 그의 허파에 더러움을 더한다. 아마도, 어쩌면, 그가 정말 시를 쓸 수 있을지도 모를 일이기는 하다. 아우슈비츠 이후에 광주 이후에 시는 씌어질 수 없다. 고 말해서는 안 된다. 아우슈비츠에서도 광주에서도, 아니 아우슈비츠에서 광주에서는 더욱, 시가 씌어져야만 한다. 이 명백한 패배의 시간이야말로 시의 패배를 물신의 폭력에 대한 창조적 정신과 시의 승리로 뒤바꿀 수 있는 절호의 기회이기도 한 것이다.* 시는 언어가 매개한 세상이다.** 신춘문예를 통해 시인이 되려면 말야, 우선 지난 몇 년간 각 신문들을 통해 당선된 시들을 살펴보라고. 시는 써서 뭘 하자는 거야? 헛소리를, 입으로 떠드는 것만으로는 모자라서 글로까지 쓰려고? 시를 써? 이런, 씹새끼——. 그는, 거의 확실히, 시를 쓰지 못할 것이고, 다시는 어느 누구로부터도 시인이라는 소리를 듣지 못할 것이다. 결국 시는 한 사람에게서 솟아올랐다가 가라앉고 마는 것이다. 그것으로 시의 구실은 끝나는 것일지도 모른다. 그것을 군이 발표하려 한다든지 하는 것은 그 시의 감동성을 누군가에게 나누어주고 싶은 욕망뿐만 아니라—— 아니 그것보다는 오히려——자기가 시인이라는 것을, 좀 더 보람 있다고 다른 사람들이 여겨줄 만한 일을 자기가 하고 있다는 것을 누군가에게 알리고 싶다는 욕심에서일 것 같다. 그래서 많은 시인들이 시 연습보다는 시

---

* 김지하, 〈풍자냐 자살이냐〉.
** 김현, 문학과 지성사 창사 10주년 기념시집 《앵무새의 혀》(문학과지성사, 1985), 뒷표지.

인 연습에 더 열중하는 것 같다. 아, '시인'이라는 이름에 저주 있으라! 제기랄, 누가 시인이 되려고 하는가. 그는 먼저 시인이 되겠다는 생각을 포기하고 나서 비로소 시인에 좀 더 가까워지리라……. 시는 자기 존재에 대한 응시를 위한 렌즈에 불과하다. 시를 포기하지 않으려거든……시적인 것을 포기하라. 시적인 구성, 시적인 주제, 시적인 발상, 시적인 어휘, 모두를 팽개쳐라. 시가 모든 존재를 비쳐주는 렌즈가 되지 않으면 안 된다.* 시는 무기, 민중투쟁의 무기로 작용해야 한다. 아울러 시인은 민중해방을 위한 혁명에 적극적으로 복무해야만 한다. 벌써 몇십 년 이래로 이 세계가 처해 있는 사회적 긴장은 죽은 자에게까지도 중립적인 위치를 지닐 수 있도록 허락하고 있지 않다. 종교는 말할 것도 없거니와 스포츠, 학문, 기술, 예술 등 모두 정치적인 인자(因子)가 되어버렸다. 비정치적인 망토를 둘러쓰고 정치사업을 벌이는 자, 그것도 깨끗하지 못한 정치사업을 벌이는 자만이 아마도 이러한 긴박한 상황을 부인하려 들 것이다.** 그녀는 여전히 그를 기다리고 있을 것이다. 지금, 이 순간, 당신은 어디서 뭘 하고 있나요? 그는 화장실에서 오줌을 싸갈기고 있다. 물론 네가 그 여자를 잊지 못해서 그녀를 시큰둥한 태도로 대한다고는, 결코 말할 수 없다. 왜냐하면 너에게는 이미, 왜 그렇게 되었건간에, 너에게서 멀어져버린 한 여자를, 네 곁을 지나쳐간 몇몇 여자들 가운데 하나인 그 여자를 간직할 만한 힘이 없기 때문이다. 아마 시궁창에 코를 박고 죽었다가 사흘 후에 바위무덤 안에서 부활한다 하더라도 의지의 한국인이, 절대로, 될 수 없는 너는 그저 속물, 아니 기생충일 뿐이다. 삼십여 년이라는 그토록 기나긴

---

* 호영송, 〈응시〉, 소설집 《파하의 안개》(문학과지성사, 1978), 201~202쪽.

** E. Piscator, *Theater der Auseinandersetzung*, 양혜숙 옮김, 《연극과 사회》(현암사, 1984), 12쪽.

세월을 낭비했을 뿐인 노옹(老翁)이다. 무릎이 귀를 넘는 해골(骸骨)이며, 너의 먼 조상(祖上)이다.* (오래 전에 너는 개미와 베짱이의 우화가 잘못된 것이라고 생각했었다. 물론 우화가 사실의 어느 한 면만을 합목적적으로 특별히 과장한 이야기이기는 하지만, 그럼에도 개미와 베짱이의 우화는 너의 비위에 맞지 않는 것이었다. 너는 개미와 베짱이의 이야기를 다시 쓰고 싶었다. 개미가 일하는 동안 베짱이는 놀면서 허송세월하는 것이 아니라 베짱이의 아름다운 노래가 일하는 개미의 힘을 더욱 북돋워주는 것으로 해석하고 싶었고, 따라서 일과 노래는 어느 한 쪽이 상대 우위에 있는 것이 아니라 동등한 가치를 지니는 것이며, 일과 노래는 개미와 베짱이, 모두의 해방을 위한 것이라고. 그러므로 베짱이는 개미에게 구걸하러 가지 않고, 정당하게 자신의 몫을 나눠 받는 것이라고. 더 나아가서, 개미는 베짱이와 일을 나누고 베짱이는 개미와 노래를 나눠, 함께 일하고 함께 노래하며, 누구나가 언제든지 일하고 싶을 때 일하고 노래하고 싶을 때 노래하는, 하여 궁극적으로는 일과 노래의 이분법을 극복하여 일이 노래고 노래가 일인 아름다운 숲을 가꾸게 된다고. 그러나 너는 개미와 베짱이의 우화를 다시 쓸 수가 없었다. 어느 모로 보나 어리석은 너이기는 하지만, 어느 한 면만을 과장하는 것은 최소한 그 한 면만은, 거짓을 바탕으로 해서라도, 살려내지만 네가 꿈꾸는 우화는 양쪽을 다 훼손한다는 것을 깨달았기 때문이다. 그리고 설사 그렇지 않다 하더라도, 아름다운 노래는 도대체 무슨 얼어죽을 아름다운 노래란 말인가! 이미 이천삼백여 년 전에 한 현인이 공화국에서 시인을 추방하는, 지당하고도 현명한 선례를 보였음

---

* 이상, 〈종생기(終生記)〉.

에도 너는 베짱이를 동정하는 어리석음을 범했을 뿐이었다. 차라리 너는 그나마 베짱이가 굶어죽지 않고, 얼어죽지 않게 해준 개미에게 진정으로 감사했어야만 했다. 그리고 개미의 그 관대함을 비난했어야만 했다. 왜냐하면 베짱이는, 여름에 개미들이 죽창으로 찔러 죽이지 않았으므로, 굶어죽고 얼어죽어 마땅한, 효용가치가 전혀 없는 무의미한 존재였으므로.)

어느새 벌개진 얼굴로 너는 조끼에 남은 시를 버려둔 채, 아직 끝나지 않은 게임을 뒤로 하고 생맥주 집에서 나온다. 밤이 되려면 까마득한 몇 시간이 더 필요한데도 해가 보이지 않는다. 해는, 고층 건물들과 매연 사이에서 행방불명되었다. 라고 하는 것은 너무 유치한 표현이다. 너는 화실을 향해 걷는다. 걷다가 낯설지 않은 한 가로수 앞에서 멈춘다. 가로수 밑에는, 아무것도 없다. 고 할 수 있다. 불과 한 시간쯤 전에 한 늙은 사내가 바지를 내리고 쪼그리고 앉아 있던 흔적은 어디에도 없다. 너는 나무에 기대어 선다. 또 하늘을 본다. 해를 가려버린 것이, 도시가 아니었던가? 하늘이 짙은 회색이다. 너는 나무둥치를 타고 미끄러져 나무 밑 흙 위에 주저앉는다. 미쳤는가, 아니면 미치고 싶은가? 심리학적 위기들은 '모욕 받고 상처받은 사람들'에게 영향을 미칠 뿐만 아니라, 사회의 요구들이 '낡은 습관과 낡은 사고방식의 침강에 토대를 둔 한 개인의 실제 경향들'과 갈등을 일으킬 때 나타난다. 따라서 정신분석적 치료법은 현대 생활의 냉혹한 모순에 사로잡힌 개인들, 간단히 말해서 이러한 갈등을 극복하지 못하고 새로운 도덕적 평정과 안정을, 곧 의지의 충동과 도달 가능한 목표들 사이에서 어떤 균형을 이룰 수 없는 사람들에게 도움이 될 수도 있다. 이런 상황이 가열되어 극단적인 긴장을 빚고, 거대한 집합적 힘들이 광포하게 개인들을 내리누르는 특정한 역사적 순간들과 환경에서는 상황이 극

南無 275

적으로 전개된다. 이런 상황들은 섬세하고 민감한 기질을 지닌 예외적인 사람들에게는 파멸적인 영향을 미친다. 만일 이러한 긴장이 해소되지 못한다면, 예컨대 사회의 요구에 회의적·위선적으로 추종하거나 한다면, 이 문제는 극단적인 방법으로 해소될 수 있을 뿐이다. 왜냐하면 그것은 억압된 정열의 병적인 분출을 가져올 것이기 때문이다. 필연적인 사회적 위선은 이를 마비시키거나 잠재의식화 시켜 왔을 뿐이다.* 아르헨티나 국민의 1/4 이상인 8백만 명이 군사독재정권 아래에서 시달리고 난 후, 어느 정도의 정신장애 증세를 보이고 있으며, 1천 5백만 명이 신경쇠약에 걸려 있는 것으로 공식 통계에 의해 밝혀졌다. 인간상실 20대 전과자 염세 살인——지나가던 여인 칼로 찔러——사회에 대한 자신의 증오와 불만을 발산하기 위해 행인을 무차별 살해.《민중교육》관련 3명 구속——기고 교사 2명·실천문학사 주간 모두 국가 보안법 위반 혐의. 문공부는 계간지《실천문학》이 등록 당시의 발행 목적인 순수문예지에서 이탈했다고 판단, 언론기본법 및 그 시행령에 따라 행정조치를 취하기로 했다. 승상 이사(李斯)가 글을 올렸다. '지난 날 제후들이 서로 다툴 때는 유세하는 학자들을 후대해서 맞이했지만, 지금은 천하가 안정되고 법령이 한 황제에게서 나오므로 백성들은 집에서 제 할일만 하면 됩니다. 그러므로 법령만을 학습하면 되게 되어 있으나, 학자들이 새 법을 따르지 않고 옛 법을 내세워 현실을 비방하고 백성들의 이목을 어지럽히고 있습니다. 법령이 내려지면 각기 저마다 배운 학설을 가지고 이러쿵저러쿵 떠들며, 집에서는 마음속으로 반대하고 길거리에 나가서는 궤변을 펴서 자기 주장을 뽐내

---

* J. Joll, 앞의 책, 121~123쪽.

어 명사인 체합니다. 그들은 세속과 다른 행동을 함으로써 명사인 체하며 많은 무리들을 선동하여 국가에 대한 비방을 일삼고 있습니다. 이 같은 것을 금지시키지 않으면 학자들 간에 황제의 위엄이 떨어지고, 무리 짓는 자들의 세력이 백성들 사이에 형성되어 큰일이 날 것인즉, 속히 금지시켜야 합니다. 원컨대, 사관(史官)의 서적들 중에서 진기(秦記)가 아닌 것은 모두 태워버리고, 박사관(博士官)에 근무하는 자가 아닌데도 시(詩)·서(書)·백가어(百家語)를 소장한 자가 있으면 그 고을 관리에게 명하여 모두 한데 모아서 태워버리도록 하십시오. 만일 詩·書를 논하는 자가 있으면 목을 베시고, 낡은 법을 가지고 새 법을 비난하는 자는 일족을 멸하십시오. 다만 태워버려서는 안 되는 것이 있으니 의약(醫藥)·복서(卜筮)·농경(農耕)에 대한 책만은 보존해야 합니다. 법령을 배우고자 하는 자가 있으면 관리를 스승으로 삼도록 하십시오.' 진시황은 이 건의를 윤허하고 곧 명을 내렸다.* 후생(候生)과 노생(盧生)이 서로 (진나라가) 망해가는 징조라고 비방했다. 진시황이 이를 듣고 크게 노하여 말하기를 "盧生 등은 내가 평소에 존경하고 후대해 주었거늘, 지금 나를 비방한다 하니 그럴 수가 있는가? 사람을 시켜 함양에 있는 학자들을 조사해보니 요언(妖言)을 퍼뜨려 민심을 현혹하고 있다."고 하였다. 그래서 어사로 하여금 유생(儒生)들을 심문케 한 결과, 서로가 서로를 끌어들여 그들 스스로 밝혀낸 죄인이 사백 육십 명이나 되었다. 이들을 모두 함양에서 파묻어 죽였다.**

정부×여당 당정회의, 학원안정법 9월 국회에서 논의키로. 무더위가 계속

---

* 江贄, 앞의 책, 107~108쪽. 사마천의 《사기》, 〈이사열전〉에도 같은 상소문이 실려 있으나, 강지의 것과 사마천의 것에 약간의 차이가 있다.
** 같은 책, 109쪽.

南無 277

되면서 전력 수요도 급증, 23일 오후 3시 현재 전국의 전력 사용량이 한전 사상 최고인 9백 25만 7천KW를 기록했다. 더 이상 참을 수가 없다! —— 이 키스신을 어느 국가도 말릴 수 없다! —— 웃는 인간은 승리한다! 경찰은 24일 오전 10시, 전남 광주에서 분신자살한 홍기일(25) 씨의 영결 예배가 한빛교회에서 열리는 것과 관련, 서울의 재야단체 인사들이 광주로 내려가려는 움직임이 있자, 민주·통일민중운동 연합 간부 등 14명에 대해 일제히 자택 차단 조치에 나섰다. 인생의 황금기——땀 흘린 보람으로 성공의 열매를 맺는 중요한 시기입니다. 중공 경폭격기 이리에 불시 착——조종사 대만 망명 희망, 통신사 본국 송환 요청. 여기는 평양입니다. 남적(南赤) 대표단 일행 84명은 26일 오후 1시 17분에 평양에 도착했습니다. 일행은 고려여관에 여장을 풀었습니다. 평양의 날씨는 맑고, 이해할 수 없는 일인데, 서울처럼 무덥습니다. 어제 고베 유니버시아드 대회에서는 南·北이 각각 금메달을 한 개씩 따냈습니다. 당신은 이미 망가져버린 사람이에요. 망가져도 철저하게 망가져버린 사람이죠. 그러나, 가령 멋있고 튼튼한 차가 큰 사고로 부서졌다면, 그것은 부서짐조차도 아름다운 것일 수 있었겠죠. 하지만 당신은 애당초부터 털털거리던 차가 정비불량, 운전부주의 등으로 이리 부딪치고 저리 부딪치다가 어느새 슬그머니 쇳덩어리가 되어버리고 만 것 같아요. 그러니까 나는 당신을 잘못 봤던 거예요. 시각에 착오가 있었던 거지요. 처음에 보았던, 그리고 지금도 여전한, 당신의 망가진 모습이 내 눈에는 가면으로 보였던 거죠. 내 눈은 그러니까 텅 비어 있을 뿐인 당신의 내면에 무슨 그럴 듯한 것이 있는 것으로 착각을 했었던 거예요. 당신을 처음 만나고 나서 내가 꿈꾸었던 것은, 부서진, 그러나 쇳덩어리가 되어버린 것은 아닌 두 대의 차를 합쳐서 튼튼하고 멋

있는 한 대의 차를 만드는 거였어요. 좋아하던 남자를 잃고 헤매일 때였으니까 그런 착각도 할 수 있었겠죠. 그러니 모든 잘못이 나의 착각에서 비롯되었던 것임을 부정하지는 않겠어요. 그러나 나의 잘못을 인정하더라도, 그렇더라도, ……아니, 이제 와서 누구의 잘못이 더 큰가를 따진다는 것은 아무 의미도 없는 일이겠죠. 나는 지금 분명하게 보고 있어요. 나를 만나기 전에, 이미 훨씬 오래 전에, 쇳덩어리가 되어버린 당신과, 쇳덩어리가 되어가고 있는 지금의 나를. 그렇지만 나는, 절대로, 결코 쇳덩어리가 될 수는 없어요. 나까지 쇳덩어리가 되어버리는 것은, 순간적인 착각의 대가로는, 너무 커요. 그럴 수는 없는 거예요. 나는 지금 살아 있고, 또 앞으로도 살아 있을 거니까요. 많이 부서져버리기는 했지만, 그래서 당분간은 제대로 달려주지를 않겠지만, 부서진 곳을 하나씩 하나씩 고쳐나가며 내 삶을 꾸려갈 거예요. 당신은 믿지 않을지도 모르겠지만, 나는 취직을 했어요. 취직을 했고……그리고 친구에게 돈을 빌렸어요. 물론 무슨 말인지 궁금하겠죠. 그렇다면 내가 어디에 쓸려고 돈을 빌렸는가를 물어도 좋아요. 아니, 당신은 내가 이 돈을 어디에 쓸 것인가를 알아야만 해요. 왜냐하면……왜냐하면 지금 내 몸 안에는 당신의 아이가 있으니까 말예요……. ……내가 직장 생활을 하기 위해, 당신이라는 사람이 있는지조차도 모르는 나의 가족들에게 불필요한 걱정을 끼치지 않기 위해, 그리고 원할 수 없었던 임신으로 인한 모든 불편함을 피하기 위해 이 돈이 필요한 거예요. 글자 그대로 깨끗하게 지워버리고 나서, 그리고 나서 나는 다시 살아가기 시작할 거예요. 나는 아직 충분히 젊으니까요. 그래요. 나는 젊어요. 개같이 젊어요! 쓰고 싶다. 는 생각이 팔백 시시쯤의 생맥주로 벌개진 그의 얼굴 위에서 다시 고개를 든다. 써야 한다. 굳이 시가 아니라도 좋다. 아니 굳이 시라고 불리우는 특정한 양식의 것일 필요는 없다. 모든 것이 시니까. 그렇다! 쓸 수 있을 것이다. 그것이 무엇이 되었든. 그것이 자폭하지 못하는 것에 대한 비굴하고 유치한 변명에 불과하다 할지라도. 말을 하는 것은 살아 있는 자의 권리고, 피할 수 없는 의무인 것이다. 그렇다. 나는 아직 죽지 않았다. 이 명백한 사실을 어떻게 부정할 수 있단 말인가! 살아 있다는 그 평범한 사실이 그를, 어이없게도, 격앙시킨다. 만화에서처럼. 무슨 기적인 듯 갑자기 서늘한 바람이 불어온다. 그는 천천히 나무 밑에서 일어선다. 살랑거리는 나뭇잎들이 거리의 정경을 투명하게 하고 있다. 사람들과 사물들이 각기 있을 자리에서 어울리고 있는 것을 그는 본다. 그는 또 푸르딩딩한 하늘을 가려버린 먹장구름 너머로 무지개를 본다. 한순간에 세상이 달라져버린 것 같다는 느낌이 그의 맹장을 건드린다. 그 뒤에 나는 새 하늘과 새 땅을 보았습니다. 이전의 하늘과 이전의 땅은 사라지고 바다도 없어졌습니다. 나는 또 거룩한 도성 새 예루살렘이 신랑을 맞을 신부가 단장한 것처럼 차리고 하느님께서 계시는 하늘로부터 내려오는 것을 보았습니다. 그때 나는 옥좌로부터 울려나오는 큰 음성을 들었습니다. "이제 하느님의 집은 사람들이 사는 곳에 있다. 하느님은 사람들과 함께 계시고 사람들은 하느님의 백성이 될 것이다. 하느님께서는 친히 그들과 함께 계시고 그들의 하느님이 되셔서 그들의 눈에서 모든 눈물을 씻어 주실 것이다. 이제는 죽음이 없고 슬픔도 울부짖음도 고통도 없을 것이다. 이전 것들이 다 사라져버렸기 때문이다."* 굵은 빗방울 하나가 그의 이마에, 툭, 떨어진다. 어깨에, 등에, 가슴에……. 거리가 갑자기 소란

---

* 공동번역, 〈요한묵시록〉, 21장 1~4절.

해지지만 그에게는 그런 소리들도 차라리 음악으로 들린다. 삼류 멜로드라마의, 작위(作爲)에 의한, 개연성이 결여된 해피엔딩을 위한 사미(蛇尾)처럼 그는 그녀가 애태우며 기다리고 있을 화실을 향해 천천히 걷는다. 달려갈 필요는 없다. 천천히, 천천히. 물을 두려워하는 자는 세례 받지 못하리라. 굵게 방울져 떨어져 내리는 이 물로 씻어내리고 씻어버리며. 그는 걷는다. 눈 앞이 번쩍이고 구름이 찢어지며 땅이 흔들려도. 그의 심장에서 새로운 피가 동맥으로 질주한다. 그녀와 함께 살 수도 있으리라. 보이는 것들을, 보아야 할 것들을 바로 보면서. 싸워야 할 것들과 싸우면서. 아픔을 함께 안으며. 지옥에서는 아픔이 기쁨인 것을. 우리가 가까이 있나이다, 주여, 가까이 그리고 잡힐 듯이. 벌써 잡혔나이다, 주여, 서로 얽힌 채, 마치 우리들 각자의 몸이 당신의 몸인 양, 주여. 우리에게 기도하소서, 주여, 우리가 가까이 있나이다. 바람에 쓰러질 듯 우리는 갔나이다. 물통과 웅덩이를 향해 우리는 가서, 엎드렸나이다. 우리는 마시러 갔었나이다, 주여. 그것은 피였나이다, 그것은 당신이 흘리신 것이었나이다, 주여. 그것은 빛나고 있었나이다, 거기서 우리는 당신의 모습을 보았나이다, 주여. 눈과 입은 그렇게 벌어지고 비어 있었나이다, 주여. 우리는 마셨나이다, 주여. 피와 피 속의 당신 모습을, 주여. 기도하소서. 주여, 우리가 가까이 있나이다.*
낙천주의자는 우리들이 살고 있는 이 세계가 최선의 세계라고 선언한다. 그리고 비관주의자는 그것이 진실이 아니겠느냐고 마음 아파한다.** 그가

---

* P. Celan, *Tenebrae*, 이동승 옮김, 《20세기 독일시·Ⅱ》(탐구당, 1981), 182~185쪽. 김영옥 옮김, 《첼란 시선—죽음의 푸가》(청하, 1986), 52~53쪽. 두 번역을 참조하여 수정하고, 행갈이를 없앤 것임.
** G. Taylor, 앞의 책, 속표지의 에피그램.

오면 기다려 달라고, 회사에 가서 전화하겠노라고 전해 달라고 그의 친구인 서클 선배에게 부탁해놓고 그녀는 화실에서 나왔다. 소나기는 그녀가 사 층에서 일 층으로 내려오는 사이에 쏟아지기 시작했다. 쏟아붓는 것 같은 빗줄기를 잠시 바라다보다가 그녀는 다시 화실로 올라가 우산을 빌려 가지고 내려왔고, 화실이 있는 건물에서 십미터쯤 아래쪽에 있는 신호등이 없는 횡단보도를 건넜다. 그의 눈에 띈 그녀는 횡단보도를 방금 막 건넌 그녀였다. 그녀를 그대로 보낼 수는 없었다. 무슨 말을 해야 할지는 몰랐지만, 어쨌든, 그녀에게 무엇인가를 말하기 위해, 또는 그녀와 함께 커다랗게 웃기 위해서 그는 뛰어서 길을 건너야만 했다. 그가 차도로 뛰어든 곳은 횡단보도에 오미터쯤 못 미치는 곳이었고, 그가 차도에 네 번째 발을 힘차게, 그러나 가볍게 내디뎠을 때, 검은 세단이 급브레이크를 밟는 소리가 그녀에게도 들렸다. 그녀도 다른 사람들처럼 소리가 솟아오른 곳을 향해 고개를 돌렸다. STOP!!!! 극종(劇終).*을 위한 화사첨족(畵蛇添足) : 예술은 고통스러운 것도 아니며, 편안한 것도 아니다. 예술이 느끼게 하는 것은 고통스러울 수도 있고 편안할 수도 있다. 그 느낌이 고통스러운 것이건 편안한 것이건, 그 느낌 속에 있는 것은 편안하다. 예술 속에서는, 고통 속에서도 편안하다. 그 편안함은 현실도피적인 편안함이 아니다. 현실도피적인 편안함이란, 사실에 있어서는 현실영합적인 편안함의 다른 말이다. 현실이 요구하는 바대로 익명화되어 살아가는 것은 현실영합적인 편안함이다. 예술 속에서의 편안함이란, 현실 부정 속에서의 편안함이다. 예술 속에서의 편안함은 다른 편안함을 스스로 막는 편안함이다. 그것은 이

* 중국영화의 엔딩타이틀. 가령 '끝'이나 'End', 'Fin' 따위와 비교해 볼 때 '劇終'이란 얼마나 사실적인가! 그렇다. 끝나는 것은 劇밖에 없다. 그러므로, 逆으로, 끝나는 모든 것은 劇이다.

세계를 살만 한 곳으로 만들고 싶다는 느낌의 다른 말이다.* 사람이 보다 사람답게 사는 것은 크면서 섬세하고, 물리적이면서 정신적이며, 일직선적이며 유연한 언어를 만들면서 사는 일이다. 지금에 있어서 이러한 일은 전적으로 미래를 향해서나 기대할 수 있는 일로 보이지만, 이러한 일은 사실 전혀 기대할 수 없는 일이다.**

하원갑(下元甲) 섣달 그믐과 상원갑(上元甲) 정월 초하루 사이가 너무, 너무 길구나.**

南無

南無

南無阿彌陀佛

南無阿彌陀佛

---

* 김현, 〈예술적 체험의 의미〉, 《예술과 비평》(1985, 겨울), 85쪽.

** 김우창, 〈인용에 대하여〉, 같은 책, 98쪽.

** '上元甲 섣달 그믐'은 낡은 세계(말세)가 끝나는 날이며, '上元甲 정월 초하루'는 새로운 세계(지상천국)의 첫날이다. 그런데 수운(水雲)은 上元甲이 1860년에 종식되었다고 한다. 그러나 上元甲이 종식되었다고 해서 그것이 곧 上元甲을 의미하는 것은 아니다. 아마도 불교 사상의 영향에 의한 것이겠지만, 上元甲은 도심(道心)에 따라 누릴 수 있는 사람도 있고 그렇지 못한 사람도 있다는 것이다. 그러나 기독교의 묵시록 사상을 원용한다면, 下元甲이 끝나는 날이 곧 上元甲의 열리는 날일 것이다. 그렇다면 下元甲은 아직 진행 중이며[박상륭의 〈뙤약볕〉 1·2·3, 소설집 《열명길》(문학과지성사, 1986), 82~150쪽, 특히 2는 '下元甲 섣달 그믐'이라는 부제가 보여주듯이 말세를 앞둔, 또는 말세를 향해 항해하는, 절대가치를 상실한 사람의 모습을 매우 상징적으로, 곧 사실적으로 묘사하고 있다], 水雲에게서처럼 下元甲이 종식되었다 하더라도 현재는 과도기인 것이다. 어쨌든 下元甲이 종식되었는가 아닌가와 상관없이, 아직 上元甲은 도래하지 않은 것이다. 신복룡, 《동학사상과 갑오농민혁명》, 219~224쪽 참조.

南無阿彌陀佛

南無阿彌陀佛

南無.*

----

* '나무아미타불'은 '나무'와 '아미타불'의 복합어로, 아미타불(의 세계)에 돌아가 구원받기를 원
한다는(귀의한다는) 뜻이다. '나무'는 그 의지를 나타내며, '아미타불'은 서방정토에 있는, 모든
중생을 제도하겠다는 큰 뜻을 가진 부처라고 한다.

284

벽 앞에서의 사랑을 위한 밑그림

지금 네가 보고 있는 것은 한 남자와 한 여자가 나란히 서서 너를 향해 미소 짓고 있는 풍경이다. 너는 그들이 행복해 보인다고, 아니 행복하다고 무작정 여겨버린다. 사실 얼마나 잘 어울리는 한 쌍인가! 꼭 붙어 선 한 젊은 남자와 한 젊은 여자——여자는 남자의 어깨에 가볍게 머리를 기대고 있고, 왼팔로 여자의 어깨를 안은 남자가 여자 쪽으로 머리를 기울이고 있는 모습은, 설사 그들이 아무리 못생겼다 하더라도, 아름다운 것이다.

종족보존이라는 맹목적인 본능(물론 모든 본능은 맹목적이다)에서 비롯된 것이기는 하지만, 짝짓기란 사실 아름다운 것이다, 또는 짝짓기를 아름다운 것이라고 추상화한 사람이라는 짐승은 훌륭한 짐승임에 틀림없다. 더구나 사람은 종족보존뿐만 아니라 개체유지를 위해서도 짝짓기를 한다. 어디 그뿐인가? 짝짓기, 그 자체를 즐기기 위해 짝을 짓기까지 한다.

지금 너는 이야기를, 아니 이야기를 글로 쓰는 작업을 하고 있다. 지금 네 앞에 놓여 있는 젊은 한 쌍의 '남녀상열지사[의 사전 풀이 : 〈가시리〉, 〈서경별곡〉 등의 고려 가사를 조선조 초기의 유학자들이 업신여겨 부른 말. 고려 가사가 대개 남녀 간의 애정을 주제로 했고, 또 그 표현이 너무 사실적이었기 때문에 당시의 유교 정신과 맞지 않아 이렇게 비방한 것임. 남녀상열지사(男女相悅之詞). 그러나 여기서는 詞를 事로 쓰며, 고려 가사 뿐만이 아니라 남녀관계를 다룬 동서고금의 모든 신화, 설화, 시, 연극, 소설, 영화 등등을 가리킨다]', 다시 말해서 연놈이 흘레붙는 이야기, 그러니까 포르노그래피를 쓰고 있는 것이다.·

그날 그 시각에 내가 그 자리에 꼭 있었어야만 했던 것은 아니었다. 만일 다른 약속이 있었거나 했었더라면 나는 거기에 없었을 것이었다. 그런데 다른 약속이 없었고, 거들어 달라는 후배의 부탁을 거절할 아무런 이유도 없었으므로 나는 그날 그 시각에 그 자리에 있게 되었다.

약속했던 시각보다 이십 분쯤 늦게 도착한 나를 후배가 너희 두 사람에게 소개했고, 그때서야 비로소 나는 후배의 후배인 네가 여자라는 사실을 알게 되었다. 나도 너희들처럼 커피를 시켰으며, 후배와 네가 후배에게 소개해준 사람이 하는 이야기에 끼어들었지만 얘기는 후배가 거의 다했고 (앞에서 말했듯이) 나는 그저 거들어주는 정도에 지나지 않았다. 그러니까 그 자리에서 너와 나는 조역에 불과했다. 엉망인 한국 영화("우리 영화가 이 모양이 되는 데에는 박정희가 커다란 기여를 했죠. 대머리는 그걸 이어 받았을 뿐이고요. 더 거슬러 올라가자면 분단 때문이고, 분단을 있게 한 쪽발이들의 식민지, 그리고 양키와 로스케들 때문이에요. 그렇다고 해서 그놈들만 탓하고 있을 수는 물론 없죠. 중요한 것은, 우리는 그럼 뭘 했느냐 하는 것, 그리고 지금 이 자리에서 무엇을 어떻게 해야 하는가라고 생각해요."), 새로운 우리 영화를 만들기 위한 모색, 영화에서의 시나리오의 중요성 등등에 대한 주역들의 얘기를 듣거나 한두 마디씩 거들며 너와 나는 가끔씩 눈이 마주치기도 했다. 그때 나는 네가 어떤 아이일까를 무심히, 아니 조금은 유심히 생각하기도 했다. 그 카페의 작은 성냥갑에는 어느 외국 잡지에서 복사한 듯한 속옷만 입은 두 여자——한 여자는 투명한 팬티의 앞부분을 한 손으로 가리고 있는——의 사진이 인쇄되어 있었는데, 나는 그러나 네가 그것을 보며 무슨 생각을 할까 하는 것을 생각했던 것 같지는 않다. 그것은 한 조역이 다른 한 조역을 보는 자세로는 걸맞은 것이었다. 그러나 여기서는 이미 우리가 주역인데, 왜냐하면 이 이야기가 우리의 이야기이기 때문이며, 그날 그 자리에서의 주역들은 우리를 만나게 하는 고리의 역할을 한 것으로 그들의 임무를 완수했으므로 이제 곧 이 이야기에서 사라질 것이다(새삼스러운 말이지만, 모든 예술 작업은 불필요한 것들을 제거하는 행위이다. 그런데 이 괄호 속의 말들은 이 이야기에 불필요한 말들이다).

한 시간쯤 후에 우리는 그 카페에서 나왔고, 네가 후배에게 소개해준 사람이 먼저 가고나자 나는 후배와 너를 데리고 내가 외상으로 술을 마실 수 있는 카페로 갔으며, 술을 마시며 주로 떠든 것은 후배와 나였다. 물론 너와도 몇 마디 말을 섞었는데, 내가 편지를 쓰겠다며 주소를 묻자 너는 스스럼없이 주소를 적어주기도 했다. 전화번호도 물론. 술을 마시고 나온 우리는 지하철 입구에서 악수를 하고 헤어졌다(백 년쯤 지난 뒤에 너는 나에게 물었다. "다른 여자하고 악수할 때도 손을 그렇게 오래 잡고 있어요?" 내가 너의 손을 그토록 오랫동안 잡고 있었던가? 아니다. 너는 너무,

너무 빨리 손을 빼냈었다). 너와 후배는, 방향은 다르지만, 지하철을 타고 가야 했고, 나는 버스를 타고 가야 했기 때문이었다.

버스 정류장에서 신문을 샀고, 버스 안에서는 내릴 때까지 줄곧 신문을, 읽지 않고, 보았다. 국회의원 선거 입후보자들과 경쟁이라도 하듯이 신문은 미쳐 날뛰고 있었다.

다른 모든 만남과 마찬가지로 우연한, 그러므로 필연적이었던 이 만남이 너와의 첫 만남이었다. 운명에 의하지 않은 만남이 없는데도 특히 '운명적인 만남'이라고들 하는 그런 만남이었다.

그날 나는 너에게 앞으로 자주 보자는 말을 했는데, 그 말은 내가 처음 만나는, 그리고 싫지 않은 모든 사람들(특히 여자들)에게 항상 하는 그런 말이었다. 그렇지만 그날 내가 술을 마시며 너에게 그 말을 했던 것은 내가 너와 개인적이고도 특수한 관계를 맺고 싶다는 뜻으로 한 말이었다. 그 말에 너는 어떻게 대답했던가? 앞으로 자주 보게 될 텐데요. 라고 너는 대답했다. 그 대답은 너와 내가 공통된 관심사를 가지고 있으므로, 그리고 내가 아는 몇몇 사람들과 네가 같은 대학에서 공부를 했으며 가깝게 지내고 있으므로, 특별한 관계를 맺지 않더라도 자주 마주치게 될 것이라는 뜻이었다(그러니까 우리는 훨씬 전에 만났을 수도 있었다. 그런데 그때까지 만나지 못했던 것은 운명이라고들 하는 '우주의 질서' 때문이었으리라. 우리의 만남이 너무 이르거나 늦어서 별들의 운행에 지장이 있게 할 수는 없었을 테니까). 내가 너에게, 흔히들 말하듯이, '첫눈에 반한' 것이었을까? 그렇지는 않았다고 말하고 싶다. 아무것도 이루지 못한 채 어느덧 삼십대 중반이라는 얼토당토않은 나이에 이르러버린 남자, 몇 번의 연애(라고 하는 것)에 실패한 후 가슴이 식어버렸지만 가슴이 식어버렸다는 사실조차도 의식치 못하고 있는 남자, 여자는 더욱 그러하며 다른 사람들을, 그리고 자기 자신도 믿지 못하는 남자, 깨진 바가지 같은 집안에서 자랐고, 지금은 억지로 꿰매놓은(그러니까 물이 줄줄 새는) 바가지 같은 집안에서, 탈출을 꿈꾸기만 하며, 지겨워하며 살고 있는 남자, 항상 주머니 걱정을 해야 하는 남자, 똥 누러 갈 때는 시집을 들고 가고, 때로는 시위에 끼어들어 전경들에게 돌도 던지지만 그저 그러기만 할 뿐인 남자, 자기의 삶과 자기가 하는 일에서 아무런 의미도 찾지 못하고 스스로를 기생충이라고 생각하는 남자, 항상 피곤해하며 욕이나 해대는 남자……. 이런 남자가 어떤 여자를 만나서 첫눈에 반하는 그런 일이 발생할 확률은 너무나도 희박하기 때문이다. 그러나 이런 남자들은 대개, 때로는 자기 자신도 의식치 못한 채로, 가슴속 깊은 곳에 커다란 그리움을 숨겨두고 있는 법이다(어떤 경우에 그런 그리움은 지독하게도 맹목적이고 무차별적이어서 폭력적일 때까지 있다). 그렇다. 나는 너에게 첫눈에 반한 것이 아니었다. 다만 나의 외로움이 너에게 손을 내민 것이었을 뿐이다. 그리고 그 대상이 꼭 너여야만 했던 것도 아니었다. 그런데 그날 그 자리에서 나는 너를 만난 것이었다.

그날 밤, 나는 너에게 편지를 썼다.

지금 네가 보고 있는 것은 한 남자와 한 여자가 나란히 서서 너를 향해 미소짓고 있는 풍경이 아니라 그들 뒤에 있는 커다란 화강암 벽돌로 쌓아 올린 벽이다. 너는 그 벽이 수십 년이나 수백 년, 아니 어쩌면 영원히 무너지지 않을지도 모르는 벽이라고 생각한다. 그리고 그들 뒤에 벽이 있는데도 그들 앞에 벽이 있는 것으로 보고 있다. 너 또한 사람이므로 사람 스스로를 우주에서 가장 하등한 짐승으로 타락시킨 추상화의 능력을 활용하고 있는 것이다(말이 나왔으니까 말이지만, 사람이란 얼마나 품위 없는 짐승인가!). 너 자신이 하나의 벽으로서.

낯선 마을이라는, 간판만 보았을 뿐 들어가 본 일은 없는 카페에서 만나자고, 나는 네게 편지를 썼다. 장소는 내가 정했으니 시간은 네가 정하라고. 너에게는 나의 요구를 묵살하거나 거절할 권리가 있노라고. 물론 나는 나의 요구를 묵살하거나 거절할 수 있는 너의 권리가 행사되지 않기를, 내심으로, 강력하게 희망했다. 그리고 만일 네가 너의 그런 권리를 행사한다면 어떻게 대응할 것인가를 생각해보기도 했다. 그렇지만 어떻게 하는 것이 가장 적절한 대응 방법인가는 알 수 없었다. 거의 일주일 가까이 너에게서 회답이 오지 않자 네가 나의 요구를 묵살할 권리를 행사하는 것이 아닌가 하는 끔찍한 생각이 들었지만, 나는 어떻게도 하지 못했다. 알 수 없는 이유로 인해 전화조차도 할 수 없었다. 그런데 네가 나타난 것이었다. 앞에 등장했던, 그 자신이 의도하지는 않았으면서도 너와 나를 만나게 하는 고리 역할을 했던 후배와 내가 만나는 자리(후배와 나, 그리고 이 이야기에 등장하지 않을——아니, 여기서 이렇게 잠깐 그림자를 비치는 것으로 그칠——너도 잘 알고 있는 또 한 사람이 거의 정기적으로 만나고 있었다는 것, 그리고 그 만남을 너도 알고 있었다는 것을 여기서 밝혀두자. 이들 셋의 만남은 영화와 관계가 있고, 너 또한 대학원에서 영화 공부를 하고 있다는 것도 밝혀두자)에. 나는 전혀 예상치 못했을 수밖에 없었는데, 네가 나보다 먼저 와 있었던 것이다.
　　그리고

그날 너는 우리의 만남을 지속시켜나가고 싶다는 내 말에 동의했다…….

〔화면 한복판에서 조금 왼쪽으로 비껴서, 정면으로 클로즈업된 여자의 얼굴. 은은한 푸른 색조의 후광. 배경은 포커스 아웃된 도시의 야경. 차분하면서도 자신감과 불안과 희망이 섞인 표정과 목소리 : 그의 편지를 받았을 때 나는 확인할 수 있었어요. 아, 이렇게, 드디어 만나고야 말았구나 하는 것을. 그의 요구를 묵살하거나 거절하지 못하리라는 것을. 나는 더 이상 자유로울 수 없다는 것을. 그랬으면서도 내가 회답을 하지 않았던 것은……마지막 항거였다고나 할까요? 나의 그런 항거가 무의미한, 우스꽝스러운 것이라는 사실을 알면서도……어이없는 자존심…그런 거였겠죠…….〕

나는 기쁘면서도 한편으로는 의구심을 떨쳐버릴 수 없었다. 그것은 우선 다른 사람, 특히 여자를 방어적으로 불신하는 나 자신에게서 비롯된 것이었으며, 그리고 네가 너와 나 사이에 있는, 우리 앞에 있는 벽을 보지 못하는 것은 아닌가, 보더라도 너무 쉽게 생각하지 않는가, 하는 것이었다.

지금까지 몇 편의 소설(이라고 원칙도 없이 분류되는 글)을 썼고, 그 가운데 몇 편은 팔아먹기도 한*(판 것보다 더 많은 원고들을 폐기했지만), 그랬으면서도 아직 소설을 어떻게 써야 하는지를 모르는 너.

* 글을 판다는 단순한 행위에 대해서 너는 전혀 상반된 두 개의 시각을 가지고 있다. 하나는 글(너의 경우에는 소설)을 판다는 것은 대단히 염치없는, 사람으로서는 차마 할 수 없는 뻔뻔스러운 짓거리라는 시

각이다 : "이야기를 팔아? 이런 천하에 몹쓸 사기꾼놈아! 봉이 김선달이는 대동강의 물이라도 팔았다." 이어, 서답 빨던 빨래 방망이로 이마빡을 그냥——. 이런 시각의 밑바닥에는 글이 사람의 삶에 꼭 필요하지 않을 뿐만 아니라 도대체 아무짝에도 쓸모가 없는 것이라는 생각, 더 나아가 사회의 분열과 갈등에 적극적으로 기여한다는 생각, 그리고 정성들여 쓴 글은 자식과도 같은 것인데 과연 자식을 팔 수 있겠는가 하는 생각, 아무렇게나 끼적거린 글을 파는 것은 소비자에 대한 기만행위라는 생각, 돈이 없이는 생존 그 자체가 불가능함에도 돈은 중요하지 않다는 어리석기 그지없는 생각, 매매행위로 상징되는 자본주의에 대한 뿌리 깊은 혐오감, 기타 등등이 웅크리고 있으리라 여겨진다. 다른 하나는 다음의 인용과 같은 시각이다 : 그 작업[시를 쓰는 작업을 가리키나, 매매의 대상이 되는 모든 글의 제작이 마찬가지라고 생각된다——인용자]은 '도구들(언어, 기법들, 그리고 펜, 연필, 전화, 출판사에 갈 때 필요한 자전거, 빗속에서 저술할 때 필요한 우산 등의 물질적 준비물)'을 사용한 길고 힘든 생산과정으로 나타난다. 시를 축조하는 데 필요한 내적 요소와 함께 마야코프스키는 다룰 만한 '사회적 문제의 존재여부', '계급이나 집단의 관점에 대한 이해도' 등의 외적인 자극도 주장한다. 훌륭한 시인이기도 한 마야코프스키는 이러한 작업을 '시 생산과정'이라고 이야기하면서 다음과 같이 요약한다. '시는 제조업이다. 매우 어렵고 복잡하긴 하지만 제조업인 것이다. (……) 기술을 완성하기 위해서, 그리고 공급할 시를 확보하기 위해서 운문제조자는 매일 작업해야 한다. (……) 우리는 제조행위, 이른바 기술적 과정 그 자체를 목적으로 삼아서는

안 된다. 그러나 시 작품을 사용에 적당하게 만드는 것은 바로 이 제조과정인 것이다.' 이것은 훌륭한 시를 쓰기 위한 지침이다. 그러므로 여기에는, 신통하지 못한 시인들은 이러한 지침을 따르지 않고 이 곳저곳에서 두서없이 사상을 섭취하여 생산과정에 주의를 기울임이 없이 그 사상들을 종이 위에 옮겨놓는 식으로 비체계적이고 무비판적으로 작업한다는 뜻이 내포되어 있다. [자네트 월프, 《예술의 사회적 생산》, 이성훈·이현석 옮김(한마당, 1986), 25~26쪽] '신통하지 못한 시인'의 부류에 드는 너는 두 개의 전혀 상반된 시각 사이에서 갈팡질팡하고 있다.

너는 이 사회——단기 4320년대 초반의 大恨民國(신촌 어느 술집 화장실 벽에서 인용)에서의 젊은 남녀의 사랑이 어떤 의미가 있으며, 또 가능한가 하는 것을 '단편 소설'이라는 양식을 통해서 묻기 위해 지금 이 글을 쓰고 있다. 그러기 위해서 너는 사이비 지식인이며 룸펜 프롤레타리아인 한 남자와 중산층 집안의 한 여자를 주역으로 등장시켰다. 물론 이 한 쌍이 이 사회의 젊은 남녀의 전형이 아니라는 것은 너도 알고 있었다. 그렇지만 한 사회의 구조적 모순이 그려내는 지옥도에는 사회 구성원 전부가, 신분 따위와는 상관없이, 포함되어 있다는 생각이 너로 하여금 그 지옥도의 일부인 이 이야기에 등장한 한 쌍을 자세히 들여다보게 했고, 그렇게 한 쌍을 자세히 들여다봄으로써 지옥도 전부를 유추해보는 것이 가능하리라고 생각했던 것이다.

그런 생각 자체가 잘못된 것은 물론 아니다. 그러나 너에게는 그런 생각을 담을 그릇——이야기를 만드는 '능력'이 없다. 이야기를 만드는 능력이 없는 너는 이런 변명을 한다 : "이런 이야기는 시, 소설, 연극, 영화, 체험수기, TV드라마 등등을 통해 얼마든지 보고, 듣고, 읽을 수 있다. 설사 작가가 의도하지 않았더라도, 가령 길에서 파는 《뜨거운 여자》 따위에서일지라도 잘만 보면, 아니 구태여 잘볼 것까지도 없이, 이 사회의 사람 관계가 얼마나 왜곡되어 있는가, 이 사회가 얼마나 야만적인가를 알 수 있다. 그런데 여기에다 또 하나의 새삼스러운 이야기를 더할 필요가 있을까?" 이런 변명은 그러나 너 자신조차도 설득시키지 못한다. 이야기를 하는 것은, 글을 쓰는 것은 필요에 의해서가 아니라 욕망 때문임을 네가 잘 알고 있으므로. 너의 욕망은 어찌되었든 이 이야기를 끝까지 써내야 한다고 부추긴다. 끝이 있을 수 없는 이야기임에도, 또는 만년필을 쥔 손이 멈추는 곳이 끝일 수밖에 없음에도, 그럴 듯한 '끝' 을 이미 써놓았기 때문에 더욱.

네가 이 글을 통해 전달하고자 하는 것은 차라리 다음의 시(라고 할 수 있다면)를 통해, 어쩌면, 보다 분명히 드러날지도 모른다.

매운 안개 가득한 길을
그대와 함께 걷습니다.
걷다보면
내가 던진 돌이 발목을 움켜쥐고
그대가 던진 돌이 나에게로 날아옵니다.

눈물콧물에

재채기구역질까지 펑펑해대며

그대는

절룩이며 비틀거리며

매운 안개 속을 헤매입니다.

내가 던진 돌에 발목 잡힌 나는

그대가 던진 돌에 눈먼 나는

어찌할 줄 몰라

손만 내젓습니다.

허우적거리기만 합니다.

이 시는 사월 십구일 오후에 네가 끼적거린 것이다. 그렇다면 네가 이 글에서 말하려는 것이 이 땅에서는 사랑이 불가능하다는 것인가? 아마 그럴지도 모른다. 지금까지 네가 쓴, 그리고 팔아먹은 글들은 모두 이 땅이, 아니 사람 세상이 지옥이고, 인류의 역사는 지옥의 연대기라는 것을 말한 것들뿐이다. 사실 너는 지금도 사람을 움직이게 하는 큰 힘이 증오라는 것을 굳게 믿고 있다(물론 네가 글을 쓰는 것도 증오 때문이다). 그러나, 바로 그렇기 때문에, 너는 더욱 사랑을 역설할 수밖에 없는 것이다.

이 글을 쓰느라 빈둥거리며 끙끙거리던 어느 날, 너는 이창동이 쓴 작가일기, 〈거꾸로 흐르는 강〉(《문예중앙》, 1988, 여름, 300∼305쪽)을 읽게 되었다. 1988년 사월 일일부터 이십육일(국회의원 선거일) 사이의 칠일 동안의 일기에서(특히 삼일자) 너는 네가 이 글을 통해서 전달하고자 했던 것과 거의 같은 내용의 글을 읽을 수 있었다. 어차피 글이란, 적어도 이 사회에서 소위 '글쟁이'라고 하는 작자들이 느끼는 것, 지향하는 바는 (어디 글쟁이들뿐이겠는가마는) 대동소이한 것이 아니겠는가. 현실에 대응하는 자세, 드러난 글의 형태 등에서는 어느 정도의, 또는 심한 차이를 보인다 하더라도, 여기에 이창동의 글의 일부를 인용하는 것은 그러나 너의 생각과 그의 생각이 비슷하기 때문만이 아니다(네가 공감하는 글이 어디 창동이의 것뿐만이겠는가. 마음만 먹는다면 그런 글들의 인용만으로도 두툼한 책 한 권 정도는 그다지 어렵지 않게 엮을 수 있을 것이다). 이 이야기를 있게 한 한 여자와 한 남자가 만난 것이 바로 지난 사월 초였다는 것, 그리고 이 자리에서 밝히기는 거북한 어떤 이유 등으로 인해 너는 여기에 이창동의 글의 일부를 발췌, 인용한다.

(……) 함께 뒤엉키고 등을 맞대고 시시각각 곳곳에서 대치하고 있는 모든 사람들의 관계에서 한 가지 들어야 할 말이 있다면 바로 그것이다. '왜 내 생각은 조금도 못해주는 거예요?'/언제부터인가 내겐 증오만 남고 사랑은 없어진 것 같은 생각이 든다. 신문을 읽으면서 TV를 보면서, 또 일상의 어디에서나 나는 분노를 느끼지만, 그러나 그렇다고 해서 내게 이 땅의 민중들, 버림받고 핍박받는 이들, 내 이웃과 형제에 대한 진정한 사랑이 있다고 말할 수는 없다. 사랑해야 한다는 관념만 있을 뿐이다.(……) 내 속에는 철저히 이기주의의 피가 흐르고 있음을 나는 느낄 수 있다. 겉으로는 그렇게 보이지 않을지 모르나 사실은 어느 누구보다도 더 이기적이며 자기중심적이다. 나를 움직이는 것은 사랑이 아니고 관념이거나, 다 낡은 윤리도덕이거나 알량한 명분인 것이다. 그러나 이것이 단순히 내 혈

통의 문제일 것인가. 아니면 내 삶의 기반, 곧 소시민적 계급의 문제일 것인가. 또는 사람의 이기적 본질에 불과할 것인가.(……) 사람은 진정 타인을 사랑할 수 있는가. 사랑이란 도대체 얼마나 의미 있는 것인가. 사람은, 특히 중간 지식인이 자신의 계급성을 초월할 수 있는가, 하는 질문. 그리고 그 대답은 소설 속에서가 아니라 나 스스로, 내 생활 속에서 찾아야 할 것이다./진정한 사랑이란 진정한 신앙과 같은 것이다. 관념이 아니라 진실로 가슴 한가운데서 타인에 대한 사랑을 뜨겁게 느낄 수 있는 것.(……) 내가 좋은 글을 쓸 수 있기 위해서는 내 속에 죽어버린 사랑을 다시 일깨워야 하리라. 내 주위의 모든 것을 사랑할 수 있고, 이 세상의 아무리 하잘것없는 사물에도 관심과 애정을 회복해야만 하리라. 가장 진실한 감수성──그것은 사랑이다.

너는 그러나 이 글에 완전히 공감하는 것은 아니다. 너는 모든 사랑──그렇다. 모든 형태의 사랑이, 또는 사랑이라는 이름 하에 행해지는 모든 것들이!──이 사랑하는 자의 자기 만족을 위한 것이라고 생각하고 있으므로. 남자와 여자 사이에 있어서 "당신이 없으면 못 삽니다"라고 하는 것은 말을 바꾸면 "내가 살기 위해서 당신이, 당신의 사랑이 필요합니다"라는 것이 아닌가? 버림받고 핍박받는 이들을 사랑하는 사람도 그들을 사랑하지 않으면 자신의 삶이 무의미해지기 때문에, 자신의 존재 이유가 소멸된다고 생각하기 때문에 사랑하는 것이 아닐까? 이타적이라는 말처럼 이기적인 것이 있을까? 사랑은 흔히들 말하듯이 주는 것이 아니라 받는 것이며, 그것도 철저히 받는 것이라고 너는 생각한다. 사랑이 없어도 고통스럽지 않다면 굳이 사랑을 찾을 필요는 없을 것이다. 사랑은 개체유지를 위한 것이고, 따라서 우리 모두가 살아남기 위해서는 사랑이 필요한 것이다. 라는 것은 너의 생각, 이라기보다 믿음이다.

저녁을 먹고 너와 함께 네가 소속되어 있는 대학원 학생들이 운영하는 연구소——우리가 갔을 때에는 아무도 없었는데——에 가서 영화를 보았다. 소련 감독 안드레이 타르코프스키가 이탈리아에서 만든 영화 〈향수 Nostalghia〉. 대학에서 감상회를 했을 때 거의 모든 관객이 끝까지 보지 못하고 나가거나 졸았다는(어떻게 그럴 수가 있었을까?) 영화를 나는 마치 내가 만든 영화처럼 보았다. 비록 제대로 번역되지 않은 한글 자막이 가나 자막과 함께 있는, 왜놈들이 제작한 비디오의 복사판으로였기는 했지만.

〈향수〉의 줄거리는, 간단하다면 간단하다. 안드레이(감독의 이름과 같은)라는 소련 시인이 소스노프스키라는 십팔 세기말의 러시아 작곡가의 전기를 쓰기 위한 자료 취재차 이탈리아의 한 온천 휴양지에 들린다. 안내원 겸 통역(안드레이도 이탈리아 말을 잘하지만)인 여자 유제니아와 함께. 거기서 안드레이는 도미니코라는, 자기 가족들을 칠 년 동안이나 집 안에 가두어 두었던(경찰들이 와서 가족들을 집에서 나오게 하기는 했지만. 집에서 나왔을 때 어린 안드레이일 수도 있는 도미니코의 어린 아들은 묻는다. "여기가 세상의 끝인가요?"), 자기의 분신이며 아버지일 수도 있는 노인을 만나게 된다. 유제니아는 안드레이가 자신을(육체적으로) 사랑해주지 않자 떠나버린다.*

* 유제니아가 떠나기 전에 안드레이의 방에서 히스테리를 부리는 장면

은 이 영화에서 가장 격렬한 두 장면 가운데 하나인데, 유제니아는 왼쪽 젖가슴을 드러내놓은 채 이렇게 소리친다. "(……) 그토록 자유를 바라는 사람이 자기 손에 자유가 쥐어지면 어쩔 줄 모르는군요. 당신은 자유를 몰라요. (……) 한 열흘쯤 푹 자고 내 머릿속에서 당신을 지워버리고 싶어요. 그렇지만 존재하지 않는 남자는 지워지지도 않아요." 유제니아가 떠난 뒤에 안드레이는 혼자 냇물 속에 들어가 거닐며 냇가에 앉아 있는 아이에게 이런 말을 한다. "위대한 사랑 이야기를 알고 있니? 고전적이며, 키스도 아무것도 없는 깨끗한 사랑 이야기지. 그래서 위대하고 지워지지 않는 거야." 고향에 부인(어머니일 수도 있는)이 있는 안드레이와 유제니아는 모스크바에서부터 함께 왔으나 방을 따로 쓰고 있다. 영화 첫부분에서 여관 주인 여자가 유제니아에게 애인과 행복한 시간을 보내라고 하자 유제니아는 안드레이와 사랑하는 사이가 아니라고 한다. 그러자 여관 주인 여자가 말한다. "저 사람이 슬퍼 보이는 것은 사랑하기 때문이에요"라고. 서로 사랑하지만 사랑의 방법이 다른 두 사람. 두 사람의 사랑의 방법의 차이는, 유제니아가 이탈리아어로 번역된 러시아 시집을 읽는데 반해 안드레이는 시의 번역이 불가능하다고 말하는 차이와 같다(나중에, 누워 있는 안드레이의 머리맡에서 이 번역본 시집이 불타는 장면이 나오는데, 완전히 재가 되어 버리지는 않는다). 또, 안드레이가 황폐한 성당의 화랑을 걷고 있을 때 들려오는 대화 : 한 여자가 신의 목소리를 들려달라고 하자, 신이 자신의 목소리는 어디에나 있는데 사람들이 듣지 못할 뿐이라고 하는 것과도 같다. 이것은 현대 문명에 대한 비판이고, 서구의 방종한 성에 대한 비판이다. 물론 성의 상품화 · 소외는 타기되어야 한다. 그러나 육체관계가 없는 것만이 위대한 사랑일까? 그렇다면 온몸으로 타올랐던 아벨라르와 엘로이즈의 사랑 같은 경우는? 춘향이와 몽룡이는 육체없이 사랑했던가?

안드레이도 돌아가기 위해 로마로 오고, 로마의 호텔에서 유제니아의 전화를 받는다. 자기는 다른 남자와 떠나기로 했다는 것, 도미니코가 로마에 와 있다는 것, 광장에서 연설을 하고 있다는 것* 등을 말한다. 그 전화를 받고 안드레이는 온천장(노천 온천이다)으로 돌아간다. 도미니코가 말했던 것——촛불을 켜들고 물이 빠진 온천을 가로질러 성 캐더린 상 앞에 갖다 놓는 것——을 행하기 위해.

* 이 장면이 이 영화에서 가장 격렬한 장면인데, 도미니코는 광장의 마르쿠스 아우렐리우스 기마상 위에 올라가서 다음과 같이 외친다. 유인물도 뿌려가며. "(……) 나는 이미 한 사람의 개인이 아니다. 나는 무한한 여러 사람처럼 느껴진다. 우리시대의 불행은 큰 인물이 존재하지 않는다는 것이다. 우리들의 마음에는 깊은 그림자가 드리워져 있다. 말을 들어야 한다. 아무 소용없다고 생각되는 말까지도. 아무리 우리의 머리가 하수도나 학교의 벽, 아스팔트나 복지사업으로 가득 차 있다 하더라도, 하찮은 말이나마 넣어두어야 할 것이 아닌가. 우리의 눈에, 귀에 원대한 꿈의 한 조각이 보이고 들리는 것도 좋지 않겠는가. 누군가가 피라미드를 만들라고 외쳐야 하지 않겠는가. 실현하고 않고는 중요한 것이 아니다. 중요한 것은 꿈을 품고 우리의 영혼이 모든 곳에서 끝없이 펼쳐질 수 있게 해주는 것이다. 세계가

앞으로 나아가기를 원한다면 손에 손을 잡고 서로 어울리자. 병든 사람들과 건강한 사람들을 구분치 말고. 무엇이 당신의 건강함인가? 사람의 눈은 지금 낭떠러지를 지켜보고 있다. 전락 직전의 낭떠러지를. 자유에는 도대체 무슨 의미가 있는가? 당신들이 우리를 올바로 보는 마음을 갖지 못하고, 우리와 함께 먹고 함께 마시고 함께 잘 마음이 없다면. 건강한 자들이 이 세상을 움직여 파국의 늪에 이르렀다. 사람들이여, 들어다오, 너희들 속에 있는 물이여, 불이여, 재여, 재 속의 뼈여, 뼈여, 재여──. /어디서 살고 있나? 현실 속에서도 못 살고 상상 속에서도 살지 못한다면. 우주와 새로운 계약을 맺어서 태양이 밤에 빛나고 팔월에 흰 눈이 오게 할 것인가? 큰 것은 망해 없어져도 작은 것은 계속 존재한다. 세상은 다시 하나가 되어야 한다. 너무 흩어져 있다. 자연을 보면 알 수 있다. 생명은 단순한 것이다. 시원으로 돌아가자. 함께 길을 잃었던 그곳으로 돌아가지 않으면 안 된다. 생명이 시작된 곳으로, 물이 더럽혀지지 않은 곳으로! 미친 사람이 부끄러운 줄 알라고 소리친다." 여기에서 도미니코는 음악을 요구하고, 한 청년이 도미니코에게 석유통을 올려준다. 다른 청년이 계단에서 뛰어내려오며 기계(전축)가 고장났다고 한다. "잊은 말이 있다.…… 어머니, 공기는 이다지도 가볍게 제 얼굴을 스칩니다. 웃음을 머금으면 더욱 맑아지는 어머니의 얼굴이 떠오릅니다." 도미니코는 자신의 몸에 석유를 붓는다. 석유통을 올려준 청년이 라이터를 켜라고 손짓한다. 기둥에 묶여 있던 개가 일어서서 짖는다〔광장에는 많은 사람들이 마네킹들처럼 서 있었지만, 도미니코의 행위에 반응을 보인 유일한 생물은 한 마리의 개뿐이었다. 우리들이 흔히 "개새끼"라고 하는 것은 욕이 아니라 최대의 찬사다. 어찌 하찮은 인간을 감히 개에게 견줄 수 있단 말인가(그래서 나는 개고기를 즐겨 먹는다). 우리들은 욕도 제대로 하지 못할 만큼 어리석다. 진짜 욕은 이런 것이다. "이 더러운 신의 새끼Son of God야!"]. 도미니코는 라이터를 켜고, 그리고 몸에 불을 붙인다. 동시에 음악——베토벤의 교향곡 제9번, 〈환희의 송가〉가 울려 퍼진다. 개만 계속 짖어대고, 도미니코는 마르쿠스 아우렐리우스의 기마상에서 떨어진다. 떨어져 뒹굴고, 음악은 고장난 기계에서 찍찍거리다가 멎는다. 이 장면을 보면서 그러나 나는 왜 전태일을 떠올렸을까? 김종태, 박종만, 홍기일, 박영진, 표정두, 송광영, 이재호, 김세진, 이동수 등등과 도미니코는 어떻게 같고, 어떻게 다른가? 그러면서도 나는, 픽 웃으며, 이렇게 말했다. "타르코프스키가 우리나라에 와서 한 수 배워간 모양이군."

물이 빠진 온천장 한쪽 끝에서 촛불을 켜들고 온천장을 가로질러 걸어가려는 안드레이는, 촛불이 꺼져서, 두 번이나 실패한다. 세 번째에야 비로소 성 캐더린 상의 발 앞에 촛불을 갖다놓는 데 성공한 안드레이는 쓰러진다. 지붕 없는 회랑으로 둘러싸인 정원 복판의 연못가에 개와 함께 앉아 있는 안드레이를 보여주는 것으로 영화는 끝난다. 이 영화를 내가 만든 영화같이 보기는 했지만, 정말 내가 만들었다면, 안드레이는 촛불을 켜들고 물이 빠진 온천장을 가로지르다가 서너 번쯤 실패하고 결국은 온천바닥에 쓰러지는 데에서 끝냈을 것이다. 도대체 사람이 무엇을 해낼 수 있단 말인가?
어쨌든 이런 식의 줄거리 요약(조차도 못되지만)만으로는 〈향수〉가 어떤 영화인지를 알 수 없다. 러시아→고향→유토피아에의 향수. 느릿한 카메라 워크, 롱 테이크, 원 씬 원 숏, 모노크롬으로 자주 나타나는 회상이나 환상, 꿈. 모든 장면들이 마치 사진 작품처럼 아름답고……. 나는 카메라맨이 렌즈를 통해서 감독의 머릿속을 들여다보았다고 생각한다. 타르코프스키의 〈향수〉는, 모든 영화가 그렇지만, 영화관에서 보아야만 할 영화다.

우리가 연구소의 삐걱거리는 계단에서 내려왔을 때는 거의 자정 무렵이었다. 현실이라는 악몽──허구 속에 발을 들여놓자 너를 안아주고 싶고, 너를 껴안고 밤을 지새우고 싶은 허구적 욕망이 여름 밤의 더운 바람을 타고 핏줄 속으로 밀려들었다. 순진한 척하며, 그러나 음흉하게 나는 물었다. "왜 우리는 밤마다 헤어져야 하지?" 너는 내 손을 꼭 쥐어주는 것으로 대답을 대신했다. 이미, 어느새, 서로의 몸을 알았으면서도 우리는 밤마다 헤어져야 한다. 왜? 아직 결혼하지 않았으니까. 그것이 도덕적이니까. 체제의 유지에 기여해야 하니까. 그렇다면 우리가 은밀히 몸을 섞은 것은 비도덕적인 행위였는가(이런 연놈들은 잡아다가 삼청교육대나 복지원으로 보내버리나)? 사랑이라는 미명 하에 저질러진 성의 방기 또는 폭력이었나? 그리고, 결혼은 두 사람의 사랑만으로 가능한 것인가? 서로가 사랑하면서도 결혼하지 못하는 경우는 어떤가? 사랑이 없는 결혼도 축복받아야 하는가(사랑이 없이도 부부가 되는 이 사회의 무수한 매매혼의 당사자들에게는 자본주의 체제 유지에 적극 기여한 대가로 국민훈장이라도 주어야 하나)?

"이걸 소설이라고 쓰고 앉았나?"라고 너는 중얼거린다. 물론 너는 이 글을 소설로 쓰고 있다. 이백 자 원고지 한 장당 삼천 원씩의 고료까지 계산해가며. "세종대왕께옵서 한글을 창제하야, 한글로 소설을 써서 대왕의 푸르른 용안을 알현케 되었으니, 성은이 망극하옵나이다아ㅏㄱ!"

애당초 네가 의도했던 것과는 전혀 다른, 그 애와 너의 이야기가 아니라 그 애를 만난 너의 이야기, 라기보다 독백으로 엮인, 엉성한 가건물이 되어버린 이 글(그래서 너는 제목도 〈벽 앞에서의 사랑〉이라고 하려 했다가 〈벽 앞에서의 사랑을 위한 밑그림〉으로 바꾸어 놓고 있다). 사실 너는, 가령 최승자의 시 〈내게 새를 가르쳐 주시겠어요?〉처럼, 예쁜 이야기를 쓰려 했었다. 이 사회가 이 사회인 만큼 사랑은 필요하고, 더욱 절실히 요구되고, 두 사람은 두 사람의 사랑으로 벽을 부수고, 또 부수어 나갈 것이다(할리우드 영화처럼 그럴듯하잖아?)라는 것을 바닥에 깔고, 독자들이 자기도 모르는 새에 빨려들게. 그리고 깊은 감동으로 차마 마지막 장을 넘기지 못할 그런 이야기를 쓰고 싶었다(꽤 그럴듯한 말이지만 믿어지지 않는다). 그러나 너는 이제 시간이 없다는 핑계로 능력이 없음을 감추고, 마련되어 있는 끝을 내놓기에 급급해하고 있다.

지금 네가 보고 있는 것은 한 남자와 한 여자가 나란히 서서 너를 향해 미소짓고 있는 풍경이다. 그리고 동시에 그들 뒤에 있는 커다란 화강암 벽돌로 쌓아올린, 영원히 무너지지 않을 것만 같은 벽을 보고 있다. 남자의 키는 5센티미터쯤 되고 여자의 키는 4.5센티미터쯤 된다. 이 벌레 같은 존재들은 영원히(! 또는 ?) 이렇게 미소짓고 있을 것인가? 가로×세로가 약 11×8센티미터 정도밖에 안 되는 평면 속에서? 아마 그럴 것이다. 너와 그 애가 현실 속에서 허구적으로 싸우고, 욕하고, 울고불고할 때에도. 서로를 피상적으로밖에 모르면서도 다 아는 체해가며 심각해하거나, 오해하거나, 속일 때에도. 하여 천년쯤 지난 뒤의 어느 날, 둘 사이에 사랑보다 증오가 훨씬 더 많이 쌓여 있음을 발견하게 되더라도 지금 너를 빤히 바라보고 있는 한 쌍의 미소는 사라지지 않을 것이다. 그러면 그때, 너희 둘은 이 한 쌍, 백칠십 년 전에 마르크스가 태어난 날이며 어린이날인 4321년 오월 오일 오후에 성장을 멈춰버린, 그러나 살아 있는 이 한 쌍을 보고 너희 둘 속에 숨어 있는 사랑을 슬며시 꺼내올릴지도 모를 일이 아닌가. 그러나

더욱 중요한 것은 너희 둘이 하나로 새로운 세계를 빚는 것이다. 낯익었지만 낯선 마을 속에서, 이 저주받은 세계, 지옥의 한 귀퉁이에서, 지저분한 일상, 끔찍한 생활 속에서 상투적이고 유치한 사랑의 화단을 가꾸어나가는 것이다. 그 상투적이고 유치한 사랑의 화단이 낙원은 못되더라도 최소한 따뜻한 보금자리는 될 수 있도록. 하나인 너희 둘이 가난한 이웃들과 사랑을 나눌 수 있는……

사랑해 사랑해 나는 네 입술을 빨고
내 등 뒤로, 일시에, 휘황하게
칸나들이 피어나는 소리.
멀리서 파도치는 또 한 대양과
또 한 대륙이 태어나는 소리.

오늘 밤 깊고 그윽한 한밤중에
꽃씨들이 너울너울 허공을 타고 내려와

온 땅에 가득 뿌려지리라.

소리 이전, 빛깔 이전, 형태 이전의

어둠의 씨앗 같은 미립자들이

내일 아침 온 대지에 맨 먼저

새순 같은 아이들의 손가락을 싹 틔우리라.

—최승자, 〈시작〉에서

작가 후기 | 약력, 에 대신해서(1989)

1954년에 광주, 그 찬란한 땅(!)에서 태어났다고는 하나 서울로 끌려와(?) 자랐다(이해할 수 없는 일이기는 하지만 요즈음도 네 살짜리들은 스스로 살 곳을 택하지 못한다). 그러므로 나는 전라도놈도 서울놈도 아니다.

숭문고등학교 1학년──까지가 내 학력의 전부다. 지금도 배우고 있고, 배울 것은 너무 많고, 그리고 다 배운다는 것은 감히 꿈꿀 수조차 없지만(꿈이라도 꿀 수 있다면!), 글자 그대로의 풀이는 '배움의 역사'인 학력이 제도교육에 얼마나 당했느냐만을 뜻하는 것이라면. 학력만을 놓고 볼 때 나는 행복하지도 불행하지도 않다. 아니, 행복하고도 불행하다.

심심하고 따분해서 무엇인가를 끄적거리기 시작했고, 그러다가 어찌어찌해서 《우리 세대의 문학》에 〈파리들은 쉬지 않는다〉를 발표할 수 있었다(1983년).

그때 인홍이라는 이름(만)으로 발표를 했고, 그렇게 몇 편을 더 발표했더니 나를 '인형'이라고 부르는 사람들이 생겼다. 그것은 제법 재미있는 일이었다. 그러다가 《실천문학》에 〈南無〉를 발표할 때 송기원 선배가 거의 반강제로 인홍이라는 이름 앞에 박이라는 성을 인쇄하게 하면서부터 나의 은밀한 재미 하나가 사라져 버렸다. 참으로 아쉬운 일이 아닐 수 없었다.

타의에 끌려 몇 번인가 이력서를 써야만 했을 때 이력서 용지의 빈칸들이 나를 아득하게 하곤 했었다. 그리고 약력을 쓰라는 말을 듣고도 아득했다.

도대체 약력이라는 것을 통해서 무엇을 읽을 수 있다고 생각하는 것일까? 언제 어디서 태어났으며 무슨 학교를 다녔다는 따위가 그 사람의 무엇을 증명해줄 수 있단 말인가? 그리고

나는 누구인가?

과연 나는 누구인가? 우연히 이 땅에 떨어져 어찌어찌, 그럭저럭, 허겁지겁, 어영부영 견뎌왔으며, 견디고 있고, 앞으로도 그렇게 견뎌나갈 나는 누구인가?

내가 생각하기에 문학이라는 범주에 드는 모든 글은 쓴 사람의 자서전이다. 그리고 자서전이야말로 그 사람의 약력, 그것도 쓴 사람 자신이 왜곡한 약력이 아닌가? 그렇다. 이 책 자체가 지금까지의 내 삶의 약력인 것이다. 벽 앞의 어둠속에서 허우적거리고 꿈틀거린, 지렁이가 기어간 자국——들을 모아놓은 것이 바로 이 책이므로.

돌아보지 마라!

해설

고아 의식의 변용과 글쓰기 | 권오룡(1989)

80년대 이후 문학 분야에 있어서의 특징적인 현상 가운데 하나는, 딱히 좋은 표현이라 생각되지는 않지만, 이른바 형식실험적 양식들의 두드러진 출현이라고 할 수 있다. 이른바 텍스트로서의 문학, 해체 양식으로서의 시나 소설이라는 범주는 이러한 경향을 포괄하기 위하여 설정된 것이라 할 수 있겠거니와, 좀 성급하게 말하면 박인홍의 소설 역시 이 같은 흐름 속에 포함시켜 이해할 수 있을 것으로 보인다. 박인홍 소설의 출발은 소설이라는 장르가 과연 의미를 지니고 있는가, 혹은 그것이 과연 독자들에게 의미를 전달해주는 장르인가를 묻는 것으로부터 이루어진다. 이런 의미에서 박인홍의 소설은 전통적 소설 양식에 대한 강력한 문제 제기의 소설이며, 심지어는 그것을 부정하는 소설이기도 하다. 그래서 그의 소설에서 가장 먼저 눈에 띄는 것은 무엇보다도 그 형식의 파격성이다. 흔히 소설이라고 할 때 우리는 구체성과 현실감을 갖는 인물이 등장하여, 우리의 일상과 거의 다를 바 없는 상황에서 매우 사실임직한 행위들을 연출함으로써 그것이 빚어내는 어떤 의미를 최종적으로 독자에게 전달해주는 양식을 떠올리게 된다. 또한 소설 속에서 인물들이 빚어내는 사건들이라는 것도, 소설에서가 아니라 우리의 주변에서 실제 있었고 있을 수 있는 일이라 우겨도 괜찮을 만한 것들이다. 요컨대 그것은 현실 혹은 실제라고 해도 무방할 사실성을 의미의 기반으로 삼는 것이며, 외부 세계와 현실에 대한 사실적 모방과 재현을 원리로 삼는 것이라 할 수 있다. 그런데 이러한 사실적 모사의 원리 이면에는 외부세계와 현실 그 자체에 이미 의미가 있다는 생각이 자리 잡고 있는 것이다. 그러니까 소설은 그 객관적인 의미체로서의 현실의 어느 한 부분을 액자화 시킴으로써 부분적 의미를 강조하여 부각시키고, 그것을 통해 전체 현실의 의미를 구조적으로 연역하여 삶의 전체상에 대한 이해에까지 도달하게끔 만드는 문학적 장치로서의 성격을 갖게 되는 것인데, 이런 이유로 대부분의 전통적 소설들은 의미 전달적이고 서술적인 양식의 소설이었다고 할 수 있다.

그러나 박인홍은 소설의 이러한 양식적 성격과 그 배경에 대해 회의한다. 그래서 그의 소설적 탐구의 첫 번째 주제는 과연 삶이나 기존의 현실, 외부 세계에 의미나 가치가 있느냐라는 물음이고, 소설이 과연 그러한 의미를 양식적 수용을 통해 재현해내기에 모자람이 없는 것이냐라는 물음이다. 이러한 물음에 대한 박인홍 나름대로의 답은, 극단적으로 말하면, 삶과 세계에는 의미가 없다는 것이고, 이에 따라 그의 소설 또한 어떤 의미나 주제의 구성과 전달을 위한 유기적 형식화의 방향으로가 아니라, 삶과 외부 세계의 무의미와 몰가치를 그것 그대로 형상화하기 위한 의도적인 형식 파괴의 방향으로 쏠려 있는 것으로 보인다.

삶과 세계에 의미가 있느냐라는 우울하고 답답한 질문은 40년대, 50년대의 실존주의자들에 의해 강렬한 울림으로 제기되었던 이후로는, 오늘날에 있어서는 일견 허황하고 공허한 물음에 지나지 않는 것처럼 보이기도 한다. 오히려 지금의 시점에서 많은 사람들을 강하게 사로잡고 있는 문제는 역사의 문제, 진보의 문제,

혁명의 문제이거나, 이와 다른 각도의 입장에서는 일상적 안락을 위한 소유의 문제와 그것의 확대의 문제인 것으로 보인다. 그러나 전자의 문제를 제기하는 입장이 개체적 삶의 의미라는 것을 역사라는 집단적 차원의 의미에 종속시키거나, 혹은 삶의 의미라는 것을 선험적으로 존재하는 것으로 인정하는 것이라 한다면, 후자의 문제에 매달려 있는 입장은 그 근원적 의미에 대한 물음의 답을 회피한 채, 그것을 일상적 삶의 자동성으로 은폐하거나 물신을 향하여 증대되는 욕망으로 간접화·사물화시키려는 것이라 할 수 있다. 오늘날 삶 그 자체에 대한 근원적인 물음은 이렇듯 이데올로기에 의해, 사물화 된 의식에 의해 가려져 있다. 그러나 그 어떤 것이든 삶 자체의 의미를 묻는 물음에의 직설적인 답은 유보하거나 회피한 것이고, 따라서 역사적 삶이든 일상적 삶이든 그 어느 것에도 의미를 부여할 수 없다고 하는 입장을 택하는 문제적 개인에게 삶은 영락없이 그 앙상하게 헐벗은 실존의 모습을 다시 드러내게 마련이다. 작가 박인홍의 앞에 놓여 있으면서 의미가 부여되기를 기대하는 삶이라는 것도 바로 이러한, 역사나 사회나 일상이나 하는 등등의 일체의 관형적 수사를 떨쳐버린 벌거벗은 삶 그 자체이다. 박인홍은 사회와 역사와 현실에 대해 아무런 긍정적인 가치도 인정하지 않는다. 그에게는 '모든 인간 사회가 지옥이고 인류의 역사는 지옥의 연대기'일 뿐이며 '현실은 악몽—허구'일 뿐이다.

사회·역사·현실에 대한 이 같은 극단적인 부정의 태도는 단순히 작가가 그 것들을 향해 지어보이는 관념적 제스처가 아니다. 그것은 작가의 은밀한 내면 세계의 쓸쓸하고도 황폐한 풍경의 현상적 드러냄이어서 그의 작품의 내용은 물론 형식의 특성까지도 결정짓는 부정적·파괴적 소설 미학의 원리이기도 하다. 박인홍의 작품들 전체를 일관하여 이러한 부정의 태도가 하나의 주조음으로 자리 잡고 있다고 할 때, 이런 의미에서 우리는 이 태도가 작가의 근본적인 심적 구조의 표출이라고 생각할 수 있다. 그래서 그의 소설들은, 거의 고정된, 작가의 내면적이고 무의식적인 동기로부터 발단된 주제의식의 다양한 변주로서의 성격을 강하게 지닌다. 그의 소설들이 각각 지니고 있는 표면적인 소재나 주제의 상이함에 관계없이, 각 작품들마다의 변별성이 아니라 대개 비슷비슷한 느낌을 주는, 변용된 분위기가 더욱 두드러져 보이는 것은 이 때문이다. 박인홍의 소설들에서는 따라서 거의 고정되어 있는 것처럼 보이는 주제의식 그 자체와, 그것을 어떻게 드러내 보여주고 있느냐 하는 방식과 기법의 문제가, 작가는 물론 독자에게도 훨씬 큰 관심의 대상이 된다. 이러한 방식과 기법의 문제에 대한 작가 나름의 관심의 결과로 그의 소설들에는 매우 다양한 기법들이 시도되고 실험되어 있다. 가령 초현실주의적인 자동기술법이 원용되고 있는가 하면, 소위 '의식의 흐름'이라는 기법의 시도도 발견되며, 한 편의 소설의 많은 부분이 다양한 내용의 인용들로 채워져 있기도 하고, 그 유기성이 그리 확연히 드러나 보이지 않은 에피소드를 장황하게 삽입해 놓고 있기도 하며, 자신의 시나 다른 시인들의 시를 뒤죽박죽으로 재구성하여 본문 속에 삽입시키기도 하고, 어떤 경우에는 아예 소설 문장의 산문성을 거부하고 시적 문체의 구사를 통해 파스텔화 같은 은은한 분위기를 꾸며내기도 하며, 또 어떤 때는 필요 이상의 사실적이고 건조한 묘사를 통해 그 묘사되는 대상이나 분위기가 오히려 한층 더 비사실적으로 느껴지도록 유도하기도 한다. 이렇듯 다양하게 시도되고 있는 기법들은, 그러나 사실은 모두가 한결같은 효과를 노리고 있다고 할 수 있는데, 그것은 이러한 기법들을 통해 묘사되는 대상이나 현실을 한껏 낯설게 만들어, 우리 독자들로 하여금 실제의 현실로부터 벗어나 그의 소설들이 은밀히 꾸미고 있는, 약간은 이질적인 세계로 별다른 거부감 없이 끌려들어가도록 만드는 것이다. 이리하여 우리가 끌려들어가게 되는 다른 세계란 다름 아닌 작가의 내면 세계이고, 미로처럼 복잡하게 엉클어진 그 내면 세계의 끝 간 곳에서 문득 우리는 작가의 처절한 고아의식과 맞닥뜨리게 된다. 이제 이 같은 박인홍의 내면을 좀 더 찬찬히 들여다보도록 하자.

　박인홍의 소설은 철저한 내면의 기록으로서의 특성을 갖는다. 이런 이유로 그의 소설은, 매우 교묘하게 감춰져 있기는 하지만, 상당히 자전적인 듯한 느낌과 함께 사소설적인 듯한 분위기를 강하게 풍긴다. 소설사회학적 관점에서 볼 때, 사회적 타락의 진행의 무대인 외부 현실에 대한 작가의 극단적인 부정과 무시의 결과로 남게 되는 것은, 타락한 방식으로의 진정성의 추구라는 자서전적 형태뿐일 것이 아니겠는가. 그의 소설에 있어 뚜렷한 사실적인 성격을 지닌 인물이나 그에 의한 행위가 그다지 눈에 띄지 않는 것은 이 때문이라 할 수 있다. 그의 소설들에 있어 등장인물이나 작중화자는 거의 대부분 '나' 나 '너', '그', '그녀' 따위의 막연한 인칭대명사로만 드러나 있거나 혹은 '94', '61' 따위의 지극히 추상적인 숫자—기호로만 지시되어 있다. 또 어떤 소설에 있어 '나' 와 '너', '나' 와 '그' 는 동일인물이기도 하며, 인칭대명사화된 인물의 배후에는 언제나 관찰자이고 서술자인 작가 자신의 그림자가 진하게 드리워져 있다. 이처럼 인물들 사이의 변별성이 존재하지 않는다는 것은, 사람들의 행위라는 것의 주체가 누구이든간에 그 각각의 행위들이 그다지 특기할 만한 의미를 지니지 않는다는 것을 뜻한다. 또 이 같은 잦은 인칭의 변화는 '나' 와 '너', '그' 라는 고정된 인칭 사이에서 성립되는 인습적 관계와 인습적 의미망을 파괴해버림으로써 무의미화의 작업을 가속화한다. 박인홍에게 있어서는 자기 바깥의 현실이나 세계가 낯설음의 대상인 것과 마찬가지로, 사람들 역시 낯선 대상에 지나지 않는다.

　주위의 많은 사물들 가운데에서도 특히 낯설다는 느낌을 강하게 준 것

은 물론 옷을 걸친 사람들이었다. (〈向〉, 125쪽)

이렇게 역사나 사회라는, 조금은 추상적인 현실에 대해서도 거부하고, 사람들
과의 구체적인 관계 또한 거부하는 자세로 말미암아 박인홍의 소설은 철저히 자
폐적인 공간이 된다. 그 건조하게 멸균된 박인홍의 이 같은 자폐적인 세계 속에서
는 오직 그의 자의식만이 부글부글 끓고 있으면서, 그 격렬한 폭발의 기회를 노리
고 있다. 그러나 이 격렬함은 외부 세계뿐만 아니라 자신의 존재마저도 파괴시켜
버리는 이중의 파괴력을 지닌다. 그 격렬한 자의식이 충동적인 행위로 폭발하지
않고 어떤 통제력——그것은 아마 글쓰기라는 행위일 것이다——에 의해 진정되
어 있을 때, 그것은 자신의 행위에 대한 반추의 형식으로 드러난다. 극단적인 경
우 심지어 그것은 〈雪景〉이나 〈그날 나는 하늘을 보았다〉에서처럼, 이미 죽어버린
화자가 죽기 전의 자신을 회고해보는 방식으로까지 표현된다. 화자나 주인공의
이 같은 자의식의 분열은 박인홍의 문장의 특성에까지 이어져, 예를 들면

내가 병원에서 어떻게 나왔고 별장까지 어떻게 돌아왔는지 모르겠다.
고 하는 것은 과장되고 진부한 수사법이다. (〈向〉, 133쪽)

라는, 그의 소설에서 자주 찾아볼 수 있는 투의 서술에서처럼 의식에 대한 의식이
야유로 표현되거나,

여 : ……트럭에 치었어요……머리가 바퀴에, 얼굴 위로 트럭 바퀴
　　가……
61 : ……

(꽤 흔한, 유치한 표현이지만, 눈 위에 잘 익은 석류가 터진 것 같았을

것이다/작별의 말도 없이/) (〈雪景〉, 90쪽)

에서처럼, 돌발적 사고로 인한 죽음이라는 상황에 대해 슬픔이라든가 놀라움 등
과 같은 인간적 감정을 조금도 드러내지 않고, 그것을 "눈 위에 잘 익은 석류가 터
진 것 같"다는, 섬뜩하게 소름끼치는 색감의 이미지로 바꾸어 놓으면서, 그 이미
지의 연상 자체에 대해서까지, '유치하다'는 의식적 판단을 내릴 정도의 냉혈성
을 드러낸다. 우리를 소름끼치게 하는 이러한 냉혈성조차도 사실은 그의 분열된
자의식이 어떤 방식으로든 통제되어 있음으로 하여 나타날 수 있는 것이지만, 이
러한 냉혈성, 비인간성은 그의 자의식이라는 것이 언제라도 폭발될 수 있는, 핵분
열에 의한 폭발과도 같은 가공할 엄청난 파괴력을 잠재하고 있다는 것을 역으로
드러내 보여주는 것이라 할 수 있다. 그래서 그의 소설에는 범죄적인 냄새까지도
짙게 풍긴다.

　　이처럼 냉혹함과 격렬함이 한 데 섞여 끓고 있는 박인홍의 내면의 자의식의 세
계의 끝에서 우리는 박인홍의 무의식의 기저를 이루는 그의 고아 의식을 접하게
된다. 〈向〉에서 박인홍은 '그'를 통해 "어떤 여자의 가슴을 빨아 희멀건 액체를
마친 기억이, 나에게는 없다"라고 말한다. 또 〈그날 나는 하늘을 보았다〉에서 이
미 죽은 상태의 화자는 "죽은 다음에야 알게 되었지만, 나 역시 다른 모든 사물들
처럼 태어나고 싶어 하지 않았었다"고 말하기도 한다. 이들에게 있어 태어남이란
절대적 절망, 그 자체이다.

　　그 애의 영혼 깊은 곳에 나의 정액을 마지막 한 방울까지 떨어뜨린 뒤
에 남는, 껍질을 태워버린 고통의 뼈, 절망의 본질 그 자체를, 어떠한 수식

도 거부하는 절망, 바로 그것을 매번 새롭게 맛보기 위해 나는 그때마다

그 애의 품에서 다시 태어나고 싶었어. (〈그날 나는 하늘을 보았다〉, 48

쪽)

새롭게 태어나도 삶은 오직 절망일 뿐이다. 그러나 이처럼 극단적인 염세를 삶
에 대한 인식의 바탕에 깔고 있으면서도 그는 거듭 새로운 탄생을 꿈꾸며 여자와
의 관계에 탐닉하려 한다. 이러한 모순과 역설은 어찌된 것일까? 아마도 이것의
이유는 무의식적 욕망과 그것의 변형 · 위장에서 찾을 수 있을 것으로 보인다. 새
로운 탄생의 꿈, 이것의 실현을 위한 사랑에의 갈망은 일견 박인홍의 작중인물들
이 하나같이 갈구하는, 사랑받고 싶어 하는 욕망의 발로인 것처럼 보이기도 한다.
〈벽 앞에서의 사랑을 위한 밑그림〉에서 작중화자인 '나'는 '사랑은 흔히 말하듯
주는 것이 아니라 받는 것이며, 그것도 철저히 받는 것'이라는 생각을 피력한다.
이러한 생각을 통해서도 애정의 결핍을 느끼고 있는 고아 의식의 편린을 찾아볼
수 있지만, 그러나 그것이 주는 것이든 받는 것이든 사랑이라는 이름으로 구현되
는 관계 자체가 '벽'에 가로막혀 있다는 것을 다른 누구보다도 그들 자신이 명확
히 알고 있다. 박인홍의 소설에 있어 사랑은, 사랑을 위한 만남의 시도는 항상 허
사로 끝맺음되고 만다. 그럼에도 불구하고 애당초 불가능한 사랑을 갈구하고 그
것에 탐닉하려 하는 것은 기실 그 사랑이 진정한 의미의 사랑이 아니라 어떤 증
오, 굳이 그 증오의 이유까지를 밝히면, 원하지도 않은 자신을 이 세상에 던져놓
고는 젖 한 번 먹여주지 않은, 없는 엄마에 대한 주체할 수 없는 증오의 위장된 표
현이기 때문이다. 박인홍의 소설에서 자주 보이는 여자와의 성관계의 장면은 거
의 언제나 강제로 겁탈하는 것이나 다름없이 묘사되어 있다. 또 여자들과의 사이
에서 소도구로 쓰이는 것도 욕설 같은 공격적인 언행이거나 총, '하얀 장도' 같은

것들이다. 이처럼 박인홍의 작중인물들이 여자들과 맺는 관례의 이면에는 〈雪景〉에서처럼 '복수'의 심정이 무의식적인 모티브로 자리 잡고 있는 것이다. 여인에 대한 그리움이 복수의 동기와 맞닿아 있는 이러한 역설, 아니 무의식의 위장된 표현이라는 동일한 맥락에서 볼 때, 절망을 맛보기 위해 거듭 태어나고 싶다고, 그 것을 위하여 '여자의 영혼 깊은 곳에 마지막 한 방울의 정액'까지 떨어뜨리고 싶다고 하는 것은, 사실은 죽고 싶다는 것, 보다 정확히 표현하면 태어나기 이전의 엄마 뱃속에 있을 당시의 평온한 상태로 되돌아가고 싶다는 무의식적 욕망을 드러내 보여주는 것일 터이다. 또한 이러한 맥락에서 그의 소설에서는 타인에 대한 강한 살인의 충동과 함께 자살에의 유혹이, 서로 간에 구별될 수 없도록 한 문장에 용해된 상태로 나타나기도 한다.

　잠들라, 잠들라……그리고 공포와 증오가 없는 세상에 다시 태어나거라! (〈向〉, 136쪽)

　박인홍의 소설에서 퇴영적인 면모까지를 자주 접하게 되는 것은 이러한 근원적 회귀의 욕망이 그의 소설의 무의식적 동기로 자리 잡고 있기 때문일 것이지만, 이것 외에도 그의 고아 의식은 많은 점에서 그의 소설들의 특이성을 규정하는 지배소로 작용하고 있다.

　고아 의식이란 어떤 것인가? 다시 말해 부모가 없다는 것, 가족이 없다는 것은 한 개인의 의식을 어떻게 구조화하는가? 간단히 말하면 부모는 관계이고 가족은 체계이다. 그런데 무릇 모든 의미는 관계에서 생겨난다. 또한 가족, 혹은 가정이란 한 개인이 출생 이후로 가장 먼저 접하게 되는 사회화 학습의 공간이다. 나라는 존재의 의미는 부모와 나 사이의 관계로부터 생겨나고 기존의 현실이나 사회의 의미와 가치는 가족이라는 체계의 매개를 통해 전수된다. 이 같은 사실과의 관련에서 볼 때 스스로를 고아로 느낀다는 것은, 관계로부터 획득할 수 있는 의미와, 가족이라는 매개 단위를 통해 체험하고 수용하여 내면화할 수 있는 사회적 가치와의 접점 모두를 박탈당했음을 의미하는 것이다. 박인홍이 삶에 대해서는 물론, 역사·사회·현실 등에 대한 일체의 의미와 가치를 부정하는 것은 이런 이유 때문이거니와, 이 같은 의식구조 속에서는 자신의 존재에 대한 의미화도 이루어지지 않는다. 외부 세계에, 타인의 삶에 의미를 인정하지 않는다는 것은, 뒤집어 말하면 그들의 세계 속에서 자기 자신이 의미 있고 가치 있는 존재로 받아들여지지 않는다는 생각의 전도된 표현인 것이다. 이처럼 자신에 대한 의미와 가치까지도 부정될 때 '나'라는 존재는, 원하지 않았음에도 불구하고 이 세상에 내던져진 잉여의 존재에 불과한 것으로 밖에는 인식되지 않는다. 그러니까 박인홍의 한 인물이 "살아 있다고 하는 모든 것들에 대해서 증오와 환멸"을 느낀다고 말할 때, 일차적으로는 타인과 그들의 삶으로 구성되어 있는 외부 세계를 향한 것이라 할 수 있는 이러한 적개심은 동시에 자기 자신을 향한 것이기도 해서, 자기 부정의 방향으로 쏠릴 때 그것은 "나라는 미물 그 자체에 대한 지독한 역겨움"으로 표출되기도 한다. 바슐라르의 이른바 부정적 로트레아몽 콤플렉스와도 흡사한 이러한 자기부정, 자기폭로의 모습은 박인홍의 많은 인물들에게서 공통적으로 찾아지는 성격이다. 이들은 '자신을 스스로 초라하게 생각'하기도 하고, '나는 허구'라고 스스로를 규정하는가 하면, "나 또한 터진 거품에서 튕겨져 나온 하나의 방울"에 불과한 것이라고 왜소화하기도 한다. 또 그들은 어떤 상황 속에 자리 잡고 있는 자신의 존재에 대한 변명의 필요를 느끼기도 한다.

그날 그 시각에 내가 그 자리에 꼭 있었어야만 했던 것은 아니었다. 만

일 다른 약속이 있었거나 했었더라면 나는 거기에 없었을 것이었었다. 그
런데 다른 약속이 없었고, 거들어 달라는 후배의 부탁을 거절할 아무런 이
유도 없었으므로 나는 그날 그 시각에 그 자리에 있게 되었다.

(〈벽 앞에서의 사랑을 위한 밑그림〉, 286쪽)

일견 별 대단한 의미를 지니지 않는 것처럼 보이는 이러한 변명이, 그러나 사
실은 도저히 거역할 수 없는 것인 까닭은, 이것이, 원하지 않았음에도 태어나 이
세상을 낯설게 느끼며 살아가야만 하는 한 왜소한 개인이 어떤 상황에 처해서건
드러내지 않을 수 없는 무의식적 동기의 피할 수 없는 발로이기 때문인 것이다
("있었어야만", "있었거나 했었더라면", "없었을 것이었었다" 등에서 '었'이라는
시제보조용언의 남용에서 느껴지는 그 절박한 완고함!).

이처럼 박인홍의 작품세계의 무의식적 기저에 깔려 있는 고아 의식은 세계부
정과 자기부정이라는 양가적인 절대적 부정의 세계를 형성한다. 이로 말미암아
현실과의 단절 또한 철저한 것이 되는데, 이 같은 절대적 단절은 〈南無〉에서처럼
며칠째 두문분출하고 이불 속에만 웅크리고 있는 에피소드로 형상화되기도 하
지만, 보다 근본적으로 그의 소설들의 분위기 자체를 몽환적 · 비사실적으로 만들거
나, 그의 소설들의 상당 부분이 작중인물들의 백일몽으로 채워지도록 만든다. 좀
길지만 이러한 예를 하나만 인용하도록 하자.

그 애가 성에서 나온다. 그 애의 등 뒤에서 철문이 소리 없이 소리를 지
르며 닫혀도 좋을 것이다. 눈이 내린다. 비처럼 눈송이들이 쌓인다. 흰옷
을 입은 백발노인이 하얀 꽃들로 가득한 흰 지게를 지고 걸어온다. 바람이
꽃들을 눈송이들처럼 흩날려버린다. 길의 저쪽에는 밤이 있다. 그 애와 밤

해설 321

의 중간쯤에 서 있던 그가 눈 밟는 소리에 귀를 돌린다. 눈 밟는 소리가 들려오지 않는 쪽으로. 그러고는 손으로 발자국들을 그린다. 흰옷을 입은 백발노인이 흰 지게에서 죽어버린 하얀 꽃 한 송이를 꺼내 그에게 내민다. 밤으로 달려가던 빛들이 그 애의 얼굴 위에 잠시 머문다. 찢어진 붉고 푸르고 흰 하늘 한 조각이 훨훨 날아다닌다. 무지개가 하얗게 무너져버린다. 풀빛 새 한 마리가 발자국을 그리는 그의 손등에 내려앉는다. 그 애의 발이 그가 그리는 발자국이 가는 방향의 반대쪽으로 멀어진다. 마침내 쌓인 눈과 쌓이는 눈만 남는다. 총소리가 들려온다. 어디에선가로부터.

(〈크나큰 不安의 部分的인 音響〉, 30~31쪽)

이러한 백일몽은, 생각과, 그리고 그것의 언어적 치환물인 글로부터 실제 현실의 흔적을 완전히 제거시켜버리려는 무의식적 동기로부터 비롯하는 것이다. 따라서 그것은 외부 세계의 의미와 가치를 완전히 부정해버렸을 때 박인홍의 작중인물이 들어가 편안히 자리 잡을 수 있는 유일한 세계이다. 그 세계 속에서 모든 사물은 현실에서의 그것과 다른 가치를 부여받는다. 현실에서 작가, 혹은 작중인물에 의해 일체의 가치가 부정되었던 외부 세계는, 이 백일몽의 세계에서는 꽃으로 둘러싸인 성이고, 그녀는 공주이며 나는 왕자가 된다. 그러나 불행하게도 이러한 세계는 어디까지나 백일몽의 세계일 뿐이며, 이 같은 백일몽의 세계를 아무리 아름답게 꾸며보아도 그것에 의해 현실의 세계가 무화되거나 그것의 의미가 사라지는 것도 아니다. 오히려 백일몽의 세계와 대비됨으로써 현실의 세계와 그것의 의미는 한층 더 저주스러운 것으로 다가오게 된다. 이럴 때 그 백일몽의 세계는, 한편으로는 현실로부터 탈출하고자 하는 욕망을 부풀리면서 또 다른 한편으로는 그것의 불가능성에 대한 확인을 더욱 견딜 수 없는 것으로 만들어, 결과적으로 현실과 꿈 사이의 거리를 더욱 넓힘으로써 박인홍의 인물들로 하여금 현실에서의 삶을 더욱 비극적이고 운명적인 것으로 받아들일 수밖에 없도록 만든다. 이처럼 절망적인 입장에서 볼 때 현실의 세계는 "한 방울의 피가 한 송이의 붉은 꽃도 피우지 못하는, 차디차고 더럽고, 낡은, 그리고 지겹기만 한 죽음의 세계"로 비쳐지며, 또한 삶이라는 것도 "살아야 하는 병"으로밖에는 인식되지 않는다.

이 같은 현실에서의 삶이 더욱 절망적인 것은, 그것이 한 치의 벗어남도 허용하지 않는 운명적 의미에 구속되어 있기 때문이다. "운명에 맞서 싸운다는 것은 불가능한 일"이다. 그런데 도대체 운명이란 무엇인가? 간단히 말하면 그것은 한 개인의 삶에 예정지워져 있는 어떤 초월적 의미라고 할 수 있을 것이다. 여기서 세계와 삶에 대한 박인홍의 이해는 의미의 문제와 긴밀하게 결합된다. 그러나 이미 앞서 보았듯 박인홍에게 있어 세계는 '내'가 편안히 들어가 안길 수 있는 넉넉한 포용의 공간이 아니라, 나는 세계를 거부하고 세계는 나를 무시하는 상호배척의 세계이다. 그래서 나는 그 세계를 떠나려 하지만, 세계는 나를 배척하면서도 그것으로부터의 영원하고도 완벽한 탈출까지를 허용하지는 않는다. 이렇듯 받아들일 수도 없고 거부할 수도 없는 세계 속에서의 삶은 필경 비극적인 것이 될 수밖에 없거니와, 마찬가지로, 이처럼 비극적인 세계에 나의 삶을 규정하는 어떤 운명적인 의미가 있다면 그것은 필연적으로, 축복과는 거리가 먼, 저주로서의 의미밖에는 되지 않을 것이다. 〈의자왕의 표변과 백제의 멸망에 대한 허구적 고찰〉이라는, 소설치고는 좀 어색하다 싶은 제목의 소설이 우리에게 이야기하고자 하는 바의 것은 바로 이러한 저주로서의 삶의 의미와 운명이라는 주제에 대해서이다. 이 소설은 백제의 멸망을 예언한 춘추라는 귀신의 예언과, 이로 말미암아 희망을 잃어 절망의 유희에 빠질 수밖에 없게 된 의자왕이 보여주는 운명에의 체념적인 수락의 모습을 허구적으로 이야기하고 있지만, 이것이 단순히 역사적인 소재에 대한 허구적 재구성이라는 의미에만 국한되는 것은 아니다. 이 소설에서 박인홍은 "문명이라는 공해에 시달리는, 하여 본성을 상실한 우리에게는 귀신이 매우 의심스러운 존재"라고 말하고, 있지만, 문명이라는 공해에 시달리는 우리 시대의 귀신은 다름 아닌 물신(物神)이라는 이름의 대단히 문명적인 귀신이고, 우리는 그 물신의 예언에서 좀처럼 빠져나올 수 없는 운명에 처해 있는 존재일 것이다. 이렇게 본다면, 〈南無〉에서 화자가 국민학교 입학 무렵을 회상하며 "그 학교의 학생이 되기 위한 조건의 하나이자 가장 큰 조건은 집안에 돈이 있어야 한다는 것"이었다는 진술을 통해 생애 최초의 좌절과 환멸의 체험을 고백할 때, 그 체험은 또한 그 화자의 삶을 줄곧 지배하게 될 어떤 저주스러운 운명에의 눈뜸의 계기이기도 할 것이다. 체제는 사람들에게 그 체제를 운명처럼 받아들이게끔 만들고 싶어 한다.

그러나 이렇게 삶의 의미를 운명적이고 예언적인 것으로 받아들임으로써 박인홍의 인물들의 삶은 비극적인 것이 아니라 오히려 무위롭고 허무스러운 것이 되고 만다. 가령 한 작중화자가 "결국 가능한 것은 죽음을 향한 권태 속에서 절망을 인식하는 것, 어디를 보아도 권태로부터 빠져나갈 구멍이 보이지 않는데도 헛되이 발버둥치는 것"이라고 말할 때, 이 같은 절망과 허무감 위에서의 발버둥질에서는, 그것이 '불구하고'라는 역설적인 결단을 배경으로 하고 있음에도 어떤 비장함의 모습이 엿보이기보다는, 체념적인 냄새가 더욱 진하게 풍긴다. 어쨌건, 모든 의미는, 그것이 반드시 예언이라는 형태로 주어지는 운명적인 의미가 아니더라도, 그것 자체의 체계로 삶과 생각을 구속하고 속박한다. 의미는, 그것 자체가 이미 하나의 살아 있는 개체인 것이다. 그것은 그것 자체의 개별성, 독립성과 함께 자동적인 생명력을 고수하려 한다. 세계의 완고함을 이런 의미에서 의미의 완고함이라 할 수 있거니와, 따라서 일단 이렇듯 완고한 의미의 체계 속에 편입되어버리면, 그것이 인정하는 의미 너머의 다른 의미에 대해 생각한다는 것은 거의 불가능하거나, 곡 그렇지는 않더라도 대단히 힘든 일이 되고 만다. 예를 들면,

> 내가 그녀의 삶을 비참하게 생각하는 것은 상대적으로 훨씬 더 많은
> 물질을 소유한, 안락한 집에서 편히 잠드는 존재들이 있기 때문이고, 나
> 또한 '사람다운 삶' 이라는 허구적 명제에 길들여져 있기 때문이다.
>
> (〈向〉, 112~113쪽)

라는 인용을 통해 볼 때 '사람다움' 이라는 것의 의미는 물질의 소유와 안락함 등과 같은 것들과 자동적으로 연결되어 있으면서 이 자동성의 범위만으로 그 의미의 테두리를 한정짓는다. 이러한 자동적 연상망의 테두리 속에서는, 그녀가 트렁크 하나만을 들고 다니며 떠돌이의 자유스러운 생활을 했다 하더라도 그 자유는 조금도 사람다운 것의 척도가 되지 않는다.

다분히 작가 나름의 주관적 상상과 몽상에 의해 꾸며지는 박인홍의 소설 세계에 있어 거의 자동적인 것으로 고정되어 있는 기존의 의미는 매우 위협적인 것이지 않을 수 없다. 그것은 상상이나 백일몽에 의해 가능한 그 최소한의 자유마저도 박탈하여 고정된 의미의 체계 속에 구속하려 한다. 그 구속 속에서 삶은 부자유스럽고 고통스럽다. 그래서 그 의미의 흔적으로서의 "인간의 모든 기록은 신음의 기록"이 된다. 이럴 때 이 위협적인 기존의 의미의 도전에 대해 과연 어떻게 대응할 수 있을 것인가? 박인홍의 인물들은 이 문제에 대하여 고민한다. 그리하여 그들은 "모든 언어를 상실하고 나면 그때에야 비로소 삶이라는 것이 가능할지도 모를 일"이라고 생각하기도 하고 또 어떤 경우에는 매우 충격적인 대응의 방법을 모색하기도 한다.

불을 질러버려라! 모든 책을, 사람의 모든 기록들을 태워버려라! 그러
면…… (〈向〉, 144쪽)

그러면? 그러면 과연 의미의 구속으로부터 완전히 해방될 수 있을까? 그러나
이러한 방법이란, 주관적인 부정에 의해 세계 자체가 소멸되지는 않는 것처럼 허
황스럽고 공허한 생각에 지나지 않는다. 이러한 생각은 사실 백일몽이나 다름없
는 생각에 지나지 않는다. 위의 인용이 결국 말을 더듬는 것으로 끝날 수밖에 없
는 것도 아마 이러한 생각에 실천성이 결여되어 있다는 점에 상도했기 때문일 것
이다. 이렇게 볼 때 이러한 생각은 그저 얼핏 스쳐가는, 아무런 실천의 무게도 담
기지 않은 공연한 생각에 지나지 않는다고 할 수 있거니와, 기존의 의미의 해방이
라는 문제에 대해 박인홍과 그의 인물들이 생각과 실천을 통해 집중적으로 모색
하고 있는 방법은 바로 글쓰기라는 수단이다. 박인홍의 많은 인물들이 직접 글쓰
기의 행위를 보여주는 것은 이런 이유에서이다. 그의 인물들은 그 자신이 소설가
이거나, 소설가는 아니더라도 일기를 쓰거나 편지, 방송대본 등을 쓰는 행위를 통
해 글쓰기에 대한 집착을 보여준다. 글쓰기에 대해 그들은 "글을 쓰는 것은 필요
에 의해서가 아니라 욕망 때문"이라는 동기를 명확히 피력한다. 이 욕망의 뿌리
가 무의식적 근저에 닿아 있는 것임은 새삼 말할 필요도 없지만, 이들이 글쓰기를
통해 노리는 것은 어떤 의미의 전달이 아니라 그것의 해체이다. 이러한 의도의 실
제적인 방법으로 그들은, 아니 박인홍은 고의적으로 말을 비틀고 학대하고 조롱
한다. 이 학대와 야유를 통해 그들이 노리는 것은, 말에 이미 동반되어 있는 기존
의 의미의 때를 가능한 한 벗겨내어 그 말이 전혀 새로운, 그러면도 이제껏 말의
때에 가려 있던 어떤 진실에 닿을 수 있는 의미를 새롭게 창조하고자 하는 것이
다. 이렇듯 생소한 언어로, 낯선 방식으로 꾸며지는 그들의 이야기는 결과적으로

어떤 의미가 명확히 파악되지 않는, 차라리 의미보다는 어떤 분위기만이 감도는, 마치 "저물녘의 하늘색에 가까운 몽롱한 푸른색이 묻은 엷은 보라색"의 파스텔화에 가깝게 된다. 이와 같은 맥락에서 한 인물은 "동화를 쓰고 싶다"는 욕망을 토로하기도 하지만, 이뿐만이 아니라 박인홍의 인물들이 쓰고 싶어 하는 어떤 이야기의 내용이란 것도, 굳이 말하면 "청동 꽃병에서 뛰쳐나오는 푸른 표범"의 이야기나 "날아가는 두더지의 노랫소리" 같은 것들이다. 이러한 이야기들의 내용이란 앞서 말한 바와 같은 백일몽의 그것과 별다를 바가 없는 것이지만, 그 백일몽이 현실의 세계로부터 벗어나려는 무의식적 욕망의 발로인 것과 마찬가지로, 박인홍에게 있어 글쓰기라는 것 역시 현실의 의미로부터의 해방을 의도하는 것이라 한다면, 이 같은 백일몽은 그의 내면 세계의 은밀한 무의식적 욕망을 엿볼 수 있게 하는 암시인 것과 동시에 그의 글쓰기의 방법적 원리를 이루기도 하는 것이다. 백일몽의 언어야말로 가장 유희적인 언어가 아니겠는가. 이렇게 볼 때 박인홍에게 있어 고아 의식이 태어나면서부터 지워진 운명적 의미의 굴레라면, 그에게 글쓰기란 이 굴레로부터 벗어남을 꿈꾸기 위한, 자유를 향한 발버둥으로서의 삶에 있어 "살아야 하는 병"으로 지워진 업보나 다름없는 것이리라. 그러므로 그의 한 인물이, 자기는 지금 이 사회에서 "젊은 남녀의 사랑이 어떤 의미가 있으며, 또 가능한가 하는 것을 '단편소설'이라는 양식을 통해서 묻기 위해 지금 이 글을 쓰고 있다"고 말할 때, 이 진술의 내용은 비단 그 인물만의 문제가 아니라 작가 박인홍이 대결하고 있는 문제이기도 한 것이다.

그것은 이러한 진술에 박인홍이 추구하고자 하는 거의 모든 문제, 즉 사랑의 문제, 의미의 문제, 가능성의 문제, 소설이라는 양식의 문제, 글쓰기의 문제, 등이 망라되어 있는 것처럼 보이기 때문이다. 박인홍은 쓰고 있고, 또 쓸 것이지만, 이러한 문제들을 남김없이 모두, 동시적으로, 더욱 철저하고 처절하게 밀고 나갈 때, 그때 이 모든 문제들은 서로 조화하고 용해되어 박인홍의 소설은 마치 둔주곡과도 같은 더욱 깊은 울림을 지닐 수 있게 될 것이다.

허구를 해체하는 허구 | 복도훈(2009)

미래의 책

박인홍은 〈파리들은 쉬지 않는다〉(1983)라는 작품을 시작으로 이른바 형태 파괴적이며 전위적인 소설세계를 선보인 것으로 문학사에서 평가받고 있는 독특한 작가이다. 이른바 민중의 시대이자 해체의 시대였던 80년대 중후반에 출현한 박인홍의 소설은 이인성, 최수철의 해체적 소설작업, 그리고 황지우, 최승자, 김혜순, 박남철의 시 등 전위적인 시형식과 종종 나란히 평가되기도 하고 또 박인홍의 소설이 이들의 시를 친화적으로 인용하기도 한다. 그렇지만 앞서 언급한 작가들이 여전히 그들의 소설적, 시적 세계와 문법을 어떤 형태로든 간헐적이거나 지속적으로 선보이는 데 비해, 박인홍은 단편집 《명왕성은 눈물을 흘리지 않는다》(1994) 그리고 이후에 영화산문집 《섹스, 깨어진 영상, 그리고 진정성》(1999)을 냈을 뿐, 별다른 소설적 작업을 더 이상 보여주지 않았다. 그의 글쓰기는 십여 년 전부터 멈춰 있다. 그럼 박인홍은 단지 묻힌, 과거의 작가인가?

그런데 출간된 지 20여 년 가까이 흐른 시점에서 다시 읽게 되는 박인홍의 소설집 《벽 앞의 어둠》은 여전히 신선하며 충격적이고, 또 매력적이다. 텍스트에서 끓어오르는 저 어쩔 수 없는 혼돈과 과잉의 에너지가 여전히 그 젊음을 잃지 않고 발산한다고나 할까. 박인홍의 소설들은 80년대 중후반의 문학사적 맥락에서는 다소간 예외적이고 특별한 위치를 차지했지만, 다양한 서사적 실험들이 만개(滿開)하고 있는 오늘날 한국문학의 한 장(場)을 예고한 듯, 매우 현재적이다. 그 중 한 가지 예를 들자면, 〈의자왕의 표변과 백제의 멸망에 대한 허구적 고찰〉(이하, 〈고찰〉)과 같은 독특한 소설은 공식적인 역사의 비어 있는 페이지를 상상력을 통해 이야기로 복원하고 더 나아가 기록의 역사 그 자체를 하나의 허구적 구성체로 보는 오늘날의 포스트 모던한 역사소설의 관점을 선취하고 있다. 형식적으로 볼 때, 〈고찰〉은 《삼국사기》, 《삼국유사》에서부터 《오이디푸스 왕》에 이르기까지 여러 책의 인용문들로 무질서하게 채워진 한 편의 논문을 연상시키지만, 그렇다고 논문은 아니다. 수많은 인용문들과 책의 출처는 오로지 백제의 마지막 왕이자 해동증자(海東曾子)라 일컬어진 의자왕이 공식적인 역사가 기록하는 대로 과연 황음탐락(荒淫耽樂)과 음주방탕(飮酒放蕩) 때문에 백제를 멸망시키는 결과에 이르게 되었는가라는 의문을 던지고 그것을 해결하는 데로 집중적으로 동원되고 있다. 그리고 공식적인 역사의 기록에서 발언권을 박탈당한 의자왕으로 하여금 소설 안에서 스스로 말하게끔 만든다.

박인홍 소설을 접하는 독자들은 우선 그의 소설에 무질서해 보이는 듯 인용되어 있는 수많은 책들의 구절과 주석 때문에 독서의 몰입에 적잖은 곤란을 느낄 수도 있다. 그러나 그의 책읽기는 문학평론가 김현이 일찌감치 지적한 것처럼, 이질적이고도 무관해 보이는 텍스트들을 놀라울 정도로 병치시켜 거기서 전연 다른 의미를 추출하는 이른바 몽타주에 능수능란하다는 점에서 특별히 주목할 필요가 있다. 박인홍의 거의 모든 소설들이 영화와 책, 신문기사, 뉴스 등 같은 다양하고도 잡종적인 문화적 구성물을 기존의 서사적 양식과 급진적으로 충돌시키면서 서사의 본질에 대해 직간접적으로 의문을 던지고 있다. 박인홍의 책읽기는 글쓰기의 비밀이기도 한 것이다. 더 나아가 박인홍의 소설은 재현의 대상인 현실과 현실에 대한 언어적, 추상적 결과물인 허구가 사람들이 편하게 생각하는 것 이상으로 전혀 다른 것인지, 사람들이 현실로 간주하고 있는 수많은 것들이 얼마만큼이나 허구에 의존하고 있는지, 그리고 거기서 허구란 무엇인가라는 본원적인 물음을 던지고 이에 대해 놀랄 만한 성찰을 이끌어낸다. 주의해야 할 것은 여기서 허구가 다만 언어적 구성물인 서사에만 국한되는 것이 아니라는 점이다. 80년대 후반의 맥락에서 그의 소설쓰기는 리얼리즘 중심의 서사적 관습에 대한 하나의 대당(對當)이자 도전으로 읽히기도 했지만, 지금 시점에서 볼 때, 박인홍의 소설쓰기에 내재해 있는 허구란 무엇인가라는 물음은 매우 깊이 있고도 폭넓다 하지 않을 수 없다. 박인홍의 소설이 사유하고 실험하는 허구는 하나의 사회적 구성체를 이루는 법, 언어, 역사, 세계관, 시대정신과 같은 것을 총망라하면서 동시에 그 세계에 참여하고 있는 '나'와 같은 주체의 동일성마저 문법적 구성물로 간주하는 데에 이른다. 일찍이 이러한 도저한 부정과 해체의 작업을 했던 작가가 박인홍 말고 또 누구이던가. 그의 소설은 과거에 씌어졌지만, 아직 제대로 읽힌바 그리 없다. 보르헤스는 〈카프카의 선구자들〉이라는 글에서 모든 창조적 글쓰기는 과거의 선구자를 재창조한다고 말한 적이 있다. 현재의 책은 과거의 책을 수정하여 미래로 던져놓는다. 오늘날의 문학적 관점에서 볼 때, 박인홍의 소설은 새롭게 창조된 과거의 선구자, 미래의 책과도 같다.

주어 : 신치와 오이디푸스

무엇보다도 박인홍의 소설이 소설이자 반(反)소설로 매력적인 이유는 그것이 철저히 글 쓰는 '나'라는 주어의 외로운 고행의 기록이라는 데에 있지 않을까 싶다. 《벽 앞의 어둠》에 실린 모든 소설들은 작가 후기인 〈약력, 에 대신해서〉의 한 구절을 빌면, 오로지 '나는 누구인가?'라는 질문에 대한 고투(苦鬪)의 답변, 답변의 고투이다. 소설집에 등장하는 각각의 '나'는 모두 '나는 누구인가?'라는 질문을 던지는 '나'의 분신들이며, 각각의 소설들은 서로 무관해 보이더라도 모두 '나'의 이야기들이다. 박인홍의 소설을 잘 읽어보면, 작가가 소설에 인용하는 수많은 인용문들과 텍스트들 중 글 쓰는 주체를 표상하는 상징이 적지 않게 출현함을 발견할 수 있다. 그 중에서 〈向〉에 등장하는 신치(神槐)라는 신화적 형상은 특히 인상적이다. 고대중국의 신화·지리서인 《산해경》에 나오는 '신치'는 "사람의 얼굴에 짐승의 몸으로 외팔과 외다리이며 소리는 마치 신음하는 듯"한 존재로, 글 쓰는 '나'의 해석에 따르면, "사람이기 이전에 짐승이며, 그나마도 온전한 사람이 못되는 반쪽자리 사람"이다. 게다가 반인반수의 신치는 "현재의 자신의 모습을 묘사한 것"이기도 하다. 따라서 오로지 글을 쓸 때만 그 존재감을 확인받는 '나'에게 모든 글이 "신음의 기록"이라는 진실은 당연하다(144쪽). 그런데 신치와 유사한 또다른 형상이 《벽 앞의 어둠》에 등장한다. 오이디푸스가 바로 그 형상이다.

앞서 언급한 〈고찰〉에서 예언으로 몰락한 의자왕과 마찬가지로 예언으로 두 눈을 잃게 된 오이디푸스와의 유비가 잠깐 나오기도 하고, 또 〈南無〉에는 "아침에는 네 발로, 낮에는 두 발로, 저녁에는 세 발로 걷는 동물이 무엇이냐"라는 질문이 인용되기도 한다(254쪽). 스핑크스가 오이디푸스에게 물었고 오이디푸스가 대답한 이 질문에 대한 일반적인 답은 잘 알다시피 '인간'이다. 그러나 《오이디푸스왕》과 《콜로노스의 오이디푸스》를 읽고나면, 스핑크스의 질문에 대한 답은 인간이면서 동시에 오이디푸스라는 것도 유추 가능하다. 그는 자신도 모르는 채로 아버지 라이오스를 죽이고 어머니 이오카스테와 동침해서 두 아들과 두 딸을 낳았다. 두 아들과 두 딸은 곧 아버지 오이디푸스의 자식이자 동시에 그의 형제자매가 되며, 또 오이디푸스가 라이오스의 자리를 차지했으니, 오이디푸스는 두 아들딸들에게는 할아버지가 되기도 한다. 이렇게 세 세대(네 발=과거, 두 발=현재, 세 발=미래)의 혈통을 뒤섞은 오이디푸스를 과연 인간이라고 부를 수 있을까. 그는 테베의 왕인가 국가를 도탄에 빠뜨린 범죄자인가, 인간인가 짐승인가. 스핑크스가 오이디푸스에게 물었던 애초의 질문에 대한 진짜 대답은 '오이디푸스, 바로 너 자신'이었던 것이다. 반인반수인 스핑크스와 마찬가지로 '사람이기 이전에 짐승이며, 그나마도 온전한 사람이 못되는 반쪽자리 사람'이라는 신치에 대한 정의는 오이디푸스에게도 똑같이 해당된다. 이러한 추론이 박인홍의 소설의 자장을 벗어나지만은 않는 이유는 〈向〉의 주인공 '나'가 거리를 방황하면서 만난 아이와 사내, 그리고 노인의 형상이 모두 '나'의 과거(네 발), 현재(두 발), 미래(세 발)를 떠올리도록 만들기 때문이다. 이런 점에서 《산해경》의 '신치'와 《오이디푸스왕》의 '오이디푸스'가 《벽 앞의 어둠》에서 각각 글 쓰는 '나'의 자화상과 그런 '나'의 무의식을 대변하는 신화적 형상 또는 상징이라고 말하는 것은 전혀 무리가 아니다.

　오이디푸스의 후손으로 《벽 앞의 어둠》의 작가가 물려받은 귀중한 유산이 여럿 있다. 첫째, 오이디푸스와 마찬가지로 박인홍 소설의 주인공들은 필연적이라고 믿었던 자신의 삶이 철저히 우연적임을 자각한다. 오이디푸스의 불가사의한 운명을 두고 '차라리 태어나지 말았더라면 좋았을 것'이라는 코러스의 말은 박인홍 소설의 주인공들에게도 해당된다. 오이디푸스와 약간 다른 점이 있다면, 박인홍 소설의 주인공에게는 이렇다 할 특징적인 가족관계가 거의 없으며, 또 부정해야 하는 아버지 대신에 거리의 아무데서나 똥을 싸 사람들에게 비웃음 당하고 굴욕당한 "늙은 거지"(〈南無〉, 266쪽)인 아버지가 있을 뿐이다. 심지어 박인홍의 주인공은 "어떤 여자의 가슴을 빨아 희멀건 액체를 마신 기억이, 나에게는 없다"고 말하기도 한다. 권오룡이 《벽 앞의 어둠》의 해설에서 일찌감치 지적했듯이, 그의 태생적인 실존적 '고아 의식'은 그렇게 생겨난다(권오룡, 〈고아 의식의 변용과 글쓰기〉). 둘째, 근친상간과 부친살해라는 끔찍한 사실과 마주하여 두 눈을 찌른 오이디푸스에게는 비로소 보이지 않았던 삶의 이면과 진실이 보이기 시작한다. 눈 멂이 오히려 통찰을 가져다준다는 점, 박인홍 소설의 주인공들은 그 자신을 포함하여 이 세계를 이루는 원리는 매우 의심스러운 것이다. 그것은 〈크나큰 不安의 部分的인 音響〉이라는 소설에서 거울 속을 보는 '나'의 응시와 테이프에 녹음된 '나'의 목소리가 내 것이 아닐지도 모른다는 회의를 통해 자신의 동일성마저 의심하도록 이끌며, 때로는 극단적인 자기소멸의 제스처로 이 모든 것을 부정해버리려 한다. 셋째, 오이디푸스는 예언(말)을 피했지만, 피한 바로 그 방식으로 예언(말)은 실현되었다. 오이디푸스의 비극은 예언(말)의 비극인바, '나'와 세계를 구성하는 원리는 바로 말이다. 그것은 실체이면서 허구이며 허구이면서 실체이다. 말은 재현하는 대상의 현전성에 비해 결여에 가깝지만, 어떤 경우에는 법처럼 실제보다도 더 위력을 발휘하는 과잉이기도 하다. 주체와 세계는 말로 이루어져 있고 그것의 정체를 벗기려면 불가피하게 말=글쓰기에 의존할 수밖에 없다. 끔찍한 진실을 알게 된 오이디푸스의 말은 오염된, 저주받은 말일 수밖에 없다. 그러나 오이디푸스는 말을 통해 자신을 우연적인 존재로 만든 저 예언(말)과 또다시 대결해야 한다. 글쓰기는 신음의 기록이자 또한 오이디푸스의 말처럼, 저주받은 자의 것이다. 그러니 살아 있는 한 글쓰기는 끊임없이 계속될 수밖에 없으며, 따라서 그 글쓰기는 저주받은 '나'의 유일한 존재방식이자 계속하라는 명령일 터. 이점에 대해서 하나하나씩 살펴보도록 하자.

술어 : 쓰다, 가다, 존재하다

《벽 앞의 어둠》에 실린 단편들 중 〈向〉은 단연코 박인홍의 소설쓰기의 정점(頂點)을 보여주며, 또한 작가의 다른 소설들의 구조를 푸는 열쇠와 같은 소설이다. 이 소설은

1) "어디서부터 기록을 시작해야 할까?"라는 첫 질문을 시작으로 글을 쓰는 '나'
2) 이곳저곳을 배회하면서 독백과 회상, 관찰을 하는 '나'
3) '나'의 분신으로, '나'가 "망원 렌즈를 사용해서 찍은 흑백 사진" (154쪽)에 담긴 '남자'

의 행적에 관한 서술자 '나'의 관찰과 기록으로 이루어져 있다. 〈向〉은 1)의 서사가 2)와 3)의 서사를 포괄하고 있으며, 2)의 서사가 다시 3)의 서사를 감싸는 구조로 이루어져 있다. 얼핏 보기에 이 소설은 [글 쓰는 '나' [배회하는 '나' (남자)]]의 격자구조로 이루어져 있는 듯하다. 그러나 〈向〉은 이러한 격자구조를 무시하고 세 개의 서사를 평면적으로 배치한다. 그리고 소설의 마지막 장면은 각각의 서사를 몽타주한다. 소설의 마지막 장면에서 서재에 들어선 '나'는 "한 남자가 책상

앞에 앉아서 나의 기록을 읽고" 있는 것을 본다. 남자는 총으로 '나'를 쏜다. 그러나 남자는 바로 '나'였다. "그것은 자살이었다"(184쪽)는 소설의 마지막 문장이 그 단서다. 남자가 '나'를 쏘면서 '나'는 '나'를 쏘았던 것이며, 이 문장을 끝으로 지금까지의 '나'의 모든 글쓰기도 종결되고 만다.

〈向〉은 박인홍 소설의 모든 주인공인 '나'의 세 가지 실존방식을 암시하는 소설이다. 박인홍의 '나'는 앞서 언급한 것을 요약하면, 1) 글을 쓰는 나 2) 배회하는 나 그리고 3) 존재하는 나(흑백 사진의 피사체인 남자)라는 셋으로 분리되었다가 합치된다. 셋은 모두 같은 존재다. '나'의 글쓰기 속에서 '나'는 배회하면서 과거의 '나', 현재의 '나', 미래의 '나'를 각각 만난다. '나'는 마치 세 세대의 혈통을 뒤섞은 오이디푸스처럼 과거(종합병원에서 만난 아이), 현재(카페에서 만난 사내), 미래(골목에서 만난 거지노인)라는 세 겹으로 구성되어 있는 존재다. 다시 말해 박인홍 소설의 주인공 '나'는 '쓰다', '가다', '존재하다'라는 세 동사이자 술어의 주어라고 할 수 있다. 그리고 주인공에게 존재하는 모든 것은 그 자신을 포함하여 의심의 대상이 되며, 어디론가 가는 행위는 그 의심의 직접적·행동적 실천이며, 쓰는 것은 이 모든 것의 반성적 종합이라고 부를 만하다. 그렇다면 의심하고 실천하고 종합하는 '나'의 방법론, 그 도구는 무엇인가. 모든 것을 부정하고 의심하는 시선, 얼어붙은 대상과 존재를 파괴하려는 총, 그리고 이 모든 것을 기록하는 펜이 그것이다.

〈크나큰 不安의 部分的인 音響〉(이하, 〈音響〉)과 같은 소설에는 박인홍 소설의 주인공이 사물과 대상을 보는 특유의 방법이 제시되어 있다. 이 소설 역시, '그'의 행동, 그리고 '그'이기도 한 '나'의 독백으로 나눠진다. 소설은 이런 이야기다. '나' / '그'는 '너'에게 전화를 걸기 위해 공중전화기가 설치된 약국으로 가 전화를 했고 '너'는 전화를 받았음에도 불구하고 그런 사람은 없다고 말한다. '나' / '그'

가 느낀 절망감은 '너'의 부재에서 '나'의 부재로 이어지며, 이제는 '너'와 함께 했던 '나'의 모든 기억마저도 의심과 혼란의 도가니로 빠진다. "나라는 기호"는 결국 "허구"가 된다(29쪽). 어떻게 이런 생각이 가능했을까. 소설의 첫머리에서 전화를 걸기 위해 간 약국에서 약사를 보는 독특한 '그'의 시선이 그 단초다. 약 사는 전화를 걸러 온 '그'를 곁눈으로 쳐다보고 텔레비전으로 시선을 돌리는데, '그'는 약사의 곁눈을 자신의 "왼쪽 눈과 왼쪽 귀 사이의 눈"(15쪽)으로 보며, 다 시 동전을 넣고 전화를 걸기 전에 약사가 보는 텔레비전 화면을 "오른쪽 귀와 오 른쪽 눈 사이의 눈"(같은 쪽)으로 본다. 상식적으로 '왼쪽(오른쪽) 눈과 왼쪽(오 른쪽) 귀 사이의 눈'이란 신체 어디에도 붙어 있지 않다. 그럼에도 불구하고 '그' 는 존재하지 않는, 저주받은 오이디푸스처럼 눈먼 눈으로 세계를 본다. 그럼 '왼 쪽(오른쪽) 눈과 왼쪽(오른쪽) 귀 사이의 눈'의 진짜 정체는 무엇일까. 이어지는 '나'의 독백에서 이 점은 보다 뚜렷해진다.

전화를 받은 '너'는 분명 목소리의 주인인데도 '너'는 없다고 말했으며, 그리 하여 '나'는 "테이프에 담았다가 꺼낸 내 목소리"가 과연 '나'의 것인지조차 의심 한다. 마찬가지로 이제 "거울에 그려지는 내 얼굴도 나는 믿지 못"할 수밖에 없다 (26쪽). 다시 말해, '나'의 목소리와 시선, '나'의 동일성을 구성한다고 믿었던 목 소리와 시선은 이제 더 이상 '나'의 것이 아닌 죽은 목소리와 시선이며, 여전히 목소리와 시선이 자신의 소유물이라고 믿는 '나'는 또한 죽은 '나'일 수밖에 없 다. 따라서 〈그날 나는 하늘을 보았다〉(이하, 〈하늘〉)에서 "하지만 내가, 왜 이럴 까? 하며 몸을 일으키려 했을 때 나는 이미 죽어 있었던 것이다"라는 "어처구니 없는" 문장이 태어나는 것도 그 때문이다(35쪽). 그렇다면 박인홍 소설의 맥락에 서 죽은 '나'를 관찰하는 불가사의한 눈은 〈音響〉의 존재하지 않는 눈, '왼쪽(오른 쪽) 눈과 왼쪽(오른쪽) 귀 사이의 눈'으로 추리해볼 수 있지 않을까. 결국 이 눈은

〈하늘〉에서 "수정체가 있던 곳에 카메라의 렌즈"(40쪽)가 끼워진 카메라의 눈 camera eye과 흡사하며, 나아가《벽 앞의 어둠》의 단 한 명의 주인공 '나'가 세계를 해체하는 의심스러운 시선 그 자체이기도 하다. 이 카메라의 눈이 세계를 파괴하려는 '나'의 무정부주의적 행태인 총 쏘기, 그리고 글을 쓰는 자신마저 지워버리는 과격한 글쓰기로 이어진다는 것을 새삼 부언할 필요는 없을 것이다. 이 모든 과정을 통해 목적어와 주어의 세계는 산산이 해체되며, 결국 글쓰기라는 술어, 자동사만 남게 된다.

목적어 : 법, 역사

박인홍의 소설이 해체하는 세계는 원인과 결과가 분명한 세계, 정상인을 위해 존재한다고 말하는 법, 변증법적이든 순환적이든 목적과 끝end이 존재한다는 역사적 담론, 즉 그 나름의 존재 이유가 있다고 생각하는 목적어들의 세계이다.《벽 앞의 어둠》여기저기에 널려 있는 말을 빌리면, 법은 지배자들이 제정하고 지배자들의 이익을 위해 사용되는 것이며, 역사는 원인과 결과라는 연속성 속에서 삶의 비논리성과 우연성을 제거하여 인간을 한낱 꼭두각시로 만드는 것이다. 종교나 혁명과 같은 것들도 보다 나은 내일을 위해 오늘의 희생을 요구하는 "억압과 착취를 위한 거짓"(〈向〉, 137쪽) 담론에 불과하다. 작가는 단지 이를 비판하는 것에 머무르지 않고, 그러한 법과 역사 등이 언어로 구축되는 허구적 과정을 면밀히 추적하는 방식으로 해체한다.

신성한 법정에 재판장과 피고인, 검사와 변호사, 서기, 그리고 청중들이 앉아 있거나 서 있다. 재판이 한창 진행되는 법정에 파리 한두 마리가 날아들기 시작하고 법정에 있는 모든 사람들은 법의 판결과 변론 대신에 법정에 잡음을 내는 파리에 온 신경을 집중하게 된다. 파리들은 점점 더 증가하고 재판장과 피고인, 검사와 변호사 등은 피고인에 대한 선고와 변론 대신 파리를 잡을 것인가 말 것인가를 가지고 알아들을 수 없는 신경전을 벌인다. 어느새 법정은 혼란의 도가니에 빠지고 결국 재판장은 무너지고 만다. 재판장과 피고인이라는 소설 초반의 비대칭적 위계관계는 소설 말미에서 완전히 역전된다. 피고인과 재판장, 검사와 변호사의 대화가 도무지 수수께끼같이 느껴지기만 하는 이 난해한 출세작인 〈파리들은 쉬지 않는다〉(이하, 〈파리들〉)의 주제는 결국 '법은 허구'라는 명제로 요약될 수 있다. 법이란 무엇인가. 소설에서 피고인을 기소하는 검사의 말을 빌면, '법이란 사회 질서를 유지하기 위해 곧, 정상적인 사회인들을 보호하기 위해 만들어진 것"(199쪽)이다. 이 말은 법정에 불려나온 '피고인의 비정상적인 사고 체계'를 들어 그를 변호하려는 변호사의 의도를 반박한다. 다시 말해 법을 이용하여 변호사는 피고인을 변호하고 검사는 피고인을 기소하려는 것이다. 그들은 서로 다른 일을 하되 같은 규칙을 무언의 전제로 받아들이는 자들이다.

피고인에게는 그러나 재판장의 얼굴이 창백해졌어도 그것으로 인한 감정의 변화가 없었지만, 검사와 변호사에게는 재판장의 안색의 변화가 중대한 일이 아닐 수 없었다. 검사와 변호사에게는 재판장이 누구보다도 중요한 사람이었으므로. 검사는 변호사에게, 변호사는 검사에게 무슨 수를 써서라도 이겨야만 했으며, 검사와 변호사의 승부를 결정지어주는 사람은 다름 아닌 재판장이었으므로. (〈파리들〉, 187쪽)

인용문에서 '승부'라는 말을 '게임의 승부'로 바꾸어도 무방할 것이다. 검사와 변호사의 공방, 재판장의 판결은 공(共) 의존적이다. 검사는 변호사에게, 변호사는 검사에게 이기면 되며, 재판장은 승부를 결정지어주면 그만이다. 그들은 법이라는 공통의 규칙을 공유하고 있다는 점에서 생각만큼 다른 존재들이 아니다. 피고인이 자신을 변호해줄 변호사를 검사보다 더욱 가깝고 친밀한 존재라고 믿는 것은 어디까지나 법의 규칙과 변론이라는 법의 게임을 전제하고 승인한 아래에서다. 결국 변호사와 검사, 재판장의 게임은 법이라는 추상을 현실에서 효력 있는 것으로 만든다. 피고인이 비정상인으로 면죄판결을 받든, 정상인으로 형량을 부여받든 간에 그것은 전혀 중요하지 않다. 재판장과 검사, 변호사 그들은 법이라는 공통의 규칙을 공유하는 자들이며, 파리 떼의 등장은 기소와 변호, 판결과 같은 상이한 법의 내용이 모두 법이라는 형식, 또는 허구를 유지하기 위한 것임을 폭로하는 이질적인, 오염된 기표 또는 사물이다. 〈파리들〉에서 법의 정체는 결국 같은 규칙을 공유한다는 점에서 비트겐슈타인이 가족유사성, 또는 언어게임이라고 부른 것과 매우 비슷하다. "법을 제정하는 것은 강자들이다. 집행도 강자들이 한다. 따라서 법과 그 집행자들은 항상 약자에게 강하기 마련이다"(〈向〉, 110쪽)라는 진술이 타당하게 들리는 이유도 그 때문이다. 박인홍의 글쓰기는 이처럼 그 출발점에서 피고의 위치로부터, 언어 게임의 외부에 있는 이방인의 위치로부터 시작된다.

말로 이루어진 것들은 법처럼 허구일 가능성이 농후하다. 그렇지만 그것은 허구이더라도 현실에 위력적인 효력을 끼치는 허구다. 허구와 현실이 별도로 있는 것이 아니라, 현실이 허구처럼 구조화되어 있는 것이다. 박인홍의 소설에서 취급하는 현실은 법정의 언어게임처럼 철저하게 언어를 매개로 한 현실이다. 작가는 법이나 국가처럼 "추상적인 그것이 사람을 비롯한 구체적인 사물들을 해치거나 파괴하는 경우를 보라!"(〈고찰〉, 218쪽)라고 놀라기도 하며, 이 놀람은 언어로 이루어진 모든 것들을 의심하는 데로 이어진다. 제러미 벤담과 같은 철학자가 일찌 감치 관찰했듯이, 언어는 그 본성상 허구를 만드는 성질이 강하다. 예를 들어 '물이 흐른다'를 '물의 흐름'으로 바꿔보기만 해도 사태는 명확해진다. 얼핏 보면 전자가 구체적이고 후자가 추상적으로 보이지만, 이 모두 언어를 매개로 했다는 점에서 구체와 추상의 분별은 더 이상 무의미해진다. 이러한 실험은 현실에 대한 재현이나 반영의 수위를 묻는 리얼리즘적 질문의 쓸데없는 효력을 중지시키는 대신에 허구적인 만큼이나 현실에 효력을 발휘하는 언어의 속성에 대한 드문 성찰의 길을 열어놓는다. 언어로 이루어진 것들 중에 방금 인용한 〈고찰〉과 같은 소설에서처럼, 역사 역시 허구적 구성물일 가능성도 농후하다. 박인홍에 따르면 "역사가 변증법적으로 퇴보한다든가 단계적으로 순환한다든가 하는 따위"는 "잡설들"에 불과하다(208쪽). 사람들이 역사history라고 생각하거나 믿는 것은, 진보적이든 반동적이든 순환적이든 간에, 그것을 기획하고 기록하는 사관들의 욕망이자 그 욕망에 따라 말과 플롯을 구축한 결과로 한낱 이야기story일 뿐이다. 백제의 의자왕 이야기는 일연의 《삼국유사》에서 "태종(太宗) 춘추공(春秋公) 항목의 한 대목으로"(206쪽) 기록되어 전해질 뿐이며, 백제 멸망의 원인은 의자왕이 주색에 빠져 정사가 문란해진 결과라고 하는 일연의 한 줄짜리 사후적 기록이 전부이다. 역사라고 하는 것은 이처럼 원인과 결과가 너무나도 명백한 어떤 것이다. 그러나 소설은 의심한다. 정말 그럴까. 인간세상에서 벌어지는 일들이 그렇듯 원인과 결과가 그처럼 명확한 것일까. 그것은 혹시 언어의 사후적, 가상적 효과에 불과한 것은 아닐까. 소설가 박인홍이 말하는 "그럴듯한 썰[說]"(207쪽)은, 소설＝허구의 본질인 '만일 ～이라면'이라는 가정법적 가설(假設/假說)로 원인과 결과를, 역사의 허구를 뒤집어보는 것이다. 이른바, 하나의 허구(소설)로 다른 허구(역사)를 뒤집기.

《삼국유사》에 따르면 결국 백제 멸망의 원인은 의자왕의 실정(失政)과 황음탐락 등의 행위 일체로 귀속되고 만다. 이러한 역사 기술은 행위자와 결과물, 또는 원인과 결과라는 목적론의 도식에 의해 지배된다. 그 반대편에 《삼국사기》가 있다. 《삼국사기》에는 백제가 멸망당하리라는 예언이 있었고, 그 예언이 실현되었다는 기록이 있다. 그러나 《삼국사기》의 역사 서술방식 또한 《삼국유사》만큼이나 문제가 있다. 거기에서 의자왕은 백제 멸망이라는 예언의 각본을 실현한 꼭두각시이자 운명의 노리갯감에 불과하다. 《삼국유사》가 역사를 만들어나가는 행위주체를 과도하게 부각시켰다면, 《삼국사기》는 역사를 만들어가는 행위주체를 완벽히 소거시켰던 것이다. 작가가 파고드는 틈새는 바로 《삼국유사》와 《삼국사기》의 중간쯤이며, 거기에는 예언(=말)의 무게가 놓여 있다.

오이디푸스 왕과의 극적인 유비를 통해 소설은 의자왕을 사로잡았던 예언 그 자체의 양가성ambiguity과 그에 대한 의자왕의 행위에 주목하고 있다. 의자 앞에 나타난 춘추는 백제가 멸망할 거라는 예언을 남기고 사라지며, 고을에는 핏빛 말이 나타나 밤낮으로 절 주위를 돌아다녔다는 등 불길한 징조들이 수없이 나타난다. 소문은 꼬리를 물고 퍼지며 급기야 왕은 백제는 망한다는 말을 남긴 귀신이 사라져버린 땅을 파게 한다. 그런데 땅속에서 나온 거북의 등에는 "백제원월륜 신라여신월(百濟圓月輪 新羅如新月)"이라는 예언이 씌어 있었다. 그 말은 백제는 보름달이고 신라는 초승달이라는 뜻으로, 백제가 곧 이지러지는 보름달이며 신라는 곧 차게 될 초승달로 해석될 수도 있으며, 또 보름달은 꽉 차 있고 초승달은 미약한 것이니 백제가 강성해지고 신라는 약해진다는 뜻으로 풀이될 수도 있다(213쪽). 이것은 마치 '네 아비를 죽이고 네 어미와 동침할 것이다'라는 델포이의 신탁이 오이디푸스의 양부모를 향한 것인지, 친부모를 향한 것인지가 결정 불가능한 상태와 흡사하다. 소설은 불길한 예언의 돌이킬 수 없는 '운명'이 백성들에게 미칠 해악을 생각해서 혼자 그 고뇌를 담당하고 그런 과정에서 음주방탕에 빠지고 삼천궁녀를 만든 의자왕의——이렇게 말해도 좋다면—— '자유'를 부각시키고 있다. 그리고 의자왕이 그러한 선택을 할 수 밖에 없었던 이유를 의자왕 자신의 입을 빌려 직접 이야기하도록 만든다. 물론 소설의 끝에서 서술자는 황음탐락에 빠지기 일 년 전에 궁을 수리해서 사치스럽게 치장했다는 객관적인 역사적 사실을 일부러 빠뜨렸다는 것을 시인함으로써 지금까지의 허구적 고찰을 또다시 지워버리려 한다. 그럼에도 예언의 필연성이 실현되었지만 그 과정에서 벌어진 의자왕의 선택을 최대한 상상하는 행위, 완료된 역사의 틈새에 상상으로 흠집 내기, 필연성을 우연성에 맞닥뜨리게 만드는 '그럴듯한 썰', 그것이 박인홍이 생각하는 소설fiction인 것만큼은 분명하다.

"나는 죽었다"

법이나 역사를 실체로 믿고 있는 사람들에게 그것들이 말에서 비롯되는 허구임을 의심하는 '나'는 누구일까. 그런 인간존재, 또는 '나'라는 동일성 또한 과연 자명한 것일까. 의심에 관한 한 제 일인자임을 자처하는 데카르트는《성찰》에서 저기 길을 가고 있는 사람이 어쩌면 겉만 모자와 옷을 쓰고 그 내부는 '자동기계' automaton일지도 모른다고 말한 적이 있다. 우주를 산산조각 낸 코기토이지만, 그런 데카르트마저도 '사유하는 나'의 확실성만큼은 신이 보증해준다고 하여 결국 신 앞에 고개를 숙이고 말았다. 박인홍은 이 점에서 데카르트보다 더 나아간다. 〈向〉은 "'사람다운 삶'이라는 허구적 명제"에 대해 의심한다(113쪽). '나'는 심지어 마네킹과 차이가 나지 않는 인간존재마저도 의심의 대상으로 삼는다.

낯설다는 느낌은 그 많은 사람들보다 진열장 안의 마네킹에서 먼저 왔다. (중략) 그럼에도 진열장 앞을 지나가며 슬쩍 곁눈으로 본 옷들이 낯설었음은 웬일이었을까? 그리고 그것은 방심에 가까운 상태로 걷고 있던 나에게 느닷없이 닥쳐온 느낌이었기 때문에 거의 불안에 이를 지경이었다. 게다가 낯설다는 느낌은 그것으로 끝나지 않았다. 내 주위의 모든 사물들이 낯설어진 것이었다. 주위의 많은 사물들 가운데에서도 특히 낯설다는 느낌을 강하게 준 것은 물론 옷을 걸친 사람들이었다. 사람이라고 불리우는, 스스로 움직이는, 딱딱하지는 않은 살로 싸인 물체들을 나는 처음 보는 것 같았다. 무수한 얼굴들──구멍이 뻥뻥 뚫린, 일그러지고, 튀어나오고 한 부정형의 입체들. 그것들은 저마다 다른 이름으로 불리울 터였지만, 그것들 가운데에는 내가 이름을 부를 수 있는 형태가 하나도 없었다. 그렇다 하더라도 날마다 낯선 얼굴들 사이에 꿈틀거려 온 내가 갑자기 낯섦을 느낀 것은……? (〈向〉, 124~125쪽)

인용문을 통해 알 수 있는 것처럼 사람이라는 존재는 '스스로 움직이는, 딱딱하지는 않은 살로 싸인 물체들'에 불과하다. 다시 말해 인간존재는, 마치 T. S. 엘리엇의 시에서처럼, 그 안에 정신과 욕망 대신 지푸라기들로 가득 채워진 공허한 존재인 '마네킹'에 지나지 않는다. 여기까지는 데카르트도 박인홍도 그다지 다를 바 없다. 그러나 박인홍 소설의 주인공은 의심하는 자신의 존재를 최후로 보증할 만한 신과 같은 그 어떠한 타자도 없다는 점에서 데카르트의 코기토와 다르다. 자신을 우연찮게 태어나게 한 이 우주의 질서는 "철저히 비논리적인"(〈그날 나는 하늘을 보았다〉, 44쪽. 이하 〈하늘〉) 것이며, 그것은 마치 모든 열정과 에너지가 소거된 폐허와도 같다. 평론가 남진우가 말한 것처럼, 박인홍의 소설에서 세계는

"모든 움직임이 냉각상태에 이른, 엔트로피의 극점"〔남진우, 〈죽음의 세계에서 사랑의 화단 가꾸기〉,《세계의 문학》(1989년 겨울호), 333쪽〕에 다다른 어떤 것이다. 아래의 문장들을 인용하면서 남진우가 상상한 것처럼, 세계는 마치 핵폭탄의 낙진이 '하얀 재가 되어 흩뿌려진' 폐허의 '설경(雪景)'과 흡사하다.

> 하여 모든 것이 하얀 재가 되어 흩뿌려진 위에 차디찬 달빛이 내려앉는 것이었다. 그래서 그가 본 것은 구름 한 점 없는 밤하늘에 떠 있는 달, 그리고 온통 희고 검은, 그러나 어디선가로부터 스며든 희미한 푸른빛으로 뒤덮인 흑과 백의 세계──복수 행위에서 흘러나온 한 방울의 피가 한 송이의 붉은 꽃도 피우지 못하는, 차디차고, 더럽고, 낡은, 그리고 지겹기만 한 죽음의 세계였다. (〈雪景〉, 101쪽)

삶은 철저하게 우연적이지만, 세계는 얼어붙은 부동(不動) 상태로 주체로서는 어찌해볼 수 없을 만큼 필연적인 형태로 존재한다. 게다가 삶이라는 것은 죽으려 해도 죽을 수가 없는, 영원히 "살아야 한다는 병"(〈向〉, 128쪽)과도 같다. 그럼 어찌하면 좋을까. 자살하거나, 대상을 파괴하거나 둘 중의 하나다. 그러나 전자를 택하면, 글쓰기는 더 이상 존재하지 않을 것이다. 박인홍 소설에서 등장하는 파괴의 수단인 총에 주인공들이 그토록 형언할 수 없는 매력을 느끼는 이유도, 그의 주인공들이 종종 무정부주의적 테러리스트처럼 보이는 이유도 그 때문일 것이다 (〈南無〉에서 공자를 논박하는 장자의 텍스트와 신채호의 〈조선혁명선언〉의 인용문들은 그 단적인 사례다). 그러나 총은 세계를 파괴하기보다도 자기 자신을 파괴하기에 유리한 수단에 불과하다. 왜냐하면 박인홍 소설의 주인공들은 자기 자신을 파괴하더라도 세계는 여전히 요지부동의 형태로 그대로 남아 있을 수밖에 없다는 것을 너무도 잘 알기에. 총 쏘기는 결국 그 자신을 파괴하는 자살적 제스처로 귀결될 수밖에 없으며, 세계를 고스란히 그대로 남겨두어야 하기에 주체에게 그것은 비겁한 일일 수밖에 없다. 총 쏘기는 고작해야 주체와 가까운 타자를 파괴하는 일에 복무할 뿐이다. 그리하여 총 쏘기는 대개 상상과 실현 불가능한 욕망의 형태로 주어지고 말며, 글쓰기라는 선택지만 유일하게 남아 있다. 글쓰기 속에서 '나'는 얼마든지 죽을 수 있기에. 그것은 점점 더 과격해진다. 따라서 트럭에 치어 뒤통수가 깨지고 얼굴이 뭉개진 채 질질 끌려 다니는 '나'의 시체를 '나'가 보는 불가사의한 장면을 그린 소설 〈雪景〉에서 '나'가 이렇게 말하는 것도 당연하다. "나는 죽었다."(96쪽) '나는 죽었다'라는 이 문장은 오로지 글쓰기에서만 가능한 발화다. 그것은 세계를 의심하는 '나'마저 살과 뼈를 가진 실체가 아니라 언어적 허구이자 문법의 결과로 만들어버리는 극단적 제스처다. 이제 '나'는 존재하지 않는 자가 된다. 박인홍 소설의 '나'는 이제 '나'의 상상 속에만, 어쩌면 타자의 상상 속에서만, 글쓰기 속에만 존재하는 허구일지도 모른다. 그렇다면, 또다시, '벽 앞의 어둠'이라는 소설집 제목의 암담한 이미지가 암시하듯, 박인홍 소설의 주인공들이 할 일이란 그저 "죽음을 향한 권태 속에서 절망을 인식하는 것, 어디를 보아도 권태로부터 빠져나갈 구멍이 보이지 않는데도 헛되이 발버둥치는 것"(〈하늘〉, 51쪽)들 뿐일까. 혹시 이 허무의 몸짓이 "사랑"(같은 쪽)이라고 부르는 것과는 그렇게도 무관한 것인가.

《벽 앞의 어둠》 또는 미완의 토르소

박인홍의 소설에서 독자들이 마지막으로 읽어야 하는 것은 미로와도 같은 세계와 '나'를 잇는 아리아드네의 실타래, '나'와 여자와의 관계, 즉 사랑이다. 두어 편을 제외하고 《벽 앞의 어둠》에 실린 소설들은 남녀 간의 불모의 사랑을 다루고 있는 연애소설이다. 연애소설이되, 사랑의 좌절과 실패의 기록, 라캉이라면 '성 관계는 없다'고 말할 법한 관계의 파탄과 단절을 문제 삼는 연애소설. 지금까지 살펴보았듯이, 전반적으로 《벽 앞의 어둠》에서 뿜어 나오는 저 불모의 에너지는 의심하고 부정하고 파괴하는 타나토스적 충동으로, 이 충동은 에로스를 압도하고 있다. 그 결과, 글쓰기 속에서만 오직 가능한 발화인 '나는 죽었다'는 문장이 태어나기도 했다. 그러나 박인홍에게 사랑은 둘의, 세계의 탄생이 아니라, 소멸의 제스처 쪽으로 자꾸 기우는 듯하다. 〈하늘〉에서처럼 '나'는 "두 개의 몸, 두 개의 영혼이 하나가 되어 하나뿐인 나를 초월하는 진정한 자유, 진정한 삶"(48쪽)을 꿈꾸기도 하지만, 그것은 둘의 함께 있음이 아니라, 자신의 초월에 타자가 동원되고 결국 소멸시키는 것에 불과하다. 아래 소설의 인용문에서 보듯, 작중인물인 '나'는 사랑조차도 이기적이며 기만적인 행위라고 생각하는 쪽으로 더욱 몰두한다.

> 남자와 여자 사이에 있어서 "당신이 없으면 못 삽니다"라고 하는 것은 말을 바꾸면 "내가 살기 위해서 당신이, 당신의 사랑이 필요합니다"라는 것이 아닌가? 버림받고 핍박받는 이들을 사랑하는 사람도 그들을 사랑하지 않으면 자신의 삶이 무의미해지기 때문에, 자신의 존재 이유가 소멸된다고 생각하기 때문에 사랑하는 것이 아닐까? 이타적이라는 말처럼 이기적인 것이 있을까? (〈벽 앞에서의 사랑을 위한 밑그림〉, 297쪽. 이하 〈밑그림〉)

'당신이 없으면 못 삽니다' 라는 말을 '내가 살기 위해 당신이, 당신의 사랑이 필요합니다' 는 말로 바꿔 쓸 수 있다. 그런데 이 말은 '나는 당신을 사랑하기 때문에 당신을 파괴합니다' 라는 말로 들리기도 한다. 왜냐하면 박인홍 소설의 단 한 명의 주인공 '나' 는 그 자신이 존재하지 않기 위해서라면 무엇이든 할 수 있었으니까. 물론 박인홍 소설의 '나' 는 사랑을 쉽사리 포기할 수 없다. "나는 그러나 사랑을 포기하는 대신 하늘을 보았다. 하늘은, 새삼스레, 비어 있었다. 그리고, 어이없게도, 비어 있는 하늘에 그 애의 얼굴이 그려졌다."(〈하늘〉, 51~52쪽) 대단히 아름다운 이 문장에서처럼, 사랑은 텅 빈 세계 대신 타자의 얼굴이 유일무이한 세계로 재등장하는 행위이다. 사랑은 "너희 둘이 하나로 새로운 세계를 빚는 것이다"(〈밑그림〉, 305쪽). 그렇다. 그러나 이 안타까운 소망의 제스처를 뒤로 한 채, 박인홍은 또다시 자기 파괴의 길을 선택한다. 거의 모든 소설들에서 연인이나 여자와의 관계는 강간, 폭력, 살인 등으로 귀착되고 만다. 그것은 이유가 있는 폭력이지만, 그만큼 값을 치러야 하는 폭력이다. 그 자신마저 허구로 간주하는 작중인물 '나' 의 타나토스적 충동은 가장 가까운 타인을 파괴하기에 이른다. 왜 가장 가까운 타인인가? 다시 말해 그 자신이 존재하지 않기 위해서라면 '나' 는 '나' 의 실체를 유일하게 믿고 있는──다른 누가 '나' 를 믿겠는가, '나' 자신조차도 '나' 를 믿지 못하는데 말이다──어떤 대상마저도 파괴해야 하는데, '나' 를 믿는 가장 가까운 타자란 누구인가? 다른 누구도 아닌 연인이 바로 그 타자가 아니던가?

그렇다면 타자의 소멸과 자기 소멸의 동시적 제스처, 이것은 허구를 전복함으로써 허구를 구축하고 또다시 자신이 구축한 허구마저 파괴하려는 박인홍의 처절하고도 철저한 글쓰기가 초래할 수밖에 없었던 일종의 재앙으로 보아야 하는가. 그의 두 번째 소설집 《명왕성은 눈물을 흘리지 않는다》를 읽어보면, 이제 '나' 는 완벽히 지워지고 그 텅 빈 자리에 인용구들의 모자이크로 채워진 고갈의 텍스트만 남겨져 있다는 인상을 지우기 어렵다(〈똥통 속의 넝마주이〉). 글쓰기는 가장 순수한 의미에서 자동사가 된 듯하지만, 거기에는 목적어도, 주어도, 심지어 자동사마저도 사라지고 '박인홍'이라는 저자의 이름만 남겨져 있다(저자의 소멸을 실천하던 소설이 저자의 이름만 덩그러니 남기다니!). 그렇게 볼 때 박인홍의 《벽 앞의 어둠》은 지금, 여기서 다시 읽어야 할, 매우 소중한 소설적 유산이라고 생각하지 않을 수 없다. 박인홍이 던져놓은 수많은 문제들, 즉 글쓰기의 존재론, 언어와 기호, 현실과 허구, 주체와 타자, 가능성과 필연성, 사랑과 폭력 등에 대한 《벽 앞의 어둠》의 매혹적인 탐구는 마치 제각각 따로 서 있는 미완성의 토르소들과 같다. 이 미완의 작업에 대한 작가와 비평가, 그리고 독자의 발굴, 탐구와 실험이 계승되고 지속될 때, 박인홍의 글쓰기는, 보르헤스가 말하듯, 다시 태어나는 과거의 선구자가 될 것이다. 한국문학사에서 좀처럼 그 유래를 찾아볼 수 없었던 과격한 소설쓰기로, 허구적 실험의 시작과 종말을, 그 가능성과 폐허의 밑그림을, 과거와 미래를 한꺼번에 적나라하게 보여주는, 무궁무진(無窮無盡)한 현재의 텍스트로 말이다.

박인홍 소설집

벽 앞의 어둠

초판 1쇄 펴낸날 | 2009년 11월 20일

지은이 | 박인홍
펴낸이 | 김직승
펴낸곳 | 책세상

주소 | 서울시 마포구 신수동 68-7 대영빌딩
전화 | 704-1251(영업부) 3273-1333(편집부)
팩스 | 719-1258
이메일 | bkworld11@gmail.com
홈페이지 | www.bkworld.co.kr
등록 1975. 5. 21 제1-517호

ISBN 978-89-7013-743-8 04810
     978-89-7013-633-2 (세트)

책값은 뒤표지에 있습니다.
잘못된 책은 바꿔드립니다.